Philip Bronson
Golden Chips

Philip Bronson
Golden Chips

Roman Aus dem Amerikanischen von Fred Kinzel

Droemer Knaur

Originaltitel: »The First $ 20 Million Is Always the Hardest«
Originalverlag: Random House, New York

Die Folie des Schutzumschlages sowie die Einschweißfolie
sind PE-Folien und biologisch abbaubar.
Dieses Buch wurde auf chlor- und säurefreiem Papier gedruckt.

Umschlaggestaltung: Agentur ZERO, München
Satz: Ventura Publisher im Verlag
Druck und Bindung: Clausen & Bosse, Leck
Printed in Germany
ISBN 3-426-19406-6

5 4 3 2 1

OMEGA LOGIC CORPORATION

Abschrift des Austrittsgesprächs
Bemerkung: Es handelt sich hierbei um eine verkürzte, von der Rechtsabteilung genehmigte Abschrift für die persönlichen Unterlagen des Angestellen; eine vertrauliche, vollständige Kopie wird von der Rechtsabteilung einbehalten.

Angestellter: Andy Caspar
Zuletzt tätig in Abteilung: Verkauf & Marketing
Datum des Gesprächs: 10. April 1992
Austrittsdatum: 10. April 1992

Grund des Austritts:
☐ Vertragsende
☒ Freiwillig

Interviewer: Sie dürfen bis auf das, was Ihnen persönlich gehört, nichts mitnehmen. Aufzeichnungen über Klienten, Ihre Rolodex, Notizbücher, Ausrüstung, die Ihnen zur Verfügung gestellt wurde, Funktelefone, Laptops, Sicherungsdisketten müssen heute nachmittag zurückgereicht werden.

Caspar: Ich habe sie gestern zurückgereicht. Ich habe Ihnen vor zehn Minuten das Formular gegeben.

Int.: Schon in Ordnung, ich brauche diese Aussagen nur auf dem Band.

Caspar: Okay.

Int.: Ihnen ist bekannt, daß auch das Informationsmaterial, das Sie zurückgereicht haben, Eigentum von Omega Logic ist und Sie diese Informationen an keinen künftigen Arbeitgeber weitergeben dürfen.

Caspar: Was sollte ich schon weitergeben? Es ist sowieso bald alles veraltet. Ihre Preise, Ihre Technologie. Kunden sind dann zwar noch immer da, aber bis in drei Monaten werden sich alle Kontakte geändert haben.

Int.: Wenn Sie einfach nur bestätigen, daß Sie die Fragen gehört haben, geht es schneller. Haben Sie ein Angebot eines anderen Arbeitgebers angenommen?

Caspar: Nein.

Int.: Haben Sie sich um eine Stelle bei einer anderen Firma oder Organisation beworben?

Caspar: Nein.

Int.: Können Sie uns eine Vorstellung davon geben, warum Sie sich entschlossen haben, uns zu verlassen?

Caspar: Können Sie mir einen guten Grund nennen, warum ich bleiben sollte?

Int.: Ihre Beurteilungen waren ausgezeichnet.

Caspar: Und?

Int.: Vermutlich waren Sie gut in Ihrem Job und könnten eigentlich stolz darauf sein.

Caspar: Ich bin erst sechsundzwanzig. Wenn ich jetzt schon gut bin, welche Herausforderung bleibt mir dann noch für den Rest meines Lebens?

Int.: Hm.

Caspar: Gestatten Sie mir eine Frage. Beinhaltet Ihre Arbeit eine echte, eine wirkliche Herausforderung? Werden Sie mit Problemen konfrontiert, die Sie nicht lösen können?

Int.: In diesem Gespräch geht es nicht um mich.

Caspar: Sehen Sie? Und genau deshalb gehe ich. Sie können sich raushalten. Aber ich nicht. Ich kann nicht länger nur in einem kleinen Teil meiner eigenen Person leben.

Int.: [Pause] Ich glaube, Geduld und Beständigkeit werden manchmal zu geringgeschätzt.

Caspar: Wen wollen Sie überzeugen? Mich oder sich selbst?

Die polierten Schuhe

1995

O Gott! Kaum hatte Francis Benoit begonnen, dieser Journalistin den Unterschied zwischen den elektrischen Normen ISA und PCI zu erklären, als ihr Kopfnicken – was gewöhnlich hieß: »Weiter, ich kann Ihnen folgen« – von jenen schnellen, ruckartigen und schaukelnden Bewegungen abgelöst wurde, die anzeigten, daß das Gehrin der Journalistin den Gedankengang verloren hatte und sich im Leerlauf drehte, festgefahren wie ein Prozessor in einer Endlosschleife.

Er wußte, was sie wollte. Sie wollte, daß Francis etwas *Vertrautes* sagte, etwas *Greifbares* – etwas wie: »Stellen Sie sich das Motherboard wie einen Obstbaum vor« –, damit sie ihr Gehirn wieder ins Hier und Jetzt retten konnte. Aber diesen Gefallen würde er ihr nicht tun. Vergiß es. Er *haßte* es, wenn er seine Arbeit für die Kreise mit den polierten Schuhen in vereinfachende Metaphern übersetzen mußte – für die lästigen Anwälte, die Schreiberlinge von der Presse und potentielle Sponsoren, die vorbeikamen und alles verstehen wollten, ohne sich dabei der Anstrengung des aufmerksamen Zuhörens zu unterziehen.

Die Journalistin war von den *San Jose Mercury News*, und man hatte sie eingeladen, die Entwicklung eines Chips der nächsten Generation für Omega Logic, einem der Sponsoren von La Honda Research, zu verfolgen. Francis war der Chefingenieur. Die Journalistin hieß Nell Kirkham. Sie saß mit übergeschlagenen Beinen da und hielt den Kopf nach hinten geneigt, so daß ihr das Haar über die Schultern fiel. Sie trug keine Ohrringe, keine Kette oder Ringe, aber nur ein Zehntel des Preises ihrer goldenen

Uhr diente dazu, die Zeit anzugeben. Sie hatte nicht die Sorte billiges Make-up aufgelegt, das nach jeder Mahlzeit neu aufgetragen werden mußte. Sie war eine Frau, die beides wollte: daß man sie für schön hielt, aber gleichzeitig auch wegen ihres Verstandes ernst nahm. Sie wollte, daß Männer Gefallen an ihr fanden, sie jedoch nicht anmachten. Sie klimperte nie mit den Augen. Sie kicherte nicht, sagte zu niemandem, wie gescheit er sei, und gab niemandem das Gefühl, er sei etwas ganz Besonderes.

»Dieses *Projekt*, also, dieser Chip. Die meisten Projekte haben einen Decknamen«, sagte sie.

Francis hatte nicht vor, sie in diese Richtung abschweifen zu lassen. »Wie lautet Ihre Frage?«

»Wie heißt der Deckname des Projekts?«

»Der 686er.«

Sie wirkte enttäuscht. »Die meisten Decknamen sind irgendwie *bildhafter*, anregender.«

Francis hatte dem Projekt den Namen »686er« gegeben, um eben solche bildhaften Vereinfachungen definitiv auszuschließen.

»Und Ihre Frage –?«

Sie seufzte und legte ihren Stift weg. »Ich will einfach nicht, daß meine Artikel davon handeln, wie Sie zehn Millionen Transistoren auf ein Mikroplättchen packen. Mein eigentliches Interesse ist, über den Weg schreiben zu können, den Sie persönlich gehen. Ich möchte wissen, was das für *Sie* bedeutet.«

»Es sind nicht zehn Millionen Transistoren. Wir bekommen laufend die Datenblätter vom Produktionsteam bei Omega. Es sind vielleicht *vier* Millionen.«

»Egal!«

Francis kniff sich mit der rechten Hand in die Stirn und atmete geräuschvoll aus. »Bei allem Respekt, Ms. Kirkham, wenn Omegas Fabrik in Singapur zehn Millionen Transistoren auf einem Mikroplättchen unterbringen könnte, würden wir einen radikal anderen Schaltplan herstellen, würden keine Grafikbeschleuniger, keine mathematischen Koprozessoren und so weiter brauchen. Zehn Millionen Transistoren, du meine Güte! Damit wäre die Hälfte von Omegas Konkurrenten aus dem Geschäft.«

»Aber Sie haben verstanden, worauf ich hinauswill, oder? Ich muß wissen, wie Sie über das Projekt *denken*. Ich möchte darüber schreiben, wie Sie sich dabei *fühlen*.«

Francis litt Höllenqualen. Er hatte die letzten zehn Jahre seines Lebens der Entwicklung von leistungsstärkeren Computern gewidmet. Aber auch nach dieser langen Zeit arbeiteten Computer aus der Sicht der Benutzer im Grunde nicht schneller, weil nämlich die Softwareprogramme so riesig geworden waren, daß es der ganzen neuen Hardwareleistung bedurfte, um auch nur den Status quo zu halten. Umfangreichere Software benötigte schnellere Hardware, die ihrerseits wiederum das Verlangen nach noch umfangreicherer Software schürte. Omega war der größte Sponsor von La Honda, und Omega bekam Druck von der Wall Street – *Chip oder stirb*.

Die Wahrheit war, daß es Francis schwerfiel, den Sinn eines noch schnelleren Ungeheuers einzusehen. Er hatte den Auftrag äußerst widerstrebend angenommen. Aber er hatte nicht vor, diese Geschichte einer Journalistin zu erzählen, die sich nicht einmal die Mühe machte, seine Technologie zu begreifen. »Wie meinen Sie das, ›wie ich mich fühle‹?«

»Na ja, zum Beispiel – La Honda ist ein Non-Profit-Forschungslabor. Sponsoren bezahlen Sie dafür, irgendwelche Sachen zu entwickeln, und dann sehen Sie nie einen Gewinn. Sie bekommen nicht einmal richtig Anerkennung dafür. Also, wie *fühlen* Sie sich dabei?«

Ach, Journalisten kamen immer mit dieser Frage. Sie konnten nicht verstehen, daß Francis nichts weiter wollte, als unbehelligt zu arbeiten, schöpferisch tätig zu sein. Sie konnten nicht glauben, daß er kein Interesse daran hatte, Milliardär zu werden.

»Mir geht's gut dabei«, erklärte Francis. »Ich kriege, was ich will.«

»Aber Sie sehen doch all diese jungen Typen, die so unvorstellbar reich sind, auf den Titelseiten der Zeitschriften.«
»Was ist mit denen?«
»Eifersüchtig?«
»Nein.«
Trotz aller Legenden und Klischees vom Ärmelaufkrempeln bedeutete die Gründung eines Unternehmens letzten Endes, daß man achtzig Prozent seiner Zeit mit totalem Schwachsinn verbrachte: hinter Risikokapital herjagen, technische Dokumentationen schreiben, Leute einstellen – und all das beinhaltete, daß man seine Arbeit versimpelte. Und die Besprechungen! Es war unvermeidlich, daß das System der auf Gewinn zielenden Unternehmensführung an irgendeinem Punkt Ingenieure belohnte, die gut darin waren, ihre Arbeit zu versimpeln. Bei diesem Spiel mitzumachen wäre jedoch eine Vergeudung gottgegebenen Talents, es wäre ein Verbrechen gegen Francis' Natur.
Als er weiter nichts sagte, versuchte Nell es anders. »Haben Sie das Gefühl, etwas beweisen zu müssen?«
»Dieses Gefühl, das Gefühl, etwas beweisen zu müssen – wissen Sie, woher das kommt? Es kommt daher, daß jemand Ihnen nicht glaubt, nicht *an* Sie glaubt. Und der einzige Mensch, der mich im letzten Monat in Frage gestellt hat, der einzige Mensch, der an mir zweifelt, sind *Sie*, Ms. Kirkham. Ich sagte es Ihnen bereits, ich bin zufrieden, wie es hier läuft. Sie glauben, alles, was zählt, ist Geld und die Titelseiten von Zeitschriften? Schön. Aber gehen Sie nicht davon aus, daß das auch alles ist, was für mich zählt. Wenn Sie mich jetzt bitte entschuldigen wollen, ich muß mit Hank reden.«
Sie waren in Francis' Büro. Er stand auf, die Hände in die Hüften gestemmt. Während sie noch ihren Kassettenrecorder und den Notizblock in ihre Umhängetasche packte, ging er zum Eingang und hielt die Tür auf. Es lag nichts Ungeduldiges in seiner Körpersprache, aber allein durch die Tatsache, daß er ihr einen

Schritt voraus war, machte er sie unsicher. Sie ließ beim Hinausgehen einen Kugelschreiber fallen.

Ungefähr zur selben Zeit war ein klimatisierter Van unterwegs von San Francisco, eine Stunde weiter nördlich. In dem Van befanden sich ein Fotograf und seine Kameracrew. Sie hatten die Absicht, eine Anzeige für eine neue Kollektion von Freizeitkleidung, Lo-Tech Workware, zu schießen.

Irgendein italienischer Mischkonzern hatte genügend internen Konsens hergestellt, um die Empfehlung ihrer Werbeagentur zu billigen: Steckt irgendwelche Halbberühmtheiten der amerikanischen Computerindustrie in anspruchslose Klamotten, macht Fotos davon und veröffentlicht die Bilder zusammen mit dem Slogan »High-Tech-Insider tragen außen Lo-Tech.« Ihr Problem war, daß diese angeblichen Halbberühmtheiten geradezu groteske Erscheinungen abgeben konnten. Die Lösung bestand darin, den renommierten italienischen Modefotografen Adriano Paschetta zu engagieren; die Anzeigen würden sich dann als »Kunst« ausgeben und die Frage der Ästhetik völlig außer acht lassen. Man ließ Paschetta also nach San Francisco einfliegen, gewährte ihm einige Tage lang eine erstklassige Behandlung, um seine Künstlerlaune anzuregen, und setzte ihn dann für die kurze Fahrt ins Silicon Valley in eine klimatisierte Großraumlimousine.

Der Produzent hatte per Fax genaueste Anweisungen erhalten, aber trotzdem. Sie hatten die Abzweigung zur alten La Honda Road gefunden, hatten eine kleine Brücke überquert und waren in einen immergrünen Wald hinaufgefahren, wo sich Schwertfarn über die einspurige Straße schob und leuchtendgrünes Moos wie Samt die Baumstämme umgab. Die ungeteerten Grundstückseinfahrten waren nur an den Ansammlungen von Briefkä-

sten zu erkennen, die wie Pilze aus dem Boden sprossen. Die Anweisungen hatten schon vor den Serpentinen und dem steilen Gefälle gewarnt, aber nach etwa zwei Meilen wurde auch noch der Asphalt rissig und brüchig, so daß die Räder ihres Wagens trommelartig zu schlagen anfingen, was den Besitzer des Vans nervös machte: Er hatte sich auf dem Rücksitz umgedreht und versuchte, seine Beleuchtungsausrüstung davor zu bewahren, gegen die Seitenwände des Fahrzeugs zu krachen. Dann begann das Laubwerk, das über die Straße hing, an dem Metalldach des Wagens zu kratzen, und natürlich glaubten nun alle, sie hätten eine Abzweigung übersehen; hier war man sicher nicht richtig, unmöglich, irgend etwas stimmte hier nicht, das konnte doch nicht der Weg zum weltberühmten La Honda Research Center sein.
Ungefähr als sie wegen der Höhendifferenz plötzlich Druck auf den Ohren spürten, holten sie so einen Fettwanst auf einem zerbrechlichen Fünfzig-Kubik-Motorroller ein. Das Gefährt ächzte und blies eine Wolke ölverschmutzten blauen Rauchs in die Luft. Ein Einkaufsbeutel aus Plastik baumelte an einem Arm des Fahrers; ein winziger Styroporhelm zierte seinen Kopf. Er trug abgeschnittene Shorts, nicht größer als ein Suspensorium, und ein gestreiftes T-Shirt mit Gummiband, das so knapp war, daß die Ärmel an den Schultern einschnitten.
Es war kein Platz zum Überholen, und der Fettwanst schien nicht gewillt, in eine Einfahrt auszuweichen und seinen Schwung einzubüßen, also blieb ihnen nichts anderes übrig, als die nächste Meile hinter ihm herzufahren und auf das blasse Lächeln nackter Haut zwischen seinen Shorts und dem T-Shirt zu blicken.
Man hatte Adriano Paschetta nicht viel gesagt. Was man ihm aber gesagt hatte, als er nach dem Ort für die Aufnahmen fragte, war, daß das La Honda Research Center in den frühen Fünfzigern ursprünglich als Schule für zurückgebliebene Kinder erbaut worden war, und zwar von einer vornehmen, philanthropisch gesinnten Dame, die glaubte, sie könne die Intelligenz derer, die von der

Gesellschaft ausgegrenzt wurden, verbessern, indem sie ihnen eine positive und ermutigende Umgebung bot. Und als der Fettwanst auf dem Motorroller in die Einfahrt des Forschungszentrums fuhr, fragte sich Paschetta, ob das Ganze vielleicht doch nur ein Streich der Jungs in New York war, eine Finte, und das La Honda Research Center womöglich gar kein renommiertes Wissenschaftslabor, sondern noch immer eine Schule für Zurückgebliebene. Da sie aus New York kamen, wo sich Macht durch gewaltige Gebäude, die gen Himmel schießen, ausdrückt, wo sich Macht vor allem in Beton und Glas manifestiert, erwarteten sie einfach mehr als eine umfunktionierte High-School. Zwei dreistöckige L-förmige Gebäude mit schrägen, spanischen Ziegeldächern begrenzten eine überwucherte niedergetrampelte Rasenfläche, zementierte Gehwege liefen kreuz und quer über das Gelände und führten zu den Bäumen hinter den Gebäuden hinauf. Die Häuser waren aus Ziegel, aber mit einer dünnen Schicht Terrakotta oder luftgetrocknetem Lehm versehen, auf der porösen Oberfläche rankte sich Efeu empor. In den Blumenbeeten, die den Rasen von den Gebäuden trennten, wuchsen Brombeersträucher. Brombeeren! Dort, wo die Kameracrew herkam, wurden diese Sträucher als *Unkraut* betrachtet, bei dem selbst in der Sommerhitze neben jedem Dorn noch Beeren hervorplatzten, doch hier wuchsen sie mitten in den Blumenbeeten, sauber zu eins zwanzig hohen Hecken zurechtgestutzt. Der Belag des Parkplatzes ließ vermuten, daß er früher einmal ein Tennisplatz gewesen war; auf den winkligen Stellplätzen standen dünnreifige Colts und Mazdas mit Vierganggetriebe. Der Fettwanst, der seinen Roller, ohne ihn abzuschließen, an einen Fahrradständer auf dem Parkplatz gelehnt hatte, watschelte ein paar Schritte auf einem der Gehwege entlang. Jedes Aufsetzen seiner Füße rief ein Wackeln hervor, das zitternd durch seinen ganzen Körper vibrierte. Er griff in seinen Plastikbeutel, wühlte darin herum und zog ein Fruchteis am Doppelstiel heraus. Mit Daumen und Zeigefinger knipste er ein Loch in die Verpackung, dann stülpte er seinen Mund über das Ende und atmete heftig aus, wodurch er die Verpackung aufblies. Als sein Mund wieder frei war, hielt er die Verpackung zwischen den Zähnen. Adriano Paschetta ging in diesem Augenblick der Gedanke durch den Kopf, daß die ganze Idee hinter dieser Marketingkampagne gefährlich war und daß es ein schrecklicher und schwerer Fehler sein könnte, die menschliche Zivilisation in die Hände einer Bande von Intelligenzbestien zu legen, die sich keinen Deut um Äußerlichkeiten scherten.

Sie entluden den Kombi; alle mußten zusammenhelfen, um die Ausrüstung hineinzuschaffen – Lampen, Make-up-Koffer, mehrere Kamerataschen, Leinwände mit Hintergrund und einen Ständer mit Kleidungsstücken, die die Computergröße tragen sollte, ein Mann namens Hank Menzinger, der Executive Director des Zentrums. Sie hatten Hank Menzinger noch nie zu Gesicht bekommen, wußten nicht einmal, wie er aussah, und soviel ihnen bekannt war, hatte *niemand*, der mit der Werbekampagne befaßt war, bisher gesehen, ob ihm diese Klamotten standen oder nicht. Niemand hatte auch nur nachgefragt, welche *Größe* er überhaupt hatte – vielleicht paßten die Kleidungsstücke also gar nicht! Aber den Jungs in New York zufolge war alles ganz in Ordnung so, ja sogar *großartig*, weil die Kampagne nämlich sehr unprätentiös sein sollte; sie versuchte die Botschaft zu vermitteln, daß »Schönheit nicht rein äußerlich sei«, und so weiter. Alles, was sie über Hank Menzinger wußten, war, daß sie ihn in Zimmer 211 antreffen würden, oben im hinteren Teil des Gebäudes, am Ende eines langen Flurs.

Sie schleppten also ihr Zeug die Treppe hinauf, den Gang entlang und klopften an Zimmer 211; und drinnen sagte ein Mann: »Ja.« Also gingen sie hinein, wobei ihre Ausrüstung gegen den Türstock schlug. Irgend etwas stimmte nicht mit dem Raum; das hier war mit Sicherheit *nicht* das Büro einer Branchengröße, wie sie es kannten. Wo waren der falsche Kamin, die in Leder gebundenen Bücher, das prächtige Ölporträt des Büroinhabers? Wo, vor allem, war die *Sekretärin*? Statt dessen gab es zwei schmale Ledersofas, die sich gegenüberstanden, und auf einem saß ein Mann. Er hatte den Kopf nach hinten geneigt und blickte zur Decke. Sein rasierter, aber stoppeliger Kopf saß auf einem schlaksigen Körper, und er sah blaß aus, so als wäre er vielleicht nach einer langen Krankheit gerade aus der Klinik entlassen worden. Er trug ein grünes T-Shirt mit einer winzigen weißen Schriftzeile auf der Brust, so klein, daß man sie aus der Ferne nicht lesen konnte. Auch seine Augen waren grün, und Adriano Paschetta bot sein ganzes künstlerisches Einfühlungsvermögen auf, um im Grün dieser Augen Inspiration zu finden. Natürlich nahmen alle an, der Mann sei Hank Menzinger, und niemand ahnte, daß es sich in Wirklichkeit um Francis Benoit handelte.

Francis Benoit wartete schon seit zehn Minuten darauf, daß Hank Menzinger in seinem Chefzimmer ein Konferenztelefonat beendete. Warten gehörte nicht zu seinen Stärken, und Francis hatte nicht die Absicht, sich von diesem Trupp Fotografen, oder was auch immer sie sein mochten, daran hindern zu lassen, Hank ein paar Ideen mitzuteilen. Er musterte die Gruppe und begann auf Zeit zu spielen, während sein Gehirn rotierte: Ihr sucht nach Hank, was? Wer seid ihr, ein Fototrupp, ein Kleiderständer, hm? Jetzt hab ich's – das ist wohl für eine Anzeige?

Der Produzent stellte zuerst sich vor, dann Adriano Paschetta. »Der *Fotograf*«, fügte er hinzu, nachdem Paschettas Name es nicht vermocht hatte, auch nur eine hochgezogene Augenbraue in Francis' Gesicht zu bewirken. »Direkt aus New York.«

Francis ging zu dem Kleiderständer, sah die Bügel flüchtig durch und gab zu jedem Artikel rasch seinen Kommentar ab. »Ja, ja, nein, nein, *ja*, nein. Moment mal, diese Schuhe hier –« Francis wandte sich an den Produzenten. »Diese Schuhe sind *poliert.*«

»Ist das schlimm?« fragte der Produzent.

»Ja, ziemlich.« Er zog die Slipper heraus und stellte sie auf den Teppich. »Sie wissen doch, was polierte Schuhe bedeuten, oder?«

Der Produzent kniff die Augen zusammen und schürzte die Lippen. Er sagte kein Wort.

»Polierte Schuhe müssen ständig *neu poliert* werden. Jetzt sagen Sie mir, warum ich ein Paar Schuhe kaufen sollte, die ständig *neu poliert* werden müssen, wenn ich – für das gleiche Geld, wohlgemerkt – ein Paar kaufen kann, die *nicht* poliert werden müssen?«

Der Repräsentant des italienischen Konzerns trat vor, um eine Erklärung anzubieten. »Wir dachten, daß der Glanz, die Politur, eine Qualität von *Frische* vermitteln würde, etwas von diesem staubfreien High-Tech-Glanz.«

Francis schüttelte nur den Kopf. »Frische?« wiederholte er, das Wort in die Länge ziehend. »Frische? Verstehen Sie, hier geht es nicht um Frische. Frische ist kein Ziel, das wir anstreben. Unsere Zeit effektiv zu nutzen ist ein Ziel, das wir anstreben. Unsere Gehirne permanent zu beschäftigen ist ein Ziel, das wir anstreben. Unsere Schuhe zu polieren steht nicht auf der Liste.«

»Nicht auf der Liste«, wiederholte der Repräsentant. Er schien einen Entschluß zu fassen. »Gut, keine Schuhe. Danke.«

»Das hätte unsere Glaubwürdigkeit untergraben«, fügte Francis hinzu. »Die Leute in dieser Stadt rümpfen schnell die Nase, wenn jemand falschspielt.«

»Danke, danke. Authentizität ist uns wichtig. Darf ich?«

Der Repräsentant schien seine Aufmerksamkeit nicht von den winzigen weißen Buchstaben auf Francis' Brust lösen zu können. Die Schrift war so klein, daß er sein Gesicht bis auf einige Zentimeter vor Francis' Brustbein schieben mußte, um lesen zu können:

WANN WERDET IHR BEGREIFEN, DASS EIN T-SHIRT
KEINE AUSSAGE ÜBER MODE IST, KEINE ANSCHLAGTAFEL FÜR
WERBUNG UND KEIN FORUM FÜR EUREN POLITISCHEN IDEALISMUS,
SONDERN NUR EIN STÜCK GEFÄRBTE BAUMWOLLE,
DAS MICH AN KÜHLEN TAGEN WARM HÄLT
UND AN WARMEN TAGEN KÜHL?

Der Repräsentant war begeistert. »Oh, das ist gut, das ist ausgezeichnet. *Das* ist wirklich authentisch. Dürfen wir ein Polaroid machen? Ich möchte den Text nicht vergessen. Tommy, mach doch gleich ein Polaroid davon. Sie haben doch nichts dagegen, alter Freund, oder?«

Sie haben doch nichts dagegen, alter Freund, oder? Francis glaubte, daß dieses intensive Interesse der Medien an der »Kultur« der Silikontechnologie nur ein Vorwand war, ein Versuch, den Computer abzubilden, ohne im Grunde den Computer selbst zu verstehen, eine unwissenschaftliche Methode, bei der die Wirkungen fälschlicherweise als Ursachen dargestellt wurden. Cybersex, Designerdrogen, virtuelle Realität – *aber bitte.* Francis gab einen feuchten Dreck auf das alles. Das letzte, was er wollte, war, daß sein T-Shirt zur Ikone wurde. Und das wirklich letzte, was Francis wollte, war, daß irgendwelche Typen aus New York sein *Lebenswerk* benutzten, um T-Shirts zu verkaufen! *Sie haben doch nichts dagegen, alter Freund, oder?*

Francis legte die Hand über die Schrift auf seiner Brust. »Hank Menzinger hat sein Büro letzte Woche nach unten verlegt«, erklärte er. »Zimmer 139. Es ist im gegenüberliegenden Flügel des Gebäudes, am andern Ende der großen Eingangshalle. Großer, rothaariger Mann. Ihr könnt ihn nicht verfehlen.«

Der Produzent gab seiner Crew einen Wink, und alle rafften daraufhin ihre Ausrüstung zusammen und marschierten einer nach dem andern klappernd und klirrend zurück auf den Flur. Als sie gegangen waren, setzte sich Francis Benoit wieder auf das Sofa, beugte sich vor und fing an, die Schnürsenkel seiner Segeltuchturnschuhe aufzubinden. Er zog die Turnschuhe aus und warf sie in den Abfalleimer neben der Couch. Dann stand er auf, schlüpfte in die polierten Schuhe, die die Fotocrew stehengelassen hatte, und ging in Hank Menzingers Büro.

In Zimmer 139 befand sich ein großer rothaariger Mann, der aussah wie ein Stück Land, dem man gestattet hat, zu seinem natürlichen Zustand zurückzukehren. Er hatte etwas von einem Höhlenbewohner, sein Bart reichte oben bis an die Augen und verschwand unten in einem Flanellhemd. Einem seiner Vorderzähne fehlte eine Ecke. Aber wie das Aufnahmeteam schließlich herausfand, war auch er nicht Hank Menzinger.

»Wer hat euch gesagt, ich sei Hank?«

»Na ja, dieser Kerl in Zimmer 211, er schien zunächst sehr hilfsbereit.« Die Stimme des Produzenten verlor sich.

»Wie hat er ausgesehen?«

Als der Produzent die charakteristische Glatze und das T-Shirt beschrieb, begann der große Rothaarige verständnisvoll zu nicken. Er hieß Ronny Banks und konnte als einer von Francis' besten Freunden bezeichnet werden. Ronny besaß ein Diplom in Computerwissenschaft oder Physik oder als Elektroingenieur, wie alle andern bei La Honda auch, aber es war wohlbekannt, daß Ronny Banks »es« einfach nicht hatte, wenn es hart auf hart ging – wobei »es« der eine Stoff war, der hier besonders hoch im Kurs stand: *Geisteskraft*. Ronny war mehr ein Laufbursche als ein Ingenieur; der einzige Grund, warum Hank Menzinger ihn drei lange Jahre behalten hatte, war der, daß er Francis Benoit bei Laune hielt. Ronny war der einzige Mensch, der sich nicht davor scheute, in Francis' Gegenwart etwas Falsches zu sagen; Ronny war der einzige, der es mit einem Lachen abtat, wenn Francis ihn bloßstellte. Ronnys einziger Zweck bei La Honda war, bei allen

Streichen und Ausschweifungen mitzuspielen, die Francis gerade in den Sinn kamen. Als der Produzent Francis beschrieb, wußte Ronny deshalb sofort, was los war. »Ach, das muß Francis Benoit gewesen sein«, erklärte er. »Er haßt Besucher im Center, sie stören ihn beim Denken. Er hat Ihnen nur einen kleinen Streich gespielt.«

»Könnten Sie uns dann vielleicht sagen, wo wir Hank Menzinger finden?« fragte der Produzent.

»Aber sicher, natürlich. Er ist im Verwaltungsgebäude, auf der andern Seite vom Quadrat – das ist die Rasenfläche. Die erste Tür rechts, wenn Sie reinkommen. Ich rufe vorher an, damit er auch bestimmt da ist.«

»Würden Sie das tun?«

»Sicher, das habe ich doch gerade gesagt, oder?«

Die Männer gingen hinaus. Ronny Banks nahm das Telefon und wählte eine Nummer. Tiny Curtis Reese nahm am andern Ende ab. Ronny hörte, wie er ein Eis am Stiel lutschte.

»Was machst du gerade, Tiny?«

»Kompilieren.«

»Paß auf, du mußt sofort rüber in den Konferenzraum im Südgebäude. Nimm den Tunnel – geh nicht über das Quadrat. Sofort, hast du verstanden?«

»In Ordnung.«

Er hängte auf. Tiny war ein Mensch, der alles sehr genau nahm. Wenn man ihm sagte, er solle sofort irgendwo hingehen, ging er davon aus, man meine *in diesem Augenblick.* Er hielt nicht einmal inne, um sich zu fragen, warum er in den Konferenzraum gehen oder den Tunnel nehmen sollte. Tiny Curtis Reese war das egal, und er wollte auch nichts wissen, weil es ihn nur davon abhielt, über die Chiffrereihen nachzudenken, die er am Vormittag geschrieben hatte. Er konnte durch den Tunnel gehen, ohne abgelenkt zu werden, solange er einen einsamen Finger seitlich abspreizte und damit an der Wand entlangfuhr, um keine Abzweigung zu verpassen; und er konnte geduldig in dem Konferenzraum sitzen, solange er nicht in einem dieser Sessel Platz nehmen mußte, in denen seine Beine taub wurden. Er setzte sich also in einen der gefahrlosen Sessel an den Konferenztisch, beugte sich vor, um seine Ellbogen auf die Tischplatte zu legen, und bemerkte fast im selben Moment, daß dieser Tisch mehrere Zentimeter höher war als sein normaler Schreibtisch. Und er fühlte sich gut an! Er bemerkte, daß sein Rücken auf diese Weise gerader war und daß seine Unterarme flach auflagen. Er schob den Stuhl zurück und beugte sich vor in seine normale Stellung – eine Stellung, die er genau kannte, denn wenn er seinen Rücken im richtigen Winkel krümmte, gab es jedesmal ein kleines Schnalzen irgendwo in seiner Wirbelsäule. Also spürte er dem Schnalzen nach, dann rutschte er nach vorn an den Tisch, setzte sich aufrecht hin und streckte seine Arme vor. Das wiederholte er mehrere Male, und so fand ihn das Kamerateam, als es zur Tür hereinkam.

Der Fettwanst!

Adriano Paschetta stockte der Atem. Der Produzent blieb wie angewurzelt stehen. Der Repräsentant des italienischen Konzerns wühlte in seinem Kleiderständer nach dem größten Artikel, den er mitgebracht hatte, einem Frotteebademantel, auf dessen Rücken SPROCKETS & COGS aufgestickt war, er mußte doch irgendwo hier sein.

Tiny nahm kaum Notiz von ihnen.

»Entschuldigen Sie«, sagte der Produzent und trat einen Schritt auf ihn zu.

»Ich habe schon gewartet«, erwiderte Tiny.

»Es tut uns sehr leid, daß wir uns verspätet haben«, erklärte der Produzent. »Wir hatten ein bißchen Mühe, Sie zu finden. Sie sind Hank Menzinger, richtig?«

»Nein.«

»Sie sind nicht Hank Menzinger?«

»Nein.«
Der Produzent stieß einen tiefen Seufzer der Erleichterung aus.
»Hank Menzinger, Zimmer 211.« Manchmal gelang es Tiny nicht, gängige Sprachelemente zu benutzen, und er zog ein abgekürztes Englisch vor, ähnlich dem Code, den er schrieb. Auch wiederholte er oft Worte, anstatt Aussagen zu modifizieren. Um zum Beispiel auszudrücken, daß ein Gericht extrem heiß war, sagte Tiny »heiß, heiß, heiß.« Er war besonders Fremden gegenüber so.
»Ist das in diesem Gebäude?«
»Nein.« Stuhl nach vorn, Arme gestreckt.
»Im andern Gebäude also?«
»Ja.« Stuhl zurück, auf das Schnalzen warten.
Der Produzent verspürte das Bedürfnis, Tiny körperlich weh zu tun. »Sagen Sie auch mal etwas anderes als ja oder nein?«
»Nein.«
Er rächte sich mit einem alten Schulhoftrick an Tiny. »Sind Sie zum ersten Mal so blöd!«
»Nein, ich meine, ja. Warten Sie, ich bin nicht blöd!«
Der Produzent stürmte aus dem Raum. Die Mannschaft folgte ihm, schwitzend und fluchend. Adriano Paschetta blieb noch einen Augenblick. Er schaute zu, wie Tiny seinen Stuhl vor- und zurückschob. Er hatte den ganzen Tag auf eine passende Eingebung gewartet, er suchte nach einer charakteristischen Eigenschaft, die er auf Zelluloid bannen konnte, eine Eigenschaft, die ausdrückte, worum es bei La Honda ging. Plötzlich spürte Adriano eine Woge einfühlender Energie durch sich strömen, und er begriff, er *hatte es.* Was er unbedingt einfangen mußte, war dieses – dieses was? Dieses unglaubliche Ausmaß an *Konzentration.* Er ging auf Tiny zu.
»Entschuldigen Sie, aber wissen Sie – wissen Sie, daß Sie immer noch Ihren Fahrradhelm aufhaben?«
Tiny faßte mit der Hand zum Kopf. Der Mann hatte zweifellos

recht, er hatte die ganze Zeit seinen guten alten Styroporhelm aufbehalten. »Was es nicht alles gibt«, murmelte er. Dann senkte sich sein Arm wieder nach unten, und er fiel in sein tranceartiges Denken zurück.
Er nahm den Helm nicht ab!
Adriano Paschetta rannte den ganzen Weg bis Zimmer 211.

Dieser Art waren die Streiche, die Francis Benoit am liebsten spielte, denn sie waren nicht einfach grausam, er wollte sich nicht nur für die Würdelosigkeit rächen, daß sie ihre Arbeit versimpeln mußten. Diese besondere Sorte Streich enthielt eine Botschaft, erteilte eine Lektion – eine Lektion, die jeder lernen mußte, der verstehen wollte, welche Einstellung diese Computeringenieure gegenüber dem Rest der Gesellschaft hatten. Der Name des Streiches war die »Endlosschleife«, ein Begriff aus der Programmiersprache. Eine Endlosschleife ist das, was Computerprogramme dazu bringt, daß sie offenbar Zeit schinden oder zu arbeiten aufhören. Ein Programm fängt an, nach einer bestimmten Variablen zu suchen, so wie der Fototrupp nach Hank Menzinger suchte. Es folgt seinen Anweisungen, zu einer bestimmten Chiffrereihe zu gehen, genau wie sie in Zimmer 211 gingen. Diese Chiffrereihe führt eine Funktion aus, zum Beispiel ihre Schuhe stehlen, und befiehlt dann dem Programm, nun zu einer anderen Chiffrereihe zu gehen, zum Beispiel Zimmer 139. Das Programm sucht immer noch nach der Variablen, aber in Zimmer 139 befiehlt man ihm, es in einem wieder anderen Raum zu versuchen. Francis Benoit wußte, daß früher oder später irgend jemand die Truppe wieder auf den richtigen Weg bringen und zu Zimmer 211 zurückschicken würde, womit sich die Schleife schloß. Hätte es sich in diesem Fall um ein Computerprogramm gehandelt, wäre es allerdings nicht frustriert oder wütend geworden.

Es würde einfach den Befehlen folgen, die in Zimmer 211 gespeichert waren – ein paar Schuhe zurücklassen und wieder in Zimmer 139 gehen. Es würde damit fortfahren, *endlos* immer wieder im Kreis zu gehen. Wenn ein Computer scheinbar aufhört, auf Tastaturbefehle zu reagieren, dann ist er normalerweise in einer solchen Endlosschleife gefangen. Er arbeitet völlig einwandfrei, folgt einer Instruktion nach der andern – und hat keine Ahnung, daß er in einer Schleife festhängt. Er reagiert nicht auf Tastaturbefehle, weil er noch nicht mit der letzten Aufforderung fertig ist; er hat Hank Menzinger immer noch nicht gefunden, aber er glaubt, er wäre im nächsten Zimmer! Dieser letzte Teil war wichtig für die Lektion. Menschen konnten ebenfalls in einer Endlosschleife gefangen sein *und keine Ahnung haben, daß sie in einer Schleife festhängen.* Jeder Schritt erscheint logisch, während ihnen die Unlogik des Ganzen entgeht. Als notwendiger Bestandteil ihrer Arbeit waren die Ingenieure bei La Honda darauf trainiert, Endlosschleifen zu erkennen, wo immer sie vorkommen mochten.

Sie mußten allerdings nicht lange suchen. Sie brauchten nicht weiter zu gehen als bis zur nächsten Shell-Tankstelle am Fuß des Hügels. Jeden Morgen standen Männer und Frauen mittleren Alters neben ihren Lexus- oder Mercedeswagen und füllten den Tank auf, schnell bereit, auf die Hupe zu drücken, leicht frustriert, wenn sie gezwungen waren, auch nur eine Minute zu warten, bis sie ihre Kreditkarten aushändigen durften – das waren die Leute, deren Leben in Endlosschleifen gefallen waren. Konsum als Therapie: Den Mercedes zu leasen war die Belohnung, die sie sich gönnten, weil sie so viele Jahre hart gearbeitet hatten. Aber der Mercedes kostete ein bißchen mehr, als sie sich leisten konnten, also arbeiteten sie noch härter – und so weiter und so weiter.

Aber nicht nur Individuen fielen in Endlosschleifen. Wenn sich die Ingenieure bei La Honda anschauten, wie die Gesellschaft funktionierte, sahen sie manchmal nur Endlosschleifen. Man brauchte ja nur die Zeitung aufzuschlagen! Politiker sorgten dafür, daß die Steuern immer hoch genug waren, um ihre Wiederwahl mit dem Versprechen von Steuersenkungen zu betreiben. Inzwischen beklagte sich die Öffentlichkeit, daß ihre Politiker »die wirklichen Themen« diskutieren sollten, wozu die Politiker jederzeit bereit wären, wenn die Öffentlichkeit nur aufhörte, sich um den Haarschnitt der First Lady zu kümmern. Als Heilmittel für diese Schleife galt das Bildungssystem, das aber dummerweise in seiner eigenen Schleife gefangen war. Unsere gescheiterten Bildungssysteme garantierten nämlich, daß Studenten ohne Bildung abschlossen, und schufen damit nur einen noch größeren Bedarf an fehlgeleiteten Bildungssystemen. Die Bildung könnte ihr eingefahrenes Gleis verlassen, wenn die Unterhaltungsbranche ihr Verhalten ändern würde, und die Verantwortlichen der Unterhaltungsbranche würden ihr Verhalten freudig ändern, wenn die Öffentlichkeit nur aufhörte, nach nackter Haut und Blut zu schreien. Nackte Haut und Blut waren aber das große Beruhigungsmittel, das jeder benötigte, vor allem in schweren Zeiten wie diesen, wenn die Steuern so hoch waren. Vom Standpunkt der Ingenieure, da oben in ihrem kleinen Utopia, das zwischen fünfunddreißig Hektar Stachelkiefern und Douglasfichten eingepackt war und das Silicon Valley überblickte – ein Aussichtspunkt, den sie ohne Frage als außerhalb des »Systems« liegend ansahen –, war die Gesellschaft schon vor langer Zeit in eine Endlosschleife geraten und hatte aufgehört zu reagieren.

Wenn der Lo-Tech-Produzent einen dieser Wissenschaftler auf den Gehwegen um das Center angehalten und gefragt hätte, was er mit seiner Zeit bei La Honda anfange, hätte er nie gehört, was er wirklich dachte, was er wirklich glaubte. Statt dessen hätte er möglichst genaue Antworten bekommen, zum Beispiel: »Ich versuche, Funksignale im Ka-Band-Spektrum zu verstärken.« Oder: »Ich teste die elektrische Speicherfähigkeit von bislang unberücksichtigten Metallegierungen.« Das war eine Möglichkeit, nur durch Beispiele zu sprechen; es war nur eine weitere Methode, einem Außenseiter Anhaltspunkte zu liefern. Und wenn man genügend Anhaltspunkte hatte – wenn man einem von Francis Benoits Streichen mit der Endlosschleife auf den Leim gegangen und wochenlang mit den Wissenschaftlern zusammengewesen war –, dann verstand man schließlich die Zusammenhänge, um die es dem La Honda Research Center ging. Ihr Ziel war größer, als es einer von ihnen je offen dargelegt hätte, aus Angst, *unrealistisch* zu klingen. Natürlich konnte man sagen, der Computer sei gut für Textverarbeitung oder Datenspeicherung oder interaktive Spiele, aber dann hätte man nicht erfaßt, wozu sich das alles summierte. Man konnte sich bestimmte Erfindungen ansehen, die auf La Honda zurückgingen, wie Flachbildschirme auf Plasmabasis oder BIOS auf Flash EPROM und jede Menge Computersprachen – und völlig am Kern der Sache vorbeischauen. Sie alle wußten, warum sie Woche für Woche rund um die Uhr arbeiteten: Sie wollten die Gesellschaft aus ihrer Endlosschleife reißen. Nichts weniger!

Es bedurfte jedoch besonderer Männer, um das zu schaffen. Nicht jeder x-beliebige konnte die Gesellschaft aus ihrer Endlosschleife befreien. Man brauchte »Ironmen«. »Big Iron« ist der Branchenjargon für die schnellen leistungsstarken Computer, die bei La Honda und anderswo erfunden wurden. *Ironmen* – sie liebten das Wort. Kein anderes traf so gut zu. Hank hatte es ihnen geschenkt.

Jedes Jahr im Mai mußte Hank Menzinger an den vierschubladigen Aktenschrank aus Kanonenmetall gehen und die Personalakten von La Honda durchkämmen, um zu entscheiden, wer es verdient hatte, einer von ihnen zu sein, und wer der Aufgabe nicht gewachsen war. Und diejenigen, die er für würdig erachtete, bekamen eine »Einladung« für ein weiteres Jahr. Einladung! Welch eine Wortwahl! Niemand wurde bei La Honda je gefeuert – nicht einer in dreißig Jahren –, aber sehr viele hatten es nicht geschafft, wieder eingeladen zu werden. Gefeuert zu werden beinhaltete nämlich, daß man eingestellt worden war, was wiederum einen *kommerziellen* Aspekt einschloß, der bei La Honda einfach nicht existierte. Seit Jahren arbeiteten Wissenschaftler bei La Honda, und nicht einer von ihnen bekam ein anständiges Gehalt. Das Gros der Leute bei La Honda waren Examensstudenten, die von der nahe gelegenen Stanford University ausgeliehen waren; und dort, wo sie herkamen, gab es noch reichlich von ihnen. Es spielte keine Rolle, daß man ihnen ein erbärmliches Gehalt zahlte, an die fünfunddreißigtausend Dollar im Jahr, wenn sie Glück hatten, denn bei La Honda ging es nicht um *Geld*! Geld spielte dort einfach keine Rolle. Diese Form von Währung wurde nicht geschätzt. Denn was sich junge Leute im Amerika von 1995 mehr wünschten als alles andere, war ein Platz, an dem ihr Gehirn nicht vergeudet wurde. Und das war mit Geld nicht zu bezahlen. Auf jeden Studenten bei La Honda kamen drei in Stanford, die gern seine Position eingenommen hätten.

Daß sie Überstunden machten, verstand sich von selbst – schließlich mußte man schon den größten Teil seiner Zeit dem Studium gewidmet haben, um es überhaupt ins Graduiertenprogramm von Stanford zu schaffen, und wenn man erst einmal dort war, ging es erst richtig los. Bis man nach La Honda kam, hatte man keine zusätzliche Arbeitszeit mehr zu vergeben. Nur Stunden zu horten reichte deshalb nicht. An seinem Schreibtisch einzuschlafen war zum Beispiel kein Zeichen von Aufopferung. Es war ein Zeichen dafür, daß man mit seinem Instrument, seinem *Gehirn*, nicht pfleglich umging – so wie wenn man vergaß, alle viertausend Meilen das Öl zu wechseln. Es war Ausdruck von Respektlosigkeit, von *Verzweiflung*. In der Eingangshalle des Südgebäudes gab es eine Galerie mit Polaroidfotos von Ironmen, die vor ihrer Tastatur eingenickt waren. Diese Taktik »Ich bin euer

Sklave, benutzt mich«, die ein Anfänger in einem kommerziellen Unternehmen vielleicht anwenden konnte, um ein paar Stufen nach oben zu klettern, zahlte sich hier einfach nicht aus. La Honda funktionierte so nicht. Es gab keine halbjährlichen Leistungsbeurteilungen, keine zehnstufige Gehaltsleiter zu erklimmen, keine Titel zu sammeln, keine Visitenkarten, die man Freunden überreichen konnte. Es gab keine Marketingabteilung, die einen aufgeblähten Code als Geniestreich verkaufte, keine schicken Software-Etuis, die man sich ins Bücherregal stellen und dazu sagen konnte: »Das habe ich gemacht«, keine Verkaufszahlen, auf die man stolz sein konnte. In einem kommerziellen Unternehmen hatte man zahllose Möglichkeiten zu erfahren, wo man im großen Wettbewerb stand. Aber bei La Honda gab es nur eine: Entweder man wurde wieder eingeladen – oder eben nicht.

Das Verfahren der Wiedereinladung war eine Qual. Im Laufe des Jahres kamen je nach Bedarf neue Leute hinzu, so daß die Zahl der Ironmen bis Mai auf einhundertzehn, vielleicht einhundertzwanzig stieg. Hank kürzte diesen Bestand normalerweise um ein Fünftel – aber manchmal auch mehr, manchmal weniger, je nachdem, wie erfolgreich er bei der Mittelbeschaffung und bei Firmensponsoren gewesen war, ein Thema, das ihm sehr am Herzen lag *(denn es ging nicht um Geld!)*. Aber er sagte keinem von ihnen, wie viele Mitarbeiter er erneut einladen würde. Statt dessen hängte er gelegentlich eine Liste an die Korktafel im Foyer des Nordgebäudes, direkt unter das Bronzerelief von Monica Edmunds, der vornehmen Dame, die das Gebäude hatte erbauen lassen. Auf diese Liste hatte er vielleicht an die zehn Namen gekritzelt, alles Wiedereinladungen. Dann kam ein paar Tage lang gar nichts. Diese Qual! Man konnte sich keinen Ferienjob suchen, und es war zu spät, um sich auch nur für die Sommerkurse in Stanford einzuschreiben. Dann ein neuer Aushang, zehn oder fünfzehn weitere Namen. Die Nachricht von einem neuen Aushang sprach sich in den Gebäuden herum. Hoffnungsvoll stürzte jeder ins Foyer. Ach, einer von denen zu sein, die auf der Liste standen! Offiziell gab man sich gelassen, nahm kaum Notiz von seinem Namen *(Ach, da bin ich ja)* und schlenderte zurück in sein Labor. Aber innerlich strahlten eindeutig alle. Die Sicherung für ihr Ego war gezündet, und sie hoben ab wie eine Rakete. Es war nicht ungewöhnlich, daß ein junger Mann am Abend nach seiner Wiedereinladung die Art von Schritten im Leben machte, die man nur unternimmt, wenn man auf einer Woge der Zuversicht bezüglich der eigenen Zukunft reitet – seiner Freundin die Heirat vorschlagen oder ein Angebot für eine Eigentumswohnung abgeben, zum Beispiel. Technologische Durchbrüche stammten regelmäßig von jungen Ironmen, die man vor kurzem erneut eingeladen hatte – als hätte man dem Feuer in ihrem Gehirn reinen Sauerstoff zugeführt.

Wenn die Anzahl der Namen bei ungefähr achtzig lag, bestand immer die Möglichkeit, daß Hank einfach sagte: »Das war's, mehr gibt's nicht.« Beeinflussung wurde als überflüssig erachtet – die Brillanz deines Geistes sollte sich von allein offenbaren, und wenn sie sich nicht zeigte, dann hatte man sie wohl nicht, welchen Sinn machte es also zu debattieren? Man mußte einfach warten. Die Namen tröpfelten nur noch; zweifellos diskutierte die Führungsriege die Verdienste eines bestimmten Studenten mit Hank.

Und aus genau diesem Grund hatte Francis Benoit auch auf ein Gespräch mit Hank Menzinger gewartet, an jenem Tag Ende Mai 1995, als der Fotograf und seine Mannschaft in Hanks Vorzimmer geplatzt waren und Francis es fertiggebracht hatte, ihnen ein Paar polierte italienische Slipper abzuluchsen.

Francis Benoit kippte in einem Sessel gegenüber von Hank nach hinten und legte seine Füße auf Hanks Schreibtisch, wobei er ein Gefäß mit grünen Kugelschreibern umstieß. Er entschuldigte sich nicht und machte auch keine Anstalten, die Kugelschreiber aufzusammeln. Hank betrachtete Francis' neue polierte Schuhe. Sie sahen gut aus, scharf. Hank trug eine Lammfelljacke, die wie eine Backfolie glänzte; er hatte ein breites Kreuz und einen dicken Bauch, ein Symbol, das die Ironmen eher als Charakterstärke denn als Schwäche für Süßigkeiten interpretierten. Seine Arme waren dick und seine Hände so groß, daß die Hausmeister des Centers, die größtenteils Spanisch sprachen, ihm den Spitznamen »Manos« gegeben hatten. Er hatte breite platte Lippen, langes drahtiges Haar, das früher einmal rot gewesen war, und ein Grinsen, in dessen Gegenwart sich andere Männer weniger lebendig fühlten. Hank Menzinger hatte schon so manche Cocktailparty mit seiner bloßen Großmütigkeit an sich gerissen. Studenten strömten in Scharen herbei, um für ihn zu arbeiten. Journalisten liebten ihn. Firmen gaben ihm Geld. Hank Menzinger war früher Ingenieur gewesen, ein guter, und hatte in den Sechzigern, als das etwas bedeutete, für Fairchild Semiconductor gearbeitet. Aber an irgendeinem Punkt auf seinem Weg hatte Hank erkannt, daß sein größtes Talent nicht seine Geistesgabe, sondern die Kraft seiner Persönlichkeit war. Und das war nichts, wofür er sich schämen mußte, vor allem, wenn er seine Energie auf dasselbe Ziel verwendete, auf das er auch seinen Geist verwendet hatte – die Gesellschaft aus ihrer Endlosschleife zu reißen.

»Reißen« war ebenfalls Hanks Ausdruck. Obwohl logisch nicht zu widerlegen war, daß sich Technologie konstant und schrittweise auswirkte, hatte Hank den Ironmen bei La Honda beigebracht, die Sache vom Standpunkt der Weltgeschichte aus zu betrachten, wo ganze Jahrzehnte als einzelne Augenblicke erinnert werden. Als Folge davon herrschte der Glaube vor, daß die

Technologie an irgendeinem Punkt einen plötzlichen Durchbruch erfahren würde – wie ein Durchbrechen der Schallmauer. Es konnte eine einzelne Technologie sein oder die Vorherrschaft von Technologie generell, aber wahrscheinlicher war eine Kombination; eine bestimmte Menge an Leistung in der Hand einer bestimmten Anzahl von Menschen. Der Ruck würde stattfinden, wenn sechzig Prozent der amerikanischen Haushalte ans Internet angeschlossen waren – oder neunzig Prozent, oder fünfundsiebzig Prozent der Erde; wenn ein Computer weniger kostete als ein Telefon, oder wenn die Technologie eine einzige Weltregierung zuließ, oder sonstwas. Es gab kein aufregenderes Thema. Niemand bei La Honda nahm an, daß es sein spezielles Projekt während dieses Jahres sein würde, das die Menschheit über den Berg brachte. Vom Blickpunkt der Weltgeschichte aus gesehen war das einfach zu unwahrscheinlich. Aber davon abgesehen träumten alle davon, in der ersten Reihe zu sitzen, wenn Geschichte gemacht wurde. Und La Honda war die erste Reihe, egal, wie und wann es geschah. Hank Menzinger hatte sie davon überzeugt, daß es enorm wichtig war, bei La Honda zu sein, wenn es soweit war.

Francis schaute aus dem Fenster. Sein bester Freund, Ronny Banks, war noch nicht wieder eingeladen worden. Er sagte: »Einige Schlüsselleute wurden noch nicht wieder eingeladen. Deshalb fragen sich natürlich einige von uns, die auf dieses Schlüsselpersonal bauen, was Hank wohl durch den Kopf geht. Wir sind bei fünfundachtzig angelangt, es ist drei Tage her, seit du die Liste verlängert hast, vier Tage; wir fragen uns langsam, ob du sie überhaupt noch verlängerst.«

Hank stützte sich beim Zuhören auf seine Ellbogen, die Hände, in Gebetshaltung flach aneinandergelegt. Als er dann antwortete, teilten sich seine Hände wie die Flügel eines Vogels. »Wenn du wissen willst, ob ich noch weitere Leute wieder einladen werde, Francis, dann lautet meine Antwort: Ja.«

Francis sagte nichts. Es war typisch für ihn, daß er einfach die anderen reden, sie die Stille ausfüllen ließ, bis sie einen Fehler machten.

Hank fuhr fort. »Ich muß dieses Jahr sehr wählerisch sein, Francis. Ganz besonders wählerisch. Du weißt es ja bereits – ich brauche dir nicht zu erklären, daß die Rüstungsindustrie nicht mehr soviel Sponsorengelder in die Forschung stecken kann wie früher. Du weißt, in welche Lage mich das bringt, Francis. Ich muß daran denken, Leute auszusuchen, die Leistung zeigen, Leute die *produktiv* sind. Ich habe keine überflüssigen Posten zu verteilen.«

»Du brauchst Leute, die ihren Wert unter Beweis gestellt haben«, bekräftigte Francis.

»Genau.«

Francis nickte wie zustimmend. »Leute, bei denen du dich darauf verlassen kannst, daß sie Resultate liefern.«

»Ich bin froh, daß du das verstehst.«

»Und Ronny Banks, was hat der im letzten Jahr getan, außer rote Lebensmittelfarbe in die Milchkartons in der Cafeteria zu spritzen?«

»Richtig.«

Dann fügte Francis hinzu: »Und auf jeden andern, den du erneut eingeladen hast, trifft dieses Kriterium ebenfalls zu.«

Hank hielt inne. »Na ja.«

»Hast du eine Liste?«

»Morgen, Francis. Die Zusammensetzung der Leute, die Chemie – die muß stimmen.«

»Aber es müssen doch heute schon *irgendwelche* Namen drauf sein.«

»Ja, natürlich.«

Francis wartete ab. Schließlich zog Hank einen Aktendeckel zur Seite und brachte die Liste zum Vorschein. Er gab sie Francis, der sich die sechs Namen darauf durchlas und bei jedem »ja, ja, ja« sagte, während er das Talent des Betreffenden abwog. Dann kam Francis zu dem Namen Caspar Andrews und mußte eine Sekunde lang nachdenken, bis ihm klar wurde, daß Hank Andy Caspar meinte. Andy Caspar war ziemlich neu, er war erst vor sechs Wochen, im April, geholt worden, um verschiedene Softwareprogramme zu testen, die andere im Laufe des Jahres geschrieben hatten. Die Testerei war notwendig, aber langweilig, und zwar so sehr, daß die Ingenieure dieser Arbeit wenn möglich aus dem Weg gingen – Testen eignete sich einfach nicht zu demonstrieren, daß man »es« hatte, es war keine Herausforderung für ihr überragendes Können.

»Teufel, aber auch«, sagte Francis. Er stellte die Beine auf den Boden und lehnte sich vor auf den Schreibtisch. »Dieser Caspar hier, der ist nur ein Tester! Er hat sich noch nicht bewährt!«

»Francis –«

»Du hast gesagt, du hättest keine überflüssigen Posten zu verteilen, und dann hast du so einen Tester auf deiner Liste, der erst seit sechs Wochen hier ist! Ich finde, diese überflüssige Stelle sollte zur Diskussion gestellt werden. Nummer einundneunzig, auf den Tisch damit!« Francis knallte die Liste auf Hanks Schreibtisch.

Hank schüttelte den Kopf. »Vergiß es. Mach du deinen Job, und ich mach den meinen.«

Francis konnte einfach nicht fassen, daß er so scharf kritisiert wurde. Er hatte, ein wenig zögernd, eingewilligt, einen weiteren Chip für Omega zu entwickeln, und er erwartete kleine Zugeständnisse, ein kleines Schulterklopfen zumindest. Ein kleines Dankeschön – in der Form, daß Ronny Banks wieder eingeladen wurde – würde seinen Zweck erfüllen.

»Oh, oh«, sagte Hank.

»Was?«

»Du bist ganz still geworden.«

»Und?«

»Ich kann nicht Gedanken lesen, Francis, aber ich sehe genau, wenn du unglücklich bist, und eins der Anzeichen dafür ist, daß du nichts mehr sagst.«

Francis verabscheute es, Gegenstand der Analyse anderer zu sein. Er fühlte sich in seiner Intimsphäre verletzt, wenn sie falschlagen, aber noch unwohler war ihm, wenn sie recht hatten. Und Hank hatte recht.

Um Hank daran zu erinnern, in welchem Maße Francis bereits nachgegeben hatte, verkündete er: »Nell Kirkham wird das Team spalten! Sie wird jemanden, der am Speichermodul arbeitet, fragen: ›Finden Sie nicht, Sie hätten es verdient, am mathematischen Koprozessor zu arbeiten?‹ Dann wird sie jemanden, der am mathematischen Koprozessor arbeitet, fragen: ›Finden Sie nicht, Sie hätten es verdient, am Speichermodul zu arbeiten?‹«

»Lloyd hält es für eine großartige Idee, die Entwicklung des Chips von einer Journalistin verfolgen zu lassen«, erwiderte Hank. Lloyd war der Vorstandsvorsitzende von Omega, und da Omega sich als einer der größten Sponsoren von La Honda erwies, fungierte er auch als Vorsitzender des Verwaltungsrats bei La Honda.

»Klar gefällt ihm die Idee, daß jeder Investmentfondsverwalter von Newport Beach bis London liest, daß Omegas neuer Chip abgehen wird wie die Feuerwehr. Sein Kursgewinn wird bis Weihnachten bei über zwanzig Punkten liegen, gerade rechtzeitig, damit sein Aufsichtsrat einer Prämie von einer Million Dollar zustimmt.«

»Komm, nun mach mal halblang! Du haßt nur einfach alles, was dich daran erinnert, daß du hier nicht der Chef bist. Tut mir leid, daß wir Eure Majestät nicht konsultiert haben, bevor wir Nell Kirkham hierhergeholt haben.«

»Schön langsam! Ich will nichts weiter als in Frieden arbeiten, also nimm deine kleine Machtkampftheorie und steck sie zurück in das Halfter. Schau, diese Journalistin, diese *Reporterin* – hab ich vielleicht die Zeit, jeden Tag eine Vorlesung über Mikroelektronik zu halten? Das ist Zeit und Energie, die ich nicht dem Chip widmen kann.«

Hank ließ einen Augenblick verstreichen, dann erwiderte er: »Worum geht's dir bei deiner kleinen Schau hier eigentlich, Francis?«

»Ich will, daß Ronny Banks wieder eingeladen wird.«

Hank Menzinger ließ seinen Sessel vom Schreibtisch zurückgleiten und wandte sich seinem Aktenschrank aus Kanonenmetall zu. Er zog Caspars Akte heraus. Er hatte diese Situation kommen sehen. »Vor ein paar Jahren hat Caspar bei Omega Logic gearbeitet.«

Lloyd Acheson sah sich jedes Jahr die Liste der Eingeladenen an, und er schwoll an vor Stolz, wenn jemand von Omega in der Bruderschaft war. Und jedes Jahr bemühte sich Hank Menzinger, dafür zu sorgen, daß *irgendwer* von Omega auf der Liste von La Honda stand – selbst wenn er nur in Omegas Marketingabteilung gearbeitet hatte, wie Caspar.

Zwei Stockwerke weiter unten starrte Andy Caspar in seinem Büro im Keller des Gebäudes auf etwas, das ein früherer Besitzer in den Boden einer seiner Schreibtischschubladen geritzt hatte. Da stand:

Was sagt es über einen Mann aus,
wenn er seine Tage an einem grauen Schreibtisch
in einem fensterlosen Raum verbringt?

Die Ironmen sollten glauben, daß Arbeit im Kopf stattfand, dort war man wirklich man selbst, nicht wahr? Der Geist hatte nichts Trockenes, Langweiliges oder Trübes an sich. Welche Rolle spielte es also, wo man saß? Klar doch. Aber Andy würde sich durch noch soviel psychologische Rechtfertigung nicht beschwichtigen lassen und lange im Keller von La Honda bleiben.

Seit er bei La Honda war, hatte man ihm keine Gelegenheit gegeben, sich zu bewähren. Man hatte ihn in ein kleines sechsköpfiges Team geholt, das einen Chipsatz für digitale Satelliten teilweise neu entwickelte. Sie konnten es alle kaum erwarten, fertig zu werden, weil ein neuer Jahreszyklus begann, und das war bekanntlich die beste Zeit, sich für neue Projekte vormerken zu lassen. Da das Team aus so wenig Leuten bestand, waren alle sehr stolz auf ihre Arbeit und betrachteten sie als ihr Eigentum; und natürlich wollten sie nicht, daß Andy in letzter Minute dazukam und den Ruhm dafür erntete. In den vergangenen sechs Wochen war das Team fast am Ziel gewesen, nahe dran oder »ein, zwei Tage« davon entfernt, seine Arbeit zu beenden. Sämtliche Versuche von Andy, etwas beizusteuern, waren abgeblockt worden. »Wie zum Teufel willst du die Komplexität unseres Problems überhaupt richtig einschätzen«, sagten sie zu ihm. »Du bist doch bloß ein *Tester.*«

Na schön, beschloß Andy, wenn ich nur ein Tester sein soll, dann werde ich eben der verdammt noch mal beste Tester sein, den sie hier je hatten! Er machte sich mit Volldampf daran, Mängel in ihrem Code zu finden, und dann legte er die Schwächen bloß, indem er den Satelliten-Chipsatz in ein Szenario stellte, wo er einfror. Jeden Tag glaubte das Team, sie wären fertig, hätten alles gelöst, könnten aufhören zu arbeiten. Und jeden Tag scheuchte Andy sie mit einem neuen Fehler, den sie übersehen hatten, an ihre Schreibtische zurück. Er schrieb Programme, die Zufallsszenarios für den Chipsatz hervorbrachten, so daß alle den Eindruck bekamen, er hätte ein ganzes *Team* von Testern in seinem Büro. Im Lauf der letzten sechs Wochen hatte sich Andy vom Arbeitssklaven, auf den das Team milde herabsah, zum gefürchteten Kobold im Keller verwandelt.

Nun erhielt Andy einen Anruf von Hank Menzinger, der ihn bat, bei ihm vorbeizuschauen. Andy mußte nach der Zimmernummer fragen, da er noch nie dort gewesen war. Er ging hinauf und betrat Menzingers Büro. Francis Benoit war ebenfalls anwesend. Menzinger deutete auf einen Freischwinger. Menzingers Büro war einfach *cool*, keine Spur dünkelhaft: Er hatte keine kitschigen Sprüche an der Wand, dafür ein paar Bücherregale, aber sicher nicht sämtliche Bücher, die er je gelesen hatte. Er hatte keinen Luftbefeuchter. Kein CD-Player flötete Hintergrundmusik. Andy konnte es kaum glauben – da saß er doch tatsächlich mit zwei der härtesten Ironmen aller Zeiten im selben Raum!
Menzinger grinste und beruhigte Andy sofort. »Hören Sie, Andrews«, meinte er. »Wie Sie wissen, bin ich gerade dabei, Personal erneut einzuladen. Dabei berücksichtige ich normalerweise die Arbeit, die im letzten Jahr geleistet wurde. Aber in Ihrem Fall, muß ich sagen, kann ich mich nur auf meinen Instinkt verlassen.«
Benoit mischte sich ein. »Ich möchte, daß er meinen Freund Ronny Banks behält, aber Hank versucht, mich davon zu überzeugen, daß wir statt dessen lieber Sie nehmen sollen. Vielleicht wären Sie so freundlich, uns zu helfen.«
Andy wurde kalt erwischt. Was konnte er schon über sich sagen, um ihren Respekt zu gewinnen? Was wollten sie? »Sehen Sie, ich bin kein herkömmlicher Ingenieur«, fing er an. »Ich habe auf dem College nicht einmal Ingenieurwesen studiert, aber vielleicht macht mich das – anders.« Er plapperte einfach irgend etwas daher, aber Francis Benoit sprang darauf an.
»Anders? Das ist ein interessantes Theorem. Inwiefern denken Sie, macht Sie das anders?«
»Nun, ich gehe vielleicht anders an ein Problem heran.«
Francis ließ nicht locker. »Wollen Sie damit sagen, Sie sind anders, weil Sie Dinge anders angehen, oder gehen Sie Dinge anders an, weil Sie anders sind?«

Andy wünschte nur, er hätte den Mund gehalten. »Ich denke, manchmal sehe ich simplere Lösungen.«
»Ah, ja! Sie sagten vorhin, Sie würden Dinge anders angehen und deshalb seien Sie anders. Nun sagen Sie, daß Sie simplere Lösungen haben – darf ich daraus folgern, daß Sie *simpel* sind?«
Andy sah Hank Menzinger hilfesuchend an. Der grinste immer noch vor sich hin, als wäre das alles ein Riesenspaß.
»Vielleicht würde sich Andrews ein bißchen wohler fühlen, wenn du ihm ein paar Fragen stelltest«, schlug Menzinger vor.
Ja, tun Sie das, dachte Andy. Aber Moment mal – *Andrews? Plural?* Menzinger hatte wieder *Andrews* gesagt. Menzinger dachte wohl, sein Name sei Caspar Andrews! Menzinger war sein angeblicher Fürsprecher in dieser Debatte, die einzige kleine Chance, die er hatte, wieder eingeladen zu werden, und Menzinger kannte nicht einmal seinen Namen!
»Ich heiße *Andy*.«
»Sie haben bei Omega gearbeitet, oder?« wollte Francis wissen. »Haben Sie mal den Falcon-Chip verkauft?« Francis hatte den Falcon entwickelt.
»Ich bin vor dem Falcon gegangen. Ich habe den Eagle verkauft, den 486er.«
»Hat es Ihnen dort gefallen?«
Sollte er die Wahrheit sagen? Wahrscheinlich nicht. »Ja, ich glaube schon.«
»Warum sind Sie dann gegangen?«
»Ich weiß auch nicht. Sie lassen Marketingleute nicht ernsthaft Programmierer werden. Die normale Karriere verläuft andersherum, Programmierer sind nach fünf Jahren ausgebrannt und wechseln ins Marketing.«
»Warum, glauben Sie, sind sie so schnell ausgebrannt?« provozierte ihn Francis.
Das war eine heikle Frage, aber Andy kam um die Wahrheit nicht herum, auch wenn Omega ein großer Sponsor von La

Honda war. »In diesem Bereich müssen Programmierer so viele Kompromisse eingehen. Es ist schwer, das Verlangen, den *Willen* aufrechtzuerhalten, wenn die Hälfte deiner Arbeit jedes Jahr weggeschmissen wird.«

Diese Antwort entlockte Francis ein kleines Lächeln, und Andy stellte sich im stillen die Frage, ob er womöglich etwas Richtiges gesagt hatte.

Hank unterbrach die beiden. »Okay, Francis, wir müssen zu einer Entscheidung kommen.«

Francis sinnierte. »Wie wär's damit: Ich denke mir eine einfache Frage aus, und wenn Sie sie richtig beantworten, gebe ich meinen Widerstand auf und lasse Hank seinen Willen. Wenn Sie sie falsch beantworten, dann bleibt Ronny Banks für ein weiteres Jahr in meinem Team. Was halten Sie davon?« Francis sah den Jungen an. Er war breitschultrig, schien aber nicht stolz darauf zu sein; er hockte vornübergebeugt da. Sein Scheitel saß hoch oben am Kopf, glänzende Locken hingen ihm ums Gesicht. In Wirklichkeit hatte sich Francis bereits der Meinung von Menzinger angeschlossen, daß sie Andy Caspar wieder einladen *mußten* – man mußte die Sponsoren zufriedenstellen, sie waren die Geldquelle, man durfte in dieser Beziehung nicht unklug sein. Aber Francis wollte einfach nicht, daß Andy morgen seinen Namen auf der Liste fand und berauscht vor Euphorie war, sich für den Allergrößten hielt, seine Eltern anrief und damit prahlte und all das. Er *verdiente* diesen Sprung nicht, nicht allein dafür, daß er vor fünf Jahren einen Marketingjob in der richtigen Firma gehabt hatte! Francis versuchte, sich die richtige Frage auszudenken. Er sah sich im Büro um. An der Wand über Andy hing eine alte Schuluhr.

Andy wartete voller Angst. Er hatte Gerüchte über Francis Benoits angeblich einfache Rätsel gehört; er hatte erfahren, daß Francis gerne riesige Gitter entwarf, die aus Hunderten ach so einfacher Rechenaufgaben bestanden, und daß er die Ironmen gegeneinander antreten ließ, um zu sehen, wer das Gitter als erster beendete, als wären sie zwei Mikroprozessoren.

Francis' Augen waren geschlossen. Als er sie öffnete, sagte er: »Okay. Sie haben dreißig Sekunden, um diese eine Frage zu beantworten.« Er zeigte keine Gefühlsregung. »Wie spät ist es, wenn der große Zeiger auf der Vier steht und der kleine Zeiger auf der Elf?«

Wie spät ist es, wenn der große Zeiger auf der Vier steht und der kleine Zeiger auf der Elf? Das war die Frage? *Das war alles?* Na gut, sehen wir mal, großer Zeiger auf vier, ist zwanzig, kleiner Zeiger auf elf, das ist zu einfach, da muß ein Trick dabei sein, oder? Ach, Mist – ist der große Zeiger der Stundenzeiger? Es war so lange her, seit Andy auf eine Uhr geschaut hatte, die keine digitale Anzeige hatte. Ist der »große Zeiger« der *lange* Zeiger, oder ist der »große Zeiger« der *dicke* Zeiger? Damals in der Schule, als er noch ein Kind war, hatten sie die Ausdrücke »großer Zeiger« und »kleiner Zeiger« ständig benutzt, aber das war ewig her, wirklich ewig, und vielleicht hatten sich die Begriffe im Kopf ja vertauscht.

Dann wurde Andy bewußt, daß diese Art von Zweifel genau das war, was Francis wollte. Hier ging etwas anderes vor. Francis machte sich einen Scherz mit ihm. *Warum?* Das hier war überhaupt kein Test – die Frage war zu einfach.

Hank Menzinger mußte bald über die pure Schönheit von Francis' Werk lachen. *Wie spät ist es, wenn der große Zeiger auf der Vier steht und der kleine Zeiger auf der Elf?* Hank warf einen Blick auf die Uhr genau hinter Caspars Kopf, und sie zeigte 11.20, hier und jetzt! Wunderbar! Und doch sah man Caspar sofort an, daß er in Aufruhr war: Sein Kopf war leicht geneigt, die Augen verschwanden halb unter den Lidern, gedankenverloren. Simplere Lösungen! Ha, ha! An diesen Augenblick würde sich der Junge noch lange erinnern! Er würde dieselbe Lektion lernen, die Monica Edmunds gelernt hatte, als ihre geschätzten Schüler ihre

Schule verließen, um zusammen mit nichtbehinderten Kindern unterrichtet zu werden – eine Lektion, die sie schließlich dazu trieb, die Fenster zu verbrettern, Ketten vor die Türen zu hängen und die Einrichtung Stanford zu vermachen: Das Gehirn arbeitet mit der Geschwindigkeit von Elektrizität, mit Lichtgeschwindigkeit, solange man keinen Druck spürt, solange einem nichts in die Quere kommt. Aber ein Mensch, der in Panik ist, kann *alles* mißverstehen. Ein Gehirn kann scharf wie Quarz sein oder stumpf wie Wackelpudding, je nachdem, wie man mit Druck fertig wird.

Andy sagte: »Das ist kein richtiger Test. Was zum Teufel wird hier gespielt?«

»Aber nein«, entgegnete Francis, »ich versichere Ihnen, daß Sie wieder eingeladen werden, wenn Sie diese Frage korrekt beantworten. Oder wollen Sie Zeit schinden, weil Sie mit so einer *simplen* Frage nicht zurechtkommen?«

Andy versuchte vorauszudenken. Lief er in irgendeine Falle? Sie mußten bereits beschlossen haben, ihn wieder einzuladen, und nun verarschten sie ihn nur. Aber wieso? Womit hatte er es verdient, verarscht zu werden?

»Die Zeit ist um«, sagte Francis und sah auf die Uhr an der Wand. Für einen Augenblick glitt Francis' Zungenspitze zwischen seinen geschlossenen Lippen hervor. Dann spielte er mit der Zunge in den Wangen. Ein vergnügtes Glitzern lag in seinen Augen. Er brummte: »Wie kommen Sie darauf, daß *Sie* ein Ironman werden können?«

Einen Moment lang überlegte Andy, ob er »Mitternacht« sagen oder eine ähnlich offensichtlich falsche Antwort geben sollte, nur um zu sehen, was passiert. Dann beschloß er, das nicht zu riskieren. »Die Zeit ist zwanzig Minuten nach elf«, sagte er. Er stand auf und ging zur Tür. Beim Hinausgehen hörte er, wie Francis in schallendes Gelächter über seinen Streich ausbrach.

Die Kameracrew drängte sich erneut im Vorzimmer und wartete ein zweites Mal auf Hank, und nun kam ein Mann aus Hanks Büro. Welch ein Glück! Er war jung und großgewachsen, mit vollem Haar und guter Haut. Der Produzent war hingerissen; nach dem Krankenhauspatienten, dem Bergmenschen und dem Walbaby konnte er kaum seine Begeisterung darüber verbergen, daß sich Hank Menzinger als ein recht gutaussehender Bursche erwies.

Er stand auf und streckte die Hand aus. »Mister Menzinger, hallo, hallo! Ich kann Ihnen gar nicht sagen, welch eine Freude es mir ist, Sie kennenzulernen.«

Der Produzent sah, wie sich ein strahlendes Lächeln auf Mister Menzingers Gesicht ausbreitete. Er hatte sogar phantastische Zähne! Die Jungs in New York hatten ja doch ihre Hausaufgaben gemacht!

Andy gab dem Mann instinktiv die Hand. Er hielt sie fest, schüttelte sie kräftig und herzlich, sah sich ihr Theater an – und kapierte plötzlich, worum es ging. Er war versucht mitzumachen. Nein, sei nicht blöd – wozu Hanks Zorn riskieren? Dann erinnerte er sich an Francis' Worte: *Wie kommen Sie darauf, daß Sie ein Ironman werden können?* Na gut, wenn Francis Benoit glaubte, er sei der einzige, der sich hier etwas traute, konnte er noch was dazulernen.

»Also, wo sollen wir hingehen?« fragte Andy. »Mein Büro ist natürlich zu klein. Ein Stockwerk tiefer ist ein Labor, ein großer Raum, jede Menge Steckdosen für Ihre Lampen.«

»Das ist gut«, freute sich der Produzent. »Wir folgen Ihnen einfach.«

Andy führte sie auf den Flur und ging mit kühnen Schritten, die er angemessen hielt für den Executive Director von La Honda, in das Materiallabor im zweiten Stock. Er gab einen Code für das Sicherheitsschloß über der Tür ein, wartete, bis der Bolzen klickte, und hielt dann seinem Gefolge die Tür auf. Sobald sie drinnen waren, zog er eine Jalousie über das Bullauge der Tür, damit niemand, der zufällig vorbeikam, die Kamerablitze bemerkte.

Die Crew machte sich geschäftig an die Arbeit. Ein Mann deckte die Fenster des Labors mit schwarzem Tuch ab, um kein natürliches Licht hereinzulassen. Ein zweiter stellte ein Gerüst auf und hängte einen weißen Schirm an die Vorderseite. Ein dritter fuhr die Teleskopbeine eines Stativs aus, montierte eine Spiegelreflexkamera obenauf und schloß einen Ballonauslöser an. Dann begann er, mit den Objektiven herumzuspielen, und schraubte sie auseinander, um bestimmte Filter einzusetzen. Nachdem der erste mit den Fenstern fertig war, fing er an, Blitze zu schießen und die Belichtung zu testen.

»Vergeßt nicht, die Batterien zu überprüfen!« rief der Produzent. Er faßte Andy am Arm und führte ihn zu dem Kleiderständer. »Wir werden Ihnen beim Fotografieren laufend Kleidungsstücke nachreichen, die Sie sich dann überziehen«, sagte er. »Aber warum fangen wir nicht mit etwas an, das bequem aussieht? Nur zu, suchen Sie sich einfach etwas aus und probieren Sie es an.«

Andy stand vor dem Kleiderständer und sah sich die Kollektion durch. Die Sachen waren nicht mal übel. Er schlüpfte in ein Strickhemd und eine knielange Kordsamthose. Er zog seine weißen Socken hinauf. Dann besah er sich die Auswahl an Schuhen, alle möglichen Schuhe an Haken auf dem Boden des Ständers. Er drehte sich zum Produzenten um, der in der anderen Ecke des Raums stand. »Hey! Also diese *Schuhe* hier, habt ihr keine Turnschuhe dabei?«

Gut, gut und noch mal gut

Später in dieser Woche fand Andy Caspar ein Post-it an seinem Monitor: »Bitte kommen Sie so bald wie möglich zu mir – Francis.« Er zog ein Verzeichnis von La Honda zu Rate, um Francis' Büro zu ermitteln, dann ging er hinauf.

Wie Hanks Büro bestand auch das von Francis eigentlich aus zwei Räumen, von denen einer als Vorzimmer diente. Das Vorzimmer war kahl. Es gab keine Stühle, auf die man sich setzen und seine Zeit verplempern konnte. Es gab keinen ablenkenden Wandschmuck. Es gab nicht einmal einen Teppich, der Geräusche gedämpft hätte. Das Vorzimmer war mehr eine Art Schleuse, eine Zone, wo man all seine Unsicherheit ablegen und an den einsamen verchromten Kleiderständer hängen konnte, bevor man Francis' Büro betrat.

Francis lehnte mit verschränkten Armen an seinem Schreibtisch. »Ah, gut; schön, daß Sie kommen, Caspar. Setzen Sie sich, bitte.«

Andy nahm auf einem freien Stuhl Platz. Das einzige, was in Francis' Büro an der Wand hing, war eine große abwischbare Tafel mit Diagrammen. Überall im Raum waren Bücher zu halbmeterhohen Tafelbergen gestapelt. An einer Ecke von Francis' Schreibtisch stand eine Kaffeemaschine, aber es waren keine Kaffeetassen zu sehen. Vielleicht trank Francis ja direkt aus der Kanne. Die Schreibtischbeine waren zerkratzt. Ein Fenster stand offen und ließ einen Lufthauch herein. Zweige von Bäumen schirmten den Raum jedoch gegen direkten Lichteinfall ab, aber Andy bemerkte, daß an der Decke besondere Spektralleuchtkörper montiert waren.

Andy wartete darauf, daß Francis etwas sagte. Es dauerte eine Weile.

Francis räusperte sich. Er befeuchtete sich mit der Zunge die Lippen. »Ich vermute, Sie beabsichtigen, sich für das 686er-Projekt zu melden, wie alle andern hier?«

»Ich habe daran gedacht.«

»Wie Sie sich wahrscheinlich vorstellen können, wird es weit mehr Bewerber geben als die dreißig Stellen im Team. Aber da Sie früher für Omega gearbeitet haben, hat Hank vor, Sie meinem Team zuzuordnen. Er hat versucht, mich davon zu überzeugen, daß Ihre Kenntnisse nützlich sein könnten, aber die Wahrheit ist, er will nur Lloyd Acheson in den Arsch kriechen.« Francis begann, sich beiläufig am Kinn zu kratzen. Andy bemerkte, daß Francis eine alte Narbe am Kinn hatte und an ihr herumscharrte. »Was halten Sie davon? Finden Sie es fair, die anderen Ironmen in der Hierarchie zu überspringen?«

»Wissen Sie, ich möchte weiter nichts, als vom Testen wegkommen. Ich will nur in einem Projekt mitmachen, bei dem ich mich voll und ganz einsetzen kann.«

»Das ist gut, Caspar. Denn wenn Sie sich nämlich für den 686er melden, kann ich Ihnen sagen, wie das nächste Jahr für Sie aussehen wird.«

Andy fuhr auf. »Sie lassen mich den 686er testen!«

»Aha, Sie begreifen schnell. Ja, Sie wären Tester. Und sonst nichts. Neunundzwanzig Männer werden Ihnen Befehle erteilen und Sie zum ersten Tester ihrer Wahl machen.«

»Kommen Sie, Sie müssen mir eine Chance geben, das ist nicht fair. Es tut mir leid, daß ich den Platz Ihres Freundes Ronny Banks einnehme, aber wenn Sie mich erst einmal kennengelernt haben, wenn Sie mir eine *Chance* geben –«

Francis stieß ein kleines Kichern aus, das sich wie ein Husten anhörte. »Versuchen Sie nicht herauszufinden, warum ich tue, was ich tue. Sie würden es nur mißverstehen.«

Andy holte tief Luft. »Wir haben die Sache falsch angepackt. Was kann ich tun, damit wir uns einig werden?«
»Hank kann Sie mir nicht in mein Team setzen, wenn Sie sich nicht freiwillig melden.«
»Geht das nicht ein bißchen zu weit?«
»Mag sein. Aber lassen Sie mich Ihnen ein Angebot machen. Ich gebe Ihnen ein anderes Projekt, für das Sie sich melden können. Und wenn Sie wirklich dabei bleiben, dann *garantiere* ich Ihnen eine Wiedereinladung für das folgende Jahr.«
Das klang nicht übel. Andy wußte nicht, was er getan hatte, um Francis gegen sich aufzubringen, aber zumindest gab ihm Francis *jetzt* ein Zeichen und nicht erst in einem Monat, wenn es zu spät sein würde, das Projekt zu wechseln. In gewisser Weise begrüßte es Andy, daß Francis so offen zu ihm war. Und eine garantierte Wiedereinladung? Was konnte ihm Besseres passieren? »Gut. Wir sind uns soweit einig. Um welches Projekt handelt es sich?«
Francis schob ein Blatt Papier über den Schreibtisch zu Andy. Es war eine Liste mit potentiellen Projekten. Francis beugte sich vor und machte unten auf der Seite einen Kringel. »Ein Computer, der nur dreihundert Dollar kostet.«
»Dreihundert!«
»Halten Sie das für unmöglich?«
»Nun ja, man kann einen Computer zu jedem Preis bauen. Die Frage ist nur, was er leisten kann. Dreihundert Dollar, das ist kaum teurer als ein Handy.«
»Mag sein.«
»Ich schätze, der springende Punkt, der Zweck, ist, zu sehen, wieviel man unter dieser Vorgabe schaffen kann.«
»Genau.«
Andy dachte darüber nach. Der 686er sollte ein Computer werden, der praktisch alles konnte. Er gab dem Nutzer eine Menge Leistung, eine Menge Möglichkeiten, eine Menge Freiheiten. Das Gegenteil traf auf einen wirklich billigen Computer zu.

»Wieso dieses Projekt? Es gibt genügend andere. Wenn Sie mich bloß beim 686er nicht dabeihaben wollen, warum lassen Sie mich dann nicht ein anderes wählen?«

»Ich habe meine Gründe. Wenn Sie Grips haben, kommen Sie schon drauf.«

»Das ist also die Wahl, die ich habe? Eine kleine Nummer bei einem großen Computer sein oder eine große Nummer bei einem kleinen?«

»Aber mit *garantierter* Wiedereinladung. Logischerweise darf es sich nicht herumsprechen, daß ich ein Jahr im voraus Wiedereinladungen verspreche. Das Gespräch, das wir eben hatten, der Handel, den ich Ihnen anbiete – das bleibt unter uns. Wenn Sie jemandem davon erzählen, wenn es sich herumspricht, garantiere ich Ihnen, daß Sie nächstes Jahr *nicht* wieder eingeladen werden.«

Sei's drum. Es war ein Projekt. Ein Jahr daran arbeiten, sich bewähren, wieder eingeladen werden, im nächsten Jahr zu etwas Besserem aufsteigen. Andy Caspar hatte nicht erwartet, bei La Honda unter dieser Art Hierarchiescheiße leiden zu müssen. Von der Vetternwirtschaft und den politischen Machenschaften in Stanford wegzukommen war einer der Gründe gewesen, warum er die Einladung überhaupt angenommen hatte. Aber das war vielleicht eine törichte Hoffnung gewesen. Wenn er erst einmal anfing zu arbeiten, wenn er sich in ein Projekt vertiefte, würde das alles verblassen.

Hank Menzinger entspannte sich in seinem Büro, massierte seinen linken Fuß, preßte das Blut zurück zum Herzen. In den vergangenen Wochen war es Hank gelungen, einige Hürden zu nehmen. Er hatte Francis dazu überredet, die Entwicklung eines neuen Chips zu beginnen, ein Projekt, das La Honda im Lauf des nächsten Jahres fast sechs Millionen Dollar einbringen würde, und er hatte verhindert, daß Francis in die Luft ging, weil er seinen besten Freund nicht wieder eingeladen hatte. Welch eine Woche! Das Beste war jedoch, daß er niemanden zu etwas zwingen mußte; es entfaltete sich alles auf angenehm natürliche Weise. Die Leute sahen jeweils den Sinn ein und reagierten entsprechend, nicht mehr und auch nicht weniger.

Hank Menzinger war ein Mystiker, er glaubte an das Transzendente. Nicht, daß er einer von diesen New-Age-Anhängern gewesen wäre, o nein – er hatte nie willentlich gehungert, nie den Frauen abgeschworen und sich nie dazu aufgerafft, die Bibel zu lesen. Es war lange her, daß er Leiden für edelmütig gehalten hatte, wenngleich er noch immer den Verdacht hegte, daß Luxus korrupt machen könnte. Er verachtete Filme, deren Herstellung hundert Millionen Dollar gekostet hatte, nicht so sehr wie Filme, in denen es die Schauspieler nicht fertigbrachten, ihren Text deutlich zu sprechen. Er bewunderte die Energie der Jugend, trauerte jenen Jahren aber nicht nach. Trotz seiner offensichtlichen Macht und seiner Stellung war Hank Menzinger nicht immun gegen die Angst, daß er eines Tages bedeutungslos und nicht mehr verwendbar sein könnte, aber heute spürte er nichts von diesem Gefühl.

Hank aß gerade ein Sandwich, als es an seiner Tür klopfte, und dann stand auch schon dieser junge Caspar im Eingang. Als er ihn ansah, hatte Hank eine merkwürdige Empfindung, nicht ganz ein Déjà-vu-Erlebnis, aber doch so, als würde er die Szene mit den Augen eines Dritten betrachten. Während er sprach, hörte er seine eigenen Worte in seinem Kopf nachhallen, als würden sie von jemand anderem gesprochen. »Hallo, Caspar. Wollen Sie sich setzen?«

Caspar ging zu einem Stuhl.

Hank lächelte ihn an. »Ich würde Ihnen ja etwas von meinem Sandwich anbieten, aber es ist dick mit Meerrettich belegt. Gut für die Nebenhöhlen.« Das war eine Lüge. Wen kümmerten schon die Nebenhöhlen? Das Beste an Meerrettich war, daß ein Sandwich damit nicht schon nach dem ersten Bissen fad schmeckte.

»Mister Menzinger.«

»Hank.«

»Hank, Sir. Es geht um –«

»Kein ›Sir‹. Einfach nur Hank.«

»Es geht um das 686er-Projekt.«

»Sie sind doch nicht etwa hier, um einen von Ihren Freunden in das Projekt zu lancieren, oder? Denn falls dem so wäre, dann vergessen Sie's. Wenn ich Ihnen eine weitere Stelle anbieten würde, müßte ich es bei jedem andern auch tun.«

»Das ist es nicht.«

»Stört es Sie, wenn ich esse?« Hank biß ein großes Stück von seinem Sandwich ab.

»Es ist, also, es ist so: Ich möchte mich nicht für das 686er-Projekt melden.«

Hank hörte überrascht zu kauen auf. Sein erster Impuls war, das Essen auszuspucken, aber dann kam er drauf, daß es genauso schnell ging, wenn er es kaute und hinunterschluckte. »Wovon zum Teufel reden Sie, Caspar? Sagten Sie eben, Sie wollen sich *nicht* für das 686er-Projekt melden?«

»Ja.«

»Wieso, zum Teufel? Das ist das gigantischste Projekt, das wir bei La Honda je hatten, und nur ein gottverdammter Narr würde sich dafür nicht melden.«

»Dann bin ich eben ein gottverdammter Narr.«

»Was ist hier los? Nehmen Sie mich auf den Arm? Hm? Versuchen Sie, eine Gehaltserhöhung rauszuschlagen?«

»Ich möchte nur nicht zum 686er.«

»Was soll das heißen, Sie wollen sich nicht melden? Wozu, glauben Sie, habe ich Sie hierhergeholt?«

Der Junge schaute aus dem Fenster. Er sah nicht glücklich aus. »Ich schätze, mir war nicht klar, was das alles mit sich bringen würde.«

»Das weiß niemand. Das ist ein brandneuer Chip, wir fangen bei Null an, von Grund auf neue Arbeit.«

»Ich möchte nicht ...«

»Sie machen einen großen Fehler, Caspar. Hören Sie mir zu. Ich weiß, daß Sie sich für alles freiwillig melden dürfen, wozu Sie Lust haben, aber bisher hat sich noch jeder freiwillig für das gemeldet, wofür ich ihn haben wollte. Was ist los? Mögen Sie Francis nicht? Haben Sie was auszusetzen? Was?«

Andy schüttelte den Kopf, sagte aber nichts.

Hank hatte etwas dagegen, daß jemand in seine Bemühungen hineinpfuschte, den 686er auf Touren zu bringen. Er wollte schon zu einer ausführlichen Erörterung ansetzen, deren schiere Länge Caspar vielleicht dazu bewegt hätte, seine Bitte zurückzuziehen, aber dann entspannte er sich und dachte daran, wie gut die Woche bisher gelaufen war. Welchen Schaden richtete es schon an, wenn jemand das 686er-Projekt verließ, bevor es noch angefangen hatte? Er schnappte sich einfach den Nächstbesten und machte mit dem weiter. Hank wollte die Sache nicht überbewerten. Er meinte: »Sie haben Glück, Caspar. An jedem anderen Tag hätte ich Ihr Ansinnen vielleicht ein bißchen persönlicher genommen und nicht so leicht nachgegeben. Aber ich habe heute keine Lust, mich darüber aufzuregen, deshalb lasse ich es Ihnen durchgehen. Ich nehme an, Sie interessieren sich für ein anderes Projekt?«

Caspar sagte, das sei der Fall.

»Welches ist es?«

Er würgte an seinem Adamsapfel. »Der Dreihundert-Dollar-Computer.«

Hank konnte es nicht glauben. »Was? Sie wollen vom 686er zu *dem* wechseln?« Die Idee des Dreihundert-Dollar-Computers wurde schon seit ein paar Jahren diskutiert, aber irgendwie schien sie nie ganz zur Mentalität bei La Honda zu passen: größer und schneller.

»Ich halte ihn für wichtig. Wenn es einen Computer für dreihundert Dollar gäbe, dann würden vielleicht eine ganze Menge mehr Leute auf dieser Welt einen benutzen. Schulkinder, zum Beispiel.«

»Und?«

»Ich möchte es versuchen.«

Hank sah nicht, wie er dafür einen Sponsor finden sollte. Tatsächlich befürchtete er sogar, daß es peinlich werden könnte, überhaupt einen Sponsor zu *suchen.* »Wir haben im Augenblick keinen Sponsor, deshalb ist auch das Budget nur sehr klein – es wird nur für ein paar Monate reichen. Dann müssen wir versuchen, auf der Grundlage dessen, was bis dahin erreicht wurde, einen Sponsor aufzutreiben.«

»Es gibt keinen Sponsor?«

»Nein, natürlich nicht, nicht für diese Sache.«

Der Junge zupfte an seinen Augenbrauen. »Und bei wem soll ich mich melden?«

»Melden?«

»Ja, der Teamleiter. Wer ist der Teamleiter?«

Hank lächelte. »Ich schätze, der sind *Sie.*«

»Ich?«

»Sie sind der einzige, der sich bislang dafür gemeldet hat«, sagte Hank.

»Der einzige? Ich ganz allein? Ohne einen Sponsor?«

»Was haben Sie erwartet?«

»Ich weiß nicht. Ich habe überhaupt keine Erfahrung als Teamleiter. Wie soll ich ohne Geldmittel Erfolg haben?«

»Hören Sie, Caspar, ich glaube, Sie sind ein bißchen durcheinander. Sie können Ihren Platz beim 686er zurückhaben«, beruhigte ihn Hank.

»Nein! Warten Sie, nein, es tut mir leid; ich wußte nur nicht, ich dachte, es gäbe bereits ein Team, aber –«

»Wir vergessen einfach, daß Sie hier waren.«

»Nein, schon in Ordnung, tut mir leid. Ich allein, kein Problem. Vergessen Sie den 686er.«

»O Mann. Also gut. Was soll ich machen? Ich will meine Leute nicht herumschubsen, und ich bin gerade nicht in der Stimmung, eine Stunde damit zu vertrödeln, Sie anderweitig zu überzeugen. Sie sind also die Hauptfigur beim Dreihundert-Dollar-Computer. Ich statte Sie mit einem Labor aus. Sie haben Glück, daß ich gerade so gut gelaunt bin, Caspar, sonst würde ich Sie an den Ohren packen und Ihnen ein bißchen – ach, zum Teufel, was rege ich mich auf. Vergessen Sie, was ich gesagt habe. Sie können tun, was Sie wollen, Caspar, wie ich es immer halte. Ich zwinge Sie zu nichts.«

Andy hielt den Kopf gesenkt und raufte sich die Haare. Dann lehnte er sich zurück. »Darf ich Sie etwas fragen?«

»Fragen Sie nur.«

»Hält mich irgend etwas davon ab, ein Team anzuwerben?«

»Ob Sie etwas davon abhält? Eigentlich nicht. Es sind noch ein paar Dutzend Männer verfügbar, die nicht für den 686er ausgesucht wurden. Wenn Sie die dazu bringen, sich für Ihr Projekt zu melden, dann nur zu. Aber ich kann Ihnen nicht mehr Geld geben – Ihr Budget wird dadurch nur um so schmäler.«

Andy Caspar fuhr am Nachmittag nach Hause. Es war das erste Mal, daß er La Honda vor dem Dunkelwerden verließ.

Andy wohnte eine halbe Meile vom Campus von Stanford entfernt in einem Zimmer über einer älteren Dame, die immer wütend wurde und drohte, ihn hinauszuwerfen, wenn er zuviel Lärm machte. Das Haus war sehr alt und knarrte; manchmal galt bloßes Umhergehen schon als zuviel Lärm. Als er vor sechs Wochen die Einladung von La Honda angenommen hatte, mußte er seine von der Universität zur Verfügung gestellte Unterkunft aufgeben, und da es mitten im Semester war, hatte er nichts anderes gefunden.

Über der alten Dame lagen zwei Zimmer, jedes mit eigenem Aufgang hinter dem Haus, aber ohne Küche. Andy hatte sich aus einem Wandschrank eine Kochnische zusammengebastelt, mit einem halbhohen Kühlschrank, einem verchromten Toaster und einer einzigen Kochplatte. Vor seinem Fenster wuchsen Feigen- und Holzapfelbäume. Er teilte sich das Bad und einen kurzen Flur mit einer Frau, die das andere Zimmer bewohnte. Sie hieß Alisa und machte gerade ihren Abschluß in Industriedesign. Auf ihrem Schreibtisch, den er durch das Fenster sehen konnte, wenn er die Treppe hinauf- oder hinunterging, standen immer irgendwelche komischen Gebilde aus Eisstielen oder Styropor. Als er an diesem Nachmittag die Treppe hinaufstieg, sah er ihr Gesicht durch einen Spalt im Rouleau. Ihre Hände waren mit irgend etwas beschäftigt. Sie lächelte. Sie hatte sich die Haare mit einem karierten, orangefarbenen Taschentuch zusammengebunden, damit sie ihr nicht in die Augen hingen – haselnußbraun. Er hob die Hand, um ihr zuzuwinken. Er wollte etwas zu ihr sagen, an ihre Tür klopfen und ihr von seinen Problemen erzählen, aber sie spielte leise Musik und schien von ihrem Projekt ganz in Anspruch genommen.

Andy saß in seinem Zimmer, trank eine große Dose Bier und nagte an einem Strang Peperoni. Langsam reimte er sich alles zusammen: Francis hatte gewollt, daß er sich für den Dreihundert-Dollar-Computer meldet, *weil* es keinen Sponsor gab, keinen Teamleiter und keine Strategie. Das Projekt war eine Sackgasse, es würde höchstwahrscheinlich fehlschlagen. Es reichte Francis nicht, ihn beim 686er vor die Tür zu setzen; Francis wollte, daß er sich noch weiter demütigte, indem er scheiterte.

Und dann das Projekt selbst. Francis hatte ihn dazu gebracht, sich für eine Sache zu melden, auf die die anderen Ironmen höchstwahrscheinlich herabsehen würden. Einen Computer für dreihundert Dollar zu entwickeln war im Grunde eine genauso große intellektuelle Herausforderung wie einen zu bauen, der fünftausend Dollar kostete, aber das Projekt als solches schien etwas über die Männer auszusagen, die daran arbeiteten. Ohne Zweifel wollten Ingenieure immer möglichst den größten und schnellsten Computer entwickeln, genau wie die Verbraucher fünf Tausender für einen Computer hinblätterten, den sie oft nur dazu benutzten, Briefe zu schreiben – weil er ein Symbol war. Ein Symbol für Macht, für Intelligenz, ein Symbol dafür, daß man auf dem neuesten Stand war. Wenn Computer cool waren, dann bedeutete eine größere Hardware eine Abkürzung auf dem Weg, wirklich cool zu werden.

Und was sagt es über einen Mann aus, dachte Andy Caspar. Was sagt es über einen Mann aus, wenn er einen Computer baut, der einfach und billig ist?

Andy erinnerte sich, wie kurz vor seinem Weggang von Omega der Falcon-Chip – der, den Francis gebaut hatte – in Entwicklung gewesen war. Die Verkaufsmannschaft erhielt Demonstrationen und technische Literatur. Ein älterer Bursche war darunter gewesen, Mitte Vierzig, ein ewiger Nörgler, kämmte sich die Haare über die kahle Stelle auf seinem Kopf. Eine Midlife-Krise hatte ihm alles genommen außer seinem Job. Er nannte den Chip nicht den »Falcon«. Er nannte ihn das »Tier«, und er war ein Fanatiker. Das Tier sollte Omega retten, und es sollte ihn retten. Es war, als würde er selbst zum Tier – wild und unersättlich –, sobald der Falcon ausgeliefert war. All diese jungen Frauen würden ihn für den erotischsten Mann im ganzen Silicon Valley halten. Alle Leistungskraft auf diesem Chip würde auf ihn übergehen. Er quetschte den letzten Rest an Metaphorik aus dem Falcon. Und dabei war er nur ein Verkäufer! Wenn Verkäufer ihr Produkt schon auf diese Weise betrachteten, wie mußten sich dann die Leute, die das Ding gebaut hatten, bei ihrem Projekt fühlen!

Was sagt es über einen Mann aus, wenn er einen Computer baut, der einfach und billig ist? Andy konnte sich vorstellen, wie die anderen Ironmen diese Frage beantworten würden. Es bedeutet, der Mann ist ein bißchen schlicht. Ihm fehlt es an Verstand, um etwas Besseres zu machen. Wenn er ein Team anwerben wollte, würde er dieses Vorurteil zu überwinden haben.

Er hörte, wie Alisa im Badezimmer ihren Reiskocher mit Wasser auffüllte. Wenn er genau jetzt ein Glas Wasser holen ginge, würde er ihr über den Weg laufen. Wenn er einfach losginge, sofort. Sie stand über das Waschbecken gebeugt und versuchte, ihren Reis zu waschen, indem sie das Wasser ausgoß und den Topf neu auffüllte. »Du kannst ruhig hereinkommen«, sagte sie.

»Dein Taschentuch geht auf«, sagte er und deutete auf ihren Kopf.

Sie sagte, sie könne spüren, daß es aufging.

Andy stellte sich hinter sie und machte einen neuen Knoten in das Taschentuch. Als er in ihren Reiskocher schaute, sah er, daß sie keinen Reis darin hatte – es waren Spaghetti, in der Mitte durchgebrochen. »Du machst Spaghetti in einem Reiskocher?«

»Es ist ein Experiment.«

Er wollte wissen, warum sie die Nudeln wusch.

»Ich wasche die Nudeln, damit sie in den Topf passen und ich den Deckel zukriege. Ich weiß nicht, warum ich nicht einfach Rotini oder Makkaroni gekauft habe. Ich war im Laden und hatte diese Eingebung: Mach dir Spaghetti im Reiskocher.«

Andy lachte. Es entstand eine Pause. Andy blickte auf ihrer beider Füße hinab und meinte: »Oh, oh, zwei Leute gleichzeitig im Bad. Die alte Ferguson da unten wird wahrscheinlich ausrasten. Ich weiß nicht, ob diese alten Bodenbretter in den letzten Jahren einer solchen Belastung standhalten mußten. Vermutlich schreibt sie es in diesem Augenblick gerade in ihr Beschwerdebuch. Den roten Stift rausgeholt: 28. Mai, 17.45 Uhr, lautes Knarren, gefolgt von dumpfen Schlägen.«

Alisa lachte, dann runzelte sie besorgt die Stirn. »Hat sie wirklich ein Beschwerdebuch?«

»Nein, ich hab nur Spaß gemacht.«

»Gott sei Dank.«

»Und, wie geht's in letzter Zeit so?« wollte Andy wissen.

»Ich arbeite an meinem Abschlußprojekt.«

Er fragte, was für ein Projekt das sei.

»Es ist eine Reisetasche für den modernen Geschäftsmann«, sagte sie schmissig, als wäre es ein Slogan, den sie geübt hatte.

Andy nickte bewundernd. »Mit einem Fach für die Joggingschuhe, Toilettenkoffer, der von allein zuschnappt, verstärkter Plastikschutzhülle für Krawatten. So was?«

»Ich wollte einfach etwas aus Polyurethan machen, ich weiß ehrlich nicht, wieso ich mir gerade eine Reisetasche ausgesucht habe. Aber warte mal – Schuhfach, Toilettenkoffer – das ist hervorragend. Hast du was dagegen, wenn ich das aufgreife? Was war das gleich wieder, was du über die Krawatten gesagt hast?«

»Nein, bitte, jederzeit – eine *Schutzhülle* für die Krawatten.«

»Ich schreib mir das gleich auf, bevor ich es vergesse.« Sie trug den Topf mit den Spaghetti in ihr Zimmer und ließ die Tür einen Spalt offen.

Andy drehte sich um und ging zu seinem Zimmer zurück. Ihre Stimme ließ ihn stehenbleiben.

»Hey, tust du mir einen Gefallen?«

Er wandte sich um. Sie stand in ihrer Tür und hielt ein Stück Parmesan und eine Reibe in der Hand. »Ich weiß, es ist peinlich, aber ich habe diese seltsame Unfähigkeit, eine Reibe zu benutzen. Käse, Karotten – ich kann es nicht. Aus irgendeinem Grund schaffe ich nur, daß mir der Käse in der Hand zerbricht. Mit Kartoffelschälern ist es das gleiche. Ich kann's einfach nicht. Bitte?« Sie hielt ihm den Käse und die Reibe hin.

Er nahm beides und folgte ihr ins Zimmer. »Also –?«

»Einfach auf den Schreibtisch«, sagte sie und schob ein paar Zeitschriften zur Seite.

Er begann, den Käse zu reiben. »Du kannst das wirklich nicht?«

»Zwing mich nicht, es dir zu zeigen. Es ist peinlich.« Sie legte die Hand über die Augen. »Ich hab dich noch nie so früh zu Hause gesehen. Was ist los?«

»Ach, das ist eine lange Geschichte. Aber bei La Honda ist ein Typ, der mich auf dem Kieker hat, und ich weiß wirklich nicht, wieso. Das Ergebnis ist, daß man mir dieses andere Projekt aufgedrängt hat.«

»An diesem Punkt kündige ich normalerweise.«

»Ich kann nicht zurück auf die Uni«, erklärte Andy. »Als ich im April die Einladung von La Honda angenommen habe, habe ich meine Semesterarbeit und mein Stipendium verwirkt.«

Alisa lehnte sich an den Türstock. »Ich würde ja fragen, um was für ein Projekt es sich handelt, aber wahrscheinlich geht das über meinen Verstand.«

»Nein, verstehst du, das ist genau der Punkt – es ist das einzige Projekt dort, das nicht über den Verstand der Leute geht. Und deshalb ist es irgendwie keine *Herausforderung* wie die anderen Projekte. Es ist so ein einfacher Computer, der nur dreihundert Dollar kosten soll.«

»Dreihundert Dollar? Geht das denn?«

»Theoretisch schon, wenn man die Software so einfach macht, daß sie weniger kostspielige Hardware braucht. Dann benutzt man eine Onlineverbindung und speichert alle Daten im Internet. Der Computer würde keine Datentreiber haben. Aber verstehst du, er macht nichts *Neues*, er macht es nur billiger.«

Alisa stemmte einen Fuß gegen die Tür. Es fiel schwer, nicht auf ihr Bein zu schauen. »Ich weiß nicht«, sagte sie. »Für mich hört sich das nach einem recht guten Projekt an. Ich meine, dreihundert Dollar. Dafür kannst du auf jede Schulbank einen Computer stellen. Und wenn er einfacher handzuhaben ist, dann würden vielleicht auch mehr Leute einen kaufen. Denkt ihr nicht an diese Art Nutzen?«

»Nur ein bißchen. Unser Idealismus ist eine Meile breit und zwei Zentimeter tief. Aber du hast recht – wir denken nicht viel darüber nach, was normale Menschen von einem Computer erwarten. Wir denken nur darüber nach, was *wir* erwarten. Tolle neue Kunststücke.«

»Laß mich mal aus der Sicht der Designerin etwas dazu sagen: Wenn du gut bist, dann kannst du alles machen. Manche Leute setzen eine Wollmütze auf und sehen idiotisch aus, und bei anderen hat das *Stil*.«

»Das ist gut. Ich werde die Wollmütze unter den Computern bauen.«

»Ich würde eine kaufen.«

»Danke.« Er hatte die Hälfte des Käses gerieben. »Das reicht wahrscheinlich, oder?«

»O ja, das wäre für ein ganzes Käsefondue genug.«

»Womit wir eine weitere Nutzungsmöglichkeit für den Reiskocher hätten!«

Sie lachte. Andy ging zurück in sein Zimmer und ließ sich auf das Bett plumpsen. Augenblicklich befiel ihn eine Unruhe wegen der Ereignisse des Tages – ein Kribbeln in den Adern. Er versuchte, sich zu beruhigen, indem er vollkommen reglos dalag, aber er hielt nicht lange durch – er war nicht der Mensch, der stillsitzen konnte, wenn er unter Druck stand. Also wälzte er sich auf den Boden und fing an, Liegestütze zu machen. Er hatte bereits am Morgen welche gemacht, wie jeden Tag, aber jetzt wollte er noch mal ran. Er machte jeweils einen Durchgang mit zehn Stück, dann mit neun, dann acht und so weiter bis eins. Auf diese Weise schaffte er es stets bis zum Ende, denn während er immer erschöpfter und sein Wille schwächer wurde, ließ im selben Verhältnis auch die bevorstehende Anforderung – der nächste Durchgang – nach.

Während er so pumpte, mußte er an Alisa denken, wie sie Spaghetti in ihrem Reiskocher kochte. Sie besaß keine Herdplatte und keinen Kühlschrank, aber das hielt sie nicht davon ab, das Beste aus dem zu machen, was sie hatte. Das ermutigte ihn – er wußte, er mußte genau dasselbe tun, und er wußte, daß er es auch tun würde. Wenn das Leben ihm ein Dreihundert-Dollar-Computer-Projekt zuspielte, dann würde er eben das Beste daraus machen.

Als Tiny Curtis Reese ein E-Mail von Andy Caspar erhielt, der ihn zum Lunch einlud – »Betr.: Meldung für den VWPC« –, war Tiny argwöhnisch.

Er hatte vor kurzem eine Fotokopie seiner Beurteilung für das letzte Jahr bekommen, in der sein Gruppenleiter schrieb, Tiny sei »ein Bulldozer, der sich durch jede Aufgabe walzt, die man ihm vorsetzt«. Das war zwar als Lob gemeint, aber trotzdem – *Bulldozer!* Tiny war schwer gekränkt, als er die Beurteilung las. Er dachte, er hätte alles richtig gemacht, indem er die Aufgaben, die man ihm gab, ohne Murren annahm, sich selbständig durch die Probleme arbeitete, ohne um Hilfe zu bitten, und mit seinen Erfolgen nicht prahlte. Was aber war der bleibende Eindruck, den sein Boß mitnahm? Daß er ein Bulldozer war! Was zum Teufel sollte das heißen? Eine Maschine ohne jede Kreativität! Ein Befehlsempfänger! Tinys Team hatte verschiedene Chips aus Gallium-Arsen-Verbindungen gebaut, die in digitalen, schnurlosen Telefonen vorherrschen und, was noch wichtiger war, eine elegante Lösung darstellten. Es war die Sorte Projekt, vor dem andere Ingenieure den Hut zogen. Ein Bulldozer dagegen schaufelte *Erde*, ein Bulldozer war Low-Tech, ein Bulldozer brauchte jemand anderen als *Fahrer*!

Sein Boß war ein kleiner Witzbold, und der Ausdruck war vielleicht satirisch gemeint, aber dennoch – er war in Tinys *Personalakte* gelandet. Als Hank die Meldungen für den 686er durchging und in seiner Akte las, hatte er da erkannt, daß der Ausdruck satirisch gemeint war? Francis Benoit mochte keine Befehlsempfänger, er mochte Ironmen mit Mumm. Tiny wurde den Verdacht nicht los, daß darin einer der Gründe lag, daß man ihn nicht für den 686er ausgewählt hatte.

Also beschloß Tiny, daß er bei gar keinem Projekt mitmachen würde, wenn der Leiter ihn und seine Art nicht verstand. Teamleiter hatten nämlich einen gewissen Zugang zu Hanks Akten. Wenn Andy Caspar also glaubte, er würde einen Bulldozer bekommen, eine Maschine, die seine Befehle ausführte, dann konnte er ihn vergessen.

Zwei weitere Leute hatten eine Einladung zum Lunch erhalten: Salman Fard und Darrell Lincoln. Tiny machte sich auf den Weg, um zu erkunden, ob einer von den beiden eine Ahnung hatte, worum es bei diesem VWPC-Projekt überhaupt ging. Er fand Salman in seinem Büro.

Salman sah aus wie die arabische Version von John Lennon anno 1966: leicht gelockter Pony in der Stirn, sichelförmige Augenbrauen, eine schwache Hakennase und ein herabhängender Schnauzbart, der seine Mundwinkel abschnitt. Sein Haar war so schwarz und glänzend, daß es naß wirkte. Er trug eine halblange Khakihose, die genau unterhalb seiner Wade aufhörte, und er zupfte nervös am Saum seiner Sportsocken. Seine Turnschuhe hatten kleine schwarze Stollen; falls plötzlich ein Fußballspiel stattfände, wäre er als einziger darauf vorbereitet.

In letzter Zeit hatte Salman immer Kopfweh bekommen, wenn er in einen Monitor schaute. Um das Problem zu beheben, klebte er eine zusammengefaltete Papierserviette über sein linkes

Auge. Streifen des Klebebands liefen über seine Stirn und seine Wange. Dann hatte er zum Scherz noch einen Spritzer leuchtendrotes Jod auf die Serviette gegeben.

»Großer Gott, was ist denn mit dir passiert?« fragte Tiny und zuckte zusammen.

»Ach, meine Freundin und ich hatten Streit.«

»Und sie hat dir ins Auge gehauen?!«

»Sie ist recht leidenschaftlich.«

»Allmächtiger. Worum ging denn der Streit?«

»Ich habe ihr vorgeworfen, daß sie nicht so leidenschaftlich ist wie ihre kleine Schwester«, erklärte Salman.

»O Mann, dann möchte ich aber nicht in eine Auseinandersetzung mit ihrer kleinen Schwester geraten.«

»Damit hat die ganze Sache ja angefangen.«

Tiny war skeptisch. »Du hattest eine Auseinandersetzung mit ihrer Schwester?«

»Ja. Sie hat mir in die Eier getreten.«

»Sie hat dir in die Eier getreten! Worum ging's denn?«

»Ich habe ihr vorgeworfen, daß sie nur bei uns wohnt, um eine eifersüchtige Rivalität mit ihrer älteren Schwester aufrechtzuerhalten.«

»Heilige Scheiße, die beiden müssen ja ein hübsches Gespann sein.«

»Ja. Du solltest mal zum Essen vorbeikommen und sie kennenlernen. Die zwei wundervollsten Ladies, die man sich vorstellen kann.«

Salman wußte selbst nicht, warum er Lügen über seine Freundin verbreitete. Sie rutschten ihm einfach so heraus. In Wahrheit war seine Freundin ein unscheinbares süßes Ding, das katholische Schulmädchen in Englisch unterrichtete. Er liebte sie innig und wollte sie gar nicht anders haben, aber aus irgendeinem Grund sollten die Ironmen glauben, er sei mit einer hysterischen sexuellen Abenteuerin zusammen, die den ganzen Tag nichts Besseres zu tun hatte, als neue Handtaschen kaufen zu gehen. Die meisten Ironmen hatten nicht einmal eine Freundin – die langen Arbeitszeiten machten es nahezu unmöglich –, doch Salman hatte irgendwie das Gefühl, das reiche noch nicht; er mußte sich ihnen gegenüber aufspielen. Und es rutschte ihm einfach heraus! »Gott, sind meine Eier wieder wund«, sagte er etwa zu jemandem, während sie in der Cafeteria Schlange standen und ihre orangefarbenen Tabletts auf das dampferhitzte Essen zuschoben. Salman verachtete sich für seinen Flirt mit der Normalität. Aber tief in seinem Innern wußte er, daß er eigentlich *nicht* normal war, und er wollte sichergehen, daß auch alle erfuhren, wie nichtnormal er war – selbst wenn er immer wieder harmlose Lügen erzählen mußte, um die ganze Wahrheit über seine Besonderheit zu verkünden.

Er war nicht nullachtfünfzehn, er war nicht stinknormal, er war nicht einfach ein Wert in der Statistik. Im Bereich von La Honda war Geisteskraft das Gut, das allgemein begehrt wurde, aber das Gut mit dem größten Seltenheitswert war regelmäßiger Sex. Und Salman hatte es mit seinem Gerede dahin gebracht, daß ihn alle Ironmen beneideten.

Tiny fragte: »Was ist der ›VWPC‹?«

»Keine Ahnung«, erwiderte Salman.

»Vielleicht ›Virtual Workstation Personal Computer‹. Meinst du, das könnte es sein? Hast du schon mal an einer Workstation gearbeitet?«

»Mm …«

»Ja?«

»Ich? Nein.«

»Die hauen dich um.«

»Mm«, grunzte Salman zustimmend.

»Aber was ist eine *virtuelle* Workstation?« wollte Tiny wissen.

»Gute Frage.«

»Hast du irgendeine Idee?«

»Ich? Also, das muß ein PC sein, der alle Tugenden eines Workstation-Computers hat.«
»Andy Caspar ist eine unbekannte Größe für mich«, erklärte Tiny. »Ich bin ihm noch nie begegnet. Du?«
»Ich?«
»Ja. Bist du ihm mal begegnet?«
Salman zuckte die Achseln. »Klar. Im Speisesaal und so.«
»Was meint Darrell?« fragte Tiny. »Hast du schon mit ihm gesprochen?« Tiny wußte, daß Salman und Darrell befreundet waren.
Salman schüttelte den Kopf. »Ich könnte ihn anrufen. Soll ich?«
Salman nahm den Hörer und wählte Darrells Durchwahl. Darrells Büro lag ein Stockwerk höher. Salman bekam ihn an sein Lautsprechertelefon. »Hallo, Darrell, ich sitze hier gerade mit Tiny zusammen. Wir reden über dieses Memo. Wieso kommst du nicht runter?«
»Wieso kommt ihr nicht rauf?« lautete die lakonische Antwort.
Salman seufzte. »Komm doch runter, Mann.«
»Ich bin gerade mitten in was drin.«
»Aber wir sind zu zweit hier unten.«
Tiny tippte Salman an die Schulter. »Laß uns einfach hinaufgehen«, flüsterte er.
Salman verdrehte die Augen. »Bleib, wo du bist«, sagte er zu Darrell, dann legte er auf. »Du darfst ihm nicht nachgeben, Tiny«, meinte er. »Das macht er *immer.*«
»Was macht er?«
»Ach, er macht aus Kleinigkeiten einen Angriff auf seinen Status. Er will nicht herunterkommen, weil er nicht will, daß wir denken, wir könnten ihn herumkommandieren.«
»Das denke ich doch gar nicht.«
Salman schüttelte frustriert den Kopf. »*Natürlich* nicht. Aber er ist ein bißchen empfindlich. Letztes Jahr waren wir zusammen im selben Projekt. Wir waren zu zwölft, und wir wechselten uns

reihum darin ab, Sicherungskopien von unserer gesamten Arbeit zu erstellen. Jeden Tag war ein anderer dran. Aber Darrell haßte es. Es war unter seiner Würde. Er fand, wir sollten einen Studenten dafür anstellen. Es kostete ihn alle zwölf Tage eine Stunde, aber er murrte herum, als würde er den halben Tag dafür brauchen. Wenn du noch am Computer warst, wenn er das Material sichern wollte, fing er an, laut die Sekunden zu zählen, bis du aus dem Programm gingst.«

»Netter Typ«, sagte Tiny.

»Ich weiß nicht. Er ist, weißt du – vielleicht habe ich dir ja einen falschen Eindruck vermittelt. Er ist schnell verärgert, aber es richtet sich nie gegen mich.«

Sie kamen in Darrells Büro an. Darrell sah aus wie eine Studie für alternative Materialien: Er trug Sportsandalen mit Neoprenriemen, eine Nylonjogginghose, eine Baseballmütze aus Polyester und eine Freizeitjacke aus grauem Wollfilz. Wie üblich hatte er den Kopfhörer seines Walkmans um den Hals hängen, das Kabel baumelte ihm bis auf den Nabel hinunter. Er war klein und drahtig.

Darrell erwartete die beiden mit ein paar Dosen eiskaltem Mineralwasser. Er öffnete sie selbst, wischte das Kondenswasser mit einer Serviette ab und bot sie ihnen mit den Worten an: »Seht ihr? In *deinem* Büro hätten wir die nicht gehabt.«

Salman sagte nichts. Er wollte das Mineralwasser, aber Darrell bot es nur an, um den Streit zu gewinnen. Wenn Salman das Mineralwasser trank, hätte er klein beigegeben. Er hielt die Dose in der Hand. Sie war kühl und naß. Es dauerte nur ein paar Sekunden, bis er schließlich einen großen Schluck trank.

»Was wissen wir über diesen Andy Caspar?« fragte Tiny.

»Er war einer der letzten, die wieder eingeladen wurden«, erklärte Salman.

Darrell war dagegen, daraus irgendwelche Schlüsse zu ziehen. »Er war Tester bei dem Satelliten-Chipsatz, richtig? Wenn man ihn wieder eingeladen hat, obwohl er nur Tester war, dann hat er vielleicht was auf dem Kasten.«

»Nicht genug, um für den 686er ausgewählt zu werden«, meinte Salman.

»Dich hat man doch auch nicht für den 686er auserkoren«, erinnerte ihn Darrell.

»Ich wurde reingelegt.«

»Reingelegt? Inwiefern?«

»Es waren politische Machenschaften.«

»Politische Machenschaften?«

»Mm.«

Darrell glaubte ihm keine Sekunde lang. Salman redete nur drauflos. Er hatte keinen Grund, sich zu beschweren. Schließlich sagte Darrell: »Wir könnten Andy einfach fragen, was ›VW‹ bedeutet.«

»Mm«, grunzte Salman beipflichtend.

»Volkswagen«, sagte Tiny, ohne nachzudenken. »Ein billiger, einfacher, in Massen produzierter Computer.«

Seine Worte setzten sich in ihren Köpfen fest.

»Nein«, sagte Darrell. »Wir sind Ironmen. Wir machen nichts *Einfaches*.«

»Richtig«, pflichtete ihm Salman kopfnickend bei. »Das kann nicht sein – unmöglich. Das kann ich mir nicht vorstellen. Du, Tiny?«

Tiny sagte nichts. Darrell war das unheimlich, und so schwatzte er drauflos. »Jetzt mal logisch gedacht, okay? A) Wir wollen alle nächstes Jahr wieder eingeladen werden. B) Um wieder eingeladen zu werden, müssen wir beweisen, daß wir aus dem richtigen Holz geschnitzt sind. C) Um zu beweisen, daß wir aus dem richtigen Holz geschnitzt sind, müssen wir mit Problemen fertig werden, die man nur lösen kann, *wenn* man aus dem richtigen Holz geschnitzt ist. D) Einen einfachen Computer können Leute bauen, die einfach veranlagt sind. Was uns zu E) führt: Niemand

würde uns auffordern, uns für einen einfachen Computer zu melden. Richtig? Das ist doch nur *logisch,* oder?«
»Scheint so«, sagte Salman.
Tiny nickte, dann fügte er hinzu: »Es sei denn, eine wichtige Person glaubt, daß wir nicht aus dem richtigen Holz geschnitzt sind.«
Darrell stöhnte. »*Mußtest* du das unbedingt sagen, Tiny?«
»Ich sage es ja nicht – ich habe nur die *Logik* geprüft.«

»Ach du Scheiße«, stöhnte Salman, als die drei jungen Männer mittags aus dem Gebäude traten. Neben dem Südflügel war ein Wagen geparkt, den er hier noch nie gesehen hatte, ein oranger Volkswagen Käfer älteren Baujahrs, mit verchromten Radkappen und Lammfellbezügen auf den Vordersitzen. Andy Caspar lehnte lässig an der Rundhaube des VW. Als er sich aufrichtete, war er gut einen Kopf größer als das Auto. Wie eine Bohnenstange wirkte er wahrlich nicht. Er trug ein Alligatorhemd, das ihm aus der Khakihose hing, aber beide Kleidungsstücke waren so ausgebleicht, daß sie nicht geschniegelt wirkten. Seine Arme und Schultern waren weder schwammig noch knochig. Eine rote Baseballmütze schützte seine Augen vor der Sonne. Sein Gesicht war leicht sommersprossig. Leute mit Sommersprossen hatten nie schlechte Haut.
Andy schüttelte ihnen die Hand.
»Ich sitze vorn«, verkündete Darrell.
»Tiny ist der größte«, meinte Salman. »Laß ihn vorne sitzen.«
»Tut mir leid. Ich hab's als erster gesagt.«
Sie kletterten in den Wagen. Tiny saß hinter Darrell. Seine Knie bohrten durch den Sitz in Darrells Rücken.
»Laß das, Tiny.«
»Ich tu ja gar nichts. Du hättest die Rückbank nehmen sollen.«
Es dauerte eine Weile, dann hatten sie sich eingerichtet. Andy

sagte nicht viel, bis sie die hügelige Strecke hinter sich hatten und auf den Freeway 280 in Richtung Norden bogen. Die Interstate 280 war die schönste Autobahn durch ein Ballungsgebiet im ganzen Land. Ihre acht Spuren wurden nicht auf den Raum von fünf zusammengequetscht, sie hatte keine Reklametafeln, sie war nicht von Hotels gesäumt, und es gab nicht an jeder Ausfahrt eine Tankstelle. Das einzige, womit an der Straße Geschäfte gemacht wurden, waren Golfplätze.

»So«, sagte Andy. Er kurbelte sein Fenster einen Spaltbreit hinunter. »Ich schätze, ihr wißt bereits, warum ich euch hierhergebeten habe, aber laßt mich meinen Text trotzdem aufsagen, okay?«

Darrell und Tiny nickten. Salman schaute aus dem Fenster auf eine Frau in einem Mercedes, zwei Spuren weiter.

»Okay. Darrell – wie schnell fahren wir?«

Darrell warf einen Blick auf den Tachometer. »Fünfundfünfzig.«

»Und der Mercedes da drüben, wie schnell fährt *der*?«

»Fünfundfünfzig.«

»Die Geschwindigkeitsbegrenzung«, sagte Andy. »Sie könnte zweimal so schnell fahren wie ich, wenn die Geschwindigkeitsbegrenzung nicht wäre.«

»Worauf willst du hinaus?« fragte Darrell.

»Für die meisten Computer heutzutage ist die Internetverbindung die Geschwindigkeitsbegrenzung.« Andy wiederholte, was sie bereits wußten, worüber sie jedoch in diesem Zusammenhang noch nie richtig nachgedacht hatten: Zu dieser Zeit, im Juni 1995, war es große Mode, sich via Modem ins Internet einzuklinken und von dort Zugang zu weit mehr Nutzungsmöglichkeiten des Computers zu gewinnen, als man herkömmlicherweise auf einer Festplatte speichern konnte. Die Vorstellung drängte sich auf, daß in ein paar Jahren die meisten Computer für einige Stunden am Tag ans Internet angeschlossen sein würden. Das Problem bestand darin, daß diese Verbindung *langsam* war. Die

Geschwindigkeit verdoppelte sich jedes Jahr, war aber immer noch viel langsamer als der Rest des Computers, vor allem bei einem Mikroprozessor wie dem 686er. Ein Computer arbeitet nur so schnell wie sein langsamstes Glied. Genau wie ein Volkswagen auf einem Freeway fast so gut abschnitt wie ein Mercedes, arbeitet ein billiger Prozessor ebenso gut wie ein 686er, wenn die hereinkommenden Daten vom Modem reguliert werden. Ähnlich verhielt es sich mit dem zweiten großen Knüller nach der Internetverbindung, dem Abspielen von CD-ROMs. Aber CD-ROMs waren ebenfalls extrem langsam, und der Mikroprozessor wurde nie gefordert von dieser Belastung, nicht einmal vom unerhörtesten Videoclip, der von der schnellsten CD gelesen wurde. Die beiden angesagtesten Nutzungen des Computers machten damals im Sommer 1995 also keine High-End-Prozessoren erforderlich. Die Leute kauften sie trotzdem.

»Leistungsfähigkeit wird vergeudet«, sagte Andy und wiederholte damit, was man ihnen als die größte Sünde eingetrichtert hatte: die Vergeudung ihrer Geisteskraft. »Für den Durchschnittsmenschen ist diese ganze Leistungsfähigkeit gar nicht notwendig.«

Das mochte ja schön und gut sein für den Durchschnittsmenschen, aber was die Ironmen im Wagen anging, bauten sie keine Computer für *durchschnittliche* Leute. Sie hatten keine Beziehung zu durchschnittlichen Leuten. Sie konnten sich nicht vorstellen, was einem Durchschnittsmenschen durch den Kopf ging. Brillante Köpfe bauten brillante Produkte. Aber durchschnittliche Geister – die bauten Duschköpfe.

Zu diskutieren versuchten sie allerdings nicht. Diesen Punkt zu diskutieren hätte nämlich bedeutet, daß das Thema zur Debatte stand, was aber nicht der Fall war.

Die meiste Zeit hielten die drei einfach den Mund und ließen Andy fahren und reden. »Das hier ist ein 71er Baujahr. 1971, stellt euch nur vor! Der hält ewig. Schaut mal, warum schaffen sich nicht mehr Leute einen Computer an? Warum verschieben sie den Kauf immer wieder? Weil sie Angst haben, und wovor haben sie Angst? Sie haben Angst davor, daß das verdammte Ding, fünf Monate nachdem sie es ausgepackt haben, schon wieder veraltet ist; daß der Computer keine CD-ROM aufnehmen kann oder sie ihn nicht für ein schnelleres Modem aufrüsten können; oder daß er nicht genügend Arbeitsspeicher für die schnellere Software hat. Es ist ein Teufelskreis, und man hält nie mit. *Mehr, mehr.* Seht euch dieses Auto an, will ich sagen. Seht es euch an. Einfach. Es kann nicht alles, es hat kein ABS, keine Servolenkung, keine Benzineinspritzung. Es ist bergauf langsam, eine Katastrophe bei Schnee. Aber man bezahlt nur für das, was man bekommt, und es funktioniert noch immer tadellos. *Vierundzwanzig Jahre,* nachdem es gebaut wurde.«

Nun hatten die Ironmen immer gelernt, daß ihre bloße Geisteskraft sie zu etwas Besonderem machte, nicht ihr angelerntes Wissen. Schließlich konnte jeder einen Gegenstand studieren, sich die Einzelheiten einprägen, Fachwissen entwickeln. Normalerweise sprachen sie davon, daß ihre Intelligenz *unteilbar und übertragbar* sei. Es spielte keine Rolle, an welchem Projekt man arbeitete, solange es den Verstand forderte. Ein wahrer Ironman konnte sich ebenso gut beweisen, wenn er einen Satellitenrouter für digitale Daten baute, als wenn er Netzwerk-Software entwickelte. Hank hatte ihnen diese Doktrin eingeimpft, damit sich die Ironmen keine Sorgen machten, sie könnten zurückbleiben – wenn man die kostbare Gabe des Geistes besaß, konnte man immer mithalten. Aber das ganze Tamtam um den 686er hatte diese Doktrin untergraben. Urplötzlich spielte es eine Rolle, bei welchem Projekt man mitmachte, und zwar gewaltig. Bei diesen neuen Spielregeln war es schwer zu verhindern, daß sich eine leichte Angst zurückzufallen zu einer kompletten Paranoia auswuchs.

Und so, wie sie die Sache während ihrer Fahrt an diesem Nachmittag einschätzten, würden sie nur um so mehr hinter alle anderen zurückfallen, wenn sie an Andys VWPC arbeiteten. Der VWPC war keine technische Neuerung, er war nicht cool, er würde nie einem anderen Ironman auch nur ein »Wow« entlocken. Bestenfalls würde er wie jeder andere stinknormale Computerkasten aussehen und funktionieren. Und wo würden sie am Ende des Jahres stehen, selbst wenn das Spielzeug ein Bombenerfolg wurde? *Ein Jahr im Rückstand!*

»Hey, seht euch mal Tiny an«, sagte Salman.

Die beiden auf den Vordersitzen drehten sich um. Tiny war steif wie eine Statue. Seine Arme hingen unnatürlich herunter. Sein Kopf war leicht gesenkt, der Mund stand offen. Er atmete, aber seine Augen bewegten sich nicht.

»Rühr ihn nicht an«, riet Darrell.

»Wieso nicht?« fragte Salman. Instinktiv wollte er Tiny rütteln.

»Schlafwandler soll man nicht wecken«, antwortete Darrell.

»Wer sagt, daß er schlafwandelt?«

»Wofür hältst *du* das denn?«

»Vielleicht hat er einen Anfall, oder so.«

»Hier, ich dreh das Fenster runter und laß ihm ein bißchen Wind um die Ohren blasen.«

Gesagt, getan. Bald darauf blinzelte Tiny, und dann war er wieder voll da.

»Mann, du hast uns vielleicht einen Schreck eingejagt«, stöhnte Salman. »Bist du ohnmächtig geworden, oder was?«

Tiny erklärte, das sei bei ihm nichts Ungewöhnliches. »Aber mir geht's gut jetzt.«

»Was ist das?« fragte Andy. »Wie kommt das?«

»Ich habe Probleme mit dem Rücken, da wird ein Nerv abgeklemmt«, sagte Tiny. »Dann geht alles durcheinander.«

Salman stieß Darrell an die Schulter. »Du hättest ihn vorne sitzen lassen sollen, Mann.«

»Woher zum Teufel hätte ich das denn wissen sollen?«

Tiny hatte ihnen nicht die Wahrheit gesagt. Er hatte tatsächlich Probleme mit dem Rücken, ja, und seine Beine wurden auch taub. Aber das war nicht der Grund für die Anfälle. Seine Rükkenschmerzen waren nur ein weiteres Symptom. Die Anfälle erschreckten ihn normalerweise nicht – sie kamen und gingen nun schon seit drei Jahren. Die medizinische Diagnose lautete: Petitmal-Epilepsie – aber Tiny glaubte nicht sehr an medizinische Diagnosen. Sie erklärten nicht, wie er überhaupt dazu gekommen war. Die Ärzte sagten, daß Streß ein Faktor sei, deshalb suchte Tiny die Schuld ausschließlich bei sich selbst. Er war überzeugt, daß die Epilepsie nur die Manifestation eines Fehlers in seiner Einstellung zum Leben war. Irgendwo tief in der Biochemie seines Körpers, auf der Ebene, auf der Gedanken nur chemische Prozesse sind, hatte sein Organismus einen Knacks. Seine chemischen Gedanken wurden von ihren Rezeptoren falsch gelesen, was eine Art kurzzeitige Aufnahmeblockade hervorrief, eine Sperre in der Verbindung Geist-Körper. Bewußte Gedanken kamen nicht durch, und dann kamen auch simple physische Befehle wie: »Rechte Hand bewegen« nicht an. Tiny war der Meinung, daß er die epileptischen Anfälle vermeiden könnte, wenn er nur angemessen denken würde, die richtige, gesunde Einstellung hätte.

Andy fuhr sie schließlich zur Peninsula Creamery im Zentrum von Palo Alto, obwohl es hundert Möglichkeiten gab, schneller dorthin zu gelangen, als den Umweg über den Freeway zu nehmen. Sie setzten sich an einen Tisch und bestellten rasch.

Die Peninsula Creamery war keines von diesen Schickimickirestaurants, wo alle Bedienungen junge Künstler sind und die Spezialität des Hauses flambierte Kohlköpfe zu zweiundzwanzig Dollar. Es gab gegenüber eine Austernbar, die dieses Publikum bediente – ein Publikum, das zur Mittagszeit größtenteils aus Softwareverkäufern bestand, die Vertreter beschwatzten. Durch die großen Fensterscheiben der Creamery sahen die vier sie an ihren Tischen auf dem Gehsteig sitzen; sie trugen ärztlich verordnete Sonnenbrillen und schütteten französisches Mineralwasser – *sans gas* – hinunter. Die Creamery war die Sorte Lokal, das die Ironmen bevorzugten. *Praktisch.* Neben jeder Sitzgruppe stand ein verchromter Kleiderständer. Alle Gabeln waren gleich groß und hatten dieselbe Anzahl Zinken, nämlich vier. Alles auf der Speisekarte war erprobt. Niemand lief herum und wischte Krümel vom Tischtuch, während man noch am Essen war. Auf den Toiletten spielte keine Musik, und niemand maß der Beleuchtung große Bedeutung bei, außer daß man dafür sorgte, daß es überhaupt eine gab.

»Keine Gespräche, bis das Essen kommt«, sagte Darrell ein wenig beunruhigt durch die ganze Sache.

»Wieso? Warum darf ich nicht reden?« fragte Andy.

»Okay, du kannst reden, was du willst«, sagte Darrell, »aber ich höre nicht zu.«

»Wieso? Beleidige ich dich?«

»Frag mich nicht. Ich höre nicht zu.«

»Wieso denn nicht?«

Darrell antwortete nicht.

»Herrgott noch mal, Darrell, ich versuche hier, ein wichtiges Argument vorzubringen. Ich werde nicht den Mund halten, bloß damit du in Ruhe deine Pommes frites essen kannst. Schulkinder können sich keine Computer *leisten,* nur wenige Menschen außerhalb Amerikas können sich einen Computer leisten.«

Darrell knallte die Ketchupflasche auf den Tisch. Der Deckel flog herunter, und ein Spritzer Sauce landete auf seiner Wange. Er fluchte. »Ich sag's dir nur ungern, aber der VW-Käfer wird nicht mehr gebaut.«

»Blödsinn, Darrell. Was, glaubst du, fahren die Leute im Rest der

Welt – Hondas mit zwei Airbags? Sie bauen den Käfer in VW-Fabriken in Manaus, Brasilien, und in Puebla, Mexiko – mit unverändertem Design seit fünfzehn Jahren. Weißt du, was ein brandneuer Volkswagen in Brasilien kostet? Zweitausend! Ein Fünftel von dem, was man für das billigste Auto bei uns hinblättern muß.«

»Zweitausend?« fragte Tiny interessiert. Das hatte er nicht gewußt. Tiny war noch nie irgendwohin gereist. Ein neues Auto für zweitausend? Zum ersten Mal kam ihm in den Sinn, daß vielleicht wirklich jemand einen Billigcomputer bauen könnte, wenn man ihn in großer Stückzahl produzierte. Nicht er, aber irgendwer. Während er noch darüber sinnierte, stopfte er sich Pommes in den Mund wie ein Fließbandarbeiter, eins nach dem andern.

Andy fuhr fort. »Weißt du, warum die in Brasilien Zweitausend-Dollar-Autos bauen? Weil sie sich keine Zehntausend-Dollar-Autos leisten können. Und denkst du, sie können sich Dreitausend-Dollar-Computer leisten? Stell dir nur den Effekt vor.«

»Mm, ich versuche, nicht daran zu denken«, brummte Salman.

»Wie sagt Hank immer? Eine bestimmte Menge an Leistung in der Hand einer bestimmten Anzahl von Menschen. Wir haben bei La Honda alle am ersten Aspekt gearbeitet und versucht, die Leistung zu erhöhen. Aber vielleicht sollten wir ja zur Abwechslung mal ernsthaft über den zweiten Teil der Gleichung nachdenken, über die *bestimmte Anzahl von Menschen.* Wenn wir unseren Auftrag wirklich ernst nehmen, dann haben wir eine Verpflichtung, sage ich. Wenn unsere angebliche Motivation – Demokratie und Volksherrschaft – mehr als nur ein Lippenbekenntnis sein soll, dann müssen wir diese Nuß knacken.«

Darrell hatte das Gefühl, daß Andy ihn völlig mißverstand. Es bedurfte mehr als nur einer Ansprache, um Darrell auf seine Seite zu ziehen. Worte waren vergleichsweise billig. Darrell hatte seine Meinung zu gewichtigen Themen, aber er war politisch nicht unbeweglich. Er wußte alles über die Vergiftungsrisiken bei der Herstellung von Chips und über die Menschenrechtsverletzungen in den Ländern, in denen die Chips gefertigt wurden. Er trug ein und dieselbe Hose nicht mehr fünf Tage lang hintereinander. Darrell war kein weltfremder Student mehr, und er haßte es, wenn man ihn für einen hielt. Er hatte, mit siebenundzwanzig, noch immer kein Lieblingshemd und keine Lieblingsfarbe. Er hatte keinen Kosenamen für sein Auto. Darrell war kein Träumer. Es war nicht sein Wunsch, an Orte zu reisen, von denen er wußte, daß er sie nie würde besuchen können, und er wollte keinen gemütlichen Job, weil ihm klar war, daß es keine gemütlichen Jobs gab. Was er wirklich anfeindete, war Heuchelei, und die einzige Tugend, die er für anerkennenswert hielt, war Glaubwürdigkeit.

Darrell schoß zurück. »Du solltest dich mal reden hören, Andy. Wir stimmen ja durchaus mit deinen Idealen überein. Wir verstehen nur nicht, warum ausgerechnet wir diejenigen sein sollen, die dieses Projekt in Angriff nehmen. Es ist eine Übung in *Wirtschaftswissenschaft*. Ich habe nicht Wirtschaftswissenschaft studiert. Tiny hat nicht Wirtschaftswissenschaft studiert. Wenn wir das studiert hätten, wären wir im Hoover Tower, nicht bei La Honda. Bei La Honda geht es nicht um Geld, Mann. Wir zerbrechen uns nicht den Kopf darüber, wieviel etwas *kostet*. Für uns zählt nur, was es *leisten* kann. Dann reichen wir unser Projekt an irgendwelche Profitgeier weiter, die sich Gedanken darüber machen können, wie sie die Kosten senken. Willst du, daß ich mit dieser Tradition breche? Nein, danke.«

Salman hustete in die Hand.

»Dreh den Kopf zur Seite, wenn du hustest, *bitte*«, knurrte Darrell.

»Ich bin nicht krank. Ich habe nur was in die Kehle gekriegt.«

»Na und? Du könntest trotzdem den Kopf wegdrehen.«

»Und zum anderen Tisch hinüberhusten?« gab Salman zurück.

Darrell schüttelte nur den Kopf.
Sie hörten eine Weile auf zu reden und beschäftigten sich mit ihrem Essen. Andy hatte darauf geachtet, niemanden anzuwerben, der älter war als er selbst, da ein Älterer es möglicherweise abgelehnt hätte, für jemanden zu arbeiten, der erst neunundzwanzig war. Davon abgesehen hatte Andy jeden der drei wegen seiner besonderen Fähigkeiten ausgesucht. Aber es würde nicht reichen, etwa zu Salman zu sagen: »Ich brauche jemanden, der gut bei Grafikschnittstellen ist, und du bist der Beste, den ich kriegen kann.« Er würde bei jedem auf den richtigen Knopf drücken müssen. Darrell, zum Beispiel – Andy hatte angenommen, daß Darrell, wie die meisten Ingenieure, das sokratische Streitgespräch liebte, daß er es liebte, sich debattierend zur Wahrheit vorzuarbeiten. Darrell schien tatsächlich gern zu streiten, aber wenn er sich in einer Auseinandersetzung befand, war er so entschlossen, den Streit zu gewinnen, daß er nicht mehr zuhörte. Andy würde ihn also auf seine Seite ziehen müssen, ohne dabei seine kämpferische Natur zu provozieren.
Andy machte sich auch Sorgen wegen Tiny. Der Bursche sagte fast nichts. Man wußte nicht, woran man bei ihm war. Die meisten Ingenieure hatten keine Probleme damit, freiheraus zu sprechen, aber Tiny war wie ein Kind, dem man beigebracht hat, nur zu reden, wenn es gefragt wird; oder jemand, der es gewohnt war, Befehle zu empfangen. Vielleicht wartete er ja darauf, daß man ihn um seine Meinung bat.
Tiny schaute aus dem Fenster. Eine Horde Krawattenträger kam aus der Austernbar, sie rieben sich den Bauch und griffen zu ihren Sonnenbrillen. Dann blieben sie auf dem Gehsteig stehen, sagten etwas zueinander und überquerten dann die Straße in Richtung Creamery. Sie kamen zur Hintertür herein und setzten sich an einen Tisch hinter Tiny. Tiny warf einen Blick über die Schulter; sie waren zu fünft. Einer von ihnen erzählte den anderen, daß dies hier ein legendäres Lokal sei, dann ließ er einen

zusammengelogenen Schwachsinn vom Stapel – wie Steve Wozniak die Originalversion des Apple auf eine Serviette der Creamery gezeichnet habe, und diese Serviette hinge jetzt im Smithsonian. Tiny konnte nicht sagen, ob die Zuhörer wußten, daß man sie auf den Arm nahm. Dann kam die Bedienung, und sie nannten sie ständig »Flo«, obwohl sie Linda hieß, und dann wollte einer von den Typen wissen, ob er vielleicht Weizenkeime in seinen Milchshake haben könne.

Während er zuhörte, dachte Tiny: Das ist das andere Leben eines Ingenieurs. Sie hatten Glück, daß sie bei La Honda waren. Vielleicht betrachteten sie Andys Projekt zu kritisch. *Eine bestimmte Menge an Leistung in der Hand einer bestimmten Anzahl von Menschen* – davon redeten sie immer. Aber das verdammte Ding war vermutlich gar nicht einmal so einfach zu bauen; das Limit von dreihundert Dollar war so eng, daß herkömmliche Software auf so einem Computer nicht funktionierte. Sie würden eine komplett neue Softwarebibliothek schreiben müssen – kein Pappenstiel. Und sie würden es mit nur vier Leuten schaffen müssen.

Als das Mittagessen vorbei war, hatte Tiny lange genug sinniert, und sein Interesse war geweckt. Dann aber, auf dem Heimweg – dem kürzeren Weg –, saß er vorn und machte aus Neugier das Handschuhfach auf, wo er die Zulassungspapiere fand und sah, daß der Wagen nicht auf Andy Caspar zugelassen war, sondern auf eine Alisa Jennings.

Tiny gab die Zulassung zu Salman nach hinten, der nur feststellte: »Hey, du, der Wagen gehört dir ja gar nicht!«

»Ich habe nie behauptet, daß er mir gehört.«

»Aber du hast uns in dem Glauben gelassen, daß er dir gehört.«

Darrell schnappte sich die Zulassung. »Scheiße, was für ein Auto fährst du dann eigentlich, Andy?«

»Einen 84er Lincoln. Ist aber eine Mistkarre.«

»Was, ein Mark IV?«

»Mm.«

»Das ist ein V-8!«
Andy nickte.
Darrell sagte: »Zum Teufel mit dir, du verlogener benzinfressender Yuppie. Nichts ist schlimmer als ein Heuchler, Mann.«
»Aber ich habe nie gesagt, daß der Wagen mir gehört!«
Etwa eine Minute lang herrschte ungemütliches Schweigen. Salman versuchte, die Wogen zu glätten. »Hey, erinnert ihr euch an den Witz, was wäre, wenn Microsoft Autos bauen würde?«
Niemand sagte etwas. Schließlich fragte Darrell: »Und?«
»Was?« knurrte Salman.
»Was *wäre* denn nun, wenn Microsoft Autos bauen würde?«
»Erinnerst du dich an die Pointe?« fragte Salman.
»Wie geht sie denn nun, Herrgott noch mal!?«
»Ich weiß es nicht mehr. Ich frage ja nur. Ich glaube, sie war lustig.«
Darrell schloß die Augen und schürzte die Lippen. »Salman, manchmal bist du – großer Gott!«
»Was denn? Was habe ich getan?«
Andy ließ die Stille einen Augenblick wirken. Dann sagte er: »Wenn Microsoft Autos bauen würde, müßten wir alle auf Benzin von Microsoft umsteigen.«
»Das war's!« sagte Salman. »Ja, das war's!«
Worauf Darrell nur meinte: »Schon mal besser gelacht.«

Als sie nach La Honda zurückkamen, bat Andy sie in sein Labor hinauf, das eine Viertelmeile oberhalb der Hauptgebäude auf dem Hügel lag. Andy ersuchte Darrell außerdem, ihm eine Kiste mit Sachen tragen zu helfen, die er unter der Haube des VW verstaut hatte. Tiny und Salman gingen voraus.
Der Weg war übersät mit dunkelbraunen Rotholzzweigen und blaß zitronengelben Rhododendronblättern. Als die Brise auf-

frischte, regnete es Nadeln von Douglasfichten auf ihre Schultern herab. Zu dieser Jahreszeit waren die Stämme mit blaßgrünem Moos bedeckt, und von den Bäumen tropfte eine büschelige, zuckerwatteähnliche Flechte. Insekten gab es kaum. Die Temperatur betrug höchstens zwanzig Grad.

Andy sagte leise zu Darrell: »Ich muß wissen, ob du der Mensch bist, für den ich dich halte.«

»Was soll das heißen?« In seiner Stimme lag nur wenig Abwehr.

»Ich will ehrlich zu dir sein. Ich bin neu hier und kenne nicht viele Leute. Hank hat mir ein wenig Einblick in die Personalakten gewährt. Und ich habe dich heute wegen etwas dazugebeten, das ich in deiner Akte gesehen habe.«

»Hm.«

»Ich habe mir das Formular über deine finanziellen Verhältnisse angesehen.«

Um Interessenkonflikte zu vermeiden, mußten die Ironmen offenbaren, wo sie ihr Geld anlegten, falls sie welches hatten. Darrell hatte nicht viel, vielleicht zwanzigtausend.

»Dein ganzes Geld steckt in Apple-Aktien. Ich habe das gesehen und mich gefragt, was für ein Mann legt seine gesamten Ersparnisse in Aktien einer Gesellschaft an, für die alle paar Jahre die Totenglocke läutet? Das mußte ein Mann sein, der trotz der ungünstigen Prognosen sehr viel Vertrauen hat. Sehr viel Idealismus. Jemand, der glaubt, daß eine überlegene Technologie trotz eines unterlegenen Verkaufsmodells an die Spitze gelangen wird. Deshalb möchte ich wissen – bist du das? Hast du viel Vertrauen? Hast du Ideale?«

Wer hätte diese Frage nicht mit Ja beantwortet?

»Ja, ich habe noch meine Ideale«, bestätigte Darrell.

»Und du läßt dich nicht von ungleichen Chancen einschüchtern?«

»Nein, davon lasse ich mich nicht einschüchtern.«

Andy nickte anerkennend. Weiter sagte er nichts.

Das Labor war nur ein Aluminium-Wohnanhänger mit einem einzigen Raum, ungefähr zwanzig mal fünf Meter, und einem Isolierdach, um die Hitze abzuleiten. Das Zahlenschloß an der schäbigen Alutür hätte niemanden aufgehalten, der ernsthaft einbrechen wollte. Nur Schiebefenster mit Fliegengittern an jedem Ende ließen natürliches Licht einfallen. Die Wände waren weder aus Holz noch holzverkleidet, sondern nur mit einer Tapete versehen, die wie Holzverkleidung aussah.

Vier Schreibtische mit Stühlen standen da, und als sich die Männer hinsetzten, konnten sie sich unschwer vorstellen, an diesen Schreibtischen zu arbeiten. Es war eine natürliche Reaktion zu prüfen, wie leicht sich die Schubladen herausziehen ließen, und mit der Hand über die Schreibtischoberfläche zu streichen. Andy begann, die Sachen aus der Kiste zu räumen.

Um ihren Respekt zu gewinnen, sagte er: »Ihr müßt wissen, daß ich die Möglichkeit gehabt hätte, beim 686er mitzuarbeiten.«

»Wirklich?« fragte Darrell. Darauf war er eindeutig nicht gefaßt gewesen.

Andy nickte. »Hank wollte, daß ich mich melde, aber ich nicht.«

»Wie kommt es, daß du nicht beim 686er mitarbeiten wolltest?« wollte Salman wissen.

»Ich weiß nicht; ich glaube, ich wollte nicht einer von dreißig Leuten sein, Befehle von Francis entgegennehmen, in einer Hierarchie festsitzen. Das bin nicht ich, das ist nicht mein Stil. Du wolltest wahrscheinlich beim 686er dabeisein, oder?«

»Ich?«

»Ja.«

»Natürlich.« Selbstverständlich wollte Salman zum 686er, es war das Projekt mit dem größten Prestige bei La Honda.

»Dann ist das also dein Stil, einer von dreißig zu sein?«

So hatte Salman das noch nie gesehen. »Na ja.«

»Befehle von einem Untergruppenleiter entgegenzunehmen, der wiederum seine Befehle von Francis Benoit bekommt, der seinerseits Befehle von irgendeinem Produktmanager bei Omega erhält? Das *gefällt* dir?«

»Na ja.«

»Ich möchte dich einmal etwas fragen«, sagte Andy. »Am Ende des Jahres, wenn der 686er fertig ist, werden überall im Land andere Ingenieure davon erfahren, und wem, glaubst du, werden sie ihn als Verdienst anrechnen? Meinst du, allen dreißig Leuten?«

»Wohl kaum«, gab Salman zu.

»Wir bekommen hier nicht viel Geld«, bemerkte Andy. »Und ich rede jetzt nicht von Ruhm. Ich rede nur von der Achtung anderer Ingenieure, Leute unseres Schlags! Ich möchte gern an einem Projekt arbeiten, das mir ein wenig Achtung einbringt, wenn es Erfolg hat.«

»Und bei diesem Projekt meinst du, wäre das so?«

Andy nickte. »Ich bin sicher, ihr fragt euch: ›Wer ist dieser Neue, der will, daß ich für ihn arbeite?‹ Ich will es mal so ausdrücken: Bei jedem anderen Projekt, für das ihr euch melden könntet, müßtet ihr euch einem Teamleiter unterwerfen. Nicht aber bei diesem. Ich werde mich mit Hank austauschen, und ich werde das Finanzielle regeln, aber ich werde mich nie über euch stellen.«

Andy grinste Salman breit an. Er hatte auf den richtigen Augenblick gewartet, um das alles zu sagen. Salman war kein Problem; der Bursche erzählte dauernd Macholügen über seine Freundin, was vermuten ließ, daß er bei dem Projekt mitmachen würde, solange er darin eine Möglichkeit sah, seine Männlichkeit zu beweisen. Andy griff in die Kiste und holte ein Litergefäß im Braunton einer Arzneiflasche heraus. Er stellte es vor Salman hin.

»Was ist das?« wollte Salman wissen.

Andy schob die Flasche über den Schreibtisch. Salman nahm sie in die Hand und schaute auf das Etikett, auf dem stand: »Bolasteron.« Darunter hieß es: »Fünf Milligramm. Nur zur oralen Einnahme.« Und darunter, aber nicht sehr kleingedruckt, stand noch eine lange Warnung. »Achtung! Dieses pharmazeutische Produkt sollte nur über einen begrenzten Zeitraum und unter ärztlicher Aufsicht eingenommen werden. Bei Blut im Urin oder Schmerzen im Nierenbereich unverzüglich den Arzt aufsuchen.« Salman bekam große Augen. »Was ist das?« Er gab Andy die Flasche zurück.

»Anabolische Steroide.«

»Wo hast du die her?«

»Sie werden in Mexiko hergestellt. Mein Bruder fährt oft runter und schickt mir hin und wieder eine Flasche.«

»Was bewirken die denn? Kriegt man davon Muskeln?«

Andy hatte ihn am Wickel. »Das wäre der Fall, wenn ich viel Bodybuilding betreiben würde. Aber da ich das nicht tue, wirst du nur gemein und wütend davon. Es stärkt deine Widerstandskraft, deinen *Kampfgeist.*«

»Wow. Und es ist nicht gefährlich?«

Andy schraubte den Deckel von der Flasche. »Nur wenn du mehr als zwei Pillen am Tag nimmst.« Mit diesen Worten schüttete er sich fünf Pillen in die Hand, schüttelte sie und warf sie sich in den Mund. Er kaute sie. Es war in Wirklichkeit Vitamin C, Ascorbinsäure, und der saure Geschmack bewirkte, daß er das Gesicht verzog, wodurch sein breites Grinsen verschwand; es hätte seinen kleinen Streich verraten können. Er hatte die leere Flasche von einem Freund bekommen, der Apotheker war.

Andy hielt Salman die Flasche hin. »Willst du welche?«

Salman zog den Kopf ein wie eine Schildkröte. »Auf keinen Fall.«

»Darrell? Tiny?«

Sie verzogen das Gesicht und schüttelten den Kopf. »Nimmst du die ständig?« wollte Darrell wissen.

»Nur in Streßzeiten. Aber es wird eine Menge Streß hier geben.«

Andy konnte sich nicht mehr beherrschen. Er fing an zu lachen.

»Was ist so komisch?« fragte Salman.

»Tut mir leid. Ich bin ein schlechter Lügner.« Er kicherte wieder.

»Will einer von euch ein bißchen Vitamin C?« Er hielt ihnen die Flasche wieder hin.
Salman beugte sich vor und schnüffelte an der Flasche. Dann steckte er die Hand hinein und fingerte ein paar Pillen heraus. Er roch an ihnen, leckte mit der Zunge an einer.

Andy holte tief Luft. »Also, was meint ihr? Was haltet ihr von dem Projekt?« Er wollte, daß sie gemeinsam antworteten. Wenn sich einer meldete, würden wahrscheinlich alle folgen. »Salman?«
»Ich?«
»Ja. Was meinst du?«
»Ich weiß nicht. Ich denke noch drüber nach.« Er wandte sich an Darrell. »Was meinst du, Mann?«
Darrell hatte die Arme verschränkt. Er schaffte es, aus seiner trotzigen Haltung heraus die Achseln zu zucken, als wolle er zu verstehen geben: Ich bin dabei, aber ich bin noch immer skeptisch.
Nun wandte sich Andy an Tiny. Er wollte ihm keine Frage stellen, die Tiny mit Nein beantworten konnte. »Tiny, ich möchte dich um deinen Rat bitten. Ich möchte mir kurz dein Gehirn ausleihen. Du bist schon ein paar Jahre hier, warst bei einigen Projekten dabei. Wenn du bei diesem Projekt mitmachen würdest, wie würdest du beginnen? Was müßten wir als erstes begreifen, bevor wir überhaupt anfangen?«
Darauf war Tiny nicht gefaßt. Seine Teamleiter hatten ihm in der Vergangenheit viele Befehle gegeben, und sie hatten ihm ebenso viele intellektuelle Freiheiten gelassen, aber man hatte ihn noch nie um Rat gefragt.
Alle drehten sich zu Tiny um. Er saß mit dem Kinn in der Hand da, die Ellbogen auf den Tisch gestützt. An jedem Handgelenk trug er zwei Sportarmbänder, die dunkel vom Schweiß waren. Als er sprach, schaute er seitlich zu Boden. »Ich habe nachge-

dacht, und ich sehe, daß es mehr als eine Möglichkeit gibt, einen Computer zu entwickeln, der weniger als dreihundert Dollar kostet. Es gibt eine ganze Palette von Alternativen. Es wäre also nicht so, als würden wir nur einen Eisenbahnbausatz zusammenbasteln.« Er hielt inne und befeuchtete seine Lippen. »Es stimmt, daß jeder, der sein Geld wert ist, einen bauen könnte, aber sie würden ihn vielleicht *falsch* bauen. Und dann wäre nur eine weitere glänzende Idee fehlgeschlagen, weil Ingenieure schlechte Arbeit geleistet haben. Wenn andere ans Werk gehen und Mist bauen, wäre die Chance verspielt, in Zukunft bessere Geräte zu schaffen.«

Tiny legte die Hände flach auf den Tisch. »Deshalb ist es wichtig, sehr wichtig, daß der erste VWPC *gut, gut und noch mal gut ist.«*

Tiny zog einen klaren Trennstrich zwischen *unserem* VWPC und irgendeinem miesen Billigcomputer, den *sie*, nämlich alle anderen, bauen würden. Die anderen würden ein zusammengepfuschtes fades Flickwerk liefern, *unserer* elegant, brillant, mit allen Tugenden und würdig sein. Letzten Endes würden die anderen nur beweisen, daß sie nicht die Geisteskraft hatten, wir hingegen schon. Es war wichtig, daß er gut, gut und noch mal gut ist! Den VWPC konnte nicht jeder bauen!

Die Gitter

Die Methodik der Computertechnik bestand darin, ein Problem in immer kleinere Bestandteile zu zerlegen, bis jeder Aspekt leicht zu lösen war. Es war dieselbe Methode, nach der auch Computer arbeiteten – sie zerlegten Worte, Bilder und Klänge in lange Ketten aus Einsen und Nullen. Und es war die Methode, nach der Ingenieure schon immer gewaltige Aufgaben anpackten, wie etwa die Schaltungsanordnung, um vier Millionen Transistoren auf einem neuen Chip zu verbinden, oder ein neues Softwareprogramm zu schreiben, das einen Code von zweihunderttausend Zeilen hat – sie zerlegten das Problem in Einheiten, und jede Einheit in Funktionen, und jede Funktion in Schritte, und jeden Schritt in Arbeitsabläufe und jeden Arbeitsablauf in winzig kleine Aufgaben, mit denen man bis zum Mittagessen fertig wurde.

Francis Benoit hatte eine Methode, seinem Team beizubringen, wie wichtig es war, ihr Projekt in zu bewältigende Aufgaben zu zerlegen. Er hatte ein einfaches Computerprogramm geschrieben, das ein großes Gitter aus einzelnen Kästchen ausdruckte. In jedes dieser Kästchen setzte er eine nach dem Zufallsprinzip erstellte Rechenaufgabe. Es war nicht die Art Mathematikaufgaben, für deren Lösung man Infinitesimalrechnung braucht, sondern simple Additionen, Subtraktionen, Multiplikationen und Divisionen – sehr ähnlich den Operationen, die ein Computerchip ein paar Millionen Male in der Sekunde ausführt: 6 x 9; 96 – 47; 45 + 12. Rechenaufgaben, mit denen jeder Sechstkläßler im Handumdrehen fertig wurde. Das Gitter enthielt an die zehn Spalten und zwanzig Reihen, zusammen rund zweihundert Aufgaben. Der Trick war, daß die Aufgaben miteinander in Verbindung standen. 6 x 9 = A. A – 47 = B. B + 12 = C. Diese Variablen, A, B, C, zogen sich durch das ganze lateinische und auch griechische Alphabet und jedes Zeichen, das der Computer drucken konnte, so daß manche Kästchen schließlich Aufgaben wie K : ß = # enthielten. Sie standen nicht nur miteinander in Verbindung, sondern waren auch willkürlich über das Gitter verteilt. Man konnte eine Minute lang auf das Blatt starren und nicht einmal sagen, in welcher Reihenfolge die Rechnungen durchzuführen waren. Es ließ sich nicht ausmachen, welche der Variablen die abschließende sein würde; vielleicht war es das K, vielleicht das ß, vielleicht das #. Um das Gitter zu lösen, mußte man einfach mit numerischen Aufgaben anfangen und einige der Variablen bestimmen, sich dann zu anderen Variablen vorarbeiten, bis man sich schließlich zur abschließenden Variablen durchgekämpft hatte. Wenn es also zweihundert Aufgaben gab, mußte man jede einzelne davon exakt lösen, um die abschließende Variable genau bestimmen zu können. Ein einziger Fehler schmiß die ganze Rechnerei über den Haufen.

Bis dahin hätte es sich um einen beliebigen Rechentest handeln können, wie man ihn den Ironmen in der Junior High-School vorgesetzt hatte. Ihr ganzes Leben lang hatten sie sich bei solchen Aufgaben hervorgetan. Sie *genossen* es, sich bei einem Test zu beweisen. Sie liebten es, mit zweihundert anderen Prüfungsteilnehmern in einem großen Hörsaal zu sitzen und in der Hälfte der vorgesehenen Zeit durch die Prüfung zu hetzen, den Stift wegzulegen, den Reißverschluß des Rucksacks zu schließen, ihre Antwort in den Pappkarton auf dem Podium zu werfen und durch den Mittelgang zum Ausgang zu schreiten – neidische Blicke in jeder Reihe hervorrufend. Aber Francis Benoit baute etwas Neues ein: Seine Gitter waren ein Wettkampf Mann gegen

$\in \times \mathrm{N} = \chi$	$3 \times I = J$	$25 - F = L$	$W + \Psi = \Re$	$O \times P = R$
$\Phi \times \Gamma = \varsigma$	$\chi - \Psi = C$	$153 : 9 = G$	$L + 28 = M$	$64 : 16 = \Omega$
$B - 13 = N$	$J : 69 = V$	$\Phi \times \mathrm{K} = \Gamma$	$\Xi + \Phi = \Psi$	$(\Sigma - \mathrm{Y}) : 29 = \Phi$
$P + K = U$	$8 + D = E$	$15 + A = I$	$(\mathrm{I} : \Im) \times 7 = \in$	$46 - 23 = D$
$7 - 18 = H$	$27 : 9 = W$	$3 \times 8 = B$	$G + 9 = Q$	$\mathrm{A} + \Re = \Im$
$4 \times 21 = F$	$486 : 81 = \Sigma$	$(\Gamma - \mathcal{J}) : 73 = \Pi$	$43 - 22 = P$	$O \times G = Z$
$V + 6 = \Theta$	$2 + 6 = A$	$81 : 9 = O$	$210 : 15 = K$	$139 - M = T$
$208 : 52 = \vartheta$	$24 + X = Y$	$84 : 12 = S$	$\Omega - \Theta = \Xi$	$W - H = X$

Mann. Sie waren ein Rennen. Wer als erster fertig war, hatte gewonnen.
Francis nahm seine neuen Teammitglieder, teilte sie in Paare ein und ließ sie gegeneinander antreten, und zwar nicht wie in einem Hörsaal voller Studenten. Es gab kein Zeitlimit, über das sie nur lachen konnten. Sie traten gegen andere Ironmen an, und wer als erster fertig war, hatte gewonnen. Und wer gewann, hatte sich vor Francis bewiesen. Der Druck war unglaublich! Francis brauchte nur eines seiner Gitter vor einen Ironman hinzulegen, und plötzlich wurden sie mit den simpelsten Rechenaufgaben nicht mehr fertig: 11 x 13. *Wie spät ist es, wenn der kleine Zeiger auf der Elf steht und der große Zeiger auf der Vier?* Wenn sie auch nur die kleinste Aufgabe in der ganzen Reihe falsch lösten, war das Endergebnis beim Teufel. Und so unterdrückten die Ironmen den Wunsch, nachzurechnen und ihre Arbeit zu überprüfen. Sie versuchten sich einzureden, daß sie sich auf ihren Verstand, auf ihre Sorgfalt verlassen konnten. Aber plötzlich tauchte dann in einer Lösung ein Bruch oder eine Dezimalstelle auf, und schon zweifelten sie an sich selbst – eine Dezimalstelle! Vielleicht habe ich ein paar Schritte zuvor einen Fehler gemacht? Und sie schauten über den Tisch auf den gegnerischen Ironman, einen Burschen, der in seinem Leben genauso viele Tests mit Bravour bestanden hatte wie alle andern hier, und er quälte sich ab mit dem Bleistift auf dem Papier – was für eine Marter! Mittels Druck konnte Francis Benoit diese Intelligenzbestien in gedemütigte schwitzende Wracks verwandeln, unfähig, sich auch nur an den eigenen Namen zu erinnern.
Gescheit zu sein reichte nicht. Bei La Honda herrschte allgemeine Übereinstimmung, daß Grips keine besondere Seltenheit sei. Für Grips allein konnte man sich nichts kaufen. Grips und *Selbstbewußtsein* – das war die explosive Mischung. Ein Selbstbewußtsein wie eine Festung war das Image, das man ausstrahlen mußte. Gespielte Tapferkeit. In den Fluren von La Honda prallten so viel

gespielte Tapferkeit und Männlichkeitswahn aufeinander, daß der ganze Laden in die Luft geflogen wäre, hätte man ein Streichholz angezündet. Francis hatte seine einfachen Gitter entworfen, um herauszufinden, wer wirklich Selbstbewußtsein besaß und wer nicht.

Die Ironmen hatten einige Leitsätze zu den Gittern entwickelt, die Jahr für Jahr weitergegeben wurden. In zwanzig Prozent aller Fälle hatte der Ironman, der sich für den Sieger hielt, in Wirklichkeit eine falsche Antwort herausbekommen. Die Dezimalstellen und Brüche mochten sich über einige Rechenschritte hinziehen, aber sie verschwanden normalerweise wieder vor der abschließenden Variablen. Verschiedene Ironmen programmierten ihre Computer um, so daß sie ihre eigenen Gitter erzeugen und damit üben konnten, aber Francis konterte, indem er einfach noch größere Gitter entwickelte – vierhundert Aufgaben, für die man eine halbe Stunde brauchte, bis man sich hindurchgearbeitet hatte. Oder er überraschte sie mit einem Gitter, das nur aus dreißig Aufgaben bestand, einem Sprint. Bei einem Sprint konnte jeder gewinnen! Und schon waren all der Druck und die Angst wieder da, und damit auch die Demütigung.

Aber es gab noch eine letzte Probe. Jedesmal, wenn Francis mit einem neuen Team ein neues Projekt anfing, ließ er alle zu einem Gitter-Wettstreit antreten, nur damit sie ein Gefühl dafür bekamen, wie so ein Gitter war. Und das machte er jetzt auch für alle dreißig Mitglieder des 686er-Teams. Er versammelte sie in Labor A, ließ Gitter herumgehen und wartete, bis sich fünfzehn Paare zusammengefunden hatten. Dann verkündete er rundheraus, daß es allen Teammitgliedern freistand, ihm seine Position als Leiter streitig zu machen – sie mußten ihn nur beim Gitter schlagen. Wenn jemand glaubte, er sei besser geeignet, die grundlegenden Entscheidungen bei der Entwicklung des 686ers zu treffen, wenn einer derjenige sein wollte, welcher den 686er in Schübe, Stücke, Fragmente und Aufgaben zerteilte, dann solle er ihn nur herausfordern. Er, Francis Benoit, dränge sich als Leiter nicht auf. Er sei kein Autokrat. Er behauptete von sich, daß er nur deshalb der Leiter sei, weil er den Grips und das Selbstvertrauen für diese Aufgabe besäße, nicht mehr und auch nicht weniger. Und es war ihm ernst.

Nach dieser Ankündigung setzte es sich ein halbes Dutzend Ironmen in den Kopf, Francis herauszufordern. Das würde ihr großer Durchbruch werden; sie konnten die ganze Hierarchie auf den Kopf stellen und als Erfinder des 686ers Berühmtheit erlangen. Es war fast, als hätte Francis gesagt: »Wer ein echter Ironman ist, der muß mich herausfordern.« Alle dachten, sie erhielten eine Lektion darüber, daß Ironmen immer Autorität in Frage stellten. *Er will, daß wir ihn herausfordern!* Dann erwähnte Francis den Haken an der Sache: Wenn Francis seine Position als Teamleiter aufs Spiel setzte, dann mußte sein Herausforderer ebenfalls etwas wagen. Wer verlor, sollte seine Stelle beim 686er aufgeben. Als er das sagte, ging all den Egos im Raum ein bißchen die Luft aus. Unter keinen Umständen wollte schließlich jemand seinen Platz beim 686er riskieren. Francis fragte nach Herausforderern, und alle blickten im Raum umher, um zu sehen, ob sich jemand hervortat, und sie vermieden es, sich in die Augen zu schauen – *ich doch nicht, bist du verrückt?*

»Nicht ein einziger hier meint also, daß er bessere Entscheidungen treffen kann als ich?« stellte Francis fest.

Manche von ihnen glaubten das schon. Aber sie hatten nicht genügend Vertrauen in ihre Fähigkeiten, um bei einem Gitter gegen Francis anzutreten. Sie hatten gehört, daß Francis schnell war, daß er nie unter Druck einbrach.

Plötzlich kicherte Francis, nun ging der Spaß erst richtig los. Er wiederholte langsam sein Angebot, senkte aber jedesmal schrittweise den Einsatz. Jetzt konnten sie seine Stelle als Teamleiter erlangen, und wenn sie verloren, durften sie beim 686er bleiben, aber sie würden von vornherein zum Tester bestimmt. Die Ironmen hörten dieses neue Angebot, und sie fragten sich, ob sie das Risiko auf sich nehmen wollten, die nächsten neun Monate als untergeordneter Tester zu arbeiten, und ihre Antwort lautete nein, das wollten sie nicht. Alle waren bereits überzeugt, ihn nicht schlagen zu können, eine Wette wäre somit vergeblich. Dann machte Francis ein erneutes Angebot: Wer verliert, muß das Handbuch schreiben – eine ermüdende Angelegenheit, die ungefähr einen Monat dauern würde. Niemand nahm an. Er steckte weiter und weiter zurück, bis man nur noch zu ihm nach Hause kommen und seine Dachrinne säubern mußte, falls man verlor. Niemand nahm die Wette an! Je geringer der Einsatz, desto weniger trauten sich die Ironmen zu, es mit Francis aufnehmen zu können. Sie sahen, daß ihr Selbstbewußtsein nicht einmal dafür reichte zu riskieren, einen Nachmittag lang Dachrinnen zu reinigen! Und so machte Francis weiter, bis ihn schlußendlich jemand herausfordern *mußte.*

»Also schön«, sagte Francis zu seinem 686er-Team, »ein letztes Mal. Noch kleiner kann ich den Einsatz nämlich nicht machen. Wer mich herausfordert und gewinnt, wird der Leiter des 686er-Teams. Aber wenn Sie verlieren, müssen Sie mir eine Pepsi kaufen.«

Eine Pepsi! Die Ironmen erstarrten geradezu in Ehrfurcht vor Francis' Zutrauen in seine Fähigkeiten – er riskierte praktisch sein gesamtes Leben, um was zu gewinnen? *Eine Dose Pepsi!* Der hatte Schneid!

Ein junger Mann, Link Smith, hielt es schließlich nicht mehr aus. Er sah, wie Francis sie alle demütigte, durchblickte genau, wie er vorging – und doch half das Link nicht viel, denn er fühlte sich trotzdem verdammt mies. Wenn niemand Francis herausforderte, würde der Hohn kein Ende nehmen. Francis würde sich monatelang als ihr Gebieter aufspielen. Link hatte sein erstes Gitter in Windeseile erledigt, was konnte also schon groß passieren? Er trat vor. Er räusperte sich. »Also gut, ich mach's.« Link trug Leder-

bänder am Handgelenk, ein Rippenshirt und eine Hose mit einem seidenen Smokingstreifen seitlich am Bein.
»Ein Hoch auf Link Smith!« jubelte Francis lachend. Wenn sich sein Gesicht in die Breite zog, bildete die Haut am Kinn nicht am natürlichen Einschnitt eine Kerbe, sondern einen Zentimeter daneben, um eine alte Narbe herum. »Einen Applaus für Link Smith!« Alle fingen an zu klatschen, einschließlich Francis. Er machte eine Zirkusnummer aus der ganzen Sache.
»Fangen wir an«, sagte Link. Er wollte es eher hinter sich bringen als gewinnen. Er bewunderte Francis nicht, und er mochte Francis nicht, wollte aber trotzdem Francis *sein*. Alle wollten das. Und warum? Weil er sich im Griff hatte. Weil er anderen keinen Respekt entgegenbringen mußte, um selbst respektiert zu werden. Francis war knapp über vierzig, ein Alter, in dem andere Männer sich nach Ruhm und Reichtum zu sehnen beginnen. In den Augen der Ironmen hatte Francis diesen Verlockungen widerstanden, war bei dem geblieben, was er gern tat und auch gut konnte, und hatte schließlich das Beste aus allem gemacht. Sein Name war bekannt unter seinesgleichen. Er hatte genügend Geld in die richtigen Anlagewerte gesteckt, um sich nie Gedanken machen zu müssen, ob er sich wohl einen Urlaub leisten konnte. Er war sich treu geblieben.
Francis wandte sich Link zu. »Wo ist Ihr Einsatz?«
»Mein Einsatz?«
»Die Pepsi. Ich will nicht, daß Sie sich vor Ihrer Wette drücken.« Und so mußte Link über das Quadrat gehen, ein paar Vierteldollarmünzen in den Automaten im Foyer werfen und die ganze Zeit daran denken, daß er nun gleich todsicher den Hintern versohlt bekommen würde. Als er zurückkam, prüfte Francis kurz die Pepsidose, dann ging er an seinen Computer und klickte einen Befehl an, der zwei identische neue Gitter aus dem alten Nadeldrucker in der Ecke leiern ließ. Er setzte sich auf einen Stuhl gegenüber von Link, die Pepsidose zwischen ihnen, und jemand

aus dem Publikum lief zu dem Nadeldrucker hinüber, um die Gitter abzureißen und sie den beiden Kandidaten hinzulegen.
Link schaute auf die sieben Reihen und achtzehn Spalten und machte sich an die Arbeit. Er senkte den Kopf und fing an zu rackern, als er plötzlich ein »Pffft« hörte.
Er blickte auf. Francis hatte gerade den Verschluß der Pepsi geöffnet! Er nahm einen Schluck, amüsierte sich. Es war einfach zuviel, Francis war sich der Niederlage seines Herausforderers so sicher, daß Link selbst es zu glauben begann und bald den heftigen Drang spürte, seine Arbeit nachzuprüfen. Und dann war plötzlich alles vorbei, Link brach völlig zusammen, unfähig, seinen Berechnungen zu trauen. Er hörte, wie seine eigene Stimme im Kopf dröhnte, hörte, wie die Zahlen ausgerufen wurden und nachhallten, und er versuchte, sich zu ermahnen, daß er nicht auf die Zahlen *lauschen* sollte, Idiot, *du sollst sie multiplizieren.* Ziemlich bald konnte er sich nicht mehr entscheiden, welches Kästchen er als nächstes rechnen sollte – *das hier sieht einfach aus, nein, halt, das hier.* Und genau an diesem Punkt versuchte er nur mehr, geschäftig auszusehen, aber in Wirklichkeit wartete er bloß noch darauf, daß Francis seinem Leid ein Ende machte.

Droben auf dem Hügel zerlegte das VWPC-Team sein Projekt ebenfalls in Teilaufgaben. Tiny übernahm die Verantwortung für die Hardware, das Gehäuse sowie für alle speziellen Mikrokodierungen, die in die Chips gebrannt werden mußten.
Salman erklärte sich für die Middleware zuständig, was das Betriebssystem und die Netz/Internet-Verbindung umfaßte. Darrell übernahm die Software; er würde so viele Anwendungsprogramme schreiben, wie die Zeit es erlaubte, und diese Programme mußten *klein* sein, damit sie nicht viel Speicherkapazität brauchten und schnell vom Internet geladen werden konnten. Andy

würde eine Art Springer sein, überall dort aushelfen, wo es die meisten Schwierigkeiten gab, und er würde den Teamleiter abgeben – obwohl zu diesem Zeitpunkt noch keiner von ihnen eine Vorstellung davon hatte, worin die Aufgabe eines Teamleiters überhaupt bestehen sollte. Sie fanden es schnell heraus. Jedes Wort aus Andys Mund, jede Geste und jede Zeile E-Mail, die er zirkulieren ließ, war darauf ausgerichtet, sein Team in einem Zustand der Angst zu halten, ohne es jedoch in einen Zustand der Hoffnungslosigkeit zu stürzen. Er ließ alle wissen, daß das Budget sehr knapp war, daß es nicht lange reichen würde, aber er zeigte ihnen nie die genauen Zahlen und erzeugte damit Angst durch Ungewißheit. Sie konnten drei Monate ohne Sponsor durchhalten, aber das sagte er seinen Leuten nicht – das Wissen darum, daß sie nur neunzig Tage hatten, um einen Prototyp zusammenzubasteln, hätte sie mutlos gemacht. Statt dessen stellte er wöchentliche Ziele auf. Er sagte etwa: »Wir haben bis Sonntag, um uns darüber klarzuwerden, welche Teile wir verwenden wollen. Denkt von heute bis Sonntag an nichts anderes.«

Andy legte nur zwei Regeln für das Team fest. Erstens: Der VWPC mußte so konstruiert sein, daß man ihn für dreihundert Dollar kaufen konnte. Es war nichts Magisches an dieser Zahl, es gab keinen technischen Grund, an diesem Preis zu kleben. Aber die allgemeine Meinung ließ es geraten erscheinen, einen Gebrauchsgegenstand, der eine kritische Masse von Haushalten erreichen sollte, nicht teurer zu machen als andere Haushaltsgeräte auch – Fernseher, Mikrowellenherde, Kühlschränke, Stereoanlagen. Im Jahr zuvor waren verschiedene Videospielkonsolen neu auf den Markt gekommen, und die beiden Konsolen, deren Preis bei vierhundert Dollar lag, verkauften sich schlecht, obwohl sie technisch überlegen waren. Darrell Lincoln war ein großer Fan von Videospielen, und wenn jemand Andys Dreihundert-Dollar-Regel in Frage stellte, mischte sich Darrell schnell mit einer Anekdote über Geräte ein, die niemand haben wollte.

Andys zweite Regel war, daß die Hardware für den VWPC aus Einzelteilen bestehen mußte, die man bereits kaufen konnte – es war nicht genug Geld im Etat des Projekts, um Originalchips herzustellen und zu testen.

Diese Vorgaben zwangen sie, rasch einige recht schwere Entscheidungen zu treffen. Andy fing an, indem er eine Liste mit den Einzelhandelspreisen für alle Bauteile in einem herkömmlichen Desktop-Computer aufstellte:

Motherboard	125 $
Hauptprozessor	400–750 $
CMOS-Chip	15 $
ROM-BIOS-Software (auf Flash EPROM)	10 $
dynamisches RAM, 40 $ pro MB	300–600 $
statisches RAM (Motherboard Cache)	50 $
Chipsatz	50 $
Gehäuse	15 $
Stromversorgung	10 $
Erweiterungssteckplätze	75 $
Festplatte	110 $
Diskettenlaufwerk	25 $
Controllerkarte	45 $
Modem	75 $
Grafikkarte	50 $
Video-RAM	80 $
Grafikbeschleuniger	50 $
Monitor	200–400 $
Tastatur	30 $
Maus	30 $
Betriebssystem	20 $
Schnittstelle zu Windows	40 $
Softwarepaket	200 $

Diese Teile summierten sich zu einem Computer, der zweitausend bis zweieinhalbtausend Dollar kostete, ohne periphere Geräte wie CD-ROM-Player, Scanner oder Drucker. Als sich das Team die Liste ansah, wurde es von einer Woge der Verzweiflung erfaßt. Alle waren sich einig, daß ein Dreihundert-Dollar-Computer keinen Langzeitspeicher, etwa eine Festplatte, aufweisen würde; statt dessen sollten die gesamte Software sowie die persönlichen Dateien bei einem Server im Internet gespeichert werden, auf den der VWPC dann Zugriff hätte. Aber nach Andys Liste sparte es nur hundertachtzig Dollar ein, wenn sie die Speicherteile – Festplatte, Diskettenlaufwerk und Controller – wegließen. Sie waren dann noch nicht einmal unter zweitausend Dollar!

»Die Sache ist hoffnungslos«, stöhnte Salman und rieb sich die Schläfen. »Das ist unmöglich zu schaffen.«

»Hör auf, an das große Ganze zu denken!« riet Andy. »Arbeite immer nur an einem Teilbereich.«

»Wenn ich mir befehle, nicht an das große Ganze zu denken, dann ist das *auch* eine Art, daran zu denken.«

»Kämpf dagegen an.«

»Ich kann nicht anders.«

Also zerlegte Andy die Aufgabe noch weiter. »Na schön, Salman. Scheiß auf den Wochenplan. Du hast bis heute abend, neun Uhr, Zeit, herauszufinden, welche Optionen wir bei CPUs haben.«

»Und wenn nicht?« haderte Salman.

»Was soll das heißen: ›Und wenn nicht‹? Du mußt bis heute abend fertig sein, basta.«

»So geht das nicht. Du mußt mit der Peitsche drohen. Zuckerbrot und Peitsche, du weißt schon. Also, was ist die Peitsche?«

»Willst du der Teamleiter sein?« fragte Andy.

»Um Gottes willen, ich sage dir ja nur, wie man so was macht.«

»Ich habe mir nicht vorgestellt, daß ich jeden Tag deine Hand halten muß, verdammt noch mal.«

»Du mußt nicht meine Hand halten. Gib mir einfach Zuckerbrot und Peitsche, das ist alles.«

Andy wurde ärgerlich. »Wenn du nicht bis neun fertig bist, bleibst du die ganze Nacht hier, bis du fertig bist! Wie wär's damit?«

Salman schüttelte den Kopf. »Das reicht nicht. Ich rechne sowieso schon damit, daß ich mindestens zwei Nächte in der Woche hier verbringe.«

Andy ging weg, um ein paar Minuten nachzudenken, dann kam er mit einer neuen Idee zurück. Er ließ Salman seine Freundin anrufen und sich mit ihr um halb neun zum Essen im MacArthur Park, einem sehr netten Restaurant, verabreden. Andy stand während des Telefonats neben Salman. Salman war das sehr unangenehm, weil Andy mithörte, wie seine Stimme sanfter wurde, wenn er mit seiner Süßen sprach.

»Junge, die wird ganz schön sauer werden, wenn ich zu spät komme«, sagte Salman, nachdem er aufgelegt hatte.

»Genau darauf setze ich«, erwiderte Andy.

Salman begann, Chiphersteller anzurufen, und ließ sich Produktbeschreibungen faxen. Ein neuer Falcon, der mit einer Taktfrequenz von 133 Megahertz arbeitete, kostete etwa siebenhundertzwanzig Dollar, aber Salman war überrascht, wie schnell die Preise fielen. Omegas Chip vom letzten Jahr, den Eagle 486DX2, bekam man inzwischen für hundertfünfzig Dollar, allerdings war Omega im Begriff, die Produktion dieses Chips einzustellen. Die frühen Chips anderer Hersteller waren noch billiger, die gingen in manchen Fällen bis auf fünfzig Dollar hinunter. Noch vor wenigen Jahren waren diese Chips der neueste Stand der Technik gewesen, und damals hatte ihre Rechenleistung völlig ausgereicht, um die für die Software erforderliche Grafik zu treiben. Aber seither war die Software mächtig angeschwollen, und die alten Chips konnten nicht einmal mehr den Bildschirm treiben. Schlagartig wurde Salman klar, daß das Problem gar nicht die

Kosten für den Prozessor waren – das Problem lag in der Komplexität der Software. Wenn sie ihren VWPC dazu brachten, mit simpler Software zu laufen, dann würde auch ein alter Chip mit dieser Aufgabe fertig! Also suchte sich Salman den jeweils besten Chip für fünfzig, fünfundsiebzig und hundert Dollar aus, dann schnappte er sich Darrell, um die Software mit ihm zu besprechen. Sie erstellten eine Tabelle, wie komplex die Software bei den verschiedenen Chips überhaupt sein durfte.

Er gab Andy die Tabelle um halb acht. »Das machen wir jetzt jeden Tag«, sagte Salman und hielt die Arme über den Kopf. »Hey, sei ehrlich, stinke ich?«

»Ich habe nicht die Absicht, an dir zu riechen«, sagte Andy.

»Ich muß mich entscheiden, ob ich duschen soll.«

»Warum tust du es nicht einfach?«

»Weil sie es mag, wenn ich ein bißchen stinke. Aber nicht zu sehr.«

»Warum gehst du dann nicht rasch unter die Dusche, und dann, sagen wir, rennst du ein paarmal die Treppe rauf und runter?«

»Hey, das ist gut!« Salman hastete aus der Tür.

Andy hatte sich den ganzen Tag mit dem zweitgrößten Posten auf der Liste beschäftigt, dem dynamischen RAM, dem kurzfristigen Arbeitsspeicher. Alles andere in einem Computer wurde billiger, nicht aber das RAM; es lag immer noch bei circa vierzig Dollar pro Megabyte. Das RAM war früher ein unerheblicher Kostenfaktor bei einem Computer gewesen, aber ein gewinnbringender Trick hatte es zu einem großen Stolperstein gemacht: Der Marktführer, Microsoft, hatte vor kurzem ein neues Betriebssystem auf den Markt gebracht; vor der Einführung hatte Microsoft den Verbrauchern weisgemacht, daß sie nur acht Megabytes RAM brauchten, um das neue System betreiben zu können. Da die meisten Verbraucher bereits acht Megabytes hatten, kauften sie das neue Betriebssystem und installierten es auf ihren Computern. Aber wenn sie es dann benutzen wollten, stellten sie fest, daß es zu langsam war, und wenn sie es nachträglich schneller machen wollten, mußten sie mindestens vier weitere Megabytes RAM erwerben. Das neue Betriebssystem war bereits zehn Millionen Male verkauft; die meisten Käufer hatten plötzlich RAM gebraucht. Da die Hersteller darauf nicht gefaßt waren, blieben Aufträge unerledigt oder verzögerten sich, und die Preise gingen hoch.

Andys Lösung war ziemlich hinterlistig und machte sich die Methode zunutze, wie ein RAM an den Computer angeschlossen wird. Die meisten Computer wiesen vier Steckplätze für das RAM auf. Ein Verbraucher, der über acht Megabytes RAM verfügte, hatte normalerweise vier Chips mit je zwei Megabytes. Um auf zwölf Megabytes aufzurüsten, konnte der Verbraucher aber nicht einfach einen zusätzlichen Vier-Megabyte-Chip installieren, weil kein Steckplatz mehr übrig war. Er mußte zwei alte Chips herausnehmen, somit vier Megabytes abziehen, und zwei neue Chips mit jeweils vier Megabytes anschließen, also acht hinzufügen, um auf einen Nettozuwachs von vier Megabytes zu kommen. Andy führte nun ein paar Telefongespräche mit den Reparaturläden im Silicon Valley, die diese Aufrüstung für den Verbraucher durchführten, und erfuhr – Donnerwetter! –, daß die ganzen alten Zwei-Megabyte-Chips *einfach in Kisten herumlagen!* Die Läden hatten so viele davon, daß sie nicht wußten, wohin damit. Es waren einwandfreie Chips, solide Ingenieurarbeit, die nie kaputtgehen würden. Also rief Andy einige RAM-Hersteller an und hörte das gleiche – alte 1-MB- und 2-MB-Chips waren für nur zehn Dollar pro Megabyte zu haben, ein Viertel des regulären Preises! Das ließ dem Team ein wenig Spielraum bei der Software. Solange sie bereit waren, sich mit älteren Chips abzufinden, konnte der VWPC vier bis acht Megabytes haben. Diese überraschende Erkenntnis gab dem Team mächtig Aufschwung; plötzlich schien ihr Ziel gar nicht mehr so unerreichbar.

Tiny und Darrell nahmen den dritten dicken Brocken auf der Liste in Angriff, das gesamte grafische Anzeigesystem, das den Monitor, Videokarte, Video-RAM und Grafikprozessor umfaßte – zusammen fast fünfhundert Dollar. Das Team mußte rasch eine Entscheidung treffen, ob es seine begrenzten Geldmittel in den Monitor selbst oder in das Subsystem, das die ganzen Grafiken reproduzierte, stecken wollte. Andy war der Überzeugung, daß das Geld nicht für beides reichte. Sie würden wohl einen Monitor mit einem sehr kleinen Bildschirm verwenden müssen, vielleicht nur 8,5 Zoll, ein bißchen kleiner als die meisten Laptopschirme – »aber genauso groß wie der originale Macintosh-Schirm«, wie er rasch hinzufügte. Andy rechnete aus, daß ein 8,5-Zoll-Monitor mit hoher Bildauflösung, aber ohne das Video-Subsystem, ungefähr fünfundachtzig Dollar kosten würde, ein 8,5-Zoll-Schirm mit geringer Auflösung und mit Subsystem hingegen fünfundneunzig.

Es ging dabei um die grundlegende Entscheidung, ob der VWPC Text lesen oder Videos abspielen sollte. Textabbildung, zum Beispiel die langen Artikel, die die Leute im World Wide Web zu lesen versuchen, erforderte eine hohe Auflösung, um die feinen Serifen und Striche der Buchstaben zu zeichnen. Um aber Videospiele oder Trickfilme auf dem VWPC laufen zu lassen, mußte sich der *gesamte* Bildschirm dreißigmal in der Sekunde neu aufbauen. Ständig mußte ein neues Bild berechnet, reproduziert und an den Monitor geliefert werden. Das machte ein gutes Subsystem erforderlich.

Tiny Curtis Reese schaute nicht fern, und obwohl er strategische Computerspiele mochte, hatte er kein Interesse an der Ballerei, die bei den Kids so beliebt war. Tiny war ein Bücherwurm, er mochte vor allem Taschenbuchthriller von Alistair MacLean und Louis L'Amour, weshalb es keine Überraschung war, daß er für den Text plädierte. Er hatte aber auch ein zwingendes Argument auf Lager: Alle Teammitglieder waren überzeugt, daß der VWPC in den Schulen seinen größten Nutzen entfalten würde. Die meisten Schulen hatten ein Computerlabor, in denen die Schüler eine Stunde am Tag den Umgang mit Computern lernten. Sie nutzten den Computer jedoch nicht wirklich als Hilfsmittel für ihre anderen Fächer. Im Idealfall würde einmal auf jeder Schulbank ein VWPC stehen. Dann konnten sich die Schüler in ein Netz einklinken, um sich ihre Geschichtsstunde zu holen, und in der nächsten Stunde in ein anderes Netz für die Matheaufgaben. Schulbücher würden online verbreitet und sehr billig zu haben sein, da sie nicht gedruckt werden mußten. Tiny vertrat also den Standpunkt, daß Text Priorität haben mußte, wenn der Hauptnutzen des VWPC im Schulwesen lag.

Darrell fing an, laut zu lachen.

»Was ist denn so komisch?« fragte Tiny.

»Du, du Heuchler.«

»Wie bitte?«

»Gib es ruhig zu, Tiny, wir sind alle die Sklaven von Bildern. Ich, Andy und du auch.«

»Ich nicht«, sagte Tiny.

»Es ist unmöglich, in diesem Jahrzehnt zu leben und keiner zu sein. Bilder sind wie Luftverschmutzung – wir haben gar keine andere Wahl.«

»Wir treffen jetzt eine Wahl.«

Darrell lachte schallend. »Hör doch auf, Mann. Wenn der VWPC nicht Bilder übermittelt, überlassen wir allein dem Fernsehen die Herrschaft. So kampflos dürfen wir das Feld nicht räumen.«

»Bilder zerstören die Vorstellungskraft«, erhob Tiny sofort Widerspruch.

»*Manche* Bilder tun das, *manche* aber nicht. Der VWPC ist eine Chance, Bilder auszustrahlen, die die Vorstellungskraft beflügeln.«

»Zum Beispiel?«

Darrell seufzte. »Ich *habe* kein Beispiel. Alle Bilder, die die Gesellschaft erfunden hat, waren für Film oder Fernsehen.«
Andy unterbrach. »Darrell, du willst also, daß wir den VWPC so bauen, daß er eine ganze neue Bibliothek von anregenden Bildern ausstrahlen kann, die es heute noch nicht einmal gibt?«
»Ja, so etwa.«
»Wir haben nur Geld für ein paar Monate in unserem Etat. Glaubst du, diese Bibliothek der anregenden Bilder, die die Gesellschaft noch hervorbringen muß, wird bis, sagen wir, *Oktober* zur Verfügung stehen?«
»Wahrscheinlich nicht«, murmelte er.
Damit schien die Diskussion beendet. Sie gingen alle an ihre Schreibtische zurück und versuchten, sich wieder auf ihre Arbeit zu konzentrieren.
Aber Darrell war noch nicht gewillt aufzugeben. Er nickte ergeben, wann immer das Thema zur Sprache kam, aber insgeheim kochte er. Die anderen Teammitglieder merkten, daß er nicht ganz mitzog, und stichelten in einer Tour gegen ihn. Sie wußten, daß Darrell ganz wild auf Ballerspiele war und viele schlaflose Nächte damit verbrachte, den neuesten Schwierigkeitsgrad seiner Lieblingsspiele zu bewältigen; deshalb nahmen sie an, daß er einfach Arbeit und Spiel nicht trennen konnte. Videospiele seien bereits eine boomende Branche, führten sie ganz richtig an; es herrsche kein Mangel an erschwinglichen Geräten und Spielen. Die Welt brauche nicht noch ein Gerät, auf dem man spielen konnte.
Darrells Argumentation war jedoch etwas subtiler. Er hatte erkannt, daß fast alle Computerfreaks über irgendein Computerspiel mit dem Computer in Berührung kamen. Darrell glaubte, daß Spiele den Kasten von einem Arbeitsinstrument in ein Spielzeug verwandelten und deshalb eine positive Assoziation in die Gehirnwindungen eines künftigen Freaks einbrannten. Spiele lehrten die Leute, ihren Computer zu *lieben*, und wenn sie ihn

einmal lieben, hören sie nicht mehr auf, seine anderen Eigenschaften und Nutzungsmöglichkeiten zu erforschen. Sie wurden neugierig. Im Gegensatz dazu benutzten die meisten Leute in einem Büro den Computer vornehmlich zur Textverarbeitung. Sie waren nicht besonders interessiert, was man mit dem Ding sonst noch alles anstellen konnte. Neugier, so beharrte Darrell, war aber der wichtigste Schlüssel überhaupt, der die vielen Türen aufschloß, hinter die der Computer führen konnte. Nur die Neugier trieb Schüler dazu, nach Unterrichtsende noch eine Stunde länger zu bleiben und das Internet zu erforschen.

Wenn Schüler ihren VWPC nur als Unterrichtsinstrument benutzten, befürchtete Darrell, würde der VWPC ein Image bekommen, das ungefähr so positiv war wie das von Schulbüchern: dicke Wälzer, die wir am liebsten sofort nach dem letzten Examen verbrennen würden.

Nach zehn Tagen der Diskussion und des Nachdenkens über die einzelnen Posten blickte das Team auf eine neue Preisliste:

Motherboard	75 $
Hauptprozessor	50 $
CMOS-Chip	15 $
ROM-BIOS-Software	schreiben wir selbst
dynamisches RAM, 10 $ pro MB	40 $
statisches RAM (Motherboard Cache)	Luxus
Chipsatz	20 $
Gehäuse	15 $
Stromversorgung	10 $
Erweiterungssteckplätze	????
Festplatte	nix
Diskettenlaufwerk	keins
Controllerkarte	tschüs
Modem	75 $

Anzeigesystem (Video oder Text?)	85–95 $
Tastatur (mit Maus)	20 $
neues Betriebssystem	schreiben wir selbst
Anwendersoftware	schreiben wir selbst

Ohne Erweiterungssteckplätze belief sich alles zusammen auf vierhundertzehn Dollar. Das war ja gar nicht so schlecht. Andy kalkulierte außerdem einige generelle Regeln über die Wirtschaftlichkeit von Massenproduktion mit ein, die annehmen ließen, daß mit jeder Verdoppelung der gebauten Hardwareeinheiten die Kosten um fünfundzwanzig Prozent sanken. Die Produktionsphase lag für das Team zwar noch in weiter Ferne – genauer gesagt, kam sie in ihrer Strategie noch nicht einmal vor. Ihr Ziel war es, einfach ein paar von diesen VWPCs zu bauen und dann das Paket verschiedenen multinationalen Konzernen in Lizenz zu verkaufen, die es sich leisten konnten, in großen Stückzahlen zu produzieren. Andy ging von einer Annahme aus, die er für vernünftig hielt: Wenn eine Computerfirma wie Omega Logic eine Viertelmillion Computer für zweieinhalbtausend Dollar im Jahr verkaufte, durfte man wohl vermuten, daß eine andere Firma mindestens eine halbe Million VWPCs für nur dreihundert Dollar das Stück an den Mann bringen würde. Eine Verdoppelung der Stückzahlen und im Gegenzug eine Reduzierung der Kosten um fünfundzwanzig Prozent – ein bißchen Schreibarbeit, und aus vierhundertzehn Dollar wurden wie durch Zauberei dreihundertzwei Dollar fünfzig! Sie waren am Ziel! Sie hatten eine Unmenge Kompromisse geschlossen: Es gab keine Kapazität für Sound, vielleicht auch nicht für Video, und bis jetzt konnte man nicht einmal einen Drucker anschließen. Aber sie waren nahe genug dran, um zu erkennen, daß das Projekt nicht vergeblich war, und das war wahrscheinlich viel wichtiger.

»Hier, schau dir das an«, sagte Andy und zeigte Salman, wie er vierhundert Dollar wie durch Zauberhand in dreihundert ver-

wandelt hatte. »Wir haben es geschafft. Und du hattest es für unmöglich gehalten.«
Salman sah sich die Rechnung an. »Ja, jetzt müssen wir nur noch ein komplett neues Betriebssystem und einen völlig neuen Satz Software schreiben.«
»Willst du wohl mit deinem Defätismus aufhören?«
»Tut mir leid, ich wurde religiös erzogen. Man hat mich darauf dressiert, die Zukunft zu fürchten.«

Francis Benoit schaute gerade aus seinem Bürofenster, als er Lloyd Acheson vom Parkplatz her über das Quadrat kommen sah. Francis konnte sich nicht vorstellen, warum der Präsident hier war – der Verwaltungsrat tagte heute nicht, und was konnte so wichtig sein, daß es nicht mit einem Telefongespräch zu erledigen war?
Lloyd hatte sorgfältig frisiertes, langes, blondes Haar – die Farbe von Kiefernholz, was schon fast keine Farbe mehr ist. Die grauen Haare, die man bei einem Mann seines Alters erwartete, wuchsen nicht vereinzelt, sondern hatten statt dessen einen gesonderten, aber gleichberechtigten Fleck über einer Schläfe erobert. Er trug einen grauen Anzug, dazu allerdings Rockport-Schuhe, eher zum Wandern geeignet. Er hatte winzige Fältchen um die Augen statt tiefer Furchen. Er hatte kein Gramm Übergewicht. Sein lässiges und energisches Auftreten wurde jedoch durch einen leicht gequälten Gesichtsausdruck gestört, so als hätte ihm gerade jemand eine grausame medizinische Prozedur, bei der lange Nadeln vorkommen, in Aussicht gestellt.
Francis achtete auf ein Humpeln oder Hinken in Lloyds Gang. Es gab eine legendäre Geschichte über Lloyd Acheson, die todsicher in jedem Porträt über den Mann auftauchte: Als er Mitte Zwanzig war und nichts weiter als ein gewöhnlicher Ingenieur

im Silicon Valley, der den Sekretärinnen nachstellte, fuhr er mit zwei Freunden eine Woche zum Klettern ins Pinnacle National Monument, etwa zwei Autostunden südlich. Auf einer der Touren passierte ein Unfall. Einer seiner Freunde starb, der andere wurde lebensgefährlich verletzt. Lloyd legte fünf Meilen zurück, um Hilfe zu holen, um am Ziel dann schließlich selbst zusammenzubrechen. Als er ins Krankenhaus kam, stellte man fest, daß er beide Beine gebrochen hatte – er war fünf Meilen mit zwei gebrochenen Beinen gelaufen. Nach dem Unfall wurde Lloyd zum Pitbull, zu einem Mann, dessen einziger Lebenszweck Erfolg war.

So ging jedenfalls die Legende, oder zumindest eine Version davon. Francis hatte sie nie für bare Münze genommen. Nicht nur, daß sie kaum zu glauben war – Francis fand sie einfach *zu perfekt*. Es war die Art Geschichte, die jemand erfindet, der demonstrieren will, wie hart er ist. Francis war außerdem der Überzeugung, daß jemand, der sich beide Beine gebrochen hatte – wenn es richtige Brüche waren und nicht nur Ermüdungsbrüche –, hinken müßte.

Francis aber sah kein Hinken. Tatsächlich hatte Lloyd einen richtigen Sportlergang, seine Schultern hoben und senkten sich athletisch. Er betrat das Nordgebäude, vermutlich um Hank zu treffen.

Francis erhob sich.

Lloyd Acheson stattete La Honda nicht oft einen Überraschungsbesuch ab. Als er den Kopf in Hanks Büro streckte, war dessen erster Gedanke: *Sie haben ihn bei Omega gefeuert. Sein zweiter Gedanke war: Omega ist von AMD aufgekauft worden, und sie wollen den 686er auf Eis legen.*

»Sag bloß nicht, daß du gerade zufällig in der Gegend warst.«

»Entspann dich, setz dich, ganz ruhig, Alter.« Lloyd ließ sich in einen Sessel plumpsen. Sein Mantel warf Falten am Hals, als er die Hände hinter den Kopf legte.
Hank ließ es so aussehen, als würde er nur schließen, was gerade auf seinem Computer lief, holte sich aber schnell Omegas Aktienkurs auf den Bildschirm. Ein Drittel von La Hondas jährlichem Kredit war nämlich in Omega-Aktien angelegt. Letzten Monat waren sie um acht Prozent gefallen, aber heute hatten sie sich seit dem Morgen nicht bewegt.
Hank versuchte es erneut. »Hast du eine Besprechung mit Francis?«
»Was ist das nur mit euch Ingenieuren?« sagte Lloyd leichthin. »Ihr seid die ungeduldigste Brut, die ich kenne. Ihr seid wie die Kinder von Alkoholikern, immer in schrecklicher Angst vor dem Unbekannten. Ihr haßt es, nicht zu wissen, was man gleich sagen wird.«
»Ich werde dafür bezahlt vorauszudenken.«
Darüber mußte Lloyd lachen. »Das ist eine schlechte Ausrede. Es liegt an deiner Persönlichkeit, Hank.«
»Dieses Geschäft macht uns nervös.«
»Geschäft – daß ich nicht lache! Du hast ja schon immer das Gesicht verzogen, wenn Johnny Carson einen Sketch begann, bis dann endlich die Pointe kam. Du hast diesen Moment gehaßt, wenn du den Witz nicht erahnen konntest.«
»Nun hör schon auf damit, ja? Was soll ich denn davon halten, wenn du mich auf diese Weise überraschst?«
»Du *sollst* überhaupt nichts davon halten. Du sollst warten, bis ich dir erzähle, warum ich hergekommen bin.«
»Und das wäre?«
»Großer Gott, *langsam!* Wie macht sich diese Reporterin? Mir gefallen ihre Kolumnen.«
»Findest du nicht, daß sie das technische Zeugs zu sehr vernachlässigen?« fragte Hank.

»Wieso, ich bekomme jeden Mittwoch eine Spalte von fünfundzwanzig Zentimetern. Worüber soll ich mich da beschweren?«
»Francis ist nicht glücklich damit. Er sagt, es sei peinlich.«
Lloyd schaute aus dem Fenster. »Er versucht nur, dir Schuldgefühle einzureden, damit du bei etwas anderem, das er will, nachgibst. Laß dich nicht von ihm reinlegen.«
Hank hatte immer das Gefühl, einen halben Schritt hinter Lloyd herzuhinken. Er glaubte nicht, daß Lloyd schlauer war als er selbst – das war es nicht. Genau dieses Gefühl überkam Hank auch, wenn er mit Leuten zusammen war, die viel Zeit in Manhattan verbracht hatten – sie waren übermäßig redegewandt, es gab keine natürliche Verzögerung zwischen einem Gedanken und seiner Artikulation. Deshalb hatte sich Hank schon lange damit abgefunden, daß Lloyd ihn in einer Diskussion ausmanövrieren konnte, und er hatte gelernt, sich deswegen nicht minderwertig zu fühlen. Er wünschte nur, Lloyd müßte nicht jedesmal den Beweis antreten, wenn sie sich trafen.
Hank wollte das Gespräch auf den Punkt bringen. Er sagte deshalb: »Ich habe noch eine Besprechung. Wenn das also alles war –«
»Schon gut. Setz dich wieder, Cowboy. Ich komme schon zur Sache. Ich habe dein Memo zum Haushalt bekommen.« Der Verwaltungsrat mußte vor dem l. Juli den endgültigen Haushalt prüfen und genehmigen. »Ich habe einen Posten namens ›Sub3CPC‹ entdeckt. Ohne Sponsor. Ich habe nach der Beschreibung gesucht und sie in irgendwelchen alten Projektlisten gefunden.«
»Und?«
»Hank, hast du den Verstand verloren?«
»Ich bin mir selbst nicht sicher, ob daraus was wird, aber wer weiß?«
»Reden wir über das gleiche, Hank? Das steht im Gegensatz zu allem, wofür wir einstehen. Es ist eine *Übung in Wirtschaftslehre,* kein wissenschaftliches Projekt.«

»Ich bin völlig deiner Meinung. Aber ein paar Leute haben sich dafür gemeldet. Vielleicht finden sie irgendwas dran, was weiß ich.«

»Es gibt Hunderte von Projekten zur Auswahl. Warum sucht ihr nicht solche aus, die gewährleisten, daß eure Sponsoren weiterhin eure Arbeit finanzieren? Niemand in diesem Land wird einen Dreihundert-Dollar-Computer sponsern. Er würde sich ja zum Gespött machen.«

»Glaubst du vielleicht, ich freue mich darauf, einen Sponsor für das Projekt zu suchen? Aber so läuft der Laden hier nun mal, oder?«

»Hank.«

»Was?«

»Hank, du verstehst nicht, worauf ich hinauswill. Hast du dir überhaupt Gedanken gemacht über dieses Projekt? Nehmen wir mal an, sie entwickeln dieses Ding, und es spricht sich herum. Was bedeutet das dann für den Ruf von La Honda, hm? Es ist ein Stück Plastik, Hank. Wenn man La Honda denkt, denkt man an *big iron,* nicht an Plastik.«

»Es ist nur ein kleines, zweitrangiges Projekt –«

»Begreifst du denn nicht, Hank? Das Projekt liegt, von La Honda aus betrachtet, am andern Ende des Spektrums. La Honda entwickelt die Computer, die die Gewinnspanne in unserem Geschäft hochhalten. Das hier, dieses Plastikteil – ich muß sagen, Hank, aus der Sicht eines Sponsors –, und ich trage jetzt die Farben von Omega, nicht die von La Honda –, aus meiner Sicht also, gefällt es mir nicht, wenn ich höre, daß ihr ein Produkt bauen wollt, das mein Geschäft untergräbt. Es gefällt mir ganz und gar nicht.«

Eine dritte Stimme unterbrach sie. »So, die gefürchteten Farben von Omega.« Francis stand in der Tür, die Lloyd offengelassen hatte. Es war unklar, wieviel er gehört hatte. »Lloyd, du gibst uns Geld, deine Chips zu entwickeln. Du bist glücklich, solange du deine Chips bekommst. Sponsoren geht es einen feuchten Dreck an, was wir sonst noch vorhaben.«

»Sei nicht so *naiv,* Francis.«

»Was soll die ganze Aufregung?«

»In der nächsten Zeit wird hier eine Reporterin herumschnüffeln. Über kurz oder lang wird sie das Projekt in ihre Kolumne einbeziehen. Wie, glaubst du wohl, stehe ich dann da? Ich werde mit den Spitzen von LSI und Motorola im Büro irgendeines Kongreßabgeordneten in Washington sitzen, wir diskutieren, daß die asiatischen Importzölle gelockert werden müssen, und da spaziert ein Mitarbeiter mit diesem Artikel herein, der vermuten läßt, daß ausgerechnet *Lloyd Acheson* derjenige ist, welcher diese Branche an die japanischen Massenproduzenten ausliefern will. Und der Mann von Motorola und der Mann von LSI werden mich ansehen, als wollten sie sagen: Was zum Teufel denken Sie sich eigentlich? Sie schlachten das Huhn, das goldene Eier legt. Ich sehe es kommen. Ihr könntet den Ruf von La Honda ernsthaft beschädigen – glaubt mir, dazu bedarf es nicht viel. Wenn potentielle Sponsoren zu glauben beginnen, daß ihr im Plastikgeschäft seid, werden die Sponsorengelder ziemlich schnell versiegen.«

»Hast du Dope geraucht?« stichelte Francis.

»Was? Wovon redest du?«

»Du hast mich schon verstanden. Hast du Dope geraucht?«

»Nein, wieso? Was –?«

»Weil du paranoid bist, Mann. Das ganze Gerede von versiegenden Sponsorengeldern, das wird nicht passieren, nur weil ein paar Ingenieure in einer Garage irgendwas zusammenbasteln. Du bist viel zu sehr von deinem Image besessen, weißt du das?«

»Schau mal, Francis, du magst nicht gerade glücklich darüber sein, aber ich bin nun mal der Präsident des Verwaltungsrats, und zwar unter anderem deswegen, weil ich begreife, wie wichtig es ist, unseren Auftrag hochzuhalten. Unsere *Sendung,* Francis. La

Honda hat eine Satzung und einen Auftrag und die Pflicht, diesen Auftrag einzuhalten. Und nirgendwo steht etwas davon, daß wir anfangen sollen, Plastikspielzeug zu bauen. Wenn ich das Projekt weiterlaufen ließe, würde ich meine Pflicht vernachlässigen. Hast du mich verstanden?«

Francis lehnte noch immer im Eingang. »Was erwartest du von Hank? Er läßt bereits Freiwillige an dem Projekt arbeiten. Du kannst sie nicht einfach wieder davon abziehen. Himmel, die übrigen Ironmen würden einen Aufstand machen, wenn sie das hörten.«

»Genau das ist im Grunde unser Problem.«

»Wir sind hier nicht irgendeine Programmierabteilung bei Omega. Du kannst nicht einfach hereinmarschieren und die Leute herumkommandieren.«

Nun wurde Lloyd wütend. »Ich kommandiere niemanden herum! Wer sagt, daß ich jemanden herumkommandiere? Ich bin hierhergekommen, um über eine Lösung zu reden. Um das mit Hank durchzusprechen.«

Die beiden Männer starrten sich einen Moment lang schweigend an. Hank ergriff die Gelegenheit, um zu Wort zu kommen. »Was soll ich also tun?«

»Laß sie in Ruhe«, sagte Francis rasch.

Lloyd schüttelte den Kopf. »Hank, wer immer an diesem Projekt arbeitet, geh zu ihnen und bitte sie, zum Wohle von La Honda davon Abstand zu nehmen. Wie lange sind sie schon dran, drei Wochen? Das ist gar nichts. Setz sie von mir aus auf ein anderes Projekt an.«

Hank dachte darüber nach. Er bemühte sich, den Blicken der beiden Männer auszuweichen. Er sagte ihnen lieber nicht, was er vorhatte, sonst würde das Gezanke nur von vorn losgehen. »Okay«, lenkte er ein. »Ich habe gehört, was ihr beide zu sagen hattet, ich habe sorgfältig darüber nachgedacht, und ich werde mit dem Team reden müssen. Danke für euren Input. Wenn das alles war – Francis? Wolltest du noch über etwas mit mir sprechen?«

»Das kann warten.«

Sonderbar, dachte Hank, als Francis auf dem Absatz kehrtmachte und verschwand. Bisher konnte nie etwas warten.

Tiny begann, Motherboards zu erforschen, die Hauptplatinen, an die alles andere angeschlossen wird. Es gab ungefähr neunzig verschiedene Hersteller, ein Drittel davon waren amerikanische Unternehmen. Tiny rief einfach Verkäufer an und bat sie aufzuzählen, was sie anzubieten hatte. Tiny hatte noch nie viel Talent dafür gehabt, mit Fremden zu sprechen, und seine Anrufe waren mehr oder weniger eine Folge von barschen Befehlen. Ohne jede Einleitung forderte er die Verkäufer auf, jedes einzelne Motherboard zu erläutern, das sie verkauften, und Tiny hörte einfach zu und wartete, bis der Verkäufer eine Konfiguration beschrieb, die ihn interessierte. Dann piepste er: »Ja, zwei von diesen FedEx. Weiter.« Seine Gesprächspartner waren Männer, die es gewohnt waren, die Platinen in einer Größenordnung von hundert Stück zu verkaufen. Sobald sie hörten, daß Tiny nur *zwei* Motherboards brauchte, erhielten sie praktischerweise einen Anruf auf der anderen Leitung und baten Tiny, ihn zurückrufen zu dürfen.

»Wie läuft es mit den Motherboards, Tiny?« fragte Andy im Vorbeigehen.

»Gut.«

»Wieso bist du nicht am Telefon?«

»Ich warte darauf, daß sie mich zurückrufen.«

»Wie lange wartest du schon?«

»Drei Tage.«

»Drei Tage! Das darf doch nicht wahr sein! Wieso rufst du nicht noch mal an?«

»Sie haben *gesagt*, sie rufen mich zurück.«
Andy stöhnte. Er bombardierte Tiny so lange mit Fragen, bis er sich ungefähr vorstellen konnte, was passiert war. »Okay, Zeit für eine Lektion in Umgangsformen.« Andy ging zurück zu seinem Schreibtisch, nahm den Hörer und wählte die Nummer von Tinys Apparat.
»Hallo?« meldete sich Tiny.
»Tiny, ich bin's, Andy. Also, wenn du Leute anrufst, mußt du freundlich zu ihnen sein, du mußt sie aufbauen. Ungefähr so: ›Hallo, mein Name ist Curtis Reese, ich rufe vom La Honda Research Center in Kalifornien an. Wir suchen nach einem Motherboard unter hundert Dollar, mit einem 32-Bit-Bus und einfacher Bauweise. Wir bauen zunächst einen Prototyp, aber letzten Endes wollen wir mit einem Produktionsauftrag von mindestens zehntausend Einheiten starten.‹ Andy fuhr eine Weile in dieser Art fort. »Okay, jetzt versuchst du es.«
Tiny wiederholte Andys Beispiel, alles Wort für Wort, selbst die »Ähms« und »Ahs«. Aber er wiederholte alles ohne jede Modulation, als würde er einen sinnlosen Text aufsagen.
»Na, das ist ja schon ganz gut.«
Sie setzten sich zusammen ans Telefon, und Tiny machte einen Anruf. Er kam ganz gut zurecht. Er bestellte ein paar Testplatinen und Blätter mit Spezifikationen, mit denen er herumexperimentieren konnte. Nichts an diesen Platinen ließ ihn in Jubel ausbrechen. Die meisten waren immer noch zu kompliziert – sie waren für teurere Computer gemacht, deshalb waren auch ihre Bauweise und der Chipsatz dafür angelegt, eine Festplatte, einen Drucker und was sonst noch alles zu versorgen. Diese Vorzüge wären beim VWPC schlicht vergeudet gewesen. Dann erhielt Tiny rein zufällig ein E-Mail von einem Freund in Florida, der wieder ins Silicon Valley umzog und Arbeit suchte. In Florida hatte er die Schnittstelle für ein Joint-venture-Experiment mit interaktivem TV programmiert, ein ursprünglich hoch gehandel-

ter, aber letzten Endes enttauschender Versuch, den Verbrauchern Filme auf Abruf anzubieten. Die Telefongesellschaft und ein paar Medienunternehmen hatten das Joint-venture gegründet. Um ein Fernsehgerät interaktiv zu machen, hatten sie Prototypen von PC-to-TV-Convertern gebaut, ganz ähnlich wie Kabelabzweiger, die an die Verkabelung angeschlossen wurden und Informationen sowohl empfangen als auch senden konnten. Tiny, der nichts unversucht lassen wollte, erkundigte sich nach den Motherboards in diesen Geräten. Sein Freund hatte keine Ahnung, verwies ihn aber weiter an den Hersteller, eine Firma in Manchester, England. Sie bauten spezielle Motherboards für Personal Digital Assistants und Videoplayer, bei denen verschiedene Programme per Kassetten ausgetauscht werden konnten. Tiny übernachtete auf der Schlafveranda im Südgebäude und stand am nächsten Morgen in aller Frühe auf, um in Manchester anzurufen. Er fragte sich hartnäckig durch, bis er schließlich den am besten informierten Verkäufer der ganzen Abteilung am Telefon hatte. Die Firma hatte mehrere verschiedene Motherboards für die PC-to-TV-Converter gebaut, ging aber nicht in Serienproduktion, weil die Zukunft des Joint-ventures in Frage stand. Inzwischen hatten sie eine ganze Reihe von den Dingern übrig, die nicht benutzt wurden. Diese Motherboards wiesen die richtige Bauweise auf. Sie waren für ein Fernsehgerät entwickelt worden, deshalb hatten sie ein Video-Subsystem direkt auf dem Motherboard (statt einer Einsteckkarte) und ein digitales Sound-Subsystem, und sie waren dafür konstruiert, an eine Steckdose angeschlossen zu werden, die man für ein Modem umrüsten konnte. Der Preis für die Converter war vorab auf dreihundert Dollar festgesetzt worden, weshalb diese Motherboards nur hundertfünfundzwanzig Dollar kosteten. Das waren zwar fünfzig Dollar mehr als im Budget vorgesehen, aber sie schienen den Kompromiß wert. Sie erhielten sowohl Videoleistung als auch Sound. Und was noch wichtiger war: Sie bekamen ein Mother-

board, das genau für ihre Art der Nutzung vorgesehen war – *nichts wäre vergeudet.*
Das Beste aber war, daß diese Converter sogar noch einen freien Erweiterungssteckplatz hatten. Das Team konnte den Anschluß für einen Drucker, einen Scanner oder einen Camcorder konfigurieren – buchstäblich für alles, sogar für ein *Videospielgerät.*
»Sag du es bitte Darrell, ja?« forderte Tiny Andy auf, nachdem er erklärt hatte, daß das Motherboard Platz für ein Videospielgerät bot.
»Warum sagst du es ihm nicht selbst?« wollte Andy wissen.
Tiny seufzte. »Weil es, wenn es von *mir* kommt, aussehen würde, als ob ich bei unserem Streit klein beigäbe!«
»Welcher Streit?«
»Text kontra Video. Weißt du nicht mehr?«
»Aber das ist eine Woche her! Streitet ihr denn noch immer?«
Tiny biß sich auf die Lippe. »Nein. Aber es wurde auch nie entschieden, was wichtiger ist.«
»Aber ihr müßt euch nicht entscheiden, Tiny. Das ist ja der Vorteil von dem Motherboard, das du aufgetrieben hast.«
»Ich weiß, ich weiß. Aber wenn ich mich entscheiden *müßte*, würde ich noch immer den Text wählen.«
»Du willst wirklich, daß ich es ihm sage?« fragte Andy.
»Wenn es von dir kommt, sieht es nicht so aus, als hätte ich nachgegeben.«
»Das ist ja wie bei den Nahost-Friedensgesprächen mit euch!« meinte Andy, ging aber zu Darrell hinüber.
Er stand vor Darrells Schreibtisch. Darrell hatte das Gesicht dicht an den Bildschirm gedrückt, als käme er hinter das Problem, an dem er gerade arbeitete, indem er näher ranging. »Hey, nur damit du Bescheid weißt, wir haben ein Motherboard, das eine Anschlußstelle für einen Gameplayer hat.«
»Wirklich?« Darrell ließ sich in seinen Sessel zurücksinken und verschränkte die Hände hinter dem Kopf. Auf seinem Gesicht

stand ein breites Lächeln. »Dann hat sich Tiny also doch noch bekehren lassen, was?«

Es klopfte kurz an der Hohltür des Wohnanhängers, dann trat Hank Menzinger ein. Er stand da, die Arme hinter dem Rücken.
»Hallo, Caspar – Jungs. Tiny.«
»Kommen Sie schauen, wie weit wir sind?« wollte Andy wissen.
»Sollen wir kurz hinausgehen?« bot Salman an.
Aber Hank meinte nur: »Nein, bleiben Sie ruhig, Sie sollten das alle hören.«
»Was hören?« fragte Andy. »Haben Sie einen Sponsor?«
»Darüber wollte ich gerade mit Ihnen sprechen, Caspar. Gelegentlich rät der Verwaltungsrat uns davon ab, ein bestimmtes Projekt zu verfolgen. Das ist normal – jemand vom Verwaltungsrat hat Hinweise darauf, daß die Konkurrenz an etwas Ähnlichem arbeitet, solche Dinge eben.«
»Und?«
Hank zuckte die Achseln. »Ich sage Ihnen nur Bescheid, ich warne Sie im voraus. Ich bekomme ein bißchen Druck wegen Ihres Projekts.«
»Druck? Weswegen? Wieso?«
»Das ist nicht ungewöhnlich, Caspar. Im Silicon Valley gibt es so viele konkurrierende Interessen, daß Druck vom Verwaltungsrat normal ist. Manchmal ist es nur kleinliches Gezänk, das sich wieder legt, manchmal kollidiert ein Projekt mit den Unternehmensinteressen eines Verwaltungsratsmitglieds, manchmal ist es die berechtigte Sorge darum, welchen Aufgaben sich La Honda verschreiben sollte. Es ist schwer vorherzusehen, und es ist schwer zu sagen, was tatsächlich dahintersteckt.«
Darrell mischte sich ein: »Aber es stand auf der Projektliste. Heißt das nicht, daß es genehmigt war?«

»Euer Projekt steht seit Jahren auf der Liste«, erklärte Hank, »vor Jahren hatte niemand einen Einwand. Jetzt schon.«

»Aber Sie geben dem Verwaltungsrat doch nicht nach, oder?« fragte Darrell.

»Nachgeben? Nein, das nicht. Ich halte eine ganze Menge Druck aus. Aber unser Verwaltungsrat muß allen Sponsorenschaften zustimmen. Und sie sagen nicht immer routinemäßig ja. Es kommt durchaus zu Auseinandersetzungen.«

Andy hatte nie erwartet, daß es leicht sein würde, einen Sponsor zu finden. »Aber Sie suchen doch trotzdem nach einem Sponsor, wenn wir fertig sind, oder?«

»Selbstverständlich. Aber vielleicht solltet ihr mal darüber nachdenken, wie ihr euch fühlen würdet, wenn ihr die Arbeit von drei Monaten in ein Projekt gesteckt habt, und dann müßtet ihr es plötzlich fallenlassen. Wie hart das wäre.«

»Aber in zwei Monaten sind wir vielleicht schon – wir kommen gut voran. Wenn der Verwaltungsrat sieht, was wir geschafft haben, werden die Einwände verstummen.«

»Mag sein. Aber Lloyd Acheson ändert seine Meinung nicht sehr häufig.«

»*Lloyd Acheson* ist gegen unser Projekt?!« platzte Salman heraus.

»Es gefällt ihm nicht.«

»Ich verstehe noch immer nicht«, erklärte Andy. »Warum sollte Lloyd Acheson über unser Projekt sauer sein? Wieso paßt es ihm nicht?«

»Er hat seine Gründe.«

»Zum Beispiel?«

Hank legte kurz die Hand auf den Mund; seine Augen wanderten zur Seite. Er überlegte, was er sagen sollte. »Denkt doch mal nach. Omega bezahlt uns für die Entwicklung ihres Chips der nächsten Generation, um mit Intel konkurrieren zu können; und dann findet Lloyd heraus, daß ein Teil seines Geldes genau die Sorte Projekt finanziert, die den Bedarf an leistungsstarken Desktops untergraben könnte. Wärt ihr an seiner Stelle darüber glücklich?«

»Wovon zum Teufel reden Sie?« fragte Andy. »Wir wollen es mit niemand aufnehmen. Wir versuchen nicht, Omega zu *untergraben*. Das ist ja lächerlich.«

»Nennen Sie Lloyd Acheson nicht lächerlich.«

»Wir sind doch nur vier junge Leute in einem Wohnanhänger, um Himmels willen. Wie zum Teufel sollten wir Omega *untergraben*?«

Hank machte eine beschwichtigende Geste und versuchte, Andy zu beruhigen. »Natürlich untergrabt ihr Omega nicht. Es geht um den *Anschein* eines Konflikts. Es geht darum, wofür La Honda steht und wozu es sich verpflichtet fühlt.«

Andy versuchte es anders. »Haben Sie mit Francis darüber gesprochen? Was meint er?«

»Francis weiß, wie sensibel Lloyd in bezug auf das äußere Erscheinungsbild und auf Grabenkämpfe ist. Francis gefällt das nicht, und mir auch nicht. Wir achten sehr darauf, daß die Sponsoren nicht zuviel Kontrolle über La Honda ausüben. Aber Lloyd ist unser *Präsident*.«

Andy schoß durch den Kopf, wie verschlagen Francis' Rache an ihm war. Nicht nur, daß er ihn beim 686er hinauswarf, nicht nur, daß er ihm ein Projekt aufdrängte, das keinen Sponsor hatte und wahrscheinlich scheitern würde – es war auch noch ein Projekt, das ihm den Zorn des Verwaltungsratspräsidenten persönlich einbrachte. Erneut konnte Andy nicht verstehen, wieso um alles in der Welt Francis ihm das antat. Aber was sollte er machen?

Und dann machte es klick bei Andy. *Francis weiß, wie sensibel Lloyd in bezug auf das äußere Erscheinungsbild ist.* Vielleicht hatte die ganze Angelegenheit ja überhaupt nichts mit ihm zu tun. Vielleicht ging es um eine Sache zwischen Francis und Lloyd. Und Andy war nur eine von Francis' Schachfiguren.

»Ziehen Sie uns von dem Projekt ab?« erkundigte sich Andy.
»Nein, natürlich nicht. Ich erkläre euch nur, wie die Dinge stehen. Es bleibt euch überlassen, was ihr damit anfangt.«
»Sie erwarten, daß wir ein Projekt aufgeben, nur damit wieder ein sauberes *Erscheinungsbild* hergestellt wird?«
»Wißt ihr, es spielt eigentlich keine Rolle, an welchem Projekt ihr arbeitet. Alles, was zählt, ist, daß euer Gehirn beschäftigt ist, daß eure Arbeit euch fordert. Warum meldet ihr euch nicht für eines der anderen Projekte, sie könnten dort noch ein paar helle Köpfe wie euch gebrauchen. Sagt mir Bescheid, ja?«
Hank ging hinaus, seine Schritte ließen den Blechboden unter dem Teppich erzittern.

Andy drehte sich zu seinem Team um. »Habt ihr begriffen, was da eben passiert ist?«
»Ja. Wenn wir uns darauf verlassen, daß Hank uns einen Sponsor besorgt, können wir einpacken«, faßte Darrell zusammen.
Andy nickte. »Natürlich wird er uns auf keinen Fall von dem Projekt abziehen, das ginge zuweit. Aber er wird noch nicht mal einen Alibiversuch machen, einen Sponsor zu ködern. Und wenn wir uns beschweren, wird er uns ein paar Briefe zeigen, die er nie abgeschickt hat, und uns seinen Terminkalender präsentieren, voller Besprechungen, die nie stattfanden, und er wird sagen: ›Tut mir leid, Jungs, niemand war interessiert.‹«
»Wieviel Geld haben wir noch in unserem Budget?« wollte Tiny wissen.
Und Darrell fragte: »Meinst du, er nimmt uns dieses Geld weg?«
»Es reicht vielleicht noch für fünfzig, sechzig Tage«, informierte sie Andy. »Er wird es uns nicht wegnehmen, das ist die *politischen* Konsequenzen nicht wert. Er muß es so aussehen lassen, als gäbe er uns eine faire Chance.«

»Scheiße«, sagte Darrell. »Gerade jetzt, wo wir so gut vorangekommen sind.«

»Jetzt hinken wir einen Monat hinterher, egal bei welchem Projekt wir einsteigen«, sinnierte Salman.

»Du glaubst also nicht mehr an den VWPC?« vergewisserte sich Andy.

»Natürlich *glaube* ich daran«, antwortete Salman. »Aber welche Chance haben wir denn noch? Unsere Aussichten waren bisher schon nicht sehr gut.«

»Aber vielleicht legt sich ja Lloyds Widerstand.«

»Soll ich dieses Risiko eingehen? Wir reden von *Lloyd Acheson.* Wenn wir ihn dieses Jahr verärgern, können wir die Einladung fürs nächste Jahr gleich vergessen«, prophezeite Salman düster.

Andy war verblüfft. »Du willst also unser Projekt einfach *aufgeben*? Hast du denn nicht das Gefühl, daß ein Teil von dir selbst auf dem Spiel steht? Das hier ist deine *Arbeit*, dein *Beruf*, dein *Leben.*«

Salman blickte beschämt zu Boden.

Andy versuchte es noch einmal. »In sechzig Tagen kann alles Mögliche passieren. *Alles Mögliche.*« Er wandte sich an Darrell. »Wie sieht's mit dir aus? Geht es dir auch so wie ihm?« Andy wußte, wie die Antwort ausfallen würde. Darrell war eine solche Kämpfernatur, daß sich seine Verbundenheit mit dem Projekt in den letzten zehn Minuten wahrscheinlich verdoppelt hatte. Andy wollte, daß Salman das hörte.

»Wer zum Teufel ist der Kerl, daß er uns sagen will, was wir tun dürfen und was nicht?« polterte Darrell.

»Richtig. Richtig, richtig, richtig«, war Tinys Reaktion.

»Bei La Honda geht es um *Freiwilligkeit*«, fügte Darrell hinzu. »Sie zwingen uns nicht zu irgendwelcher Scheiße. Hank kann mich vielleicht vom 686er-Projekt fernhalten, aber welches Recht hat er zu bestimmen, bei welchem anderen Projekt ich arbeiten will?«

Tiny pflichtete ihm bei. »Kein Recht hat er dazu. Gar keins.«
Salman hob langsam den Kopf. »Ich bin nicht wie ihr. Ich versuche, so zu tun, als sei ich hart, aber das ist nur gespielt. Darrell, du liebst es zu kämpfen. Du, Tiny, kannst dich wie eine Schildkröte in deinen Panzer zurückziehen. Und du, Andy, du kannst Lloyd Acheson unbekümmert wütend machen, denn wenn du deinen Job hier verlierst, kannst du eine Bank managen, oder sonstwas. Aber *mein* Leben ist La Honda. Ich passe nirgendwo sonst hin.«
Andy hob einen Stuhl auf und trug ihn zu Salmans Schreibtisch hinüber. Er setzte sich. »Ich bin nicht unbekümmert. Mir ist es todernst mit dem, was ich hier tue. Bevor du Lloyd Achesons Druck nachgibst, sollte ich dir vielleicht erzählen, was ich über Omega Logic weiß. Vielleicht denkst du dann anders darüber. Dir ist ja bekannt, daß ich früher bei Omega gearbeitet habe, 91, 92. Einer der Gründe, warum ich wieder an die Uni gegangen bin, einer der Gründe, warum ich heute hier bin, ist, daß es mich angekotzt hat, was ich zu meiner Zeit bei Omega mitgekriegt habe. Chips, die uns fünfzig Dollar kosteten, haben wir für fünfhundert Dollar an den Mann gebracht. Tester von Zeitschriften haben nicht dieselben Geräte geprüft, die wir in den Läden verkauft haben. Wir haben Eagle 486er verhökert, und die Verbraucher haben auf den Karton geschaut und den Markennamen Omega gesehen und gesagt: ›Okay, neuester Stand.‹ Aber nur der Prozessor war neu. Wir haben 8-Bit-Bus-Motherboards gebaut, die man nicht aufrüsten konnte. Schrott! Zeug, das du deinem ärgsten Feind nicht an den Hals wünschst. Wir haben die Vorjahresversion der Software installiert. Die Fehlerrate der Eagle-Chips von unserem Fließband in Singapur lag fünfzehn Prozent über dem Branchendurchschnitt, und die Verluste haben sie mit Billigteilen wettgemacht. Eine Antistatic-Beschichtung auf dem Monitor, gratis für jeden Käufer. Aber ein Monitor hat *immer* eine Antistatic-Beschichtung, das verdammte Ding kommt damit

vom Fließband. Aber wir haben eine große Sache daraus gemacht, daß wir sie gratis hergeben. Zwei Jahre Präsentationen auf Messen, zwei Jahre Händeschütteln und dickköpfige Nutzer beschwatzen. Und weißt du, was? Sie haben uns geliebt. Wenn wir eine Cocktailparty im Tonga veranstaltet haben, war der Laden rappelvoll. Die Dickschädel liebten uns, weil wir im Vergleich zu Intel die Kleinen waren. Sie meinten, Intel strebe nach der Weltherrschaft. Sie hielten uns für eine Art kommunistische Guerilla, die den Diktator zu stürzen versuchte, dabei haben wir mit ihrem Idealismus nur Profite ergaunert. Wir haben ihre Bewunderung nicht verdient, nicht ein bißchen. Ich habe fünf Tage in der Woche mit zusammengebissenen Zähnen gelogen. Leistung, Leistung, Leistung – du brauchst mehr Leistung, Mann. Du bist kein Mann, wenn du nicht aufrüstest. Mir wird jetzt noch schlecht davon. Wenn ich also höre, daß Lloyd Acheson mein Projekt nicht gefällt, wenn ich höre, daß er sich den Kopf darüber zerbricht, wie es *aussieht*, wenn sein Geld ein Projekt unterstützt, das eine Alternative zu dem darstellt, was *er* dem Verbraucher verkaufen will. Ich finde, es ist an der Zeit, Stellung zu beziehen. Ich finde, es ist an der Zeit zu sagen: *Jetzt reicht's!* Ich bin ein Mensch, verdammt noch mal. Ich glaube inzwischen an dieses Projekt. Ich bekomme nicht viele Gelegenheiten im Leben, an etwas zu glauben, und ich werde diese Sache nicht hinschmeißen, nicht für Lloyd, nicht für La Honda, nicht für Hank, für niemanden.«

Salman zupfte am Saum seiner Socken, während er zuhörte. Er hielt sich für jemand, der den Weg der Moral durch das Leben nimmt. Nun, nach dem, was Andy gesagt hatte, konnte Salman nicht klein beigeben, ohne seine Selbstachtung zu verlieren. »Ich weiß nicht –«

Andy fügte hinzu: »Das ist nur *Politik*, Mann. Das wird sich von selbst lösen.«

»Es ist schwer für mich!«

Andy ließ ihm einen Moment Zeit. Dann sagte er: »Ich möchte dich folgendes fragen, Salman. Was sagt es über einen Mann aus, wenn er sich vor einer Firma duckt, die Dummköpfe betrügt?«
»Ich ducke mich nicht! Ich denke nach!«
»Wir haben sechzig Tage. Ich finde meinen eigenen Sponsor, wenn es sein muß. Gib der Sache sechzig Tage.«
»Okay! Okay! Und jetzt laß mich bitte in Frieden! Laß mich einfach eine Weile in Frieden!«

Ein Geschenkartikel

Allein die Tatsache, daß vier Jahre bei La Honda in seinem Le-benslauf standen, hätte Ronny Banks einen Job in der Forschungsabteilung so ziemlich bei jedem Unternehmen im Silicon Valley eingebracht. Aber Ronny Banks wollte keinen *Job*; keinen wirklichen Job, er teilte Francis' tiefe Verachtung, sich in einer Firma einsperren zu lassen. Bei La Honda hatte er nie besonders schwer gearbeitet, und er hatte keine Lust, jetzt damit anzufangen. Also telefonierte er mit einem der Konkurrenten von Omega Logic, einem anderen Chiphersteller namens Xircuit, und trug seine Dienste als »Berater« an. Für fünfzigtausend Dollar erbot sich Ronny, Xircuit auf den neuesten Stand der Fortschritte zu bringen, die Francis Benoit in Omegas kommenden Chip einbauen würde. Xircuit war eine berüchtigte Nachahmungsfirma – sie betrieb sehr wenig Forschung und Entwicklung, statt dessen kopierte sie die Bauweise anderer Chips auf dem Markt, um sie dann dreißig Prozent billiger zu verkaufen. Fünfzigtausend waren ein gutes Geschäft für das, was Ronny zu bieten hatte. Sie vereinbarten ein Treffen. Es mochte moralisch abstoßend sein, aber Ronny Banks hatte sich mit einem Anwalt besprochen und herausgefunden, daß der Handel völlig legal war. Die meisten Angestellten, die Firmen im Silicon Valley verließen, waren durch Konkurrenzklauseln in ihre Arbeitsverträge gebunden, aber das La Honda Research Center war ja kein »Geschäft« im üblichen Sinn – es *verkaufte* nichts! Ronnys Anwalt zufolge konnte La Honda keine Wettbewerbsklausel erzwingen, da es kein kommerzieller Betrieb war. Ronny ließ sich diese Auffassung von seinem Anwalt schriftlich bestätigen und nahm das Schreiben mit zu der Besprechung. Das war der Ausweg! Er hätte La Honda schon vor Jahren verlassen sollen. Die ganze Zeit hätte es ihn nur ein paar Telefongespräche gekostet, ein bißchen Geld zu verdienen.

Als Ronny zu seiner Besprechung bei Xircuit eintraf, empfing ihn ein Team von Anwälten im Foyer und führte ihn in ein Konferenzzimmer im ersten Stock. Zugang zum restlichen Gebäude wurde ihm nicht gewährt. Offenbar hatten sie bereits mit La Hondas Rechtsabteilung wegen des Verfahrens bei der Einstellung eines ungenannten Exangestellten Kontakt aufgenommen, und La Honda hatte sich ausreichend abgesichert. Wie Xircuit Ronny darlegte, vertrat La Honda den üblichen Standpunkt, daß er lediglich das geistige Eigentum der Firma aufgesaugt habe und daß dieses »Eigentum« noch immer La Honda gehöre. Wenn Ronny für Xircuit als Berater tätig würde, wäre dies also gleichbedeutend mit dem Diebstahl von Geschäftsgeheimnissen.

»Aber das bedeutet ja, daß ich für überhaupt niemanden arbeiten darf«, beschwerte sich Ronny.

Nicht ganz. Xircuits Anwälte erklärten, daß Hank Menzinger eine Verzichtserklärung unterschreiben konnte, mit der er das geistige Eigentum freigab. La Hondas Rechtsbeistand zufolge unterzeichnete Menzinger derartige Verzichtserklärungen ständig – vor allem bei jungen Leuten. La Honda wollte niemandem im Wege stehen. Die ganze Prozedur war eine reine Formsache – aber notwendig. Xircuit forderte Ronny also auf wiederzukommen, nachdem er bei Hank Menzinger vorgesprochen hatte.

»Schön, Sie so bald schon wiederzusehen, Ronny«, sagte Hank, beugte sich über seinen Schreibtisch und schüttelte Ronny herzlich die Hand. »Was macht die Jobsuche?« Hank setzte sich wieder und spielte mit einem Kugelschreiber.

Der kam ja schnell zur Sache. Hank wußte offenbar, warum er hier war. »Ich habe ein paar gute Angebote, aber es gibt da ein kleines juristisches Problem, wenn Sie wissen, was ich meine.«

Hank nickte und schürzte teilnahmsvoll die Lippen. »Natürlich«, sagte er. »Ich wurde selbst ein paarmal geschieden.«

»Nein, das ist es nicht.« Vielleicht sollte das ja ein Witz sein? »Ihre Anwälte meinen, sie sagen, ich darf da draußen nicht auf demselben Gebiet arbeiten wie hier.«

»Das stimmt, Ronny. Aber Sie sind ja ein Ironman. Sie wissen schon – unteilbar und unübertragbar. Sie können bei Software denselben Zauber entfalten wie bei Schaltkreisen. Halt, stimmt ja. Sie haben eigentlich nie besonderen Zauber entfaltet, während Sie hier waren, oder, Ronny? Warten Sie mal, da fällt mir etwas ein. Ja, genau – eines Morgens an einem Montag vor ungefähr zwei Jahren, da öffnete ich die Tür zu diesem Büro und sah, daß mein Teppich wie von Zauberhand von Wand zu Wand durch ein Rasenstück Kentuckygras ersetzt worden war.«

Ronny kicherte nervös. Das war ein tolles Ding gewesen. Natürlich hatte Francis die Idee gehabt, aber er hatte sie ausgeführt.

Hank fuhr fort. »Sie haben ganze Arbeit geleistet, damals. Ich bin sicher, es gibt einige Firmen im Valley, die Verwendung für Ihre Talente hätten – als Gärtner. Mir sind viele braune Rasenflächen in den Büroparks aufgefallen. Fähige Dienstboten scheinen sehr knapp zu sein.«

»Das war damals nicht meine Idee«, sagte Ronny.

»Davon bin ich auch nicht ausgegangen.«

»Ich wollte mich damals eigentlich entschuldigen, aber Francis ließ mich nicht.«

»Das glaube ich gern. Francis ist der Ansicht, Männer sollten zu

ihren Entscheidungen stehen. Er hat Sie bestimmt darauf hingewiesen, daß Sie das erst gar nicht getan hätten, wenn es Ihnen dann wirklich leid täte.«
»Stimmt! Das waren exakt seine Worte.« Ronny sah einen Hoffnungsschimmer – vielleicht ließ ihn Hank ja nur ein bißchen zappeln. »Kommen Sie, Hank, ich habe von meinem Anwalt erfahren, daß Sie diese Verzichtserklärungen unterschreiben.«
Hank gab ein grunzendes Geräusch von sich und kratzte sich mit dem Kugelschreiber am Ohr.
»Er sagt, das sei gewissermaßen gang und gäbe«, fügte Ronny hinzu.
»Nun ja, ich kann Ihnen aber keine unterschreiben, bevor ich nicht weiß, für wen Sie überhaupt arbeiten wollen.«
»Ich soll Ihnen sagen, für wen ich arbeiten will?«
Hank nickte. Er spielte wieder gelangweilt mit dem Kugelschreiber.
»Und dann geben Sie mir die Verzichtserklärung?«
»So läuft es normalerweise.«
Ronny dachte darüber nach. Es schien, als wären sie zu einer Einigung gelangt. »Xircuit.«
»Sie wollen für einen Konkurrenten von Omega arbeiten?«
Ronny lachte nervös und sagte: »Ja, sicher.« Natürlich wollte er das! Das war doch alles nur eine Formalität, oder? Ronny schämte sich nicht zu nehmen, was ihm zustand.
»Ich soll ein Formular unterschreiben, auf dem steht, daß es absolut in Ordnung ist, wenn Sie unseren größten Sponsor verraten?«
Ronny kicherte wieder. »Ja.« Er ließ seinen Blick durch das Büro schweifen. Warum gab ihm Hank das verdammte Papier nicht einfach?
»Das klingt nicht gerade, als wäre es besonders schlau von mir, oder? Ein solches Formular zu unterzeichnen. Halten Sie mich für nicht besonders schlau, Ronny?«

Aus irgendeinem Grund bekam es Ronny mit den Nerven, und er konnte ein verlegenes Grinsen nicht unterdrücken. »Aber nein, Hank. Sie sind ein schlauer Bursche.«

»Lachen Sie über mich, Ronny?«

»Nein, es ist nur – ich bin nervös. Ich brauche dieses Formular, damit ich arbeiten kann. Ich brauche es. Also sagen Sie mir einfach, was Sie von mir wollen, und wir bringen es hinter uns, okay?«

Hank bewegte sich in seinem Drehstuhl langsam von einer Seite zur anderen. »Ich will überhaupt nichts von Ihnen, Ronny.«

»So. Okay, das war's dann wohl.« Gab er ihm nun das Formular? Ronny beugte sich vor, machte Anstalten aufzustehen, beobachtete, ob Hank wohl ein Blatt Papier hervorholte. Dann erhob er sich und klopfte auf seine Gesäßtaschen.

»Schauen Sie mal wieder vorbei, Ronny.« Hank war kühl.

»Sicher, sicher. Bis bald.« Ronny machte einen Schritt Richtung Tür. Vielleicht schickte Hank ihm ja die Verzichtserklärung, oder er schickte sie direkt an die Rechtsabteilung von Xircuit. Ronny wünschte, er hätte sich die Mühe gemacht, seinen Anwalt nach den Einzelheiten zu fragen.

»Ich werde nach Ihrer Gartenarbeit in den Büroparks Ausschau halten.«

Ronny war an der Tür. Er drehte sich abrupt um. »Sie geben mir die Verzichtserklärung nicht, Hank, hab ich recht?«

Hank kicherte. »Das ist sehr scharfsinnig von Ihnen, Ronny.«

Ronny ging ins Vorzimmer hinaus und schloß die Tür hinter sich. Er stand schwer atmend da, die Hände in die Hüften gestützt. Er *mußte* diese Verzichtserklärung haben. Auf gar keinen Fall würde er einen normalen Job annehmen. Er mußte Hank überzeugen. Francis war seit drei Jahren sein bester Freund, aber wo war Francis, wenn er ihn brauchte? Ronny hatte gerade vor zehn Minuten in Francis' Büro vorbeigeschaut, hatte Francis gebeten, ein gutes Wort wegen dieser Verzichtserklärung bei Hank einzulegen – und Francis hatte ihm einen Korb gegeben. Er wollte nicht einmal ein gutes Wort für ihn bei Hank einlegen! War das zuviel verlangt, für einen alten Freund? »Was ist für mich dabei drin?« hatte Francis nur gefragt.

Ronny machte kehrt, klopfte an Hanks Tür und riß sie auch schon auf.

»Ja, hallo, Ronny. Haben Sie den Weg zum Parkplatz vergessen? Er liegt in der anderen Richtung.«

Ronny sog an seiner Unterlippe. »Ich möchte Ihnen ein paar Informationen anbieten.«

»So?«

»Ich weiß etwas, das Sie interessieren wird, erstklassige Sache.«

»Ich finde, unser Rasen hier ist in ganz gutem Zustand, Ronny. Aber trotzdem, vielen Dank. Wir machen hier auf Zurück-zur-Natur, und Braun ist in.«

Ronny biß die Zähne zusammen und ignorierte Hanks Spott. »Sie hatten hier in letzter Zeit eine Menge Schwierigkeiten. Dieser Caspar, der Dreihundert-Dollar-Computer, Lloyd Acheson.«

Hank fror das Gesicht ein. Er hörte auf, sich in seinem Stuhl zu drehen, und beugte sich über den Schreibtisch. Er starrte Ronny an, dann stand er auf, ging mit zwei raschen Schritten zur Tür und schloß sie. »Sie wissen etwas, das ich nicht weiß?«

Plötzlich sprudelte das ganze Geheimnis nur so aus ihm heraus. »Na ja, die Sache mit dem Dreihundert-Dollar-Computer«, sagte Ronny eifrig. »Nachdem Sie Francis befohlen hatten, einen neuen Chip zu entwickeln, und dann diese Reporterin angeschleppt hatten, um das Projekt zu begleiten, und dann obendrein noch diesen Caspar mir vorgezogen haben – Mann, da war Francis aber wütend! Er hat den Streich seines Lebens ausgeheckt. Ein wahres Meisterstück.«

Hank stand halbgebeugt an der Tür, die Arme verschränkt, die Hände um die Ellbogen gelegt. »Und was hat Francis getan?«

»Mann, er hat die ganze Sache gedeichselt. Er ist zu Ihrem kleinen Liebling, zu Caspar, gegangen und hat ihn überzeugt, daß es ihm beim 686er so dreckig gehen würde, daß er lieber sterben wollte als für Francis arbeiten. Dann hat ihm Francis nahegelegt, sich für die Billigkiste zu melden, weil er wußte, wie sehr es Sie und Lloyd verärgern würde.« Gott, es tat so gut, das Geheimnis auszuplaudern. Es war wie beim Pinkeln, nachdem man sich stundenlang zurückgehalten hat, einfach ein gutes Gefühl, es laufen zu lassen. »Francis hat Caspar eine Einladung fürs nächste Jahr versprochen, wenn er mitmachte. Sie müssen den Plan bewundern, seine Schönheit, nicht wahr? Von allen Ironmen sucht er sich Ihren Caspar heraus, Lloyds kleinen Arschkriecher, den Jungen, der mir den Platz wegnimmt, nur weil er bei Omega gearbeitet hat. Mann, hätte ich gern Lloyds Gesicht gesehen, als er das herausbekommen hat! Ein Francis Benoit läßt sich nicht herumschubsen, ha!«

Hank nickte schweigend. Seine Stirn glänzte vor Schweiß. Seine Unterlippe zuckte.

»Sie kennen ja Francis und seine Streiche – er versucht immer, eine Lektion zu erteilen.«

»Sicher, sicher«, sagte Hank, aber sehr sicher sah er nicht aus. »Woher wissen Sie das alles?«

»Er hat mir doch alles erst vor zehn Minuten erzählt, als ich kurz in seinem Büro war. Ich wollte ihn bitten, für mich ein gutes Wort bei Ihnen einzulegen. Wegen der Verzichtserklärung. Er hat mich weggejagt. Er hat seine eigene Methode, es Ihnen heimzuzahlen. Davon habe ich natürlich gar nichts.«

»Und das ist seine Methode, es mir heimzuzahlen?« meinte Hank.

»Das geht Ihnen ganz schön an die Nieren, was? Und genau das ist sein ganzer Plan, verstehen Sie? Die Billigkiste schert Francis einen Dreck. Er rechnet damit, daß das Projekt von alleine eingeht, so ohne Sponsor. Inzwischen will er einfach, daß ihr beide in die Knie geht.«

»In die Knie geht?«

»Ja, Sie wissen schon – Rache. Er will die weiße Fahne sehen.«

»Oh.« Hank war still.

Ronny sah zu, wie Hank damit kämpfte, all diese Neuigkeiten zu verdauen. Bestimmt würde er die Verzichtserklärung nun bekommen. Er hatte soeben seinen besten Freund verraten, was konnte Hank mehr verlangen? »Also, Hank?«

»Was?«

»Wegen der Verzichtserklärung –«

»Was ist damit?«

»Kommen Sie schon, ich dachte, wir hätten eine Abmachung.«

Hank dachte darüber nach. Er atmete tief durch, ging zurück an seinen Schreibtisch und setzte sich. »Worin sollte diese Abmachung denn bestehen, Ronny?«

»Sie wissen schon. Ich erzähle Ihnen die Sache mit Francis, und Sie unterschreiben die Verzichtserklärung.«

Hank schaute verwirrt drein. »Habe ich das gesagt?«

»Sie haben es nicht direkt gesagt. Aber ich bin davon ausgegangen, als ich es Ihnen erzählt habe.«

»Vielleicht haben Sie da einen voreiligen Schluß gezogen. Lassen Sie mich darüber nachdenken, Ronny. Es könnte sein, daß ich Ihre Hilfe in dieser Angelegenheit noch einmal brauche, bevor alles vorbei ist.«

»Aber denken Sie nicht zu lange nach. Wissen Sie, was ich Xircuit erzählen würde, ist harmlos. Ich bin ein völliger Idiot, wenn es drauf ankommt. Ich kann denen gar nichts erzählen, worüber Sie sich Sorgen machen müßten.«

Als Ronny ging, fühlte er sich leer und schuldig. Erst hatte er versucht, La Honda zu verkaufen, dann hatte er seinen besten Freund aufgegeben. Aber er brauchte das Geld! In einem normalen Job würde er keine zwei Tage durchhalten. Ronny schlüpfte zum Hintereingang hinaus, nahm die Feuerleiter nach unten und schlich um die Rückseite des Nordgebäudes herum zu seinem Wagen. Er war überzeugt, daß ihn niemand weggehen sah.

Die Tür war den ganzen Tag verschlossen gewesen, und das Licht für »Bitte nicht stören« hatte ebenfalls gebrannt. Lloyd Achesons Sekretärin glaubte zunächst, ihr Boß müsse eine kurzfristig anberaumte Vorstandssitzung haben, die nicht in seinem Terminkalender stand. Deshalb rief sie einige Sekretärinnen der anderen Vorstandsmitglieder an, von denen keine ein Treffen mit Mr. Acheson auf der Tagesordnung ihres Chefs fand. Langsam fürchtete sie, es müsse sich um etwas Persönliches handeln, und sie prüfte, ob irgendwelche Anrufe von Ärzten oder Psychiatern eingegangen waren. Irgend etwas mußte mit Mrs. Acheson passiert sein! Gegen zwei Uhr nachmittags hielt sie es nicht mehr aus und rief Mrs. Acheson unter ihrer Privatnummer an, um sie zu fragen, ob alles in Ordnung sei. Das weckte Mrs. Achesons Neugier, und Lloyds Sekretärin erklärte die ganze Geschichte: wie ihr Boß am Morgen hereinmarschiert war, sie angewiesen hatte, keine Anrufe durchzustellen und alle Besprechungen abzusagen, und dann die Tür abgesperrt hatte. Vielleicht war eine Fusion im Gange, oder ein Übernahmeangebot? Die Sekretärin rief hinunter zur PR-Abteilung und fragte, ob irgendwelche Gerüchte kursierten. Und damit war natürlich deren Interesse angestachelt, weil sie annahmen, daß sie im Namen von Lloyd anrief, um herauszufinden, ob es undichte Stellen gegeben hatte. Und es dauerte nicht lange, dann wußte die ganze PR-Abteilung, daß sich ihr Vorstandsvorsitzender den ganzen Tag eingeschlossen und ein Mittagessen und zwei Besprechungen abgesagt hatte. Die Zeit wäre reif für einen Deal gewesen, oder? Der Aktienkurs war seit Monaten unter Druck, und die Presse fragte sich schon, ob Omega weiterhin Jahr für Jahr die Marktführer würde jagen können. Nicht lange, und das Gerücht schwirrte durch die ganze Firma, ging in E-Mails zwischen den Angestellten hin und her, und von den Angestellten zu ihren Ehegatten zu Hause; und bis es fünf Uhr war, riefen Reporter an, um zu fragen, ob »irgendwas bei euch da drüben im Busch ist«, sie hätten nämlich den ganzen Tag auf eine Bestätigung des Gerüchts gewartet, daß der Vorstandsvorsitzende in ernsthaften Verhandlungen mit irgendwem stehe, und in ein paar Minuten sei Redaktionsschluß, falls Omega also eine Erklärung abgeben wolle, sollten sie es bei Gott sofort tun. Um sechs Uhr drückte sich eine kleine Versammlung von Omega-Angestellten ziellos vor Lloyds Büro herum. Man schaute auf die Uhr und rief vom Telefon auf dem Kaffeetischchen den Ehegatten an, daß man sich verspäten würde. Sie mußten einfach bleiben, um zu sehen, was los war.

Um halb sieben ging die Tür endlich auf, und Lloyd kam heraus. Er massierte mit der linken Hand sein rechtes Handgelenk. Seine Ärmel waren bis über die Ellbogen hinaufgekrempelt. Er warf nur einen Blick auf die Versammlung vor seinem Büro und sagte: »Ich kann jetzt nicht darüber sprechen«, was alle nur um so aufgeregter werden ließ.

»Werden wir entlassen?« platzte einer heraus.

»Natürlich nicht«, antwortete Lloyd gereizt. »Was ist hier eigentlich los?«

»Sie waren den ganzen Tag da drin«, erklärte seine Sekretärin.

»Ich bin jeden Tag da drin. Das ist mein Büro.«

Er bat seine Sekretärin, ihm in sein Zimmer zu folgen. Dort lagen auf seinem Marmorschreibtisch ungefähr zehn Stapel handgeschriebener Schecks, zu Lasten von Lloyd Achesons Bankkonto. Es waren winzige Summen – 1,32 Dollar, 0,87 Dollar, 1,09 Dollar. Lloyd griff nach seinem Mantel und schlüpfte hinein. Er wies sie an, jeden Scheck in einem gesonderten Kuvert zu verschicken, und schrieb die Adresse des Empfängers drauf – eine Stiftung in San Francisco. »Aber jeden in einem eigenen Kuvert!« betonte er. Trotz ihrer Proteste und Fragen sagte er weiter nichts. Sie arbeitete seit dreizehn Jahren für Lloyd, und noch nie hatte sie ein derart seltsames Benehmen erlebt! Sie begann, die Schecks durchzusehen. Sie waren alle auf die First Amendment Foundation ausgestellt. Alle lagen unter 1,50 Dollar. Sie fing an, die

Schecks zu zählen, dann gab sie es auf und prüfte einfach die Seriennummern – Scheck 1027 bis 2026. Eintausend Stück! Draußen vor dem Büro standen ein Dutzend Leute, die von ihr wissen wollten, was ihr Boß den ganzen Tag gemacht habe, aber was sollte sie ihnen denn sagen? Daß Lloyd Acheson die letzten acht Stunden damit verbracht hatte, von Hand eintausend Schecks für die First Amendment Foundation auszustellen, jeden über etwa einen Dollar?

Andy lag rücklings auf seinem Bett und starrte an die Decke. Er konnte nicht aufhören, an das Treffen am nächsten Tag zu denken, bei dem er einen Sponsor überzeugen wollte. Seine Gedanken kreisten andauernd darum, was er bei dem Treffen sagen sollte, aber Andy wußte, daß er am besten war, wenn er einfach improvisierte – er wollte keinen auswendig gelernten Text aufsagen.

Aber ständig gingen ihm Sätze durch den Kopf: Für einen Bruchteil der Kosten bekommen Sie fast die gesamte Leistung.

Nein, konkreter: Neunzig Prozent der Eigenschaften für nur zwanzig Prozent des Geldes.

Er mußte aufhören, daran zu denken. Er wollte locker und gelöst in die Zusammenkunft gehen. Es war wichtig, die Leute nie seine Verzweiflung riechen zu lassen. Und wie würde er morgen riechen, wenn er unausgeschlafen war und nicht intelligent auf Kritik reagieren konnte?

Alisa klopfte an seine Tür. Es war Viertel vor zehn. Er knipste seine Nachttischlampe an und sagte, sie solle hereinkommen.

Sie trug eine hellbraune Lederjacke und Shorts. Die Jacke war länger als die Shorts.

»Schläfst du immer in deinen Klamotten?« fragte sie.

Andy sah an sich hinab. »Ach, habe ich wieder vergessen, sie auszuziehen?« Er schaute auf, ohne das Gesicht zu verziehen. »Das ist der Prototyp einer Anti-Knitter-Kleidung von L. L. Bean. Als langjähriger Kunde bekomme ich fünf Dollar die Nacht, weil ich an der Testphase teilnehme.«

»Das ist doch nicht dein Ernst!«

»Hast du gewußt, daß ›leichtgläubig‹ nicht im Wörterbuch vorkommt?«

Sie zog einen Flunsch, dann meinte sie: »Das Erschreckende ist, daß ich schon mehr als einmal auf diesen Witz hereingefallen bin.«

Es entstand eine Pause. Andy sagte: »Und, was gibt's?«

»Nichts. Mir war nur nach ein bißchen Gesellschaft.«

»Ich könnte auch eine Ablenkung gebrauchen. Hey, das hab ich gestern vergessen, dir zu geben.«

»Was?«

Andy holte eine braune Lebensmitteltüte von seinem Bücherregal. »Die ist für dich.«

»Oh, eine Papiertüte. Danke, so eine wollte ich schon immer haben.«

»Sehr komisch.«

Sie hielt sich die Tüte vor die Brust, als würde sie ein Kleidungsstück anprobieren, und wackelte mit den Hüften. »Sie ist ein bißchen klein – aber ich *liebe* dieses Material. Sehr … *organisch.*«

Er lachte. »Komm schon, schau hinein.«

»Ich wollte mich nur revanchieren, du L. L. Bean-Klamotten-Tester.«

»Es ist ein UKW-Autoradio.«

Sie schaute in die Tüte. »Danke, Andy. Das ist wirklich zu nett.«

»Als du mir deinen Wagen geliehen hast, ist mir aufgefallen, daß dein 73er Auto auch noch ein 73er Radio hat. Ich bau es dir ein.«

»Wow, UKW. Du weißt gar nicht, wie oft ich schon auf einer Party war und irgend jemand gesagt hat: ›Habt ihr die Sendung

im National Public Radio heute mitgekriegt?‹ Und ich war so ungefähr die *einzige*, die sie nicht gehört hatte.«
»Ich habe eigentlich mehr an Musik gedacht. Ich weiß, daß du in deinem Zimmer immer die Stereoanlage laufen hast, wenn auch nur leise. Ich dachte, du willst das vielleicht auch im Auto.«
Sie wurde rot, und es fiel ihr keine witzige Bemerkung ein. Einen Augenblick lang dachte er, sie würde ihm einen Kuß auf die Wange geben, aber sie standen zu weit auseinander.
Er half ihr aus der Verlegenheit. »Komm, ich baue es dir ein.« Er hatte einen Werkzeugkasten in seiner Schrankküche.
Die Nacht war kühl. Der Eukalyptus roch durchdringend nach Kampfer. Alisas VW stand in der gekiesten Einfahrt. Andy öffnete die Beifahrertür und rutschte rücklings hinein, bis sein Kopf unter dem Armaturenbrett war. Sie setzte sich auf den Fahrersitz und hielt die Taschenlampe, um ihm bei der Arbeit zu leuchten. Sie reichte ihm das Werkzeug, um das er bat.
»Spitzzange. Kriegst du Aufträge als Designerin?«
Sie sagte: »Wenig. Sehr wenig. Ich kann meine Projekte nicht gut präsentieren. Ich kann Kritik nicht ertragen. Droben in San Francisco, da gibt es Designer, die haben so eine Art Schutzschild wie in ›Star Trek‹ um sich. Ich weiß auch nicht, wie die das machen. Meine Schilde leisten immer nur so zehn Prozent.« Ihre Stimme wechselte zu einem Bariton mit schottischem Akzent. »Noch 'nen Treffer hält sie nicht aus, Käpt'n!«
Andy lachte. »Es ist schwer, Zeug zu verkaufen, das einem etwas bedeutet. Es ist tausendmal leichter, wenn es dir egal ist.«
»Das stimmt. Die Ironie dabei ist, daß du dann nur für Projekte engagiert wirst, die dir nichts bedeuten.«
Er schob ein paar Halbzoll-Inbusschrauben zu ihr hin und bat sie, einen Schraubenzieher unter den Schraubenkopf zu stecken und sie herauszuziehen. Als sie soweit war, löste sich das alte Radio mit der Mittelwelle. Er gab es ihr und nahm dafür das neue. »Als

ich bei Omega war, habe ich eine Vorführung immer mehrmals geübt, jede mögliche technische Panne vorweggenommen, und dann sind wir zum Kunden gekommen, und wollten aufbauen und mußten feststellen, daß das Verlängerungskabel nicht vom Tisch zur Steckdose auf der anderen Seite des Zimmers reicht. Die Vorführung eines Fünftausend-Dollar-Computers der nächsten Generation scheiterte an einem Acht-Meter-Verlängerungskabel. Ich habe gelernt, mir nichts draus zu machen. Und das Komische war, damals konnte ich verkaufen, und wie! Weil es mir nichts bedeutet hat, weil alles nur ein Spiel war.«

»Ich würde *töten* für diese Gabe, die du da hast. Dann wäre ich jetzt schon reich«, meinte Alisa.

»Ach, wenn du wüßtest, welche Schuldgefühle ich dabei habe. Es kommt mir vor, als würde ich meine Integrität verraten. Ich denke immer: Ein richtiger Ingenieur kann nicht zum Marketing wechseln, wer bin ich also? Ich bin kein richtiger Ingenieur. Kneifzange.«

»Du beschützt deine Arbeit, was ist daran so schlimm?«

Andy hielt inne. »Schreibst du mir das auf einen Zettel und klebst ihn an den Badezimmerspiegel?«

»Nicht an den Spiegel. Dann muß ich ihn auch lesen. Wie wär's, wenn ich ihn um deine Zahnpastatube wickle?«

»Ach, lieber nicht.«

»Wieso nicht?«

»Mir, mir ist die Zahnpasta vor zwei Wochen ausgegangen. Spitzzange noch mal.«

»Du hast meine benutzt!?« Sie boxte ihn sanft an die Schulter.

Bald war das Radio eingebaut. Andy forderte Alisa auf, es auszuprobieren. Sie drehte an dem linken Knopf. Nichts passierte.

»Es ist doch der linke Knopf, oder?« fragte sie.

»Normalerweise schon. Drück ihn mal rein, manchmal schaltet man dadurch ein.«

Aber auch das funktionierte nicht. Andy schlüpfte aus dem Wagen, dann streckte er den Kopf wieder hinein. »Jetzt seh ich das Problem.«

»Und?«

»Ich hab es verkehrt herum eingebaut.« Er drehte am rechten Knopf, und aus den Türlautsprechern dröhnte Musik. Mit dem linken Knopf stellte er die Balance ein. »Ich dreh's um. Das dauert nur eine Minute.«

»Nein, laß es«, sagte Alisa. »Es gefällt mir so. Es ist originell.«

Sie saßen eine Weile da und hörten zu.

»Wovon lenke ich dich eigentlich ab?« wollte Alisa wissen.

Andy seufzte. »Danke, daß du mich daran erinnerst. Ich hatte es fast verdrängt.«

»Tut mir leid.«

Sie wartete das Ende des Songs ab, dann fing sie erneut an: »Also, worum geht's?«

»Ich versuche morgen, einen Sponsor von unserem Projekt zu überzeugen.«

»Tja, da habe ich nur einen Rat für dich«, meinte sie verschmitzt.

»Und der wäre?«

»Nimm ein Verlängerungskabel mit.«

Francis Benoit war in seinem Büro, als er einen Anruf von einem Freund in San Francisco erhielt, einem Anwalt, der einer Stiftung zur Verteidigung des Rechts auf freie Meinungsäußerung im Internet vorstand. Francis nahm an, es handle sich um die Bitte um eine weitere Spende – der Francis immer freudig nachkam, vor allem, wenn ein Fall vor Gericht gelangt war. Francis gab der Stiftung etwa zwanzigtausend Dollar im Jahr, lehnte einen Sitz im Vorstand aber höflich ab – er mochte keine Halbherzigkeiten. Seine Erfahrung mit solchen Gremien war, daß man jedes Jahr ein paar Versammlungen abhielt, dieselben alten Dringlichkeitsanträge erneut als dringlich einstufte und die gleichen schwächlichen Resolutionen beschloß.

»Diesmal hast du es wirklich geschafft«, sagte sein Freund.

»Wovon redest du?«

»Ich habe neulich ein paar Spenden erhalten, und sie scheinen alle auf deine Empfehlung zurückzugehen.«

»Ich versuche eben, die frohe Kunde zu verbreiten«, erwiderte Francis.

»Wir haben ein paar Spenden von Lloyd Acheson bekommen, er hat unten auf seinen Schecks auf dich verwiesen.«

»Tatsächlich?« Francis hatte seines Wissens nie mit Lloyd Acheson über die First Amendment Foundation gesprochen. »Wieviel hat er gespendet?«

»Eintausend Dollar.«

»Nicht schlecht für den Anfang. Ich muß ihn anrufen und mich bedanken.«

»Wir werden eine Woche brauchen, um die Schecks einzulösen.«

»Was soll das heißen?«

»Er hat eintausend Schecks geschickt.«

»Eintausend Schecks? Jeden über einen Dollar?«

»Nein! Auf jedem ein anderer Betrag. Wir müssen sie von Hand in den Computer eingeben. Auf die Arbeitszeit meines Buchhalters umgerechnet, wird es mehr als tausend Dollar kosten, das Geld einzuzahlen.«

Francis lachte. Die Spende an seine bevorzugte Stiftung konnte nur eines bedeuten: Ronny hatte es Hank erzählt, natürlich hatte er das. Francis hätte gegenüber Ronny natürlich niemals etwas erwähnt, wenn er gewollt hätte, daß die Sache auf ewig ein Geheimnis blieb.

Mit dieser Spende hatte Lloyd den Hut vor Francis gezogen. Aber nicht ganz, nicht ohne einen Haken. Die tausend Dollar in eintausend Schecks zu zerlegen! Touché! Glänzend! Tausend Schecks auszuschreiben war die Sorte Bravourstück, die nur einem Ingenieur einfällt und die nur ein anderer Ingenieur zu würdigen wußte. Indem er dieses Prinzip des »Zerlegens« beschwor, machte sich Lloyd Acheson über die Ingenieure lustig, aber er erinnerte Francis auch daran, daß er früher einmal selbst Ingenieur gewesen war.

Der Streich war somit vorbei. Er hatte Spaß gemacht. Nun brauchte Francis bloß zu warten, bis dem Projekt das Geld ausging, und dann würde er einen Blick auf den Stand ihrer Arbeit werfen.

Francis' Abneigung gegen Lloyd Acheson hatte viel tiefere Wurzeln als nur das bißchen Frust wegen dieser Reporterin und weil man Ronny nicht wieder eingeladen hatte. Es ging alles zurück auf den Falcon-Chip. Zwei Millionen Falcon-Desktop-Computer waren für über dreitausend Dollar das Stück verkauft worden, und aus der Sicht der Wall Street war das ein uneingeschränkter Erfolg. Um den Falcon schnell zu machen, hatte Francis ein entscheidendes Merkmal eingeführt. Er hatte sich dazu ein Verfahren namens »parallele Datenverarbeitung« zunutze gemacht: Der Falcon bestand im Grunde aus zwei neu entwickelten 486er Chips nebeneinander. Die richtige Software teilte jeden Vorgang in zwei Teile und gab jedem Chip die Hälfte des Problems zu lösen. Es war die alte Methode »Teile und herrsche«, aber sie benötigte eben die entsprechende Software. Als Francis den Falcon entwickelte, hatte Lloyd Acheson versprochen, diese Software zu installieren.

Aber dann hatten irgendwelche ahnungslosen Pfuscher in einer Sitzung beschlossen, daß jede Software, die auf dem Falcon lief, auch für alte Omega-Computer geeignet sein mußte – Computer, die keine parallele Datenverarbeitung verwendeten. Sie installierten eine neue verbesserte Software, die aber die parallele Datenverarbeitung nicht unterstützte. Und was bedeutete das alles? Für die meisten der zwei Millionen Kunden war ein Chip vergeudet! Er bekam buchstäblich nie auch nur einen elektrischen Impuls zu spüren. Er wartete untätig wie ein Bär im Winterschlaf. Und dennoch hatten die Leute dafür bezahlt! Sie wurden übers Ohr gehauen und hatten keine Ahnung davon! Ihres Wissens hatten sie den neuesten Stand der Technik gekauft. Ihre Falcons waren dennoch schnell, da selbst der eine aktive 486er Chip noch besser als die vorherige Baureihe war. Und es gab auch noch zahllose andere Fortschritte beim Falcon, mit denen die Kunden glücklich waren – der Schaltkreis des Motherboards war weit effizienter, und kleine schnelle Speicherbausteine, sogenannte Cache-Speicher, wurden für jede Karte und jeden Chip verwendet.

Aber unter dem Strich blieb, daß der Falcon in der Standardversion, wie ihn Omega verkaufte, nur etwas mehr als halb so schnell war, wie ihn Francis konzipiert hatte. Halb so schnell! Stellen Sie sich vor, Sie kaufen sich einen neuen Porsche und stellen dann fest, daß er nur vierzig Meilen in der Stunde fährt! Die wahre Tragödie bestand jedoch darin, daß diese Dynamik auf die meisten Konkurrenten von Omega ebenfalls zutraf. Auch sie verkauften Computer mit Chips, die nicht voll ausgenutzt wurden! Alle hatten Angst, Software zu vertreiben, die auf älteren Geräten nicht lief. Es ging um eine *Marketingentscheidung* – und das sagte alles. Omega und seine Konkurrenten waren inzwischen Marketingunternehmen, keine richtigen Computerfirmen mehr. Vor Jahren, in den Siebzigern und bis Mitte der Achtziger, bauten die Chipfirmen noch wirklich ihre eigenen Chips in ihren eigenen Labors, Softwarefirmen schrieben ihre eigene Software, und so weiter. Aber in den Neunzigern waren viele der Unternehmen, die die Öffentlichkeit für Computerfirmen hielt, nur noch Hülsen mit dominanten Verkaufsabteilungen und Werbebudgets. Die meisten ihrer Vorstandschefs waren Betriebswirte mittleren Alters, mit ein paar Jahren auf dem Buckel, in denen sie für Procter & Gamble die Marktanteile von Zahnpasten ausgebaut hatten. Sie expandierten, indem sie die

Anteile von neugegründeten Firmen erwarben. Sie bezahlten andere dafür, leistungsstarke Computer zu entwickeln.
Dann hatten sie seinen Chip versimpelt! Die absolute Demütigung!
Beim 686er würde er Omega nicht noch einmal die Gelegenheit dazu geben.

Die Interstate 280 lief keine zehn Meter in Nord-Süd-Richtung am Eingang von ModNet in San Jose vorbei, und als das Team von La Honda vor der Tür stand, empfanden sie das Dröhnen von zwölf Spuren Verkehr als bösartiges Geräusch, als aggressiven Angriff auf ihre Ohren. ModNet stellte für fünfzigtausend Abonnenten pro Monat eine Internetverbindung bereit – sie war eine Art Telefongesellschaft für den Computer und hatte seit ihrer Gründung vor zwei Jahren alle sechs Monate den Umsatz verdreifacht. Das fünfstöckige Gebäude hier würde ihnen bald zu klein werden. Salman warf einen Blick auf die dunklen sechseckigen Außenfenster und stempelte den Bau im Geiste als Bienenstock ab. Was er im Innern sah und hörte, bestätigte seinen Eindruck – der rasche Gang der Leute, die Art, wie sie schnell zur Sache kamen –, alles surrte vor Energie. Während er mit der Angestellten am Empfang sprechen wollte, war Andy dreimal von Kurieren unterbrochen worden. Schließlich telefonierte sie nach oben und bestätigte ihre Verabredung. Ein Wachmann erschien, händigte ihnen Besucherausweise aus und schob sie in eine zweite Eingangshalle, wo sie sich auf Sofas setzten und zusahen, wie die Bienenströme aus den Aufzügen quollen.
»Wird Hank das Geld annehmen?« fragte Salman.
»Wenn er es nicht tut, wird eine gewisse Journalistin davon erfahren«, antwortete Andy lakonisch.
Nach fünf Minuten, die ihnen wie zehn vorkamen, tauchte ein

alter Freund von Andy auf und entführte sie nach oben in ein Besprechungszimmer. In der Mitte des Tisches stand ein halbes Dutzend Dosen Eistee, an denen Kondenswasser hinablief. Draußen war die Luft braun und dunstig.

Andys Freund, Donny Williamson, hatte bei Omega mit ihm zusammengearbeitet. Inzwischen war er bei verschiedenen Firmen im Marketing tätig gewesen, bevor er als Angestellter Nummer dreiundvierzig zu ModNet ging. Nun war er Vice President für Marketing und trug gehäkelte Strickkrawatten. Donny war die Sorte Mensch, die man mit Freuden haßt – einfach weil er so adrett und gesund war und so gut im Leben zurechtkam. Er hatte keine langen Haare, keinen Bart. Seine Fingernägel waren vollkommene weiße Halbmonde, und er hatte keine brüchigen Niednägel. Geschniegelt und gestutzt. Seiner Klauen beraubt, wenn man so will. Er war die Sorte Mann, die ihr Übergewicht auf dem Rücken trägt und nicht vor dem Bauch, deshalb würde er nie schwammig aussehen, egal, wie alt er wurde. Trotz all dieser verabscheuungswürdigen Vitalität war es unmöglich, ihn zu hassen, weil er aufrichtig glücklich zu sein schien, eine mutationsbedingte Eigenschaft, die ihn seltsam liebenswert machte. Er nannte Andy »Drew«, Andy nannte ihn »Willy«. Willy kümmerte sich also darum, daß jeder einen Eistee bekam und eine seiner Visitenkarten, die auf festem Karton gedruckt waren.

Natürlich konnte Andy keinen funktionierenden Prototyp für die Präsentation vorweisen, aber er hatte einen 1986er Macintosh SE mit einer 1995er Modemverbindung zusammengebastelt, um klarzumachen, worum es ging: Der Macintosh hatte einen ausgestorbenen Prozessor, ein mickriges Festplattenlaufwerk und einen kleinen Schwarzweißmonitor, aber er ließ sich ohne weiteres ans Internet anschließen und funktionierte fast so gut wie ein moderner leistungsstarker Computer. Zuvor hatte Andy die Internet-Software von ModNet auf den Macintosh geladen. Er setzte das Programm in Gang, und alle schauten zu, wie das typische Bildschirmlayout der Firma einwandfrei auf dem Monitor erschien. Dann surfte Andy durch einige anspruchsvolle WebSites, und wie alle Anwesenden feststellten, war dieser alte Mac genauso schnell wie das, was sie bei sich zu Hause stehen hatten.

Dann schloß Andy die Internetverbindung und bootete einen alten Wordprozessor, so etwa von 1985, Macwrite 1.5. Das Bild erschien fast augenblicklich auf dem Schirm; Andy demonstrierte ein paar der bekannten Eigenschaften, nur um zu zeigen, daß Textverarbeitungsprogramme damals nicht völlig harmlos waren. Das Anwendungsprogramm des Macwrite 1.5 hatte nur 144 Kilobytes, also weniger als ein Hundertstel der Textverarbeitungsprogramme auf ihren Festplatten daheim. Ein *Hundertstel!* Für ein Hundertstel der Größe hatten sie da ein Textprogramm, das absolut in der Lage war, Briefe und längere Dokumente zu schreiben. Es lud sich über ein Modem in zehn Sekunden und bootete in fünf. Sicher, es hatte keinen eingebauten Thesaurus und konnte auch keine Adressenaufkleber ausdrucken, aber für neunzig Prozent aller Fälle reichte dieses kleine Programm völlig aus. Niemand vom Team hatte Andys Vorführung bisher gesehen, und so gerieten sie alle in Euphorie. Es wurde ihnen bewußt, worum es ihnen eigentlich ging. Sie hielten es für ein gutes Zeichen, als sich Willy an die Tastatur setzte, um selbst ein paar Zeilen mit dem Textverarbeitungsprogramm zu verfassen.

Andy legte ihre bisherige Arbeit im einzelnen dar. Dann faßte er sie mit einem Satz zusammen, der die Vorführung weiter unterstrich. »Vielleicht ist er nicht ganz genauso gut wie ein PC. Aber er hat neunzig Prozent der Eigenschaften für nur zwanzig Prozent der Kosten.«

Andy hatte sich ausgerechnet, daß ein Internetanbieter wie ModNet ein ureigenes Interesse am Erfolg des VWPC haben mußte, da es die Sorte Gerät war, das »die anderen fünfzig Prozent« ans Internet bringen konnte; »die anderen fünfzig Prozent«, das waren all jene sturköpfigen Amerikaner, die sich noch nie einen Computer angeschafft hatten, obwohl sie Autos, Videorecorder und Kühlschränke kauften. Die »anderen fünfzig Prozent« waren eine Art Heiliger Gral der Computerindustrie, ein Markt, den man trotz eines Blitzkriegs an Reklametricks noch nicht hatten anzapfen können. Die allgemeine Erwartung ging dahin, daß »die anderen fünfzig Prozent« alle auf einen Schlag aufspringen würden, und wer immer sie anführte – wer immer sie zum Aufspringen brachte –, würde als ein neuer Messias in die Geschichte eingehen. Der relevante Punkt war, daß eine ganze Menge von »den anderen fünfzig Prozent« zu ModNet kommen würden, wenn sie ans Netz gingen.

»Mag sein, mag sein«, nickte Willy. »Aber – vielleicht verstehst du ja nicht ganz, Drew. ModNet – wir verdreifachen jetzt schon alle sechs Monate unsere Größe. Verdreifachen, hörst du? Und es erfordert unsere gesamte Arbeitskraft, einfach nur durchzuhalten und die Nachfrage zu befriedigen, die wir *jetzt* bereits haben.« Er hatte die Angewohnheit, die Augenbrauen nach oben zu ziehen, als hätte er eine Frage gestellt, nachdem er etwas gesagt hatte. Das half ihm wahrscheinlich in der Geschäftswelt – er erweckte so den Anschein, als würde er nur Fragen aufwerfen, während er in Wirklichkeit die Leute vor Tatsachen stellte.

Andy war darauf vorbereitet. »Das ist *jetzt*. Das ist *heute*. Aber in zwei Jahren wird es auf eurem Markt mehr Wettbewerb geben, die Gewinnspannen werden sinken, und zwar genau dann, wenn eure Aktionäre die Gewinne sehen wollen. Dann brauchst du eine Strategie. Nicht jetzt. *Dann.*«

»Okay, das ist ein Argument. Akzeptiert. Aber dieser VWPC, von dem du da redest – darf ich offen zu euch sein? Ich kapier's nicht. Warum sollte ich den Computer wegschmeißen, den ich bereits habe, und mir einen weniger leistungsstarken kaufen? Das versteh ich nicht.«

»Er ist ja nicht für dich. Denk an Schüler. Denk an deine Mutter.«

Willy fing an, heftig den Kopf zu schütteln. »Ich bin ein Marketingmann, okay? Ich gucke, wie wir das Ding vermarkten könnten. Und ich sehe es nicht. Was ist daran cool? Nichts, was einen Einsteiger gewinnen könnte. Das ganze Marketingsystem in dieser Branche ist in Phasen aufgeteilt. Wenn du die erste Phase absolviert hast, gehst du zur nächsten weiter. Phase eins sind die ›Einsteiger‹, Nutzer, die dein Dingsbums zu jedem Preis kaufen, nur um damit zu spielen; nur um zu sehen, was man damit alles anstellen kann. Cool muß es aber sein; es muß wirken, als käme das Ding aus der Zukunft. Wenn es ihnen gefällt, sagen sie's weiter, und du senkst den Preis und bemühst dich um die ›Frühe Mehrheit‹. Aber dazu brauchst du eine Menge Kohle – Werbung, Verpackung, Einzelhandelskooperativen. Du kriegst die Kohle nicht, wenn sich Phase eins nicht bewährt hat. Niemand kriegt die große Kohle, wenn das Ding nicht zieht. Dieser VWPC, den ihr hier habt, der ist für die ›Späte Mehrheit‹ und die Nachzügler. Wir haben keine Ahnung, wie wir die durch Marketing erreichen können.«

Tiny hatte interessiert zugehört. Ihm fiel auf, daß Willy eine schwarze Taucheruhr trug, die gleichzeitig als Kompaß diente, was sich als nützlich erweisen konnte, falls er sich auf dem Rückweg vom Waschraum einmal in diesem Labyrinth aus Arbeitskabinen hier verlaufen sollte. »Vielleicht erreicht ihr sie nur deshalb nicht, weil ihr nie etwas hattet, das ihr ihnen verkaufen konntet.«

Andy versuchte, Tinys Kritik abzuschwächen. »Wie sieht's mit einer Verkaufstruppe aus?« Die meisten Computer in Unternehmen und Schulen waren von großen, landesweit operierenden Verkaufsorganisationen, die auf Provisionsbasis arbeiteten, durchgedrückt worden.

»Bei dreihundert Dollar ist die Gewinnspanne zu schmal. Ein

Verkäufer bekommt zwei, drei Prozent. Das sind zehn Dollar. Dafür kriegt er nicht einmal die Fahrtkosten für ein Verkaufsgespräch rein. Wir sind hier in der Computerbranche, Jungs. Euer VWPC hier – schön, ich behaupte nicht, er ist kein Computer, denn *technisch* gesehen ist er ja einer. Aber aus der Sicht des Marketing ist er *keiner.*«

»Kein Computer?« Das kam von Darrell.

»Aus der Sicht des Marketing, wollte ich nur sagen.«

»Wenn er kein Computer ist, wie würden Sie ihn dann nennen?«

Willy zögerte. »Vielleicht ein Geschenkartikel.«

»Ein *Geschenkartikel*?«

»Ja, ich kann mir vorstellen, daß Leute, die schon seit Jahren einen Computer benutzen, die Dinger für ihre Eltern kaufen, damit die auch endlich ans Netz gehen.«

Tiny stöhnte.

Darrell fuhr in beißendem Ton fort: »So ungefähr wie ein Dreirad die Kinder auf ein richtiges Fahrrad vorbereitet.«

Willy zuckte die Achseln. »Genau das. Ein Anfängercomputer.«

Andy sah, daß Darrell kurz davor war, in die Luft zu gehen. »Willy, wir haben gehofft, wir dachten, wenn du selbst nicht daran interessiert bist, uns zu sponsern, daß du vielleicht jemanden wüßtest.«

Willy biß sich auf die Unterlippe. Viel gab es nicht zu beißen. »Ich werde darüber nachdenken. Aber offen gestanden glaube ich es nicht. Wir alle in dieser Branche würden zuviel aufs Spiel setzen, so wie's in der Branche nun mal läuft.«

Beim Verlassen des Gebäudes kam Darrell an einer Schachtel Disketten vorbei, die mit »Neunzig Tage freier Zugang zum Internet« warb. Im Bemühen, Bäume zu retten, war die Verpackung minimal, nicht mehr als ein Schuber. Die Disketten, bemerkte Darrell, hatten ungefähr dieselbe Größe wie seine Jackentasche. Er steckte so viele ein, daß er etwa fünf Jahre damit reichen würde.

Das Team kam nicht so leicht über die Beurteilung »Geschenkartikel« hinweg. Sie wurden fast zwangsläufig davon verfolgt. Wen hatten sie denn all die Jahre beeindrucken wollen wenn nicht ihresgleichen? Sie waren nicht durch Erstanleihen reich geworden, und ihr Name war nie in den *Mercury News* aufgetaucht, worauf waren sie also die ganze Zeit ausgewesen, wenn nicht auf die Bewunderung von Blutsverwandten, wenn nicht auf diesen Moment, da sie irgendwo einen anderen Ingenieur treffen würden, der dann sagte: »Wow! Du bist der Typ, der das gemacht hat?« Und sie würden in die Faust hüsteln und bescheiden nikken. Darum drehte sich doch alles, oder? Donny Williamson war der erste Gleichgestellte außerhalb von La Honda, dem sie ihre Idee vorgeführt hatten, und sie waren in dieses Treffen mit der Vorstellung gegangen: Lloyd Acheson hat Angst vor uns. Sie hatten erwartet, daß es den Kerl aus den Socken hauen würde.

Und wie hatte er statt dessen reagiert? »Ein Geschenkartikel.« Hatten sie dafür so hart gearbeitet? Hatten sie dafür Hanks Autorität in Frage gestellt? Für das »Dreirad« unter den Computern?

Das Team begann zu diskutieren, ob sie einige der herkömmlichen Eigenschaften eines PCs nachträglich einfügen sollten. Sie wollten den VWPC mehr »wie einen Computer« machen.

Darrell gelobte feierlich, daß die erste Software, die er schrieb, ein Database Tool sein würde, da diese traditionelle Business-Anwendung die Fähigkeit des VWPC zur Verarbeitung von Zahlen demonstrierte. Salman war sich plötzlich unsicher über die Art und Weise, wie der VWPC sich einschaltete und bootete. So, wie Tiny das System entworfen hatte, war der Bildschirm leer, bis der Computer einen Server angewählt und eine Schnittstelle geladen hatte. Das dauerte über ein normales 95er Modem ungefähr fünfunddreißig Sekunden. Selbst bei einem schnelleren Laden rechneten sie nur damit, das Bild in fünfundzwanzig Sekunden auf den Schirm zu bringen, da der größte Teil der Zeit damit verging, den Server anzuwählen und das Piepen beim Verbindungsaufbau zustande zu bringen. Salman befürchtete, daß die Benutzer den spontanen Eindruck gewinnen könnten, der VWPC sei langsam, wenn das Monitorbild nicht sofort – in wenigen Sekunden – erschien. Obwohl das Display auf dem Schirm nichts mit der Prozessorleistung zu tun hat, zogen die Nutzer stets diesen Schluß. Aus welchem Grund auch immer, die Verbraucher beurteilten die Leistungsfähigkeit eines Computers von jeher danach, wie schnell er die Software lud – wie lange sie warten mußten, bis sie nach dem Anklicken von WordPerfect das entsprechende Bild bekamen. Dies war im Grunde weniger eine Funktion des Prozessors als der Suchzeit der Festplatte; eine langsame Festplatte konnte jeden Computer langsam erscheinen lassen. Nichtsdestoweniger gaben die Leute dem Prozessor die Schuld und machten oft den Fehler, das Problem beheben zu wollen, indem sie für fünfhundert Dollar einen neuen Prozessor kauften, anstatt für hundert Dollar eine viel billigere neue Festplatte.

Für Salman wurde dieses Thema zur fixen Idee. »Wenn du das verdammte Ding anschaltest, muß es Männchen machen«, murmelte er.

»Das ist eine Marketingfrage«, spottete Andy, als Salman über Alternativen reden wollte. Und Andy hatte recht – der VWPC wäre nicht schneller oder langsamer, nur weil das Bild sofort auftauchte. Alles, worum sich Salman sorgte, war der falsche Eindruck der Benutzer.

»Aber es ist ihr erster Eindruck«, argumentierte Salman. Er überredete Tiny schließlich dazu, über das Problem nachzudenken, indem er darauf hinwies, daß ein Desktop-Computer etwa fünfzehn Sekunden brauchte, um ein »C:\« zu zeigen, und sogar noch länger, um Windows auf den Schirm zu bringen. Wenn sie den VWPC also dazu brachten, »Männchen zu machen«, würden die Benutzer vielleicht fälschlicherweise annehmen, der VWPC sei eigentlich schneller als ein Desktop. »Warum nicht?« meinte

Salman. »Was gegen uns arbeiten kann, kann genausogut für uns arbeiten.«

Tiny präsentierte eine Möglichkeit, den Computer nie völlig auszuschalten. Er würde immer noch ein bißchen Strom, vielleicht 0,3 Volt, aus der Steckdose ziehen. Das Monitorbild bliebe im Arbeitsspeicher, und die Voltspannung würde den Arbeitsspeicher wachhalten. Wenn der Benutzer den Computer einschaltete, konnte das Bild aus dem Arbeitsspeicher springen und wäre augenblicklich wieder auf dem Schirm. Falls der Benutzer den Computer einmal aussteckte, wäre das Bild allerdings zusammen mit der Voltspannung verloren, aber das kam ja nur gelegentlich vor.

»Mir gefällt die Idee«, sagte Andy, als Tiny ihn unterrichtete.

Salman war jedoch anderer Meinung. »Wenn ihn jemand das erste Mal anschließt und einschaltet, ist er trotzdem langsam. Er muß trotzdem wählen, eine Verbindung herstellen und den Schirm laden. Ich mache mir Sorgen um diesen ersten Eindruck.«

»Du solltest dich mal hören«, feixte Andy. »Du klingst, als hättest du ein Blind Date.«

»Hey, ich brauche kein Date, wenn ich meinen Spaß haben will. Du sprichst wohl von dir, Kumpel.«

Andy hielt inne und versuchte zu begreifen, wie das Gesprächsthema so schnell vom Monitorbild zu ihren Liebesbeziehungen gewechselt war. »Was hat das jetzt damit zu tun?«

»Ich, ich weiß nicht. Tut mir leid. Ist mir so rausgerutscht.«

Andy gab Salman einen Tag Zeit, sich eine neue Lösung auszudenken – andernfalls würden sie bei Tinys Konzept des »ruhenden Arbeitsspeichers« bleiben.

»Wieso kodieren wir die grafische Anzeige nicht einfach im CMOS-Chip?« schlug Salman Tiny vor. »Der CMOS-Chip steuert die Vorgänge in diesen ersten fünfunddreißig Sekunden nach dem Einschalten des Computers, bis die Internetverbindung übernimmt.«

»Kein Platz auf dem Chip«, warf Tiny ein.
»Und ein größerer Chip?«
»Geld, Geld, Geld, Geld.«
Salman ging zu Andy, der nur meinte: »Das Motherboard, das wir benutzen, enthält bereits einen CMOS-Chip. Wenn wir noch einen kaufen, würden wir zwei Chips kaufen und einen davon wegwerfen. Das wäre lächerlich.«
Also ging Salman wieder zu Tiny und fragte: »Wieviel Platz haben wir eigentlich noch auf dem Chip?«
»Fast gar keinen. Ich könnte dir vielleicht zwei Zeilen Text geben. Ich kann nicht einmal mehr ein kleines Symbol wie den Smiley von Mac darstellen.«
Salman verbrachte die Nacht damit, Ideen dafür zu sammeln, was der VWPC einem Benutzer sagen sollte, um einen guten ersten Eindruck zu machen. Er begriff langsam, daß sie hier ein größeres Problem vor sich hatten. Da er keine Festplatte besaß, würde der Computer eine Menge laden müssen, und immer, wenn er das tat, war er nicht betriebsfähig. Darrell hatte versprochen, einfache Programme zu schreiben, die genauso schnell auf den VWPC geladen würden wie große Software von der Festplatte eines PC – es sollte keinen Unterschied in der Wartezeit geben. Aber Salman war nervös. Er mußte dauernd an die Kritik »Geschenkartikel« denken.
Das Konzept, mit dem Salman aufwartete, bestand darin, ihrem VWPC eine Art Persönlichkeit zu verleihen. Immer wenn er in erster Linie mit Laden beschäftigt war, sollte er irgendwelches Geplänkel auf dem Bildschirm zeigen; Text verbrauchte so gut wie keine Speicherkapazität. Das erste, was er laden mußte, war also Text, der dann in Lesegeschwindigkeit über den Schirm flimmerte, bis der Ladevorgang beendet war. Aber was für ein Text sollte das sein? Das war das wirklich Schöne an Salmans Idee. Da von einem Server geladen wurde anstatt von einer Festplatte, würde der Server regelmäßig gewartet und von einem Sy-

stemadministrator auf dem neuesten Stand gehalten – die Auswahl war enorm. Der Systemadministrator konnte also jeden Morgen einen neuen Text eingeben, der als erstes geladen wurde und an diesem Tag über den Schirm lief. Zum Beispiel Schlagzeilen, Sportergebnisse, Witze oder Aktienkurse – praktisch alles. Der Vorrat an Informationen wäre unbegrenzt. Die Nutzer konnten eine Kategorie ihrer Wahl anklicken, wenn sie das erste Mal einloggten, und sie konnten sie wechseln, wann immer sie wollten – wie bei einem dieser elektronischen Fernschreiber. In Salmans Vision würde der VWPC scheinbar überhaupt *nie* zu arbeiten aufhören. Er würde sich nicht damit begnügen, nur eine Sanduhr zu zeigen, wie bei Windows, oder einen sich füllenden Benzintank wie bei anderer Software. Er würde Nachrichten über den Schirm flimmern lassen! Und was das Wichtigste war: Er würde etwas tun, was ein gewöhnlicher PC niemals konnte, nämlich das zentrale Netz zu seinem Vorteil nutzen. Das war ein merklicher Durchbruch für Salman – ihr Projekt war nicht länger nur ein vereinfachter PC; in gewisser Weise würde der VWPC intelligenter, besser sein.

»Hey, Andy, können wir eine Besprechung abhalten?« fragte Salman, der seine Idee erläutern wollte.

»Eine Besprechung?«

»Mm.«

»Wozu? Wir sind ja alle hier. Wenn du etwas zu sagen hast, dann sag's einfach.«

»Ich wollte aber – können wir nicht einen Termin machen?«

»Jetzt gleich geht's wohl nicht?« fragte Andy.

»Komm schon«, sagte Darrell, der mitgehört hatte. »Raus mit der Sprache!«

»Nein, laß gut sein. Ich will nicht, daß es auf taube Ohren stößt.«

»Wir sind nicht taub«, hielt Andy dagegen.

Salman schüttelte den Kopf. »Ich hätte es vielleicht gesagt, aber jetzt kann ich nicht mehr.«

»Und wieso nicht, zum Teufel?« knurrte Darrell.
»Ihr müßt bereit sein, das zu hören.«
»*Was* zu hören!?«
Salman senkte den Kopf. »Seht ihr? Vergeßt es einfach. Jetzt ist zuviel Spannung da. Wir brauchen Ruhe dazu. Ihr müßt aufnahmefähig sein.«
Es dauerte noch einen ganzen Tag, bis Salman schließlich damit herausrückte, aber als er dem Team seine Idee endlich erläutert hatte, waren alle hingerissen, ja fast euphorisch. Darrell lief es kalt über den Rücken. Salmans Idee würde so leicht zu programmieren sein, so leicht auszuführen! Es gab überhaupt kein technisches Problem, und das war so phantastisch daran. Es war eine einfache Angelegenheit, für die sie nur das Konzept eines zentralen Servers übernehmen mußten. Zum ersten Mal ging es beim VWPC nicht mehr nur um Geld, nicht nur darum, den PC in einer anderen Preisklasse hervorzubringen. Er war kein billiger Ersatz mehr. In den Köpfen des Teams begann ihr Projekt eine eigene Identität anzunehmen, getrennt und verschieden vom PC.
Vielleicht fürchtet sich Lloyd Acheson ja zu Recht – kann sein, daß wir den PC doch untergraben!

Gegen Monatsende erhielt Hank Menzinger einen Anruf von La Hondas Broker, Quentin Black, der für eine Firma in San Francisco arbeitete. Im Frühjahr hatte Hank La Hondas Bestand an Omega-Aktien als Bürgschaft für ein Darlehen der Brokerfirma verpfändet. Hank hatte beabsichtigt, das Darlehen zurückzuzahlen, sobald er die Sponsorenmittel von Omega für das 686er-Projekt bekam – tatsächlich hatte Hank das Geld aber so dringend gebraucht, daß er das Darlehen aufnahm, *bevor* Francis in den 686er überhaupt eingewilligt hatte. Hank konnte nicht mit Geld umgehen, er behielt keinen klaren Kopf, wenn eine Transaktion

im Gange war. Quentins Erklärungen klangen immer, als wären sie bloße Theorien. »Was man so hört –«, sagte er etwa. Oder er begann mit: »Wenn man der Theorie zustimmt, daß die Massen den Markt antreiben –« Er teilte Hank nie genau mit, was er dachte. Er tat lediglich seine »Meinung«, seine »Überlegungen« und sein »Gefühl« kund, gab aber nie einen direkten »Rat«. Einerseits wußte Hank, daß er nie mit falschen Versprechungen abgespeist wurde; andererseits war er ständig in Unruhe.
Einer der Vorzüge, die Hank Menzinger als Executive Director von La Honda genoß, war, daß man ihn für gewöhnlich bei allen Neuemissionen von Quentins Firma auf der »Freundesliste« führte. Auf dieser Liste zu sein, gestattete es Hank, kleine Aktienmengen zum Eröffnungskurs oder oft sogar darunter zu erwerben. Zwei von drei Aktienangeboten stiegen am ersten Handelstag steil an, weil sich die Öffentlichkeit darum raufte, und Hank durfte seine Anteile neunzig Tage später wieder verkaufen, häufig mit beträchtlichem Gewinn. Im Lauf der Jahre hatten die Gewinne aus diesen Geschäften ebenso viele Projekte finanziert wie richtige Sponsoren, aber im Frühjahr hatte Quentin Black Hank die Möglichkeit eingeräumt, mehr als nur ein paar Anteile zu erstehen. Es ging um eine Gesellschaft, die Ausrüstung für virtuelle Welten herstellte – Sichtgeräte, Sessel, Kapseln –, um sie an Vergnügungsparks zu verkaufen. Quentin Black hatte Hank die Möglichkeit geboten, mehrere Millionen in das Geschäft zu stecken statt nur die üblichen hunderttausend Dollar, und Hank nahm Quentins Angebot an, wollte er doch ans große Geld. Er liquidierte also La Hondas Posten an Geldmarktwerten und investierte den Betrag in die Neuausgabe. Hank träumte von einer Zukunft, in der La Honda nicht länger die Gefangene von Sponsoren sein würde, und dieser Traum war so verlockend schön, daß er sich nicht zurückhalten konnte. Für diese Neuausgabe jedoch gab es einfach keine Nachfrage, kein Marktinteresse, und die Aktien, die bei zwölf gestartet waren, beendeten die Woche

bei elf und standen am Monatsende bei acht. »So sind die Biester nun mal«, hatte Quentin lakonisch als Erklärung gesagt.

Nun standen die Aktien bei siebeneinhalb. Hank traute sich nicht, zu verkaufen und den Verlust zu verbuchen – der Verwaltungsrat würde die Transaktion sehen, von dem Minus erfahren und seinen Kopf fordern. Er wollte die Sache vertuschen. Und so hatte Hank seine Omega-Anteile als Bürgschaft benutzt, um ein Darlehen aufzunehmen und seinen Arsch zu retten, und nun hatte ihn Quentin Black am Telefon.

»Wir haben Monatsende, Hank. Ich habe gerade einen Anruf von meiner Kreditabteilung bekommen. Wir werden eine Aufforderung zum Deckungsausgleich ergehen lassen müssen.«

Hank verstand nicht, wovon Quentin redete.

»Omega ist diesen Monat um sechs Prozent gefallen«, erklärte Quentin. »Wir sind ungedeckt.«

»Was meinen Sie mit ›ungedeckt‹?«

»Ihr Darlehen ist höher als Ihre Bürgschaft. Sie müssen eine Tilgungszahlung machen, um das Darlehen zu verringern.«

»Aber ich dachte, wir hätten erst vor zwei Tagen eine Zahlung geleistet.«

»Das war eine Zinszahlung. Hier geht es um Tilgung.«

»Wieviel müssen wir zahlen?«

»Sie müssen beides in Übereinstimmung bringen. Die Bürgschaft ist um sechs Prozent gefallen, also müssen Sie sechs Prozent des Darlehens zurückzahlen.«

»Aber das sind über zweihunderttausend Dollar! Soviel Geld habe ich nicht herumliegen!«

»Verkaufen Sie ein paar von Ihren anderen Aktien«, riet ihm Quentin.

Wenn Hank La Hondas andere Aktien verkaufte, würde das im Portefeuillebericht auftauchen, der jeden Monat an den Verwaltungsrat ging. Bisher war es ihm gelungen, durch Herumschieben von Geld zu verhindern, daß der Verwaltungsrat etwas von dem

Verlust bemerkte, und er hatte gehofft, mit weiteren Neuausgaben die Verluste wettzumachen, was sich bei nur zehntausend Dollar pro Streich allerdings als unmöglich erwies. »Was können wir sonst noch tun?«

»Das ist wirklich alles, Hank. Sie rufen mich zurück, ja? Ich habe die Kreditabteilung am Hals, diese Trottel lassen mir keine Ruhe.«

Hank rief sofort Lloyd Acheson an, aber der war in der Schweiz, bei einer Konferenz in Genf. Ausgerechnet Genf! Wieso um alles in der Welt mußte er nach Genf fliegen, um eine gottverdammte Computerfirma zu leiten? Die Sponsorengelder von Omega waren noch nicht eingetroffen. Wenn Hank sie bekam, konnte er das Darlehen in voller Höhe zurückzahlen und versuchen, die verlorenen Geldreserven wieder aufzufüllen.

Hank fragte Lloyds Sekretärin, ob Lloyd seine E-Mail checkte oder sich telefonisch meldete, um sich nach Nachrichten für ihn zu erkundigen, und bat sie, Lloyd mitzuteilen, er solle ihn umgehend anrufen, zu Hause oder in der Arbeit, zu jeder Tages- und Nachtzeit – es handle sich um einen Notfall.

Ungefähr zur gleichen Zeit spazierte Lloyd Acheson auf der anderen Seite der Erde im Regen über den Golfplatz des Hotels, das Omega dieses Jahr ausgewählt hatte, um sein europäisches Vertriebsnetz zu beschwatzen. Lloyd war eben erst am Morgen eingetroffen, und seine innere Uhr signalisierte ihm: Mann, eigentlich sollten wir jetzt schlafen. Aber dazu bestand keine Gelegenheit. Lloyd hatte auf ein bißchen Sonnenschein gehofft – ein klein wenig Sonne nur im Gesicht hätte seinen Serotoninspiegel gehoben und den Jet-lag abgewehrt. Statt dessen waren Regenwolken aufgezogen, als er ins Hotel kam. Zwanzig Minuten lang stand Lloyd, die Tasche mit den Golfschlägern über der

Schulter, in seinem Hotelzimmer und starrte aus dem Fenster. Die Golfschläger hatte er beinahe ausschließlich für genau diesen Augenblick, dieses bißchen Entspannung mitgebracht. Ihm wurde bewußt, daß er völlig übernächtigt war. So ging das nicht. Er mußte aufwachen! Also beschloß er, einen Spaziergang über den Golfplatz zu machen. Die Tasche nahm er mit, um sich auf diese Weise ein wenig sportlich zu betätigen.

Über den Fairway kam ihm ein Platzwart entgegen. Er fuhr neben Lloyd her.

»Ich gehe nur spazieren«, erklärte Lloyd. »Ich spiele nicht.«

Der Platzwart nickte und fuhr weiter.

Anderswo in der Stadt war eine Tagung im Gang. Heute nachmittag würde er auf einem Podium sitzen. Morgen würde er eine Rede halten. Und wenn er seinen Körper dazu brachte, sich umzustellen, war das alles kein Problem.

Später, gegen sieben Uhr abends, lag Lloyd in einer heißen Badewanne, die Nasenlöcher dicht über dem Wasser. Der lange Flug hatte seine Nebenhöhlen und seinen Hals ausgetrocknet, und er fühlte sich krank. Unten hatte das Palaver begonnen. Die achtundzwanzig wichtigsten Leute für Omega in Europa waren zu diesem Abend eingeladen worden. Sie kamen größtenteils aus dem Verkaufsbereich – Wiederverkäufer, Vertriebsleute, Kunden. Und sie hatten sich diesen Termin nicht freigehalten, um ein paar kostenlose Drinks und ein nettes Essen zu genießen – sie waren aus einem einzigen Grund hier: um Lloyd zu sehen. Die jährliche Zusammenkunft, bei der sie DEM Mann in die Augen blicken und selbst beurteilen konnten, ob er »es« noch draufhatte – jene Kombination aus Witz und Durchblick, die Omega auf dem Weg von einem Zwanzig-Millionen-Dollar-Unternehmen zu einem Achthundert-Millionen-Dollar-Unternehmen geführt hatte. Sie wollten sehen, daß er nicht ausgebrannt, nicht abgeschlafft war, daß er den Kopf nicht in den Wolken hatte und irgendwelchen überspannten neuen Ideen nachhing. Sie wollten

sich vergewissern, daß an der Spitze dieser riesigen Pyramide ein Mann stand, der genug Verstand hatte, um mit all dem fertig zu werden, was man ihm im kommenden Jahr an Steinen in den Weg legen könnte. Es kam nicht so sehr darauf an, was er sagte, wenn es nur geistreich klang. Wenn Lloyd es fertigbrachte, nur für ein paar Stunden zu *brillieren*, würde das alle düsteren Vorhersagen hinwegwischen, die man im letzten Jahr über Omega gemacht hatte. Aber Lloyd fühlte sich schwindlig und benommen.
Lloyd erschien, als sich gerade alle zum Dinner setzten. Sie saßen um vier leinengedeckte Tische, die Kronleuchter an der Decke brannten mit halber Stärke, der Likör in ihren Gläsern mit doppelter. Sie hatten dunkle Anzüge an; Lloyd trug eine Jacke der San Francisco 49ers, rot- und goldgefärbtes Leder. Bleib nie so lange am selben Fleck, daß dir bei einer Diskussion die pfiffigen Antworten ausgehen, sagte er sich.
Er machte seine Runde, ging von Tisch zu Tisch, redete alle mit Vornamen an, dankte für ihre Kauforders, teilte häppchenweise Insiderinformationen aus.
»Gunter, mein Freund, Sie haben uns ja ein tolles erstes Quartal beschert! Glauben Sie nicht, daß ich es nicht bemerkt hätte. Hey, ich habe gehört, Knaur will seine Garantiezeit verdoppeln, Sie werden sie doch bestimmt überflügeln wollen.«
»Paulo, wie immer ein Vergnügen. Was, das Lamm macht Ihnen keinen appetitlichen Eindruck? Macht nichts. Wissen Sie, was meine Frau immer sagt? Sie sagt: ›Ich bin nicht Vegetarierin, weil ich Tiere liebe; ich bin Vegetarierin, weil ich Pflanzen hasse.‹«
Jemand fragte Lloyd, ob er befürchte, daß Software in Zukunft einfach vom Internet geladen werden und sie damit von der Quelle abschneiden könnte. Ohne nachzudenken, erwiderte Lloyd: »Haben Sie sich je eine Welt ohne hypothetische Situationen vorgestellt?« Er machte eine effektvolle Pause, dann fügte er an: »Ich weiß, daß wir auf die Zukunft vorbereitet sein müssen, aber seien Sie nicht so aufgeschlossen, daß Ihnen das Gehirn

herausfällt. Die Leute *wollen* in unsere Läden kommen. Der Internetvertrieb wird Ihren Markt nicht beschneiden, er wird einen zusätzlichen Markt für Sie abgeben.«

Dann: »Ob ich glaube, daß Dole eine Chance gegen Clinton hat? Kennen Sie den Witz: Was hat vier Beine und einen Arm? Ein zufriedener Pitbull! Clinton wird Dole einen Arm überlassen, aber mehr wird der Senator nicht bekommen.« Lloyd hoffte, daß niemand diese Scherze noch vom letzten Jahr kannte.

»Nein, ich sorge mich weniger um die Steuerpolitik als um die Kartellfeindlichkeit. Unter Reagan hat das Justizministerium junge Leute von der Hochschule weg eingestellt, sie mit einem nichtstreitsüchtigen Geist erfüllt, nur Straftaten verfolgt. Ja, zum Teufel, ich spreche von Microsoft, von wem denn sonst?«

Jemand wollte von ihm wissen, was Papa Lewis so trieb. Papa war der Vorsitzende des Aufsichtsrats von Omega, der einzige Mensch, der befugt war, ihn zu feuern, und nach Papa zu fragen war deshalb nicht nur hohles Geplauder. Lloyd wollte den Eindruck vermitteln, daß Papa völlig entspannt sei. »Papa war letzte Woche bei der Wildschweinjagd; ist mit einem Stapel Hauer und hundert Pfund Dörrfleisch zurückgekommen. Er wollte etwas davon an unsere größten Kunden schicken. Wissen Sie, wie gedörrtes Wildschwein schmeckt? Ungefähr wie Schnürsenkel.«

»Gefällt Ihnen diese Jacke? Schauen Sie mal, hier.« Lloyd öffnete den Reißverschluß und zog die Brustklappe zurück, um das Designerlabel zu zeigen. Es trug ein Autogramm von Jerry Rice, dem Star-Receiver der 49ers. »Ich würde Ihnen diese Jacke ja gern schenken, aber wenn ich Ihnen eine gebe, müßte ich allen eine geben, nicht wahr?« Er kratzte sich am Kinn und schürzte die Lippen, als ringe er mit einem Entschluß. »Ach, was soll's«, meinte er, streifte die Jacke von den Schultern und schlüpfte aus den Ärmeln. »Hier. Nein, im Ernst, nehmen Sie sie. Nur zu, so nehmen Sie sie doch.« Der Mann wollte die Jacke nicht annehmen. Lloyd beugte den Kopf zu ihm hinunter und flüsterte:

»Wenn Sie sie nicht nehmen, habe ich keinen Vorwand, jedem eine zu schenken.«
Also akzeptierte der Mann die Jacke, und aufs Stichwort fuhr jemand aus Omegas Marketingabteilung mit einem Gabelstapler einige Pappkartons herein. Lloyd ging hinüber und riß sie auf. »Ja, was haben wir denn hier?« Er fing an, Lederjacken unter die Gäste zu werfen, dann ließ er einen Mitarbeiter vom Marketing den Weihnachtsmann spielen. Styroporkügelchen ergossen sich über den Teppich.
Lloyd wandte sich Omegas Partner in den skandinavischen Ländern zu. Omega-Computer wurden unter einem dänischen Markennamen neu verpackt. »Wissen Sie, was ich gern wüßte? Wenn Styropor verschickt wird, worin verpacken Sie denn das? Wie geht es Ihnen, Peter?«
»Ich habe die Artikel über den 686er in den *Mercury News* gelesen«, entgegnete Peter. »Ich weiß nicht genau, ob der Chip wirklich die Eigenschaften besitzt, die wir brauchen.«
Lloyd wußte, wovon Peter sprach. Es war das Thema, das alle beschäftigte. Die Preise für Computer waren in den letzten zwei Jahren kontinuierlich gesunken. Zwar stiegen die verkauften Stückzahlen, aber die Gewinnspannen verschwanden. Der Verkaufsbereich brauchte dringend einen neuen Chip, um eine Preiserhöhung zu rechtfertigen.
Alle bei diesem Dinner warteten verzweifelt darauf, daß der Chip ihre Gewinnspannen wiederherstellte. Lloyd wußte, daß Francis mit der Entwicklung des 686ers frühestens in fünf Monaten fertig war, und es würde noch einmal ein halbes Jahr dauern, bis er in Produktion gehen konnte. »Nehmen wir an, wir hätten diesen neuen Chip bereits heute. Wofür würden Sie ihn verwenden, Peter?«
»Ich könnte den Preis für ein Durchschnittsmodell um tausend Dollar erhöhen.«
»Aber würden die Verbraucher es auch kaufen? Würden sie

wirklich nur wegen eines schnelleren Chips in Scharen in die Läden strömen? Brauchen sie nicht auch bessere Software?«
»Die Software wurde seit dem Falcon dreimal verbessert.«
»Und was hat uns diese Software gebracht? Nehmen Sie die weltweit populärste Anwendung, die Textverarbeitung. Was haben uns die jüngsten Verbesserungen gebracht? Vor zwei Jahren konnte man unterstreichen, doppelt unterstreichen oder rot unterstreichen. Heute hat man sechs Farben zur Auswahl, in denen man unterstreichen kann, und man kann in Wellenlinie unterstreichen. Werden die Verbraucher wirklich unsere Läden stürmen, werden sie tatsächlich tausend Dollar mehr bezahlen, nur um in Wellenlinie unterstreichen zu können?«
»Wohl kaum.«
»Haben Sie Geduld, Peter. Ich versichere Ihnen, Omegas 686er wird genau zu der Zeit auf dem Markt sein, wenn auch wirklich neue Software erhältlich ist. Nächsten Monat können wir einen Falcon mit 150 Megahertz Taktfrequenz liefern – der wird Ihre Margen in die Höhe treiben.«
»Für drei Monate, vielleicht.«
»Geduld, Peter, Geduld.« Dieses Gespräch zog sich zu lange hin. Ganz leise ließ Peter vernehmen: »Intels Pentium Pro ist nächsten Monat lieferbar.«
Lloyd legte Peter die Hand auf die Schulter. »Sie wechseln nicht zu Intel, Peter, das wissen wir beide. Ihre Margen vertragen die Prämien für Intel nicht. Für AMD, vielleicht. Für Motorola, vielleicht. Aber die können Ihnen den Chip genausowenig bieten wie ich.«
Peter biß sich auf die Lippe. »Ich kann auf den 686er warten, solange ich weiß, daß ich ihn in einem Jahr in den Regalen habe. Wenn Sie ihn in sechs Monaten von heute an nicht in Produktion haben, muß ich meine Optionen neu überdenken.«
»Ich habe verstanden, Peter. Wir halten Sie auf dem laufenden.« Um ihn loszuwerden, schnappte sich Lloyd den nächsten, der

vorbeikam. Es war ein osteuropäischer Großhändler. »Mischa, darf ich Ihnen Peter Jenssen vorstellen. Peter, Sie müssen sich ein paar von Mischas verrückten Geschichten über Polen anhören. Mischa, erzählen Sie ihm die von dem dritten Kupferdraht in allen Telefonbuchsen.« Lloyd schlüpfte davon, als die Geschichte begann.

Einen Augenblick später, an einem anderen Tisch: »Unserer Firma geht es um Gewinn. Ich versuche nicht, meine Stellung dafür zu benutzen, als ein neuer Alexander Graham Bell in die Geschichte einzugehen.«

Und erneut: »Nennen Sie mir eine berühmte Fusion, die sich bezahlt gemacht hat, nur eine ... Nein, deren Aktien stiegen ohnehin, das können Sie nicht der Fusion zuschreiben ... Auf keinen Fall, die haben nur einen Markennamen gekauft, das Produkt taugt nicht für Internetanschluß ... Aus reiner *Selbstsucht*; er wollte nur in die Schlagzeilen kommen, und eine Fusion war der einzige Weg.«

Nach dem Essen versammelten sie sich in der Bar, und Lloyds Stimmbänder kamen nicht zur Ruhe. Hinter ihm qualmte jemand eine Zigarre; der beißende Rauch war zuviel für Lloyd. Mitten in einem Satz versagte ihm die Stimme, und er begann unkontrolliert zu husten. Seine Augen tränten. Er benutzte die Gelegenheit, sich zu entschuldigen. Er stürzte zum nächsten Ausgang, nahm zwei Stufen auf einmal. Er hatte das Badewasser in der Wanne gelassen und den Heißwasserhahn nicht ganz zugedreht. Er warf seine Kleidung ab und glitt hinein.

Sein Puls raste. Ausgeschlossen, daß er in den nächsten Stunden schlafen konnte. Zuviel Adrenalin schoß durch seinen Körper. Er nahm das Telefon im Badezimmer und wählte seine Voice Mail, um zu hören, ob Nachrichten für ihn eingegangen waren. Seine Sekretärin drängte ihn, Hank wegen irgendeines Notfalls anzurufen.

Am nächsten Morgen war Hank gerade in der Küche, als das Telefon läutete.

»Lloyd!?«

Es gab eine atmosphärische Störung in der Leitung. Lloyds Stimme kam von weit her. »Was hast du für einen Notfall, Hank?«

»Gott sei Dank, daß du anrufst, Lloyd.«

»Ich habe nur eine Minute Zeit.«

»Okay, okay. Es geht um die Sponsoringmittel, Lloyd. Für den 686er.«

»Was ist damit?«

»Sie wurden noch nicht überwiesen.«

In der Leitung blieb es still. Hank war sich nicht sicher, ob Lloyd ihn gehört hatte, deshalb wiederholte er, was er gesagt hatte.

Lloyd unternahm einen Erklärungsversuch. »Da ist nur ein Irrtum passiert. Ich bin sicher, daß er bald korrigiert wird.«

»Soll ich jemand in Santa Clara anrufen?«

»Nein, ich schicke ein E-Mail an unsere Finanzabteilung. Vielleicht hat sie die Umstellung verwirrt.«

»Die Umstellung? Welche Umstellung, Lloyd?«

»Ich habe ihnen drei Nachrichten geschickt. Die erste besagte, sie sollten das Geld überweisen, die zweite, sie sollten das Geld zurückhalten, und die dritte, sie sollten nur das Geld für diesen Monat überweisen.«

»Wie meinst du das, nur das Geld für diesen Monat?«

»Immer nur ein Monat auf einmal, würde ich sagen.«

»Aber normalerweise bekommen wir das Geld für das ganze Jahr. Genaugenommen steht es so im Sponsoringvertrag.«

»Genaugenommen«, wiederholte Lloyd gelangweilt. »Ich habe versucht, dir klarzumachen, daß mir der Dreihundert-Dollar-Computer nicht gefällt, und ich möchte immer nur einen Monat abwickeln. Das ist ein Druckmittel. Warum schmeißt du die Typen nicht einfach raus?«

»Wir können sie nicht rausschmeißen, wir haben eine Journalistin im Haus, die dahinterkommen würde. Niemand wurde bei La Honda je gefeuert, *nicht ein Mensch.* Wir feuern einfach niemanden.«

»Schön. Dann bleibt es eben bei der monatlichen Überweisung.«

»Habt ihr Liquiditätsprobleme, oder was?» provozierte ihn Hank. »Ich verstehe nicht, was das soll, immer nur einen Monat auf einmal.«

Lloyd unterbrach ihn. »Du mußt mir einen Gefallen tun, Hank. Es geht um die Journalistin.«

»Was ist mit ihr?«

»Kannst du sie dazu bringen, eine Story darüber zu schreiben, wie der 686er im Vergleich zu Intels Chip abschneidet?«

»Das ist ihr wahrscheinlich zu technisch.«

»Versuch es jedenfalls, ja?«

»In Ordnung. Lloyd?«

»Ja?«

»Wenn ich sie dazu bringe, diese Story zu schreiben, änderst du dann deine Meinung, was das Geld angeht?«

»Es ist schon spät hier, Hank. Laß uns darüber reden, wenn ich zurück bin.«

»Schön, in Ordnung. Wann kommst du zurück?«

»Nächsten Mittwoch. Ich verbringe auf dem Rückweg noch ein paar Tage in Orlando.«

Hank legte den Hörer auf. Er war in Verlegenheit.

Hank nahm eine Tasse aus dem Schrank und goß Milch ein. Er stellte sie in die Mikrowelle und schaute zu, wie der Timer rückwärts zählte.

Der Hypnotizer

Anfang Oktober erhielt Tiny Curtis Reese ein E-Mail von seinem Freund, der ihm geholfen hatte, die Motherboards aufzutreiben. Beim letzten Kontakt hatte er Florida gerade in Richtung Bay Area verlassen, um sich einen Job zu suchen. Er schrieb, er sei jetzt in Seattle, wo ein paar Freunde von ihm eine neue Firma gegründet hatten, die Videospieler über eine Internetverbindung gegeneinander antreten lassen wollte. Sie hatten Tinys Freund angeheuert; das Kapital war zwar gleich Null, dennoch hatten sie gerade ein Lagerhaus mit eintausend Quadratmetern am Fuße des Queen Anne Hill gepachtet. Vom Dach aus konnten sie Alki Point an der Spitze von West Seattle sehen und die Bananenfrachter, die von Schleppern in die Elliott Bay gezogen wurden. Das Lagerhaus war so geräumig, daß sie für das nächste halbe Jahr die Angestellten im Loft wohnen lassen konnten. Er zeichnete ein romantisches Bild, das Tiny einen Stich in die Brust gab, aber Tiny hatte hundert Hinterhoffirmengründungen erlebt, die ohne Kapital schon im zweiten Monat eingegangen waren. Es reichte, daß eine Schlüsselperson ein Angebot für einen richtigen Job bekam, und schon fing sie an, sich Gedanken über ihre Zukunft zu machen oder über ihre Krankenversicherung (Was ist, wenn mich heute ein Auto anfährt?), und das ganze Kartenhaus fiel in sich zusammen. Tinys Freund jedoch hatte diesen Aspekt abgedeckt. Die Firma hatte bereits einen Exklusivvertrag mit einem ansässigen Multimedia-Verlag, dessen Videospiele für ein Forum im Internet umzuwandeln, und fünfzehntausend Dol-

lar monatlich waren von Anfang an vertraglich gesichert. Sie verwendeten das Geld zur Finanzierung des Lagerhauses.
Tiny erschien das als das reinste Zauberkunststück. Er konnte in acht Computersprachen kodieren, aber sein eigenes Scheckbuch konnte er nicht ausgleichen. Geld machte ihm angst. Es verstand sich von selbst, daß Firmengründungen eine Menge Geld verschlangen, und wenn man nicht vom ersten Tag an eine stattliche Kriegskasse hatte, brauchte man gar nicht erst von einer eigenen Firma zu träumen. Daß Tinys Freund *ohne Startkapital*, ohne Vorschuß eine Firma gegründet hatte – Tiny kam das vor, als wären die Naturgesetze aufgehoben.
Das E-Mail erreichte Tiny, als er gerade ein paar besonders anstrengende Tage hinter sich hatte. Er hatte versucht, das Motherboard des VWPC mit seinen ganzen neun Chips auf dem großen Falcon auf seinem Schreibtisch zu simulieren. Wenn er ein Softwaremodell der Chips des VWPC baute, eine Art Computer im Computer, konnte er die Logik seiner Arbeit testen, bevor sie noch einen Penny für die Pressung von Schalttafeln ausgeben mußten. Tiny bezeichnete das gern als ein Hypnotisieren seines Falcon, damit dieser glaubte, er sei ein VWPC – ähnlich wie man einen Erwachsenen durch Hypnose in seine Kindheit zurückversetzen kann. Um den Falcon zu hypnotisieren – um ihm zu sagen, wie er denken solle –, mußte Tiny wissen, mit welchem Betriebssystem der VWPC arbeiten würde. Aber er konnte sich nicht für das beste Betriebssystem entscheiden, ohne jedes einzelne vorher genau getestet zu haben. Doch um sie testen zu können, brauchte er einen vollständig hypnotisierten Falcon. Es war eine Endlosschleife, und Tiny sah nicht, wie er aus ihr herausfinden sollte. Zu allem Überdruß war er sich auch noch sicher, daß er kein bereits existierendes Betriebssystem von der Stange verwenden konnte, da dessen Bedarf an Arbeitsspeicher zu groß war. Er würde eines modifizieren müssen. Diese Aussicht brachte einfach zu viele, voneinander abhängige Variablen in die

Gleichung, und die Wahrscheinlichkeit, daß er mit der falschen anfing, lähmte Tiny. Er kam sich vor wie einer von Francis' Handlangern, der auf sein erstes Gitter starrte und nicht wußte, mit welchem Kästchen er beginnen sollte. Als er das E-Mail von seinem Freund aus Seattle bekam, hatte Tiny drei Tage lang nichts anderes getan, als auf seinen Bildschirm zu glotzen.

Tiny schickte das E-Mail seines Freundes an Salman und Darrell mit der Bemerkung: »Hier seht ihr, was andere Leute mit dem Internet anfangen.« Und als Darrell und Salman von dem monatlichen Vertrag lasen, wußten sie verdammt gut, was Tiny daran so faszinierte. Der springende Punkt waren nicht die Videospiele und auch nicht das Internet.

Jeder junge Mann im Silicon Valley mit nur einem Funken Selbstachtung hatte diese Phantasie dann und wann schon einmal durchgespielt. Sie konnten ein sechsstelliges Gehalt bei Apple oder Oracle einstreichen, sie konnten zwei Patente unter ihrem Namen laufen haben, sie konnten eine Abteilung Programmierer unter sich haben – das zählte alles nicht, wenn sie sich nicht einmal an den großen Dreh gewagt hatten. Sie mußten es wissen: Könnte ich es schaffen? Wenn man ein bißchen älter war, wie Francis, fiel es leicht, sich über die Romantik einer Firmengründung lustig zu machen, aber mit dreißig, wie Tiny, oder neunundzwanzig, wie Salman, hatte man den Verdacht, nicht wirklich gelebt zu haben, wenn man es nicht wenigstens einmal probiert hatte. Sie lauerten immer auf ihre Chance. Und was machte diese Chance aus? Eine vernünftige Idee und ein Team, das groß genug war, um die Arbeit schnell zu erledigen, und klein genug, um mit Hilfe von Kreditkarten überleben zu können. Wie viele solche Gelegenheiten würden sich bieten? Darrell hatte es bereits einmal versucht und war gescheitert; er gewann nun ausreichend Distanz zu dieser Erfahrung, um die Fehler einzusehen, die er gemacht hatte. Und so fragte er sich: Was, wenn ich diese Fehler nicht wiederhole?

Niemand sprach offen darüber, aber der Gedanke ging ihnen nie aus dem Kopf: was, wenn? Wenn sie einfach geschlossen bei La Honda aufhörten? Wohin würden sie gehen, wenn sie morgens aufwachten?
Ungefähr zu dieser Zeit fuhr Salman eines Samstagabends mit seinem Vater die El Camino Real entlang. Sie waren auf dem Weg zu einem Smorgasbord-Buffet am Swimmingpool, als sein Vater plötzlich auf einen Parkplatz in Mountain View abbog. Er ließ den Motor laufen, stieg aus und ging hinüber zu einem Fleck Rasen vor einem häßlichen, grauen, zweistöckigen Gebäude. Das Schild »Zu vermieten« war von der Gebäudewand geflattert und im Gras gelandet. Salmans Vater gehörten ein paar Tankstellen und Waschsalons – und offensichtlich auch dieses Gebäude. Den ersten Stock hatte die »Schule für zeitgemäße Berufe« angemietet, in Wirklichkeit eine Ausbildungsstätte für Sekretärinnen. Der zweite Stock stand seit einem Jahr leer, wie Salmans Vater erklärte, als er wieder ins Auto stieg. Er wollte das Gebäude verkaufen und meinte, daß die Aussichten besser seien, wenn es keine Mieter mit langfristigen Verträgen gab, die eine Mieterhöhung ausschlossen. Also hatte er nicht vermietet – und nicht einmal die Anrufe von Interessenten beantwortet. Salman wollte wissen, wieso er sich dann überhaupt die Mühe mit dem Schild machte. Sein Vater mußte so tun, als sei das Objekt zu haben, wenn er die entgangenen Einkünfte von der Steuer absetzen wollte.
»Dann ist also niemand da droben?« fragte Salman.
»Mm«, grunzte sein Vater zustimmend.
»Und es gibt Stromanschlüsse für gewerbliche Zwecke?«
Sein Vater bejahte.
»Wieviel Ampere?«
»Keine Ahnung, die Sicherungskästen sind für jeden Stock getrennt. Fünfhundert vielleicht. Klingt das realistisch?«
Am nächsten Tag kam Salman mit einem breiten Grinsen im Ge-

sicht in den Anhänger. *Sekretärinnenschule!* Das war eine noch verlockendere Vorstellung als der Meerblick.

»Weswegen hebst du so ab?« fragte Darrell, als er Salman beim Tagträumen erwischte.

»Ach, nichts. Vergiß es.«

»Alles klar, das reicht. Raus damit, na sag schon!«

»Nein, du würdest das eh nicht richtig zu schätzen wissen. Du mußt dazu in einer gewissen erwartungsfrohen Geistesverfassung sein.«

»Erwartungsfroh? Ich bin erwartungsfroh. Ich erwarte voller Freude, daß du es vermeidest, eine in die Fresse zu kriegen, und mir dein Geheimnis verrätst.«

»Ach je, deine Erwartungen sind bereits zu hochgesteckt. Jetzt kann ich es dir nicht mehr sagen.«

»Dann sag es Tiny, und der kann es dann mir erzählen.«

Also ging Salman zu Tiny und erzählte ihm von der Sekretärinnenschule in Mountain View. Und nicht nur das: Über der Schule seien leerstehende Büroräume, achthundert Quadratmeter. Und Tiny ging wieder zu Darrell und wiederholte alles Wort für Wort, ohne eine Miene zu verziehen.

»Na und?!« schrie Darrell Salman an. »Ist das alles? Ein leerstehendes Büro? Erst machst du mich heiß, und dann hast du nichts anderes zu berichten als ein leeres Büro! Du weißt, daß ich nicht arbeiten kann, wenn ich so aufgeregt bin. Du *weißt* das doch. Ich habe eine kleine Neuigkeit für dich. Es gibt wahrscheinlich tausend leerstehende Büros von hier bis San Francisco.«

Salman lehnte sich zurück und schüttelte den Kopf. »Aber nicht alle gehören meinem Vater.«

»Das Büro gehört deinem Vater? Wirklich?«

»Mm, und noch was.«

»Was noch? Sag schon.«

»Willst du es wirklich wissen?«

»Ja, sicher.«

Salman schnalzte skeptisch mit der Zunge. »Wenn ich es dir sage, kannst du den ganzen Tag nichts mehr arbeiten.«
»Das macht nichts.«
»Vielleicht sollte ich es dir nach der Arbeit sagen.«
»Nein! Sag es mir jetzt.«
»Okay. Es ist umsonst.«
»Was ist umsonst? Das Büro? Das Büro ist umsonst? Wir dürfen es gratis benutzen?«
»Mm.«
»Wie sind die Stromanschlüsse?« Darrells Puls raste. Er wußte jetzt schon, daß er den ganzen Tag nichts mehr zustande bringen würde. Sekretärinnenschule! Es war einfach zu köstlich, um nicht wenigstens einige Augenblicke davon zu träumen. Und dann hatte der Traum ihre Gedanken im Griff, und jedesmal, wenn sie auf die letzte Zeile ihres Codes sahen, war es, als würde ihnen eine dieser künftigen Sekretärinnen ins Ohr gurren: »Hilf mir, hilf mir, mein Drucker hat einen Papierstau.«
Nach ungefähr zwei Tagen wurde Andy auf die Tatsache aufmerksam, daß kaum ein Code geschrieben worden war. »Was ist mit euch los, Jungs? Ist euch nicht klar, daß unser Budget in vier Wochen aufgebraucht ist? Wir müssen – wenn wir bis dahin nicht ein paar Ergebnisse haben, weiß ich auch nicht weiter. Dies ist nicht die Zeit zum Zögern.«
»Es gibt keine bessere Zeit zum Zögern wie die jetzige«, sagte Darrell.
»Was soll das heißen?« schoß Andy zurück.
»Das war nur ein Witz.«
»Er ist nicht komisch.« Andy seufzte. Er hatte seit Tagen kaum geschlafen und gegessen und war deshalb nicht in der Lage gewesen, viel zu arbeiten.
»Wir könnten es ihm ebensogut erzählen«, meinte Darrell und sah die anderen an.
Salman ließ als Zustimmung sein übliches Gemurmel hören.

»Mir was erzählen?« erkundigte sich Andy sofort.
Und so sagten sie es ihm. »Wieso nicht?« fragte Darrell. »In den nächsten Monaten brauchen wir nicht viel Geld. Wir schreiben doch nur den Code.«
»Meint ihr, ich habe nicht auch schon daran gedacht, hier auszubrechen?« warf Andy ein.
»Dann tun wir's doch«, strahlte Darrell. »Was hält uns davon ab?«
Andy stöhnte. »Unsere Arbeit hier, die gehört uns nicht. Der Entwurf des VWPC, der Code, die Chips und Monitore – das gehört alles La Honda. Es ist ihr geistiges Eigentum. Wenn wir das Projekt mitnehmen, belangen sie uns wegen Diebstahls.«
»Aber *wir* sind die Erfinder. Es ist doch kein Diebstahl, wenn wir uns nehmen, was wir erfunden haben.«
Andy schüttelte den Kopf. »Doch, es ist Diebstahl. Vergeßt es. Lassen wir diese Diskussion.« Andy war als Teamleiter zu Beginn des Projekts von La Hondas Rechtsbeistand über die rechtlichen Fragen unterrichtet worden.
Darrell ließ nicht locker. »Dann müssen wir also einfach hierbleiben und warten, bis uns das Geld ausgeht? Einfach so? Wir haben keine anderen Möglichkeiten? Wir sind verloren. Ich würde lieber weggehen und das Risiko auf mich nehmen, daß sie mich gerichtlich belangen. Einfach in den Untergrund gehen. Sie können uns nicht aufspüren. Was meint ihr? Hm?«
»Mm.« Salman zögerte.
»Meinst du das auch?« drängte Darrell.
»Ich? Äh, nein.«
»Nein?«
»Gerichtlich belangt werden? Du machst wohl Witze. Lieber nehme ich Erdnußbutter als Deo«, erklärte Salman.
Andy unterbrach die beiden. »Wir haben unsere Möglichkeiten noch nicht ausgeschöpft.«

Hank Menzinger starrte gerade auf die Liste seiner monatlichen Fälligkeiten, als es klopfte. Er rief, daß die Tür offen sei. Nell Kirkham kam herein. Sie setzte sich, als gehöre ihr der Stuhl. Sie brachte einen Rosengarten mit in den Raum. Neues Parfüm. Er hatte sie in letzter Zeit nicht oft zu Gesicht bekommen. Sie kam ein paarmal in der Woche für ein, zwei Stunden nach La Honda, aber ihre Kolumnen waren angemessen und dienten Hanks Zwecken. Die Ironmen beim 686er strömten regelmäßig zusammen, um im Text nach ihren Namen zu suchen.

»Ich hoffe, man behandelt Sie gut beim 686er«, sagte Hank.

Sie ignorierte sein Flehen. »Was können Sie mir über Andy Caspar sagen?«

Oh, Scheiße. Hank spielte auf Zeit. »Caspar? Lassen Sie mich nachdenken. Caspar. Hm. Ach ja, Caspar. Richtig. Was wollen Sie hören?«

Nell zupfte einen Fussel von ihren Strümpfen. »Sie wissen schon. Sein Hintergrund, so Zeug. Vielleicht ein paar gute Anekdoten.«

Hank bemühte sich, keine Unruhe zu zeigen. Wieviel wußte sie?

»Mein Gott, schwer sich an etwas zu erinnern, der Junge ist ziemlich ruhig. Haben Sie direkt mit ihm gesprochen?«

»Er hat mich bedrängt, genaugenommen. Gestern. Hat mir einen Überblick über seinen sogenannten ›VWPC‹ gegeben. Er hofft wohl, ich schreibe, daß er einen Sponsor sucht. Sie wissen schon, ein bißchen kostenlose Publicity. Aber das ist schon in Ordnung. Ich bin es gewohnt, manipuliert zu werden.«

»Ich möchte mich für Caspar entschuldigen, Nell. Ihre Anwesenheit hier soll nicht der *persönlichen* Publicity von irgendwem dienen. Es tut mir leid, daß er sie ausnutzen wollte. Ich bin sicher, Sie werden seinen Bemühungen widerstehen.« Hank schenkte ihr ein Hundert-Watt-Lächeln, bis seine Wangen brannten.

»Normalerweise ja. Aber er hat mich neugierig gemacht. Er schien so – wie soll ich sagen? *Verzweifelt* vielleicht. Ich bin hier nicht vielen verzweifelten jungen Männern begegnet. Vielleicht ist da ja doch eine Story drin.«

Hank zögerte, hoffte, daß sich ein Schlupfloch auftat. Vielleicht war das ja eins: »Sie erwähnten, daß er einen Sponsor sucht.«

»Ja. Das kam mir komisch vor.«

»Komisch?« fragte er.

»Na ja, ich dachte, die Ingenieure hier sollen sich ausschließlich der technischen Arbeit widmen.«

»Ja, schon«, erwiderte Hank.

Nell neigte sich nach rechts und schlug die Beine übereinander. Sie starrte auf ihren Notizblock, als würde sie nur ungern auf den nächsten Punkt zu sprechen kommen, aber ihr Notizblock zwinge sie dazu. »Deshalb werden Sie meine Überraschung verstehen, als ich hörte, daß ein Ironman seine Zeit mit der Jagd nach Sponsoren verbringt. Wenn ich mich nicht irre, Hank, und ich denke, ich irre mich nicht, dann ist es doch *Ihr* Job, Sponsoren zu suchen, oder?«

»Ja, natürlich. Nell. Ms. Kirkham. Lassen Sie's mich Ihnen erklären: Jedes Jahr gibt es ein paar Projekte, die keinen Erfolg haben, aus welchen Gründen auch immer. Ich bin seit zwanzig Jahren hier, und das Schema ist immer das gleiche. Man stößt hier immer wieder mal auf jemanden, der ein besserer Demagoge als Programmierer ist. Gewöhnlich sind sie so um die Dreißig, und nach zehn Jahren Programmiererei haben sie es satt, sich immer nur mit Codes zu beschäftigen. Sie wollen Geschäfte machen, Manager sein, Sponsoren suchen, die Projekte unterstützen sollen, die durch ihre eigene Beteiligung daran schon zum Scheitern verurteilt sind.«

»Sie meinen, sie haben nichts auf dem Kasten?« sagte Nell.

Hank nickte ernst, als sei ein Programmierer, der nichts auf dem Kasten hat, mit einer tödlichen Krankheit gleichzusetzen. »Wenn Sie also über ihn schreiben, verstärken Sie nur seine schlechten Angewohnheiten. Er wird dann unter der Illusion leiden, daß er tatsächlich etwas erreicht, wenn er nur eine Journalistin beschwatzt.« Armer Größenwahnsinniger.

Nell räusperte sich. »Haben Sie je versucht, Sponsoren für sie aufzutreiben?«

»Nicht direkt, Nell. Bei einem neuen Ansatz wie diesem muß ich etwas vorzuweisen haben. Und bisher – offen gestanden überrascht mich das Ganze nicht. Die meisten Ironmen können nicht akzeptieren, daß ihre Arbeit hin und wieder einfach nichts wert ist; keinen Sponsor wert, meine Zeit nicht wert und die Ihre auch nicht.«

Nell schüttelte ihr Haar und holte tief Luft. »Vielleicht sollte ich die Sache weiter fassen. Sprechen wir nicht nur von Andy Caspar. Erlauben Sie den Ironmen, ihre eigenen Sponsoren heranzuziehen?«

»Immer auf der Suche nach einer Story, was? Warum schreiben Sie nicht darüber, wie der 686er im Vergleich zu Intels Chip abschneidet? Das wäre mal eine Story, die man in der Branche auch lesen will.«

Sie dachte darüber nach. »Kommt in meine Ideensammlung; aber das ist nichts Aktuelles.«

»Intels Chip kommt nächsten Monat auf den Markt.«

»Behaupten sie. Was wahrscheinlich zwei Monate bedeutet. Bei Andy Caspar hingegen, da ist jetzt was im Gang. Also, was die Sponsoren angeht –«

»Natürlich wird jeder Sponsoringvertrag von unserem Verwaltungsrat genehmigt, aber wir versuchen, unseren Teams soviel Spielraum zu geben, wie sie brauchen. Es gibt keine Einschränkungen. Aber wie Sie selbst sagten: Ein Ironman, der seine Zeit der Jagd nach Sponsoren widmet, ist kein richtiger Ironman, oder?«

»Und das ist also die offizielle Position?«

»Offizielle Position? Nein, das ist nur meine Meinung. Offizielle Position? Sie tragen sich doch hoffentlich nicht noch immer mit

dem Gedanken, einen Artikel an Andy Caspar zu verschwenden?«
»Er könnte einen guten Kontrast zu den anderen Männern abgeben, sie deutlicher hervortreten lassen, Brüder in Ketten, etwas in der Art. Ich dachte, wenn er einen anderen Hintergrund hätte, aus einer anderen Kultur käme – Sie wissen schon, das schwarze Schaf.«
»Nicht, daß ich wüßte, Nell. Er kommt von Stanford, wie ungefähr ein Drittel der Burschen hier; so normal wie ein Ironman nur sein kann.«
Sie schien skeptisch. »Nun gut.«
Er konnte immer noch nicht beurteilen, ob sie vorhatte, über Caspar zu schreiben. »Dann –?«
»Ich möchte gern mit meinem Chefredakteur darüber sprechen.«
»Aber ja, natürlich. Wissen Sie, ich würde Sie ungern vom 686er abweichen sehen, Nell.«
Sie seufzte. »Der 686er ist so kompliziert! Ich fürchte, daß ich jede Woche Leser verliere, wenn sich nichts Dramatisches tut.«
»Was könnten Sie sich Dramatischeres wünschen als Omega gegen Intel, David gegen Goliath?«
»Die Unterschiede sind zu technisch für meine Leserschaft.«
»Ach, das glaube ich nicht. Wenn ich unterwegs bin, wollen die Leute ständig über die Entwicklung des 686ers reden. Die lesen das schon. Sie wollen Einzelheiten wissen. Sie schreiben gut, Nell. Sie können die Materie durchaus vermitteln.«
»Finden Sie? Ehrlich? Finden Sie?« Sie konnte mit einem Kompliment nicht umgehen. Er ließ es eine Weile wirken. Schließlich stand Nell auf und ging.
Hank stürzte aus dem Zimmer, um Francis zu suchen. Er war nicht in seinem Büro. In seinem Labor riet ihm jemand, auf dem Parkplatz nachzuschauen – sie hatten Francis eben mit seinen Autoschlüsseln in der Hand auf dem Flur gesehen. Alle wußten, daß Francis gerne Probleme durchdachte, während er – häufig

mit hoher Geschwindigkeit – über die kurvenreichen Straßen fuhr, welche die Skyline Road oberhalb der Halbinsel mit den verschlafenen Städtchen unten verbanden. Irgend etwas an der Art, wie schnelles Fahren Francis' Gehirn teilweise in Anspruch nahm, erlaubte dem unbeschäftigten Teil, ohne hemmende Selbstkritik zu arbeiten.

Hank eilte auf den Parkplatz hinaus. Francis fuhr gerade in seinem puderblauen Fiat X19 Cabrio davon, ein Wagen, dessen Karosserie wie eine Käseecke geformt ist. Hank stellte sich ihm in den Weg.

»Ich muß arbeiten«, sagte Francis und blickte zu Hank auf.

Hank hatte nie recht geglaubt, daß Francis tatsächlich arbeitete, während er fuhr. Nicht, daß Hank die Bedeutung von Francis' Ritual geleugnet hätte. Aber er stellte sich vor, daß es einfach seinen Geist entspannte, bestenfalls. Schlimmstenfalls war es eine Art Blaumachen. »Ich muß mit dir reden«, drängte Hank.

»Dann steig ein.«

»Können wir nicht in mein Büro gehen?«

»Wie ich schon sagte, ich muß arbeiten.«

Hank ging um den Wagen herum und glitt auf den Beifahrersitz. Er nahm ein Clipboard mit einem weißen Blatt Papier vom Sitz und legte es auf den Boden.

»Halt das auf deinem Schoß«, wies ihn Francis an.

»Das liegt gut da unten.«

»Dann gib es mir.«

Hank reichte ihm das Clipboard. Francis plazierte es auf seinem Schoß, dann legte er den Gang ein und drückte das Gaspedal durch. Hank wurde in den Sitz gepreßt. Der Motor war direkt hinter ihnen; es gab keinen nennenswerten Rücksitz. Francis bog in Old La Honda rechts ab und steuerte mühelos die vertrauten Haarnadelkurven hinab. Der Fiat vermittelte einem das Gefühl, in einem Go-Kart mit einer Rakete hintendran zu sitzen. Wenn sie irgendwo anstießen, würde das ganze Ding in die Luft fliegen.

In einer Minute war Francis am Fuß des Hügels angekommen und ließ den Motor leer laufen.
Hank benutzte die Gelegenheit, um etwas zu sagen. »Caspar ist zu Nell Kirkham gegangen. Ich weiß nicht, wieviel er ihr erzählt hat, schwer zu sagen. Ich glaube, er versucht, auf eigene Faust einen Sponsor zu finden, und meint, sie würde ihm die nötige Publicity verschaffen.«
Francis trat wieder ins Gaspedal. »Will sie darüber schreiben?«
Hank stemmte vor Angst die Füße ein. »Ich glaube, ich habe uns ein bißchen Luft verschafft. Aber das Thema ist noch nicht vom Tisch.« Er erklärte, daß sie mit ihrem Chefredakteur reden wolle. »Genau das hat Lloyd vorausgesehen. Was meinst du?« Hank traute sich nicht, die Augen von der Straße zu nehmen. Sie fuhren nun wieder zur Skyline Road hinauf, diesmal auf dem Highway 84, der von Woodside kommt. Lärchen tauchten die Straße in Schatten; an manchen Stellen ragten Wurzeln auf die Fahrbahn. Die erlaubte Höchstgeschwindigkeit betrug fünfundzwanzig Meilen. Francis fuhr knapp fünfzig. Auf einem geraden Stück von hundert Metern riskierte Hank schließlich einen Blick zu Francis hinüber. Er hatte plötzlich das Bedürfnis zu urinieren.
Francis hatte den Kopf nach unten geneigt und schrieb etwas auf sein Clipboard.
»Allmächtiger, Francis!«
»Hm?« Francis schaute auf und schleuderte um eine Kurve. »Ich kenne die Straßen hier.«
»Könntest du mal ein bißchen langsamer fahren?«
»Ich versuche zu arbeiten.«
»Hast du überhaupt gehört, was ich gesagt habe?«
»Ja. Caspar war bei Kirkham, und wenn Kirkham über ihn schreibt, wird Lloyd ausrasten.«
»Was sollen wir tun?!«
»Du glaubst doch nicht ernsthaft, daß Lloyd den Stöpsel rauszieht, oder? Er *braucht* den 686er.«

»Was weiß ich! Ich verlaß mich lieber nicht darauf.«
»Wie lang reicht ihr Budget noch?«
»Drei Wochen, aber wir können nichts riskieren. Abgesehen davon geben sie sowieso kein Geld aus. Es hat schon ein bißchen buchhalterische Kreativität gebraucht, damit ihr Konto überhaupt so schnell leer wurde.«
Francis schaltete sämtliche Gänge rauf und runter, der PS-starke Motor sandte Vibrationen mitten durch ihre Sitze. Er hielt die linke Hand rechts am Lenkrad, um einen besseren Hebel zu haben. Neben der Straße wuchsen Anis und Koriander. Francis überholte mehrere Fahrzeuge, ohne auch nur zu schauen, ob die Gegenfahrbahn frei war. Hank schloß die Augen. Als er sie wieder öffnete, schrieb Francis auf seinem Clipboard.
Von der Skyline Road bog Francis Richtung Norden auf die 35 ab und fuhr nach vier gewundenen Meilen wieder den Hügel hinunter, auf der alten Kings Mountain Road, die relativ unbekannt und normalerweise kaum befahren war. Nun hielt Francis nichts mehr zurück! Es war sein Ziel, eines Tages über diese Straßen zu rasen und gleichzeitig eines seiner Gitter zu lösen. Das mußte ein Adrenalinstoß sein! Aber er hatte nie jemanden dazu gebracht, gegen ihn anzutreten. Nicht einmal Ronny hatte den Mumm.
»Du hast deine Gedanken nicht beisammen, Hank«, bemerkte Francis. »Du wirkst angespannt.«
»Natürlich bin ich angespannt, du fährst ja auch wie ein Verrückter!«
Francis lächelte und meinte: »Die Antwort liegt wirklich auf der Hand.«
»Nicht für mich!«
»Weil du so angespannt bist.«
»Du fährst eben zu schnell.«
»Fahren entspannt mich.«
»Was sollen wir tun?« schrie Hank in den Wind.

Francis schaltete vor einer Kurve zurück. »Was hat dir Ronny Banks erzählt?«
»Ronny?» Woher wußte Francis, daß Ronny bei ihm gewesen war? Es hatte keinen Sinn, ihn anzulügen. »Er sagte, du hättest Caspar zu dem VWPC gezwungen, nur um mir und Lloyd eins auszuwischen.«
Francis nickte. »Hast du ihm geglaubt?«
»Ich würde es dir zutrauen.«
»Also hast du ihm geglaubt?«
»Ja. Stimmt das denn?«
Francis schrieb wieder etwas auf das Clipboard. Als er aufblickte, schien es, als würde er aus einer Trance erwachen und hätte das bisherige Gespräch vergessen. »Wieviel hast du bei der verpfuschten Börsenspekulation verloren?«
»Ungefähr eine halbe Million.«
»Das sollte uns nicht umbringen.«
»Wenn der Verwaltungsrat dahinterkommt, ist es das Ende. Selbst wenn sie es geheimzuhalten versuchen, gibt es bestimmt eine undichte Stelle – was zu einer öffentlichen Diskreditierung von ihnen allen führt. Das dürfte ihnen klar sein. Sie können es nicht geheimhalten. Also werden sie mich rausschmeißen, damit sie selbst als verantwortungsbewußt dastehen. Aber ohne mich ist La Honda nicht mehr La Honda, es ist nur noch ein beliebiges Forschungslabor, das nach Dollars schnappt. Verstehst du nicht? Jetzt eine Kettenreaktion, eine Folge von Ereignissen, das könnte der Anfang vom Ende sein.«
»Scheiße.«
»Genau.«
»Scheiße!!«
»Genau.« Hank glaubte, Francis habe den Ernst der Lage endlich begriffen.
»Nein, ich fluche nicht wegen dir. Mein Kugelschreiber hat keine Tinte mehr.« Francis hielt den Wagen abrupt mitten auf der

Straße an. Der Wagen brach nicht aus und rutschte nicht. Francis beugte sich über Hank, ließ das Handschuhfach aufspringen und wühlte nach einem neuen Kugelschreiber.

»Was sollen wir machen, Francis? Du hast gesagt, die Lösung sei offensichtlich.«

»Alle guten Lösungen sind offensichtlich. Das ist das Wesen von Lösungen. Wenn etwas nicht offensichtlich ist, dann ist es wahrscheinlich auch keine Lösung.«

»Also hast du keine Lösung?«

»Doch, ich habe eine.«

»Und die wäre?«

»Du gibst Andy Caspar und den anderen eine Verzichtserklärung auf das geistige Eigentum. Sie werden im Bermudadreieck der verpatzten Firmengründungen verschwinden. Keine Story für Nell Kirkham, Lloyd Acheson ist glücklich, du bekommst dein Geld von Omega, Quentin Black bekommt sein Geld, und so weiter.«

»Das ist brillant!«

»Es ist nicht brillant. Es ist offensichtlich.«

»Aber, aber meinst du, sie werden auch gehen? Wenn wir ihnen die Verzichtserklärung geben? Wird das denn klappen?«

»Ich weiß, daß du einen Kugelschreiber hast«, warf Francis ein. Hank gab ihm schließlich den, der in seiner Hemdtasche steckte. Er war aus Gold. Francis nahm ihn kommentarlos. Er startete das Auto wieder und hinterließ einen Gummiabrieb auf der Straße.

»Hast du gehört, was ich gesagt habe?« fragte Hank.

»Natürlich.«

»Und?«

»Wir werden ihnen noch einen kleinen Ansporn zum Weggehen geben müssen.«

Andy Caspar wachte am nächsten Morgen mit einem Gefühl auf, als hätte er einen Kater.

Wozu überhaupt aufwachen? fragte er sich.

Mach erst gar nicht die Augen auf.

Warum den Traum verlassen?

Dann schoß ihm der Gedanke durch den Kopf, daß heute Mittwoch war. Mittwoch! Nells zweiwöchige Kolumne erschien heute in den *Mercury News*. Vielleicht erwähnte sie ja den VWPC. Vielleicht läutete ja gleich das Telefon, ein Sponsor am anderen Ende.

Andy sprang aus dem Bett, ließ seine rituellen Liegestütze aus und fuhr zum Sharon Heights-Einkaufszentrum, um sich die Morgenzeitung zu kaufen. Er setzte sich auf die Picknickbank neben der Standspur und breitete die Zeitung auf der mit Schellack behandelten (nicht rostenden) Tischplatte aus. Das Einkaufszentrum war stinkvornehm; klassische Musik wurde ins Freie übertragen, sogar auf den Parkplatz, wo die Büsche in Gestalt von Kuchenformen zurechtgestutzt waren. Alle paar Meter standen Abfalleimer und Recyclingtonnen, damit ja kein Müll den Boden berührte. Alle anderen Autos waren Großraumlimousinen. Andy fiel auf, daß Kühlerhaubenverzierungen wieder in Mode kamen. Als Teenager war er einmal verhaftet worden, weil er welche gestohlen hatte.

Noch beim Durchblättern der Zeitung freute er sich, daß er Nell nichts über den Aktenschrank, die Nacht auf der Schlafveranda oder sonst irgend etwas Negatives über La Honda erzählt hatte. Er hatte den unausgesprochenen Kodex schon dadurch genügend verletzt, daß er sie nach Publicity strebend angesprochen hatte. Wenngleich alle Ironmen insgeheim hofften, ihre Namen in ihrer Kolumne zu finden, gingen sie nie so weit, bei ihr zu tratschen. Am Mittwoch brachte die *Mercury News* immer eine Sonderseite über Technologie, für die auch Wirtschaftsjournalisten wie Nell Beiträge schrieben.

Ihre Kolumne war der ALU des 686ers gewidmet.
Kein Wort über den VWPC.
Andy starrte auf eine kleine schwarze Schwalbe, die auf Krümel vom Tisch Jagd machte. Sie fand keine.
Andy war mit seinem Latein am Ende. Für einen Augenblick hatte er die Vorstellung, zum San Gregorio-Strand hinauszufahren und auf den Ozean hinauszuschauen. Er hatte in letzter Zeit häufig Phantasien von Ruhe und Frieden. Aber er würde natürlich zur Arbeit fahren, wie an jedem anderen Tag auch. Ihr Projekt war wie das Leben selbst geworden: Manchmal war es hoffnungslos und sinnlos, aber eine verläßliche Alternative gab es auch nicht.
Er dachte nicht, daß er an diesem Morgen der erste sei, als er beim Anhänger eintraf, da die Tür nicht verschlossen war. Dann sah er, daß Stapel von Artikeln und Datenblättern, die am Abend zuvor auf den Schreibtischen gelegen hatten, über den Boden verstreut waren. Vielleicht waren Darrell in der Nacht die Sicherungen durchgebrannt, und er hatte einen Koller gekriegt. Auf Andys Schreibtisch lag ein Geschenk, es war in Zeitungspapier gewickelt, mit einem Telefonkabel als Schleife. Es hatte ungefähr die Größe eines Schuhs. Andy faßte es nicht gleich an. Eine mißtrauische Angst überkam ihn. Er überprüfte die Monitore von allen Computern, um festzustellen, ob sie eingeschaltet waren – ob die andern vielleicht vor ihm eingetroffen und auf einen Kaffee gegangen waren. Tinys Bildschirmschoner lief über den Monitor – ein Telexstreifen mit klassischen Gedichten. Alle anderen Computer waren ausgeschaltet.
Andy wendete sich wieder dem Geschenk zu. Die Verpackung, die Zeitung, war ihm vertraut. Es war die Morgenausgabe der *San Jose Mercury News*, konkret Nell Kirkhams Artikel; ihre gezeichnete Karikatur schaute zu ihm auf, ihr Gesichtsausdruck war gleichzeitig freundlich und hart. Er nahm das Päckchen in die Hand. Es war leicht, aber etwas steckte in der Papierrolle. Andy

löste das Telefonkabel. Mit beiden Händen hielt er das Päckchen fest und wickelte es aus der Zeitung. Der Inhalt glitt durch die Rolle und fiel auf seinen Schreibtisch.

Eine große, graue Ratte: Die Augen halb geschlossen, den Mund leicht geöffnet, die kleinen Vorderpfoten in einer klammernden Haltung erstarrt.

Wer wußte, daß er mit ihr gesprochen hatte? Ein Schauder lief Andy über den Rücken. Der Schauder erschöpfte sich nicht ganz und löste einen zweiten aus. Seine Zähne preßten sich unkontrolliert aufeinander. Er wickelte die Ratte in die Zeitung und warf beides in den Abfalleimer. Dann nahm er den Plastiksack aus dem Eimer und knotete ihn oben zu. Er trug ihn hinaus und ging damit hinunter zum Müllcontainer. Sein Blick streifte über die Bäume und die oberen Fenster des Südgebäudes, um zu sehen, ob ihn jemand beobachtete. Er überlegte, ob er seinem Team etwas sagen sollte. Er beschloß, es nicht zu tun, was sich aber als Fehler herausstellte, denn als Darrell schließlich zur Arbeit kam und seine Schreibtischschublade öffnete, erwartete ihn ein ähnliches Geschenk.

»Scheiße!« schrie er. Er stand auf, die Fäuste seitlich am Körper geballt. »Was zum Teufel ist hier los?«

»Irgendwer weiß, daß ich mit Nell Kirkham gesprochen habe«, erklärte Andy.

»Und? Haben wir dafür *das hier* verdient?«

»Irgend jemand ist wohl dieser Ansicht.«

»Irgend jemand, der uns für Flaschen hält. Ich hasse diesen Anhänger hier. Alles, was ich früher cool fand, macht mich jetzt klaustrophobisch!« bellte Darrell.

Dann versuchte er, seine Ratte mit einem Feuerzeug anzuzünden. Sie fing nicht Feuer, aber der Gestank von angesengten Haaren drehte ihnen den Magen um. Also schlang Darrell ein Telefonkabel um den Hals seiner Ratte und hängte sie an die Wand.

»Das kannst du doch nicht«, sagte Salman. »Sie wird verwesen. Der Gestank!«
»Wir werden nicht mehr hier sein, bis sie zu verwesen anfängt«, gab Darrell zurück.
Tiny war noch nicht da. Andy untersuchte Tinys Schreibtisch auf Überraschungen, fand aber nichts. Er rief in Tinys Apartment an. Niemand nahm ab.
»Hast du etwas von Tiny gehört? Sein Computer ist an, aber er ist nicht da«, fragte er Salman.
»Wer? Ich? Nein, nicht von Tiny.«
Andy trommelte mit den Fingern auf Salmans Schreibtisch. »Hat dein Vater dieses Büro schon vermietet?«
»Wohl nicht. Wie gesagt, er will es nicht vermieten.«
»Was würdest du tun, wenn du das alles hier nicht hättest?«
»Das hier? Tja. Wieder an die Uni gehen, schätze ich.«
»Es ist komisch«, sagte Andy nach einer Weile. »Vor einem halben Jahr habe ich mich davor gefürchtet, die Uni zu verlassen. Jetzt kann ich mir beim besten Willen nicht mehr vorstellen, wieder hinzugehen. Das käme mir wie ein Rückschritt vor.«
»Mm.«
Am Nachmittag erhielt Andy einen Anruf von Hank Menzinger. »Er will uns in seinem Büro sehen«, verkündete Andy, nachdem er das Telefonat entgegengenommen hatte.
»Uns alle?« fragte Salman.
»Hinterlaßt eine Nachricht, falls Tiny noch auftaucht.«
Die drei Teammitglieder nahmen in Hanks Büro Platz. Andy entschuldigte sich für Tinys unentschuldigte Abwesenheit. Hank gab jedem von ihnen ein zweiseitiges zusammengeheftetes Schriftstück. Es war eine Art Vertrag mit numerierten Paragraphen in nüchterner Sprache, die die Relevanz der einzelnen Punkte verleugneten. Andys Hände zitterten.
Hank kaute Sonnenblumenkerne. Der Charme war aus seinem Gesicht gewichen. »Wißt ihr, was das ist?«

»Es ist eine Verzichtserklärung auf die Rechte«, sagte Andy.
Hank nickte. »Eine Verzichtserklärung *ohne Ausschluß*. Ihr wißt, was das bedeutet?«
Sie wußten es nicht. Hank fragte, ob sie auf einen Anwalt warten wollten. Das wollte niemand, obwohl die Erwähnung eines Anwalts das Papier in ihren Händen unheilvoll erscheinen ließ.
»Ohne Ausschluß«, erklärte Hank. »Das bedeutet, ihr könnt eure Ideen verwenden, aber es bedeutet auch, daß wir eure Ideen verwenden können – die Arbeit, die ihr bis jetzt geleistet habt. Wir können sie verkaufen, lizenzieren, sponsern, veröffentlichen, ganz nach Belieben. Ich kann mir den Arsch damit abwischen, wenn ich will. Aber ihr könnt das auch.«
»Das geben Sie uns?« Andy konnte es nicht glauben. Er glaubte es tatsächlich nicht. Wo war der Haken?
Hank verwies sie auf Seite zwei, unten. »Seht ihr die Linie hier unter meinem Namen? Ich habe noch nicht unterschrieben. Dieses Papier in euren Händen ist ohne meine Unterschrift nur Makulatur. Wir müssen richtig vorgehen.«
Andy wollte wissen, wie er das meine.
»Wir müssen zusammen Ausgang A nehmen.«
»Ausgang A?«
»Paragraph – schauen wir mal –, Paragraph *vier*. Oben auf Seite zwei. Ich brauche die Originale von allem, was ihr bisher gemacht habt. Legt sie in eine Kiste. Ihr könnt euch Kopien machen. Ich will Festplatten, Disketten, Notizzettel. Wenn ihr zwei Motherboards habt, dann gebt mir eins. Wenn ihr nur eins habt, gehört es mir. Memos, E-Mails, *alles*. Ich mache keine Scherze. Wenn ihr euch nicht hundertprozentig daran haltet, ist das eine Verletzung der Verzichtserklärung von eurer Seite, und wir werden euch strafrechtlich belangen. Wissen Sie, was strafrechtlich heißt, Salman?«
»Ich? Strafrechtlich, ja –«
»Das bedeutet *Gefängnis*. Wir spaßen nicht. Das ist keine zivil-

rechtliche Auseinandersetzung, bei der wir gegen euch prozessieren, bis ihr bankrott seid, obwohl uns auch davon nichts abhalten kann. Aber manchmal haben die Jungs kein Geld zu verlieren, und dann glauben sie, sie riskieren nichts. ›Hey, was kann schon passieren, wenn ich dieses Programm hier zurückhalte – nehmen sie mir dann mein Mountainbike weg?‹ Ha, ha. *Richtig.* Gefängnis, Jungs. Ich rate euch, es nicht darauf ankommen zu lassen. Kapiert?«

»Ja«, sagte Andy.

»Klar«, ergänzte Darrell.

»Dann sind wir uns also einig?«

Andy stimmte zu. »Aber wir müssen Tiny noch informieren.«

»Ihr müßt sowieso alle zusammen unterschreiben. Wo ist Tiny überhaupt?«

»Wir wissen es nicht.«

»Sucht ihn, aber schnell. Ich möchte so bald wie möglich einen Trupp Wachmänner hier haben, die euch beim Aufräumen beobachten. Inzwischen, schlage ich vor, lest ihr aufmerksam diese zwei Seiten durch. Paragraph fünf, zum Beispiel, legt fest, daß ihr keine diskreditierenden Äußerungen über La Honda machen dürft, andernfalls verletzt ihr die Bestimmungen der Verzichtserklärung. Wenn ihr zum letzten Mal aus dieser Tür geht, wird es sein, als wärt ihr nie hiergewesen. Darf ich euch dreien einen kleinen Rat geben?«

»Welchen?«

»Bittet nicht um Empfehlungsschreiben.«

Als sie zu ihrem Labor zurückkamen, sagte Darrell: »Betrinken wir uns.«

»Wißt ihr, wie ich mich fühle?« fragte Andy. »Ich fühle mich, als würde ich einen Flubber-Anzug tragen.«

»Was ist Flubber?« wollte Salman wissen.
»Stammt aus einem Disneyfilm, als wir Kinder waren. Flubber war eine Art geheimnisvoller Gummi, leichter als Luft, irgendein mißglücktes naturwissenschaftliches Experiment eines Professors. Kurt Russell hat Flubber getragen und immer an so Zehnkämpfen teilgenommen.«
»Nein, du meinst einen anderen Film«, berichtigte Darrell. »Kurt Russell hat das Labor aufgewischt und ein paar Becher umgeworfen und die Mixtur über sich geschüttet. Dadurch wurde er unsichtbar.«
»Was war dann Flubber?«
»Das war Fred MacMurray – ihr wißt schon, der Typ aus ›Der fliegende Pauker‹ oder ›Der zerstreute Professor‹. Er hat eine Basketballmannschaft trainiert und denen das Zeug in die Schuhe gesteckt.«
»Ich erinnere mich an Kurt Russell«, behauptete Andy.
»Nein, niemals.«
»Doch.«
Darrell schüttelte unnachgiebig den Kopf. »Er hat nicht mitgespielt.«
»Kann sein. Aber in meiner Erinnerung schon.«
»Was soll das, ›in deiner Erinnerung‹? Entweder er hat mitgespielt oder nicht. Nichts mit ›in deiner Erinnerung‹.«
»Ich habe ein Bild im Kopf.«
»Das Bild ist von weiß Gott wem. Du kommst nicht auf seinen Namen, deshalb nennst du ihn der Bequemlichkeit halber Kurt Russell. Aber es war nicht Kurt Russell.«
»Vielleicht hast du recht.«
»Ich *habe* recht. Nicht nur vielleicht.«
Die Tür zum Labor ging auf, und Tiny kam herein. Er sah aus, als hätte er in den letzten vierundzwanzig Stunden vielleicht fünfzehn Minuten geschlafen. Sein Gesicht war blaß, und in seinem Bart hing die Zuckerglasur von Doughnuts, die er zweifellos

die ganze Nacht über vertilgt hatte, um sich wach zu halten. Er hatte wieder seinen Fahrradhelm auf.

»Hey, Tiny«, sagte Darrell eifrig. »Hat Kurt Russell in ›Der zerstreute Professor‹ mitgespielt?«

Tiny senkte den Kopf, um nachzudenken. Er legte die Stirn in Falten.

Andy blieb der Mund offenstehen. Er wandte sich an Darrell. »Nach allem, was hier los war, fragst du ihn nach Kurt Russell?«

»Wieso nicht? Laß uns die Sache klären.«

»Weil –!«

Tiny blickte auf. Er sagte nüchtern: »Ich glaube, Kurt Russell hat in ›Der Pauker kann's nicht lassen‹ mitgespielt, in der Fortsetzung.«

»Allmächtiger!« Andy atmete schwer aus.

»Was ist los?« wollte Tiny wissen.

Es dauerte ungefähr eine Viertelstunde, bis er alles erklärt hatte, vor allem weil Salman und Darrell ständig ihren eigenen Senf dazugeben wollten. Sie erzählten von den Ratten und von dem Besuch in Hanks Büro, vom Gefängnis und daß sie alles abliefern mußten, was sie bisher erfunden hatten.

»Alles?« fragte Tiny, nachdem sie fertig waren.

»Ja, alles«, wiederholte Andy. »Warum?«

Tiny stand langsam auf und ging hinüber zu Andys Falcon auf dem Schreibtisch. Er zog eine Diskette aus der Hemdtasche und legte sie in Andys Diskettenlaufwerk ein. Nachdem er rasch eine Datei von der Diskette auf die Festplatte des Falcon kopiert hatte, rief er die Datei auf. Der Bildschirm wurde eine Sekunde lang leer, dann kam ein neuer, blaßgelber Schirm zum Vorschein, achteinhalb Zoll in der Diagonalen.

»Was ist das?« fragte Andy.

»Der Hypnotizer.«

»Der Computer im Computer, an den du so lange hingearbeitet hast?«

»Ja. Im Augenblick glaubt der Falcon, er sei ein VWPC. Ich habe ihn hypnotisiert.«

»Du bist fertig damit?«

»Ich bin letzte Nacht durch die freien Variablen gestoßen. Bin vor etwa einer Stunde fertig geworden.«

»Und du hast ihn nur auf einer Diskette?«

Tiny bejahte. Der Hypnotizer war ein ziemlich kleines Programm, wie sich herausstellte. Er wirkte wie ein Übersetzer, der Befehle, die für den Befehlsvorrat des VWPC gedacht waren, in DOS-Befehle umwandelte. Ein Befehlsvorrat war eine der Basissprachen, die direkt in die Circuit Boards eines Computers gestanzt wurden. Sie waren das magische Glied, wo Hardware (das Circuit Board) und Software eins wurden. Tiny verglich dieses Glied mit der »Geist-Körper-Verbindung«, weshalb der Name Hypnotizer auch so gut paßte.

Tiny erklärte: »Letzten Abend, gegen acht Uhr, hatte ich einen Anfall. Einen großen, ich weiß nicht, wie lange er gedauert hat, vielleicht eine Minute. Als ich wieder zu mir kam, versuchte ich, mein Denkmuster direkt vor dem Anfall zu entschlüsseln. Was hatte dazu geführt? Was hatte ich gerade getan, als ich erstarrte? Ich schrieb alles auf, woran ich mich erinnern konnte. Und dann war es plötzlich da. Ich hatte es.«

»Du hast herausgekriegt, was deine Anfälle verursacht?« fragte Andy.

»Nein, ich habe herausgekriegt, wie ich den Hypnotizer anlegen muß. Es ist nicht nur ein neues Betriebssystem. Ich habe eine neue Sprache erfunden, eine Sprache, die die Geist-Körper-Verbindung des Computers übersetzt. Jetzt können wir die Software in dieser Sprache schreiben, sie funktioniert tadellos.«

»Wow«, pfiff Andy anerkennend.

»Ja«, sagte Salman. »›Wow‹ ist das richtige Wort.«

Dem Team war nicht bewußt gewesen, daß der Hypnotizer ein so kleines Programm wäre – ganze zehntausend Zeilen Code.

Tiny hatte ihn in der Absicht entwickelt, den VWPC zu testen, und Testboards oder Testprogramme waren üblich bei der Entwicklung eines neuen Chips wie dem 686er. Aber Testprogramme waren auch immer langsam und monströs, da es Hunderttausende Zeilen Code erforderte, um einen Falcon vorgeben zu lassen, er sei ein 686er; die Festplatte spielte den Prozessor, und die Festplatte war langsam. Bei diesem Upstream-Konzept war der Datenstrom auf den Mikroprozessor hin gerichtet, und alle hatten angenommen, daß auch Tiny so vorgehen würde. Aber Tiny ging downstream, der Datenstrom führte vom Mikroprozessor weg. Da der Falcon soviel mehr Transistoren hatte als ein VWPC, war er relativ einfach zu hypnotisieren. Und als Folge davon war das Programm *schnell.*

Tiny saß da und wartete ab, bis seine Erfindung zu ihnen vordrang. Es dauerte eine Weile, aber langsam begannen seine Kollegen zu lächeln, sperrten den Mund auf und kratzten sich am Kinn. »Gut, wenn also –«, sagte etwa einer und beantwortete dann seine eigene Frage. »Wenn das stimmt, dann –« Das gleiche Spiel.

Wenn sie mit Hilfe eines Hypnotizers jedes DOS-Gerät davon überzeugen konnten, es sei ein VWPC, dann konnten sie einen ähnlichen Hypnotizer schreiben, um jedes Unix-Gerät davon zu überzeugen, es sei ein VWPC, und einen dritten Hypnotizer, um jeden Macintosh davon zu überzeugen, daß er ebenfalls ein VWPC sei.

Und wenn diese Hypnotizer so klein waren, daß sie in ungefähr zehn Sekunden vom Internet geladen werden konnten, dann konnte jedes für den VWPC geschriebene Programm auch auf jedes andere Gerät geladen werden, wenn man zuerst den richtigen Hypnotizer lud!

Eines der größten Hemmnisse für die sprunghafte Verbreitung des Internet – der Sprung, der »die anderen fünfzig Prozent« ans Netz locken sollte – war, daß die Programme nicht auf verschiedenen Betriebssystemen laufen konnten. Alle digitalen Bits auf Computern waren entweder Daten oder Programme. Das Internet gestattete zwar Daten, frei zu fließen, aber Programme waren eine völlig andere Geschichte. Zum Beispiel konnte man ein digitales Foto problemlos über das Internet schicken. Aber ein Video – das nur eine Vielzahl schnell durchlaufender Fotos ist – konnte man nicht über das Internet abspielen. Die Fotografien ließen sich wunderbar übertragen, das Programm jedoch, das sie mit dreißig Bildern pro Sekunde durchlaufen ließ, funktionierte nur auf manchen Computern – nämlich auf denen, die dasselbe Betriebssystem hatten wie der Sender. Ein für Unix gedachtes Programm war für ein Windows-Betriebssystem nur Kauderwelsch. Die einfachste Lösung wäre, daß alle beim gleichen Betriebssystem blieben, aber niemand wollte einer einzelnen Gesellschaft soviel Macht einräumen. Deshalb war ein halbes Dutzend Betriebssysteme in Umlauf und schufen ein Chaos.

Tiny hatte eine elegante kleine Lösung für diesen gewaltigen Hemmschuh gefunden!

Sein Hypnotizer würde vor den Fotos und dem Programm, das alles in Bewegung setzte, geladen – und schon konnte man das Video abspielen!

Als diese Welle der Erkenntnis über dem Team zusammenschlug, mußten sich alle erst einmal setzen. Was Tiny getan hatte, das war vielleicht weitaus bedeutender – weitaus folgenschwerer –, als der VWPC selbst. Ihre Kritik am VWPC war gewesen, daß ihn *jeder* bauen konnte, der nur wollte. Das Team war angetreten, ihn nicht nur zu bauen, sondern ihn »gut, gut und noch mal gut« zu machen. Tinys Hypnotizer jedoch war eine Antwort auf ein Rätsel, mit dem sich Tausende von Ingenieuren jahrelang erfolglos herumgeschlagen hatten. Und sie war elegant. In gewisser Weise lag sie auf der Hand. Natürlich! Der Trick hatte darin bestanden, downstream zu gehen; der Computer im Computer schuf einen einfacheren Standard, aber einen Standard, der auf jedem Gerät funktionierte. Es war vor allem eine glänzende Idee, weniger eine glänzende Kodierungsarbeit. Wie bei allen großen wissenschaftlichen Erfindungen war die Umsetzung nicht mehr schwer, wenn man erst einmal wußte, wonach man suchte. Und Tiny war genau über das gestolpert, wonach sie suchten. Niemand hatte es vorher je auf diese Weise probiert.

»Ich war in der ersten Reihe«, sagte Salman schließlich. »Ich war *dabei.*«

Ihre Situation bei La Honda änderte sich damit grundlegend. Das ganze Team wußte sofort, daß sie nur in Francis Benoits Büro marschieren und ihm den Hypnotizer zeigen mußten, und die letzten fünf Monate wären wie weggewischt. Sie könnten morgen früh einen Sponsor haben, morgen nachmittag so viele Leute im Team, wie sie nur wollten, und morgen abend in Champagner baden.

»Wir wären Helden«, träumte Andy. Seine Finger kribbelten. Er konnte nicht aufhören zu grinsen. Er kam sich vor, als stünde er unter Drogen. »Diese Sache hier würde alles verändern. Wir hätten recht gehabt – und sie unrecht. Sie müßten uns in den Arsch kriechen.«

Es war so einfach! Ganze zehntausend Zeilen Code!

Nach Feierabend gingen sie essen, um alles zu besprechen. Sie fuhren zu Rosotti's Tavern an der Alpine Road, ein beliebter Treffpunkt von Stanford-Studenten nach Footballspielen. Das Lokal war zwischen zwei Hügelausläufer gekeilt und von Eichen bestanden. Man konnte an großen Picknicktischen, die in einer staubigen Koppel standen, im Freien essen. Es war ein richtiges Rattenloch, aber gerade deswegen so attraktiv. Die Burger waren nicht gerade gigantisch, die scharfe Sauce war nicht frisch angemacht, und wie angestrengt man auch auf die Speisekarte an der

Wand sah, da stand nichts, in welcher Sorte Öl die Pommes fritiert waren. Es gab keine dralle Bedienung mit einem Namensschild und superkurzen Shorts, die einem das Essen brachte; man mußte drinnen bestellen und es selbst abholen. Das Bier kam in Pappbechern und Krügen. An einer Wand hing eine Klapperschlangenhaut, zwei Meter lang und an ein Kiefernbrett genagelt. Das Schild »Rauchen verboten« war von Schrotkugeln durchsiebt. Über dem Zapfhahn hielt ein ausgestopfter Hirschkopf Wache. Jedes der zehn Geweihenden zierte eine Baseballmütze. Das Publikum war eine Mischung aus Unternehmern, ehemaligen Stanford-Studenten, die der guten alten Zeit nachhingen, und außergewöhnlich schönen Frauen mit geflochtenen Haaren, Jacketts und Reithosen (mit aufgenähten Lederflicken an der Innenseite der Knie). In die Picknickbänke waren Initialen und Graduierungsdaten geritzt, die bis in die sechziger Jahre zurückreichten. An einer Seite der Koppel floß ein kleiner Bach. Dem Dach der Kneipe hätte eine Reparatur gutgetan; an manchen Stellen schaute die Dachpappe heraus. Ein Ventilator ratterte, als müsse eine Schraube nachgezogen werden.

Der Abend war warm, und die Männer tranken zwei Krüge Bier, bevor sie zu rechnen anfingen. Sie redeten nicht viel, ließen das Bier einfach im Magen schwappen, während sie Fledermäuse beobachteten, die am dunkelblauen Himmel im Sturzflug Moskitos fingen. Die Burger wurden auf Sauerteigbrötchen serviert. Die Gewürze dazu standen drinnen auf einer Theke. Sie häuften sich Sauerkraut, Saucen und scharfen Senf auf ihre Brötchen.

Tiny verschlang seines mit wenigen Bissen. Er ging nach drinnen, um ein neues zu bestellen. Ein paar alte Hühnerhunde, die herumschnüffelten, folgten ihm bis zur Tür und wedelten mit dem Schwanz, als er mit einem dritten Krug herauskam. Vielleicht tranken die Hunde ja Bier. Tiny setzte sich und grunzte laut. Er sagte nichts, aber hin und wieder lachte er ein bißchen –

immer, wenn er den Mund voll hatte. Dann spritzte die Sauce aus seinem Mund und lief ihm die Wange hinunter.

Von La Honda wegzugehen war ein guter Schachzug. Ein bißchen Bier zu trinken war ein guter Schachzug. Während sie in der staubigen Koppel saßen, fiel einiges von dem brennenden Ärger der letzten Monate von ihnen ab und verlor an Bedeutung. Sie verschmolzen mit ihren Bänken.

Das Gefühl, das aus diesem Abendessen resultierte, war, daß Andy mit dem, was er vorher gesagt hatte, recht hatte. Wenn sie den Hypnotizer an La Honda weitergäben – sie würden einen Rückschritt machen.

»Aber –«, setzte Salman an.

»Aber was?« fragte Darrell.

»Wenn wir gehen –«

»Was wäre dann?«

»Wir müssen es ihnen *sagen*, der Hypnotizer kann uns vor Gericht bringen, oder?«

Er hatte recht, das wußten alle. Tiny hatte das Problem schon erkannt, als Andy ihm die Bestimmungen der Verzichtserklärung darlegte.

»Ich weiß nicht«, sinnierte Salman. *»Gefängnis«.*

»Scheiß auf das Gefängnis«, knurrte Darrell.

»Das sagt sich jetzt leicht. Jetzt bist du *betrunken.*«

»Ich bin nicht betrunken, du Arsch.«

»Willst du weggehen und ihnen den Hypnotizer vorenthalten?« fragte Andy.

»Wir können ihnen Tinys Idee ja wohl nicht gut überlassen, oder? Dann machen sie weiter damit. Wir dürfen ihnen Tinys Code nicht geben. Tiny, ist der Code auf deinem Falcon im Labor?«

»Ja«, antwortete Tiny. »Ich war zwar den ganzen Tag daheim, aber ich war per Modem mit der Arbeit verbunden.«

»Dann müssen wir nur heute nacht noch einmal hingehen und

ihn von deinem und Andys Gerät löschen. Das kriegen sie nie raus«, schlug Darrell vor.

Sie ließen es eine Weile dabei bewenden. Andy ging hinein und kam mit einem neuen Krug Bier zurück. Niemand lehnte ab, als er nachschenkte. Falls sie nicht schon betrunken waren, dann waren sie jedenfalls auf dem besten Weg dazu, und sie hatten das Gefühl, daß sie es auch brauchten. Die Entscheidung, die sie treffen mußten, war nicht leicht.

Andy griff in seine Jackentasche und zog vier kleine Salzstreuer aus Plastik heraus, weiß, mit Rillen an der Seite. »Wir machen das folgendermaßen«, schlug er vor. »Wir stimmen blind ab. Ihr nehmt einen Salzstreuer, steckt beide Hände unter den Tisch, nehmt eine Hand wieder nach oben. Das machen wir alle gleichzeitig. Ihr öffnet die Hand. Wenn sie leer ist, stimmt ihr dafür, daß wir den Hypnotizer an La Honda aushändigen, daß wir bei La Honda bleiben, ein gutes Leben genießen, wahrscheinlich berühmt werden und allenthalben die Bewunderung der Ingenieure genießen. Wenn ihr aber einen Salzstreuer in der Hand habt, stimmt ihr dafür, daß wir den Code zurückhalten, uns selbständig machen, uns morgen früh bei der Sekretärinnenschule einfinden und möglicherweise ein Jahr lang einen Prozeß am Hals haben. Hat das jeder verstanden? Salman?«

Salman nickte. »Salzstreuer: weggehen; kein Streuer: bleiben.«

»Richtig. Jetzt nimmt sich jeder einen.«

Sie griffen nach den Salzstreuern. Ihre Arme wanderten unter den Tisch.

»Moment mal«, sagte Tiny. »Was ist bei Unentschieden?«

»Okay, du hast zwei Stimmen«, räumte Andy ein. Er stand auf, ging nach drinnen und kam einen Augenblick später mit einem fünften Salzstreuer zurück. »Schließlich ist es ja deine Erfindung.«

»Eigentlich nicht«, meinte Tiny. »Der Hypnotizer ist ein Abfallprodukt unserer Vorgehensweise.«

»Gut, aber *dein* Abfallprodukt, also hast du zwei Stimmen.«

Tiny nickte. Alle steckten wieder die Arme unter den Tisch.
»Also jetzt«, kommandierte Andy.
Fünf Arme kamen nach oben und streckten sich in die Mitte des Picknicktischs, die Handflächen nach unten, ihre Entscheidung verbergend.
»Darrell?«
Darrell drehte seine Hand um und löste die Finger. Ein Salzstreuer lag in seiner Hand.
»Salman?«
Auch in seiner Hand war ein Salzstreuer.
Schließlich drehte Andy seine Hand um und öffnete sie. Salz.
»Tiny?«
Zweimal Salz.

»Großer Gott, Ronny, meinst du nicht, daß es ein bißchen zu melodramatisch war, ihnen Ratten hinzulegen?« fragte Francis. »Ich wollte doch nur, daß du denen die Bude auf den Kopf stellst.« Francis nippte an seinem Drink, Whiskey auf Eis. »Solche Streiche lassen auf mich schließen. Ein bißchen Sprühfarbe an den Wänden hätte in eine andere Richtung gedeutet.«
Sie saßen sich auf Doppelsofas in Francis' Wohnzimmer gegenüber. Sein Haus war eine luxuriöse Blockhütte mit vier Hektar Weideland. Im Lauf der Jahre war Francis auf so vielen Freundeslisten für Wertpapieremissionen gehandelt worden, daß er aufgehört hatte, sein Geld zu zählen; sein Gehalt bei La Honda war belanglos. Die Wände seines Hauses waren mit seiner Sammlung von gerahmten Antikriegspostern geschmückt, die vom Golfkrieg im Jahr 1991 bis zurück zum spanisch-amerikanischen Krieg von 1898 reichten. Bislang hatte Francis diverse Verlage nicht dazu überreden können, einen Bildband mit den Fotos zu drucken; aber er versuchte es alle paar Jahre aufs neue. Francis fragte Ronny, woher er die Ratten hatte.

»Ich habe eine Freundin im Krankenhaus, sie lernt gerade Amputation. Sie schneidet den Ratten die Vorderbeine ab, dann näht sie sie wieder an. Wenn sie geheilt sind, macht sie in einer Tretmühle Tests mit ihnen.«
Francis stöhnte. »Hört sich nach deiner Sorte Mädchen an. Wahrscheinlich hat sie nicht einmal gefragt, wofür du die Ratten brauchst.«
Ronny kicherte. »Du hast recht, sie hat nicht gefragt.«
Francis leerte seinen Drink. Er schenkte Ronny nicht mehr nach, obwohl er sah, daß Ronny nur noch einen Fingerbreit im Glas hatte. Ronny mußte noch fahren, und er war keiner, der einen Tropfen ablehnte.
»Und wie ging es sonst?« wollte Francis wissen.
»Einfach wunderbar. Genau wie du gesagt hattest. Ich bin mir sicher, sie glauben, daß sie letzte Nacht von Vandalen heimgesucht wurden. Sie haben keine Ahnung, daß ich ihre Festplatten kopiert habe.«
»Sehr gut.«
»Bis auf eine. Ich glaube, er war gerade per Modem mit seinem Computer verbunden, als ich da war, deshalb mußte ich warten.«
»Aber du hast sie?«
»Wie du gesagt hast. Diese Software ist recht raffiniert, kopiert ein ganzes Laufwerk wie nichts.«
Ronny ging hinaus zu seinem Wagen und kam mit vier transportablen Festplatten in einem Pappkarton zurück. Morgen würde das Team des VWPC in Anwesenheit eines Anwalts und eines Wachmanns Kopien sämtlicher Dokumente und Festplatten machen. Natürlich hatte Francis vorausgesehen, daß die Männer davor ein paarmal auf die Löschtaste drücken würden, und er erwartete nicht, daß sie irgend etwas von Wert übergeben würden. Statt dessen würden sie so viel Schrott aushändigen, daß man schon vor einer Überprüfung zurückschreckte. Aber nun mußte Francis nur die Kopie von letzter Nacht mit der Kopie von mor-

gen vergleichen, und er konnte sicher sein, daß das, was morgen fehlte, der interessante Code war.

»Also, Francis?« Ronny stand noch immer in Francis' Eingang.

Francis hatte gerade vor sich hin geträumt. La Honda war nicht mehr das, was es einmal war. »Was?«

»Wegen Hank, wegen der Verzichtserklärung.«

»Ach ja, richtig.«

»Denkst du, er gibt mir jetzt die Verzichtserklärung?«

»Ich weiß nicht, Ronny. Was glaubst du?«

»Ich finde, ich war euch eine ganz gute Hilfe.«

»Wirklich? Ich finde, wir sind wieder quitt, nachdem du Hank erzählt hast, was ich im Schilde führe.«

Ronny kicherte nervös. »Ach komm, das wäre früher oder später sowieso herausgekommen.« Ronny blickte auf seine Schuhe, dann schaute er auf. »Wie wär's mit der Hälfte von meinen Einnahmen? Fünfundzwanzigtausend für dich, mindestens.«

»Nein, mir geht es nicht um noch mehr Geld. Ich habe genug für den Rest meines Lebens. Warum arbeitest du nicht einfach? Anders geht es nicht. Ich meine, ich kann Omega nicht verkaufen, Hank kann Omega nicht verkaufen. Wenn du Geld brauchst, gebe ich es dir. Lieber gebe ich dir Geld, als daß ich Omega verkaufen muß.«

»Du? Du würdest mir Geld geben?«

»Sicher, warum nicht? Wenn es weiter nichts ist. Aber du mußt dir einen Job suchen, Ronny.«

»Wieviel würdest du mir geben?«

»Genug für ein paar Monate, was hältst du davon? Hier, ich schreibe dir auf der Stelle einen Scheck aus.« Francis ging zu einem Sekretär aus Walnußholz und fischte ein Scheckbuch aus der obersten Schublade. Er stellte den Scheck über fünftausend Dollar aus und riß ihn achtlos aus dem Scheckbuch. »Hier – du mußt schließlich von etwas leben, Mann.«

Ronny nahm den Scheck. »Ja, sicher.«

Francis stand in der Tür und sah zu, wie Ronny zu seinem Wagen ging. Als er eingestiegen war, drehte er den Rückspiegel so, daß er sich sehen konnte, zog einen Kamm heraus und fuhr sich damit durchs Haar.

Francis wußte nicht, warum er Ronny als einen seiner besten Freunde betrachtete, aber es war nun einmal so. Bei all den Veränderungen, die es im Lauf der Jahre bei La Honda gegeben hatte – das ausbleibende Sponsoring der Rüstungsindustrie, der Hang zum Marketing der kommerziellen Sponsoren, die Vergeudung des Falcon –, war *Humor* das, was Francis am meisten vermißte. Der Spaß war weg. Ronny war weg. Francis blickte ein paar Jahre in die Zukunft und konnte sich nicht vorstellen, daß La Honda in seiner gegenwärtigen Inkarnation überleben würde. Wenn Hanks verunglückte Investitionen sie nicht zu Fall brachten, dann eben etwas anderes. Man mußte darüber nicht traurig sein. Zehn Jahre waren ein ganzes Leben im Silicon Valley. Sie hatten eine gute Zeit gehabt.

Nur vier Nobodies

Darrell Lincoln hatte vier Jahre zuvor eine Firmengründung mitgemacht; inzwischen hatte sich diese Erfahrung größtenteils verflüchtigt und nur bittere Erinnerungen zurückgelassen. Er und ein paar Freunde waren auf eine relativ simple Idee gekommen: Sie sahen den gewaltigen Boom bei Compact Disc Multimedia voraus und beschlossen, eine CD herauszubringen, auf der Hunderte von Clip Sounds gespeichert waren. Auf der CD befand sich ein kleiner Sound Editor, so daß man Geräusche von der CD kopieren und in seine Multimediaspiele übernehmen konnte. Im Laufe einiger Monate nahmen sie alles auf, was ihnen einfiel, vom Geräusch eines Porzellantellers, der auf einem Fliesenboden zerschellt, bis zum Schreckensschrei eines kleinen Jungen. Noch während der Entwicklung der CD stellten sie ihre Idee einem CD-Vertrieb vor, der sich so beeindruckt zeigte, daß man ihnen nicht nur anbot, die CD zu vertreiben, man bot ihnen sogar zweihunderttausend Dollar für die Eigentumsrechte an dem Projekt. Überzeugt, auf eine heiße Sache gestoßen zu sein, lehnten Darrell und seine Freunde das Angebot ab, weil sie sich mehr Profit versprachen, wenn sie die CD selbst verkauften. Dann, in genau der Woche, in der sie eine erste Auflage von zwanzigtausend Exemplaren ihrer Disc herstellen lassen wollten, sah Darrell in einem Softwareladen eine Clip Sound-CD mit fünfhundert Geräuschen. Das Konzept war mit ihrem Projekt identisch. Sie stornierten den Produktionsauftrag und beschlossen, rund um die Uhr zu arbeiten und ein Set mit drei CDs und zweitausend Geräuschen aufzunehmen. Das dauerte noch einmal zwei Monate. Als ihr Produkt schließlich auf den Markt kam, war es eins von sechs ähnlichen CD-Paketen. Vier davon stammten von großen bekannten Softwarefirmen, deren Preispolitik das Angebot von Darrells Firma schnell aus den Regalen drängte. Darrell sah nie einen Penny für seine Mühe.

Ob das Produkt ein neuer Hardware-Schnickschnack wie ein Taschenzeitplaner oder eine Softwareanwendung wie ein Drei-D-Illustrator war, Darrell wußte, daß man immer im Wettstreit mit anderen unbekannten Unternehmern lag. Die entscheidende Frage lautete immer: Gehe ich sofort, vor meinen Konkurrenten, auf den Markt und erobere dadurch frühe Marktanteile? Oder warte ich, verbessere mein Programm, bis es das beste auf dem Markt ist, und ergattere mir dann meine Marktanteile mit einem überlegenen Produkt? Um dieses wichtige Prinzip zu vermitteln, hatte vor Jahren ein Manager irgendwo ein Spiel namens »Zehn Frauen« erfunden.

Bei »Zehn Frauen« mußte jeder Spieler aus den nächsten zehn Frauen, die er sieht, diejenige auswählen, mit der er eine Woche auf einer einsamen Tropeninsel verbringen wollte. Jede Frau zählte mit, auch wenn es eine alte Großmutter war, die gerade an einer Bushaltestelle Tauben füttert. Und manchmal war das Kriterium nicht eine einsame Insel – manchmal war es die Frau, die man heiraten mußte, mit der man eine Nacht lang schlafen durfte oder die man zur Schwester haben wollte. Das Spiel hatte einen Haken: Man mußte diese Frau wählen, sobald man sie sah, nicht erst zum Schluß, wenn man alle zehn kannte. Es war, wie Software auf den Markt zu bringen. Wenn man sich dagegen entschied, kam die Gelegenheit vielleicht nie mehr wieder. Man konnte die Frauen also nicht vergleichen – es war ein ständiges Pokern. Wenn jemand bis zur neunten Frau noch keine Wahl getroffen hatte, blieb er automatisch bei der zehnten hängen. Wer die attraktivere Frau aussuchte (mit dem Vorteil, es hinterher besser zu wissen), durfte den Verlierer aufziehen. So ziemlich jeder Programmierer im Silicon Valley kannte dieses Spiel und hatte seine eigene Version: Manche spielten es beim Fernsehen, um die Werbespots interessanter zu machen. Andere spielten es auf den Freeways, um sich vom Verkehrsstau abzulenken. Sie spielten es im Kino, während sie darauf warteten, daß es dunkel wurde und die Vorschau begann, und sie spielten es, während sie für Lattes oder Burritos Schlange standen. Und als Darrell und Salman am ersten Morgen ihres neuen Lebens als Unternehmer vor der Sekretärinnenschule im Auto saßen und Andy und Tiny erwarteten (sie wollten den Raum gemeinsam einweihen), spielten die beiden Männer »Zehn Frauen«.

Sechs Frauen hatten das Gebäude bisher betreten, und die beiden waren sich einig, daß die zweite bislang die beste gewesen war. Zu diesem Zeitpunkt hatten beide jedoch auf noch attraktivere Mädchen gehofft, weshalb sie keiner von ihnen ausgewählt hatte. Darrell hatte sich soeben für die sechste Frau entschieden, die ein hübsches weißes Kostüm trug und dichtes, glänzendes, blondes Haar hatte.

»Aber sie war dick«, sagte Salman und schlürfte aus einem Pappbecher Kaffee.

»Sie war vollschlank«, konterte Darrell. »Ihre Proportionen waren in Ordnung.«

»Nöh.«

»Woher willst du das denn wissen? Sie hatte ein Kleid und einen leichten Mantel an.«

Salman hustete, weil er einen Schluck Kaffee in die falsche Röhre bekommen hatte. »Hast du ihre Füße gesehen? Ihre Waden?«

»Und?«

»Eine Frau braucht keine solchen Waden, wenn sie nicht ein paar Pfund zuviel mit sich herumschleppt.«

»Das ist ja lächerlich. Ich kenne haufenweise schlanke Frauen, die kräftige Waden haben. Das bedeutet nur, daß sie Bodybuilding machen.«

»Nöh.«
»Hey, ich nehme lieber die Nummer sechs als die, bei der du hängenbleiben wirst.«
»Ich werde nicht hängenbleiben. Wenn Nummer zwei wieder aus dem Gebäude kommt, zählt sie dann eigentlich als Nummer sieben?«
»Vergiß es. Du wirst ein Taubenmütterchen abkriegen, ich hab's im Gefühl. Piep, piep.«
»Was soll denn das, ›piep, piep‹? Was soll das?«
»Tauben, Mister Taubenmann.«
Salman schüttelte mit gespielter Abscheu den Kopf. »So machen Tauben nicht. Tauben machen ›gru, gru‹, sie schnurren mehr – wie eine Katze.«
»Du mußt es ja wissen, ich nicht.«
Zwei ältere Frauen, die ihre Einkaufswagen schoben, gingen auf dem Gehsteig vorbei.
Provozierend stellte Darrell fest: »Nur noch zwei Chancen, Mister Taubenmann.«
»Okay, dann die Frau auf der Plakatwand.« Von der Mauer des angrenzenden Gebäudes überblickte eine drei mal sechs Meter große Reklame für Virginia Slims-Zigaretten den Parkplatz.
»Du darfst keine Frau von einer Plakatwand aussuchen. Sie muß echt sein.«
»Sieh dir die Frau da drüben in dem Auto an.« Salman deutete über die Straße zur Ausfahrt eines Burger King. Eine Frau in einem Auto war dabei, in den Verkehr einzufädeln. Sie trug eine Sonnenbrille, das Spiegeln ihrer Windschutzscheibe machte es schwierig, weitere Einzelheiten zu erkennen.
»Sie zählt nicht«, meinte Darrell. »Du darfst dir keine Frau aussuchen, die nur vorbeifährt. Wir müssen sie richtig sehen können.«
»Ich habe sie aber ausgesucht.«
»Das darfst du nicht.«

»Sie hatte phantastische Beine.«
»Du konntest ihre Beine doch gar nicht sehen!«
»Zierliche kleine Waden, Füße weich wie Pantoffeln«, schwärmte Salman.
»Wenn du nicht den Mund hältst, schmeiß ich dich aus dem Auto.«
Salman stieg ohnehin aus. Er stand in der Sonne und aalte sich mit geschlossenen Augen. Eine Minute später tauchten Andy und Tiny in Andys Lincoln auf. Auf dem Rücksitz stand ein uralter Hometrainer mit einem schweren eisernen Hinterrad. Andy trug ihn zusammen mit Tiny hinauf. Salman schloß erst die Eingangstür auf und dann oben am Ende der Treppe eine zweite Tür zu einem einzigen großen Raum mit getönten Aluminiumfenstern, die auf die El Camino hinausblickten. Die gegenüberliegende Seite nahm ein schmaler Wandschrank mit vier Paar Schiebetüren ein. Die Wände waren grau, und in der Mitte des Fußbodens lagen vier Meter lange Kupferrohre auf einem Haufen.
»Mein Dad meint, die können wir rausschmeißen«, erklärte Salman. »Er wollte eine Toilette hier oben einbauen, aber dann hat er es sich anders überlegt.«
»Es gibt keine Toilette?« sagte Darrell. »Du lieber Himmel. Wie stellt er sich das vor?«
»Burger King; hat vierundzwanzig Stunden offen.«
Andy ging hinüber zu dem Haufen Kupferrohre, hob eines auf und betrachtete es. Er versuchte, es über das Knie zu biegen, um die Stärke des Rohrs zu prüfen.
»Was überlegst du?«
»Weißt du, was sie bei Omega immer gesagt haben? Wenn das Leben nur saure Zitronen für dich übrig hat.«
»Das hab ich schon mal gehört«, erwiderte Darrell. »Dann machst du eben Zitronenlimonade.«
Andy schüttelte den Kopf. »Eben nicht. Bei Omega denkt man, daß das bereits alle anderen tun. Also mußt du noch eins drauf-

setzen: Du preßt den Zitronensaft in Flaschen und verkaufst ihn als pflanzlichen Haaraufheller für zwanzig Dollar die Flasche.«
Andy schickte sie für den Rest des Tages zum Arbeiten nach Hause und sagte, sie sollten morgen mit ihren Heimcomputern wiederkommen. Das Team wäre lieber geblieben und hätte die Wände neu gestrichen, aber Andy bestand darauf, daß ihre Arbeit nicht an Schwung verlieren durfte. Außerdem sollten die Telefonleitungen ohnehin erst am nächsten Tag installiert werden.
Am Nachmittag mietete Andy in einer Eisenwarenhandlung eine Propanlötlampe, dazu einen Rohrschneider und eine Wasserwaage. Er fuhr zurück ins Geschäft und hob vier der Schrankschiebetüren aus ihren Schienen. Sie waren breiter als die Norm, neunzig Zentimeter. Dann begann Andy, das Rohr mit Schneider, Lötlampe und einem schweren Lötmetall zu bearbeiten. Er baute einen Rahmen. Auf diesen Rahmen legte er eine der Schiebetüren – und schon war ein Schreibtisch fertig. Er war nicht perfekt, aber das Rohr hatte eine hübsche gesprenkelte Farbe, und die Schranktür war glatt und lackiert. Nachdem er sie gerade ausgerichtet hatte, schweißte er noch Stützrohre an, wo es ihm nötig schien. Für den ersten Schreibtisch brauchte er sechs Stunden, für den zweiten nur noch halb so lang, und als er die letzten beiden fertig hatte, war es Mitternacht vorbei, und von dem Stapel Rohre waren nur mehr ein paar kurze Stücke übrig, die er in den Müllcontainer der Sekretärinnenschule warf.
»Stark!« rief Tiny, als er am nächsten Morgen eintraf. Tiny ging zu seinem Hometrainer, kippte ihn auf das Hinterrad und rollte ihn zu dem von ihm erwählten Schreibtisch. Er entfernte einen Bolzen aus der Gabel, so daß er die Lenkstange abnehmen konnte. Dann schob er das Vorderteil des Geräts unter seinen Schreibtisch; er setzte sich auf den dreieckigen Sitz und stellte die Füße in die Pedale.
»Willst du abnehmen?« fragte Andy.
»Nein, mein Rücken«, erläuterte Tiny. »Wenn ich die Füße in

den Pedalen habe, bleibt mein Rücken nie lange genug in einer Stellung, um taub zu werden. Verlierst du nie das Gefühl in den Beinen?«

»Klar, dieses Kribbeln?«

Tiny nickte. »So ungefähr. Aber am ganzen Körper.«

»Und das passiert, wenn du stillsitzt?«

»Wenn ich ganz stillsitze, mich konzentriere.«

»So habe ich dich schon gesehen«, sagte Andy. »Und wie ist das? Wie ein Blackout?«

»Nein, ich verliere nicht das Bewußtsein. Ich bin wach und spiele die vorausgegangenen Sekunden immer wieder durch.«

Andy dachte darüber nach. »Wie in einer Endlosschleife?«

»So habe ich es noch nie betrachtet, aber – du hast recht.«

Plötzlich fiel Andy etwas ein. »Hey, Tiny, bist du krankenversichert?«

Tiny verneinte. Andy fragte ihn, was er tun würde, wenn ihn am Nachmittag ein Auto anfuhr.

»Wahrscheinlich an einem Lungenriß sterben«, sagte Tiny.

Darrell kam mit einer tragbaren Stereoanlage und einem CD-Ständer an. Er verkündete, wenn er für seine Arbeit nicht mehr bezahlt werde, könne ihm niemand verbieten, beim Programmieren laute Musik zu spielen. Er steckte die Anlage ein und drückte auf »Play«. Eine Heavy-metal-Gitarre begann zu kreischen.

Andy fragte, ob er Kopfhörer habe.

»Nein. Von Kopfhörern kriege ich aus irgendeinem Grund eine Schuppenflechte am Ohr.«

»Du kannst diese Musik nicht spielen ...«

Darrell unterbrach ihn. »Schon gut, ich weiß, wie ich's mache. Ich ziehe in den Schrank.«

Darrell ging zu seinem Wagen hinaus und kam mit einem Armvoll dicker Plastikfolie und einer Heftmaschine zurück. Er schob eine der Schranktüren zur Seite und fing an, die Folie zu befestigen. Dann stellte er den CD-Player auf den Boden und schob ein Verlängerungskabel unter der Tür durch. Nach mehreren Schichten Plastikfolie begann die Musik gedämpft zu klingen. Er machte die Folie am Boden und an der Decke fest und ließ sie über die Türöffnung hängen, bis er sich in einem Schoß aus Plastik befand. Der Computer, den Darrell von zu Hause mitgebracht hatte, war nur ein Notebook, das er auf die Knie nahm. Seinen Stuhl stellte er genau über den CD-Player, so daß die schweren Bässe direkt in seine Wirbelsäule gingen. Wenn die Tür zum Schrank geschlossen war, drang nur ein statisches Summen nach draußen, und als Salman vorbeiging, stellte er sich unwillkürlich vor, wie Darrell von einem Schwarm Killerbienen umschwirrt wurde.

Sie verliebten sich schnell in ihr Büro. Es war ihres – und das war das Wichtigste. Daß es keinen Aufzug gab, keinen Lieferanteneingang und keine Alarmanlage, spielte keine Rolle; sie beklagten sich nicht. Es war bescheiden: keine Bebauungsrichtlinien mußten zur Genehmigung dieses Büros gebeugt werden. Die Blumenbeete wurden nicht umgegraben, um eine Sprinkleranlage zu installieren. Und es war nur von Vorteil, daß sich kein Fitneßstudio in der Nähe befand und kein Fitneßparcours um die Ecke – das hätte nur abgelenkt. Der Anblick von Autohändlern und Fast-food-Lokalen sorgte ständig für eine hektische Note. Das Team würde hier eine Menge Arbeit zu erledigen haben.

Drei Tage später begann Salman Kopfschmerzen vom Flackern der Neonbeleuchtung zu bekommen. Er band sich ein Tuch schräg um den Kopf, um ein Auge abzudecken. Alle paar Stunden knotete er das Tuch auf und wickelte es neu über das andere Auge. Schließlich ging er zu Andy.

»Sag mal, willst du mich nichts fragen?«

»Was denn?«

»Warum ich ein Tuch um den Kopf trage.«

Andy dachte einen Augenblick nach. »Nein, ich will meine Nase nicht in deine Angelegenheiten stecken. Wenn du es mir sagen willst, kannst du es ja tun.«

»Ja, aber –«

»Was, aber?«

»Du bist jetzt gewissermaßen unser Manager. Wenn ein Manager einen Musterangestellten wie mich eindeutig leidend und mit einem Tuch über dem Auge herumlaufen sieht, dann erwartet man doch, daß er sich danach erkundigt, dann erwartet man, daß er Hilfe anbietet.«

»Ich wollte mich nicht einmischen. Vielleicht hat dir deine Freundin wieder ein Veilchen verpaßt. Ich dachte, es wäre etwas Privates.«

»Würde ich das Tuch alle paar Stunden von einem Auge auf das andere wechseln, wenn ich ein blaues Auge hätte?«

»Ich habe nicht bemerkt, daß du es wechselst.«

»Aber du solltest solche Dinge bemerken. Das gehört zum Job eines Managers!«

»Okay, okay.« Andy hielt inne und sammelte sich. »Salman, ich habe bemerkt, daß du ein Tuch über dem Auge trägst und es alle paar Stunden wechselst. Kann ich dir irgendwie behilflich sein?«

Salman lächelte, dann blickte er zur Seite. »Nein, du kannst mir nicht helfen.«

»Was zum Teufel soll das heißen, ich kann dir nicht helfen? Wieso läßt du mich fragen, ob ich dir helfen kann, wenn ich sowieso nichts tun kann!?«

»Weil ich wollte, daß du dich erkundigst, deshalb. Es ist nett, wenn man gefragt wird. Beim nächsten Mal sollte ich nicht darum bitten müssen. Du solltest von alleine fragen.«

»Herrgott noch mal, Salman. Wieso zum Teufel hast du überhaupt ein Tuch über dem Auge?«

»Ich bekomme Kopfschmerzen vom Neonlicht.«

»So was habe ich noch nie gehört!«

»Ich kriege sie von allem, was flackert. Manchmal auch von Monitoren.«

Andy schaute nach oben. »Ich sehe nichts flackern.«

»Glaub mir, es flackert.«

»Wir haben kein Geld für ein Beleuchtungssystem mit Glühlampen«, erklärte Andy.

»Ich weiß. Du kannst nichts tun. Das sagte ich ja bereits.«

Tiny, der den ganzen Wortwechsel mit angehört hatte, machte einen Vorschlag: »Wechselt die Farbe der Röhren aus. Die hier sind blau.«

Andy schaute hinauf: »Die sind nicht blau. Sie sind weiß.«

»Blau-weiß. Probiert es mit Rosa-Weiß.«

Also fuhren Andy und Salman zur Eisenwarenhandlung, und Andy kaufte über seine Kreditkarte einen Karton rosa-weiße Röhren. Sie waren nicht billig. »Wehe, das funktioniert nicht«, knurrte er.

Als sie zurückkamen, schraubte Andy den Sitz von Tinys Hometrainer in die höchste Stellung und stellte sich darauf, um die Röhren zu wechseln. Er erwartete, daß das Licht nun eine tiefe Rosatönung annehmen würde. »Aber das sieht ja genauso aus wie vorher!« rief Andy, nachdem er die erste Reihe mit drei Röhren eingeschraubt hatte. »Ich habe gerade hundert Dollar zum Fenster hinausgeschmissen.«

Salman blickte nach oben. »Nein, das ist viel besser so. Tiny hatte recht.«

»Aber da ist überhaupt kein Unterschied!«

»O doch, da ist schon ein Unterschied! Von den blauen habe ich Kopfweh bekommen, von den rosafarbenen nicht«, sagte Salman.

»Also gut, Hauptsache, du arbeitest wieder.«

»Mm«, grunzte Salman schließlich zustimmend. »Aber wie sieht's mit Geld aus?«

Andy stöhnte; er hätte dieses Thema gern umgangen. Er holte seine Brieftasche hervor. »Wieviel brauchst du?«
»Schwer zu sagen. Vielleicht fünfzig.«
»Fünfzig Dollar! Ich habe keine fünfzig Dollar!«
Salman blickte zu Boden. »Nicht fünfzig Dollar. Fünfzigtausend.«
»Was soll das heißen, fünfzigtausend Dollar? Irgendwann einmal, sicher, aber nicht alles auf einmal. Du machst nur Spaß, oder?«
Aber Salman spaßte nicht. Um das Rückgrat des VWPC-Netzwerks zu errichten, brauchte er einen Zentralrechner, den alle VWPCs anwählten. Sein Heimcomputer, den er für Spiele konfiguriert hatte, reichte bei weitem nicht aus. Bei La Honda konnte Salman an einem der vielen Server des Zentrums arbeiten. Server sind speziell dafür gebaut, Datenanforderungen von mehreren Terminals rasch zu erfüllen (zum Beispiel: »Gib mir das Textverarbeitungsprogramm«). Außerdem würde Salman sehr bald die anderen Bestandteile ihres Internetplatzes zusammenstellen müssen: einen Firewall-Computer, zum Schutz vor Zugriff von außen; einen Router, um den Datenfluß zu steuern; einen Turm Modems, um die eingehenden Anrufe zu bewältigen; einen Internetanschluß mit hohem Datendurchsatz von der Telefongesellschaft. Alle diese Computer, einschließlich des Servers, liefen mit einer Version des Unix-Betriebssystems, und Salman hatte das Netzwerk deshalb entsprechend programmiert. Salmans Heimcomputer arbeitete jedoch nicht mit Unix. Keiner von ihnen hatte einen Heimcomputer, der mit Unix lief.
»Kannst du dich in der Schule an einen heranmachen?« schlug Andy, nach einer Lösung suchend, vor.
Salman sagte, das sei schon möglich, aber die Computer dort seien bereits alle stark in Anspruch genommen. Es stünde höchstens für ein paar Stunden in der Nacht einer zur Verfügung – zum Beispiel von zwei bis fünf Uhr morgens.
»Was ist das blanke Minimum an Ausrüstung, damit du anfangen kannst? Wieviel würde das kosten?«

»Einfach irgendwas, das mit Unix läuft? Vielleicht dreitausend.«
»Das kommt schon eher hin. Hast du mir gerade einen Schreck eingejagt!«
»Wir werden bald mehr brauchen«, erwiderte Salman.
»Denkst du, das weiß ich nicht? Du brauchst mich nicht daran zu erinnern.«
»Entschuldigung.«
Sie belasteten Andys Kreditkarte also mit weiteren dreitausend, während Andy sich daranmachte, fünfzigtausend Dollar zu erbetteln. Man hätte meinen sollen, daß es in einem Tal mit so vielen Millionären einige Senkrechtstarter gab, die fünfzigtausend in der Portokasse übrig hatten und anderen Jungunternehmern mit Freuden aushelfen würden, aber in diesem Fall arbeitete ihr Background gegen das Team. Bei La Honda waren sie so weit entfernt gewesen von jeglichen wirtschaftlichen Faktoren (und einer davon war das bombastische Gehalt), daß die vier schlicht keinen Menschen in der Stadt kannten, der fünfzigtausend Dollar hatte, die darauf warteten, sich zu verzinsen. Hätten sie ihre ersten Studienjahre in Stanford verbracht, hätten sie vielleicht ein paar alte Freunde gehabt, die inzwischen Vizepräsidenten einer Bank oder Verkaufsleiter für Software waren, aber als Studenten der höheren Fachsemester kannten sie nur andere Studenten der höheren Fachsemester, die mit Hilfe eines Stipendiums eine Familie zu ernähren versuchten. Deshalb dauerte es nicht lange, bis sich Andy an eine Quelle wandte, an die sich schon so viele Unternehmer vor ihm gewandt hatten: Risikokapital.
Andy wußte nicht, daß er einen Geschäftsplan hätte aufstellen und vorab einschicken sollen, bevor er eine Reihe von Anrufen tätigte, zu denen ihn niemand aufgefordert hatte und die dementsprechend unbeantwortet blieben. Er dachte sich einfach: Hey, Risikokapital? – und schlug in den gelben Seiten unter R nach. Andere Unternehmer belegten Wirtschaftsseminare, um zu lernen, wie man einem Risikokapitalgeber ein gutes Angebot

macht, Andy jedoch griff einfach zum Hörer und rief einige dieser Firmen an. Und siehe da, er wurde meistens an einen Juniorpartner vermittelt, der gerade seinen Abschluß als Betriebswirt gemacht hatte (und hundertundeine Methode gelernt hatte, wie man einen Unternehmer abwies). Andy, der nicht wußte, wo er anfangen sollte, und Angst hatte, die Zeit seiner Gesprächspartner zu verschwenden, stellte ein paar offensichtlich kategorische Fragen, zum Beispiel, ob die Kapitalfirma gegenwärtig Investitionen tätige, und falls ja, ob sie Interesse an Computer-Hardware hätten und zufällig für Konsumgüter offen seien. Das war nun genau der Schwall von Fragen, die ein junger Mann, der um Geld bat, stellen sollte, weil es ihm erlaubte, das Gespräch in Gang zu halten, ohne irgend etwas über sein eigenes Projekt zu enthüllen, etwas, das der Person am anderen Ende der Leitung die Möglichkeit gegeben hätte, zu einer Rede anzuheben, die sich meist wie folgt anhörte: »Die Idee klingt nicht schlecht, aber wir machen heuer leider nichts im Multimediabereich.« Nach ein paar Minuten hatte Andy diese Risikokapitalfirmen soweit, daß sie sich fragten, mit wem zum Teufel sie da eigentlich sprachen. Und ungefähr dann erwähnte Andy ganz beiläufig, daß er und seine Freunde gerade von so einem alten Forschungslabor da oben auf dem Hügel weggegangen seien, La Honda, ob sie davon schon einmal gehört hätten? Die meisten Risikokapitalfirmen im Silicon Valley befanden sich an einer Hauptverkehrsstraße, Sand Hill Road, die von der gewundenen Straße, an der La Honda lag, gekreuzt wurde, deshalb traf Andy auf kaum einen Gesprächspartner, der nicht die Ohren spitzte, wenn er hörte, daß ein Zögling von La Honda Geld suchte. Das war dann der Punkt, an dem der Juniorpartner Andy bat zu warten und ein Seniorpartner in leitender Funktion mit einer Höflichkeit auftrat, die eines Collegeballs würdig gewesen wäre.

Während der ganzen Zeit hatte Andy noch nicht ein Wort von dem Dreihundert-Dollar-Computer verlauten lassen, den er und seine Freunde zusammenbasteln wollten. Dann wurde Andy auf ein Stichwort von Salman hin plötzlich ausweichend, deutete an, daß ihr Projekt nichts wert sei, ganz bestimmt nicht ihre Zeit, und es täte ihm leid, sie belästigt zu haben, was der Situation nur noch mehr Spannung verlieh. An diesem Punkt spielte es schon keine Rolle mehr, was Andy sagte, denn das Paßwort war gefallen. Das Paßwort lautete »La Honda«, und ohne es hatte Andy nicht die Spur einer Chance, zu einem Gespräch eingeladen zu werden. Es gab so viele Ansätze zur Kritik an ihrem Projekt – Kritik, die die Risikokapitalfirmen mit ein paar höflichen Fragen aufscheinen ließen –, daß es Andy selbst mit der Verbindung zu La Honda nicht gelang, mehr als ein persönliches Gespräch zu vereinbaren, für das sie zwei Wochen Vorbereitungszeit hatten. Zwei Wochen!

»Aber bis jetzt funktioniert noch gar nichts!« klagte Darrell. Sie hatten keine Hardware, und ihre gesamte Software war praktisch noch immer nicht assembliert. Selbst Tinys Hypnotizer zeigte lediglich ein weißes Rechteck auf dem Schirm.

»Dann müssen wir eben improvisieren.«

Bei Darrell rief das peinliche Erinnerungen an ihren Besuch bei ModNet wach, wo Andys alter Freund gesagt hatte, ihr Kasten sei aus der Sicht des Marketings kein Computer. »Ich verschwende nicht noch einmal zwei Wochen Arbeit, nur um mich wieder zu blamieren.«

Andy hatte die Besprechung bei ModNet wohl hundertmal analysiert, und er war zu dem Schluß gekommen, daß es dumm gewesen war, einen alten Macintosh für die Demonstration zu verwenden, da Apple 1995 bereits als kränkelndes Unternehmen galt und ihr Macintosh als wirtschaftlicher Fehlschlag. Ihren VWPC auch nur stillschweigend mit einem gescheiterten Produkt verglichen zu haben, war ein grober Fehler, ähnlich einem Präsidentschaftskandidaten, der in seinen Wahlreden Erinnerungen an Mike Dukakis wachrief.

Statt dessen wollte Andy nun das Konzept mit Hilfe von Tinys Hypnotizer auf einem DOS-Computer demonstrieren. Der Hypnotizer war der revolutionärste Teil des Puzzles, und er war am ehesten dazu angetan, ihr Publikum aus den Socken zu hauen, da er eine Lösung darstellte, die Tausenden von Ingenieuren nicht eingefallen war. Andy wollte also, daß er im Mittelpunkt des Interesses stand. Es war nicht schwer, den Hypnotizer eine Serie Bilder auf dem Schirm zeigen zu lassen anstatt nur ein weißes Rechteck. Der Hypnotizer würde durch das Bild eines einfachen Textverarbeitungsprogramms, durch das Bild einer simplen Database und durch das Bild einiger beliebter Webseiten blättern. Nebenbei wollte Andy ein Modell präsentieren, wie der VWPC ihrer Vorstellung nach aussehen sollte – vielleicht aus Gips. Der Gesamteindruck, den er vermitteln wollte, war der, daß der VWPC nicht ein 86er Computer mit neuen Reifen war – man hatte mit dem VWPC eine völlig neue Sache vor sich. Nicht nur ein ganz neues Produkt, sondern eine ganze Produktpalette: neue Hardware, neue Software, neue Betriebssysteme, neue Computersprachen. Vielleicht würde der VWPC die Nachfrage nach Software anheizen, es konnte aber auch andersherum sein: Der Hypnotizer heizte möglicherweise die Nachfrage nach dem VWPC an.
»Und das ist ein weiteres Thema«, sagte Andy. »Wir können ihn nicht mehr ›VWPC‹ nennen. Wir brauchen einen Namen.«
Man hätte meinen können, daß diese verbissenen Ingenieure mit ihrer Konzentration auf die Technik die Nase rümpfen würden bei der Aussicht, auch nur wenige Stunden auf solche Fragen zu verschwenden, wie ihr Kasten heißen sollte, wie die Bildschirmseiten aussahen oder wie das ganze Ding gestaltet war. Tatsächlich aber war das Gegenteil der Fall: Das Team nahm diese Entscheidungen persönlich. Sie beschäftigten sich vierzehn Stunden am Tag mit technischen Feinheiten, setzten sich mit Problemen auseinander, die in einer obskuren logischen Sprache geschrieben

waren. Als Folge davon *sehnten* sie sich nach Bedeutung, sehnten sie sich nach Interpretation: Was kommt bei all meiner Logik am Ende heraus? Je härter sie arbeiteten, desto mehr interessierten sie sich für Bezeichnungen, Logos und Design.

Am nächsten Tag kam Andy mit einem fünf Meter langen Streifen Packpapier und vier farbigen Filzstiften zur Arbeit. Er klebte das Packpapier an eine Wand und gab jedem Teammitglied eine eigene Farbe. Das Ganze sollte ein lockeres Brainstorming werden. Er wies sie an, im Laufe des Tages spontan Ideen für einen Namen aufzuschreiben. Sie sollten jedoch nicht nur potentielle Namen hinschreiben, sondern alle Einfälle, Logos – alles, was dem kreativen Denken dienlich war. Am Ende des Tages würden sie eine Entscheidung durch Konsens herbeiführen, und derjenige, dem der ausgewählte Name eingefallen war, gewann ein Abendessen für zwei in einem Restaurant seiner Wahl.

»Das ist eigentlich kein Brainstorming, kein Gedankensturm«, sagte Andy, »sondern eher ein laues Lüftchen im Gehirn.«

Bis Mittag hatte sich ein gewisses Muster in den vier Farben herausgebildet. In Rot und Grün, den Farben von Andy und Salman, waren Begriffe gekritzelt wie:

Konsole	Discman
Player	Boombox
Navigator	Walkman
Armaturenbrett	Station
Zuschauer	Web
Fenster	Schmökerer
personal	Lunchbox
mobil	Internet
verdrahtet	Stützpunkt
Netzwerk	System

Dazu fanden sich in Tinys winziger blauer Blockschrift und in Darrells aggressiven kräftigen Großbuchstaben Begriffe wie:

Nanocomputer	Internet
Notebook	Laptop
Leistung	ATM
VCR	XT, AT, DX4
Netzwerk	Webware
Online	verdrahtet
Personal Computer	PC
Computer	CPU
Motor	Gerät

Andys und Salmans Einfälle waren bildhafter, spielerischer, während die von Tiny und Darrell eher herkömmlich beschreibend wirkten. Am Nachmittag sahen alle mit wachsendem Interesse und manchmal gar Zorn zu, wie einer von ihnen zum Packpapier ging. Niemand sagte allerdings ein Wort. Es war wie bei einem Tennisspiel, bei dem der ganze Haß in Gesten und Grundschlägen zum Ausdruck kommt. Salman ging hinüber und schrieb »NetMan«, und auf dem Weg zurück zu seinem Schreibtisch erntete er ein Lächeln von Andy und ein Stirnrunzeln von Darrell, der zur Wand marschierte und »Supercomputer mit paralleler Datenverarbeitung« hinkritzelte. Salman konterte sofort mit »Pandora«, einem Verweis auf die griechische Mythologie. Kaum hatte er sich gesetzt, griff Darrell wieder zum Stift und schrieb »32 Bit, 3,3 Volt, Reduced-Instruction-Set-Chip-Computer«. Er unterstrich das letzte Wort dreimal.

»Kommt, Leute«, sagte Andy am Abend. »Ihr müßt ein bißchen Sinn für Marketing entwickeln.«

Darrell explodierte. »Marketing? Marketing? Scheiß auf dein Marketing! Den ganzen Tag hast du nicht einmal das Wort ›Computer‹ hingeschrieben. Nicht einmal! Die Leute sind – das ist ein Schwachpunkt, den wir überwinden müssen. *Computer*, verstehst du? Alle werden sagen, das ist kein Computer, er taugt nicht als Arbeitsgerät, und so weiter und so weiter.«

»Wir können sie nicht auf den Arm nehmen«, meinte Salman. »Du hast das ja mitgekriegt damals, diesen Spott. Ihn einen Computer zu nennen, provoziert nur Kritik.«

»Er hat recht«, gab Andy zu. »Wenn wir den VWPC als vollwertige Alternative zum Desktop-Computer vermarkten, wird uns das ganze Gewicht einer Dreihundert-Milliarden-Dollar-Industrie zermalmen. Hast du aus den letzten sechs Monaten bei La Honda nichts gelernt? Wenn uns die Ironmen schon hassen, dann denk doch mal an Unternehmen, die tatsächlich etwas zu verlieren haben.«

»Ihr verdammten Schwächlinge, ihr Weicheier, verflucht noch mal! Das ist eine vollwertige Alternative zum Desktop-Computer, es *ist* eine! Denn wenn es keine ist, was soll das Ganze dann? Alles, jede Einzelheit, muß so sein, daß sie ausdrückt, ja *herausschreit:* Computer, Computer, Computer. Es geht um *Leistung*, hab ich recht, Tiny?«

Tiny nickte. »Leistung, Leistung. Computer, Computer, Computer.«

Darrell befürchtete, daß zwischen Andys Vorstellung und »Mister Internet« kein großer Unterschied bestand. Aber Andy war überzeugt, daß ihr Gerät als *Ergänzung* zum PC eingeführt werden sollte, und nach ein paar Jahren würden die Leute dann schon merken, daß sie gar keinen PC mehr brauchten. Die Fronten in dieser Debatte traten erneut zutage, als sie das Aussehen ihres Kastens zu diskutieren begannen. Darrell und Tiny wollten etwas, das einfach wie ein Computer aussah – ein großer Metallkasten ohne Schnörkel. Ein ernsthaftes Gerät. Andy und Salman wollten etwas, das cool wirkte, angesagt, flotter als ein Computer. Andy wies erneut darauf hin, daß Schüler die wichtigste Käuferschicht des VWPCs seien; er wollte einen Kasten, der vom schlanken

Design der Videospielkonsolen inspiriert war. Die Schüler sollten nach einem Blick auf den VWPC denken, daß er Spaß machte. Andy hatte erwartet, daß dieses Argument einen Nerv bei Darrell treffen würde. Als er nicht reagierte, nahm er an, daß Darrell einfach dickköpfig war, daß sein Ego noch immer unter der unfairen Kritik litt, die Donny Williamson am VWPC geübt hatte, und daß er schließlich doch nachgeben würde.

Zwei Tage lang brachten sie nichts zustande. Alle waren zu wütend, um sich konzentrieren zu können. Andy spürte, daß er einen Fehler gemacht hatte, als er in dem Dilemma Partei ergriffen hatte – als Manager hätte er die Rolle des Schiedsrichters spielen sollen. Aber er konnte seine Worte nicht zurücknehmen. Vielleicht konnte er ja jemanden hinzuziehen, jemand Unabhängigen, der ihnen half, zu einem Konsens zu kommen.

Darrell und Salman schauten aus dem Fenster, während sie eine neue Runde »Zehn Frauen« spielten. Es war Mittagszeit, die Sekretärinnen verließen gerade in Gruppen die Schule und gingen zu einem Grill oben an der Straße, wo es ein phantastisches Salatbuffet gab. Ein oranger VW Käfer bog von der El Camino ab und parkte auf dem Parkplatz unter ihrem Fenster. Als die Fahrertür aufging, stieg eine schlanke Frau mit brünetten, schulterlangen Haaren aus. Sie trug abgeschnittene Shorts, Sandalen und eine kupferfarbene Lederweste über einem schwarzen T-Shirt. Sie war himmelweit entfernt von den Sekretärinnen, die man auf zurückhaltendes Auftreten dressiert hatte. Sie versteckte ihre Hüften nicht, sie bedeckte nicht ihre Arme, sie hatte die Haare nicht auf Kinnlänge geschnitten. Sie trug keinen leichten Mantel mit wattierten Schultern. Wahrscheinlich besaß sie nicht einmal ein Paar Nylonstrümpfe.

»Meine«, sagte Darrell.
»Ich hab sie zuerst gewollt«, widersprach Salman.
»Nein, hast du nicht. Du hast gar nichts gesagt.«
»Doch. Kurz vor dir, genau als du zu sprechen anfingst. Du hast mich nicht gehört, weil du zu sehr damit beschäftigt warst, auf dich selbst zu hören.« Salman kicherte.
»Halt bloß den Mund, du Betrüger – sie gehört mir.«
Salman schaute wieder zu ihr hinunter. Sie blickte sich ein wenig verloren um, die Hand an der Stirn, um die Augen vor der Sonne abzuschirmen. Ein paar Strähnen ihres Haars wurden mit Haarklammern aus dem Gesicht gehalten. Salman betrachtete den VW Käfer. Er hatte Lammfellbezüge auf den Sitzen. »Hey«, sagte er plötzlich. »Das Auto, dieses Auto kenne ich doch.«
»Das ist Alisa Jennings«, stellte Andy sie einen Augenblick später dem Team vor. »Sie ist von Beruf Industriedesignerin. Ich habe sie hergebeten, damit sie uns hilft. Es kostet uns nichts, aber es kostet ihre Zeit, also laßt uns nicht herumtrödeln.«
Andy entrollte das Packpapier auf seinem Schreibtisch.
Alisa schaute mit großer Geste auf ihre Uhr. »Okay, ich muß in vierzig Minuten zurück sein, also gehen wir das schnell durch. Und bitte – immer nur einer redet.«
Die Teammitglieder brachten erneut ihre Argumente vor, aber diesmal, in Alisas Anwesenheit, fluchten sie nicht, sprachen nicht außer der Reihe und nannten einander nicht »zurückgeblieben«. Genau darauf hatte Andy gesetzt. Die Jungs zeigten sich von ihrer besten Seite. Alisa formulierte häufig mit einfacheren Worten noch einmal, was einer von ihnen gerade gesagt hatte. Wenn einer etwas zu lebhaft wurde, mußte sie ihn nur anlächeln, und schon schmolz er dahin. Nach vierzig Minuten war zwar nichts entschieden, aber zur Abwechslung hatte es nicht wie ein Handgemenge ausgesehen.
»Okay«, sagte Alisa und schaute wieder auf die Uhr. Sie begann, das Packpapier aufzurollen. »Ich komme in einigen Tagen mit

ein paar Ideen wieder.« Sie wandte sich an Darrell. »Arbeitest du am Sonntag?«
Er sagte, er arbeite jeden Tag.
»Dann sehen wir uns am Sonntag, sagen wir um zwei Uhr?«
Andy begleitete sie zu ihrem Auto. »Ich weiß, es sieht aus, als würden wir uns nie einig, aber das war heute wirklich schon um einiges besser als vorher.«
Alisa lächelte. »Ich glaube, du hast keine Ahnung, wie absolut normal das war. Weißt du, daß Pacific Bell eine halbe Million Dollar ausgegeben hat, um auf den Namen ›AirTouch‹ für ihr Produkt zu kommen? Ich habe keine Kunden, die wissen, was sie wollen.«
»Ehrlich?«
»Wenn sie wüßten, was sie wollen, würden sie mich ja nicht brauchen – dann bräuchten sie nur noch einen Konstruktionszeichner.« Sie schlug ihm mit dem Packpapier auf den Arm und stieg in ihr Auto. »Nur die Ruhe, das wird schon. Ihr braucht nur ein Konzept, das euch bei eurem Meeting hilft.«
Alisa fuhr direkt nach Hause; der Eindruck, den sie vermittelt hatte – daß sie in vierzig Minuten irgendwo sein mußte –, war nur fauler Zauber gewesen, um sie professioneller erscheinen zu lassen. Seit ihrer Abschlußprüfung im letzten Mai hatte sie entdeckt, daß es nicht so viele Jobs für Industriedesigner gab, wie manche ihrer Professoren behauptet hatten. In der Zwischenzeit versuchte sie, freiberuflich Aufträge zu bekommen, während sie ihre Präsentationsmappe zusammenstellte. Sie hatte sich nie in einem anderen Arbeitsgebiet gesehen, aber manchmal war ihre Vorstellung von sich selbst verschwommen. Sie hatte überlegt, ob sie nach San Francisco umziehen sollte, wo die meisten Aufträge für Designer vergeben wurden, aber ihr Fachbereich an der Universität hatte die Türschlösser nicht ausgewechselt, und so konnte sie noch immer am Abend ins Labor für Industriedesign gehen und die ganze Ausrüstung benutzen – vom Computer

über Töpferscheiben bis zu Nähmaschinen. Von den anderen Studenten schien keinem aufzufallen, daß sie gar keine Seminare mehr belegte.
Alisa breitete das Packpapier auf den Boden in ihrem Zimmer aus. Soviel sie begriffen hatte, konnte ihr Ziel durch folgende, sich widersprechende Parameter, die sie in ein Notizbuch schrieb, definiert werden:

1. Soll genügend nach einem leistungsfähigen Computer aussehen, um Kritiker zu überzeugen, aber –
2. nicht so sehr wie ein Computer aussehen, daß sich eine Dreihundert-Milliarden-Dollar-Industrie bedroht fühlt, und –
3. soll aus einem Stück sein (Kostenersparnis), aber –
4. nicht wie der alte einteilige Macintosh aussehen (gescheitertes Produkt).

Das konnte ja nicht allzu schwer sein, sagte sie sich selbstironisch. Instinktiv teilte sie Darrells Auffassung, daß sie sich gefährlich aufs Glatteis begaben, wenn sie nicht betonten, daß ihr Gerät ein Computer mit jeder Menge Leistung war. Aber Alisa war noch nie der Ansicht gewesen, daß Computer vom Design her besonders gut gemacht waren. Eines der Ärgernisse war für sie das Spaghettigewirr aus Kabeln und Drähten, das die einzelnen Teile miteinander verband. Die Anschlüsse waren immer hinten am Computer und am Boden des Druckers – Stellen, die man normalerweise schlecht mit den Händen erreichte. Die Alternative war nicht viel besser, nämlich vier Kabel, die aus der Vorderseite herauskamen, wo man sie leicht aus Versehen ausstecken konnte. Außerdem galten Kabel als häßlich, obwohl das nicht unbedingt der Fall sein mußte. Alisa sah keinen Grund, sich nicht etwas einfallen zu lassen, damit die Kabel gut aussahen. Sie erinnerte sich an einen Besuch im Keller der technischen Fakultät, wo ungefähr

fünfzig Computer auf Stahlgestellen standen, und aus jedem Computer ragten ungefähr fünf Kabel. Irgendein Ingenieur hatte sich einmal die Zeit genommen, die Kabel zu einem großen Netzgewebe zusammenzuflechten; es war nicht direkt schön, aber zumindest ein kreativer Akt. Sie kam zu dem Schluß, daß dieser Computer keine vier getrennten Kabel haben mußte – man konnte die vier (eines für Strom, eines für die Telefonleitung, eines zum Drucker und eines zum Monitor) zusammenflechten. Oder irgendwas. Alisa fing eben erst an. Sie schwor sich, daß sie die Kabelfrage gelöst haben würde, bis sie fertig war.
Dann schlug sie eine neue Seite in ihrem Notizbuch auf, um sich auf den Namen zu konzentrieren. Sie würde zwei Namen brauchen – einen für die *Kategorie* von Computer und einen für das besondere *Modell*. Alisa hatte die Wände ihres Zimmers mit Bildern von allen möglichen Spielereien von Designern aus Katalogen und Zeitschriften zugekleistert: Möbel, Küchengeräte, Buchcover, Werkzeuge, Autoteile. Wenn sie eine Eingebung brauchte, mußte sie nur ihre Wände betrachten, aber manchmal half auch ein bißchen Wein.
Andy hatte Gefallen an dem Namen gefunden, auf den Salman gekommen war: »Pandora«. Alisa fand allerdings, daß der Mythos von der Büchse der Pandora zu sehr mit feministischen Auslegungen und Neuauslegungen befrachtet war, um für einen Computer zu taugen. Aber sie wußte, daß Andy und Salman nicht glücklich wären, wenn der Name nicht auch irgendeine metaphorische Bedeutung vermittelte. Andererseits wäre Darrell völlig zufrieden damit, das Ding GX 50550 zu nennen – einfach irgendeine bedeutungslose Ziffernfolge. Für Darrell ließen Ziffern ihren Computer seriös, wissenschaftlich und leistungsstark aussehen. Also überlegte Alisa, daß die Lösung in einem langen Wort bestehen könnte, das, wenn es ausgesprochen wurde, außerdem eine Folge von Zahlen mit Bedeutung ergab. Eine Weile spielte sie mit Abwandlungen von 686 herum, da die neue Computer-

generation der 80686er sein sollte. Sie wußte, daß Andys Computer nicht ein Zehntel der Leistung des unvermeidlichen Intel 686 Pentium Pro haben würde, aber was machte das schon? Es war nur ein Name. Ihr Notizbuch füllte sich:

C3PO = Siithriipio R2D2 = Artuu Dituu
12345 = wan, tuu, thrii, for, faiv
678910 = sicks, syx, sefin, eit, aty, nain, ten
686 = sicksatysicks, 6ATY6, SYXATY6
syxatysyx, SYXATYSYX, SyxatySix
512 256 128 64 32 16 8 4 2 1
1 0 1 0 1 01 110
686 = 1010101110

Die Idee gefiel ihr, aber keines der Resultate. Sie ging und setzte Reis auf, und als sie zurückkam, fiel ihr ein Satz ein, mit dem Andy die Tugenden ihres Produkts beschrieben hatte: »Neunzig Prozent der Eigenschaften – für zwanzig Prozent der Kosten.«

Ninety-four, twenty = 94-20
Ninety, four-twenty = 90420
Pandora, Pandorum, Pandorii, Pandoro
G8 = Gate
The Power of One = X hoch 1
U-Internet = The Power of the Internet to You
PC-Internet = The Power of the Internet to the PC
904202U = Ninety for Twenty, to You

Dann betrachtete sie das Diagramm eines Netzwerks, das Salman für sie skizziert hatte. Es enthielt Dinge wie Server, Router, Modems und Firewalls. Das letzte Wort, Firewall, erinnerte Alisa an einen Ausspruch, den sie schon oft an den verschiedensten Stellen gelesen hatte, daß nämlich das Internet ein derart gewaltiger

Strom an unverifizierten Informationen sei, daß der Versuch, es für Nachforschungen zu verwenden, dem Unterfangen gleichkäme, einen Schluck Wasser aus einem Feuerhydranten zu trinken. Wenngleich als Kritik gemeint, gefiel Alisa das Bild vom Internet als einem Feuerwehrschlauch an Daten. Es vermittelte Kraft und Geschwindigkeit, das Stürmische an der ganzen Sache. Sie schrieb hin: Hydrant. Dann schrieb sie darunter: 90420 Hydrant, ein Web-Computer.

Das brachte sie wieder auf die Kabel. Wie wäre es, den »Hydrant« mit einem dicken Kabel von der Stärke eines Gartenschlauchs zu versehen? Das würde den Eindruck vermitteln, daß die Computerschaltung schneller als eine mickrige Telefonleitung war. In dem dicken Kabel konnte sie die verschiedenen Leitungen verstecken – das Netzkabel, die Telefonleitung und das Druckerkabel. Das dicke Kabel würde zur Steckdose mit einem zusätzlichen kleinen Kasten führen. Die Telefonleitung und der Drucker würden an dem Kästchen neben der Steckdose angeschlossen, so daß nicht mehr drei Leitungen zum Computer laufen mußten. Je mehr sie darüber nachdachte, desto besser gefiel ihr diese Idee. Die Verbraucher würden einen Blick auf das dicke Kabel werfen und sich sagen: »Jawohl, da kommt das ganze Internet durch.« Sie war sich mit dem Wort »Hydrant« noch nicht sicher, aber an dem 90420 und dem Feuerwehrschlauchkabel hatte sie bereits Gefallen gefunden.

Am Samstag abend, als Andy in seinem Zimmer saß und Wäsche zusammenlegte, geriet er in Panik darüber, was aus ihrem Projekt werden sollte, wenn sie kein Geld auftrieben. Schon bald begann er sich Sorgen über seine eigene finanzielle Lage zu machen. Seit sie La Honda verlassen hatten, aß er nur noch Reis. »Reis mit einer dicken Schicht Dampf garniert«, wie Alisa ihm beigebracht hatte, diese Köstlichkeit zu nennen. Er hungerte nicht, aber er war auch nie richtig satt. Seine Kleidung zu waschen und zu trocknen hatte einen Hauch von zügellosem Luxus angenommen. Er hatte zwar zu Beginn der höheren Fachsemester an die zehntausend Dollar gehabt, die in Dividendenpapieren mit kurzer Laufzeit angelegt waren, aber als Student wollte er kein Geld besitzen – er wollte das Gefühl haben, daß er jederzeit von seinen Talenten leben konnte, so wie Tiere von dem lebten, was ihnen die Erde gab. Damals glaubte er, daß seine angestrebte Lebensphilosophie untergraben würde, wenn er einen Notgroschen behielt. Also gab er seine Ersparnisse aus. Innerhalb von achtzehn Monaten hatte er alles aufgebraucht. Jetzt war nicht einmal mehr genug auf seinem Girokonto, um die zehn Dollar monatliche Gebühren zu umgehen. Und es drohte eine große Kreditkartenzahlung.

Er hatte nie mit der Möglichkeit gerechnet, daß er eines Tages eine Leidenschaft entwickeln könnte, die genährt werden wollte. Beim Betrachten seiner Wäsche bemerkte er, daß er das meiste per Versand bei L. L. Bean gekauft hatte (er haßte einkaufen gehen). Er befühlte die Etikette, und dann fiel ihm ein, daß L. L. Bean eine lebenslange Geld-zurück-Garantie auf alles bot, was man je dort gekauft hatte. Lebenslang! Seine Neugier war geweckt. Er kramte in seinem Bücherregal und fand einen alten Katalog, und tatsächlich versprach der eine Geld-zurück-Garantie, »ohne Fragen zu stellen«. Er glaubt nicht ernsthaft, daß er damit durchkam, aber er war verflucht neugierig zu erfahren, wieviel seine Garderobe eigentlich wert war. Andy kroch in seinem Zimmer herum und stapelte seine Kleidung auf das Bett: Wollpullover, mehrere Paar Stiefel, zwei Übermäntel, ein Paar Handschuhe, einige Halstücher, sämtliche Hosen, die er besaß. Dann öffnete er einen Schrank mit alten Sachen im Flur (in den er seit über einem Jahr nicht mehr geschaut hatte) und fand drei Sportsakkos, etwa acht Krawatten und fünf Anzughemden – seine Kleidung aus der Zeit bei Omega. Der Berg auf seinem Bett türmte sich einen Meter hoch. Selbst die Flanellhemden stammten vom Versand. Das Reizvolle an L. L. Bean war, daß sich der Stil nie änderte, deshalb war praktisch jedes Stück noch im Katalog aufgeführt. Er war überrascht, wieviel ihn einiges gekostet hatte. Einige der Pullover lagen bei mehr als achtzig Dollar und die Sportsakkos jeweils über zweihundert Dollar. Er rechnete alles zusammen – die Summe belief sich auf fast zwölfhundert Dollar! Das waren drei Monatsmieten! Oder zwei Monatsmieten und das Essen! Er konnte immer noch nicht glauben, daß der Trick klappen würde, also rief er die gebührenfreie Nummer an und erkundigte sich nach dem Rückgabeverfahren, wobei er ein Lachen unterdrückte. Das konnte doch nie funktionieren! Aber die Dame in der Leitung stellte ihm überhaupt keine vorwurfsvollen Fragen! Sie war so mütterlich, wie sie nur konnte. Sie suchte ihn in ihrem Verzeichnis heraus und überprüfte, ob er alle diese Käufe im Lauf der Jahre auch wirklich getätigt hatte, dann gab sie ihm eine Rückgabenummer, und das war's! Er würde etwa eine Woche, nachdem Bean die Kleidungsstücke wiedererlangt hatte, einen Scheck bekommen. Das waren ihre Worte, *wiedererlangt,* als handelte es sich um wertvolle Kunstgegenstände, die sie irrtümlicherweise verkauft hatten.

Während er alles zusammenpackte, läutete das Telefon. Es war Alisa. »Wo bist du?« fragte er.

»Ich bin hier unten im Designerstudio. Was treibst du gerade?«

Er erzählte ihr die Geschichte mit seiner Kleidung, und sie lachte. »Ich glaube, ich muß mal in meinem Schrank nachsehen«, fügte sie hinzu.

Er wollte wissen, wie es mit dem Konzept vorangehe.

»Deshalb rufe ich ja an. Willst du kommen und einen Blick darauf werfen?«

Sie erklärte ihm den Weg zu dem Gebäude, das hinter der Studentenvertretung versteckt lag. Er beeilte sich beim Gehen. Die

Luft war kühl geworden in der vergangenen Woche, und er trug Shorts, da er seine Hosen bereits alle verpackt hatte. Das alte Ziegelgebäude war mit Efeu überwuchert; als Student war er hundertmal daran vorbeigelaufen, ohne zu wissen, was sich darin befand. Die Eingangstür hatte die Größe eines Scheunentors. Alisa wartete dort auf ihn.

»Du meine Güte, was für riesige Türen ihr hier habt!«

Sie lachte, dann sagte sie: »Was für einen kleinen Monitor du hast.« Sie lächelte über ihren eigenen Scherz. Dann erklärte Alisa den Zweck der Türen: Man mußte große Designermodelle auf Rollen hinein- und hinausschaffen können.

Sie führte ihn ins Studio. Der riesige Raum in der Art einer Lagerhalle war mit mannshohen Stellwänden in Bereiche für Töpferei, Metallarbeiten und Malerei unterteilt. In einem separaten Zimmer gab es ein Dutzend Workstations für computergestütztes Design.

»Ich habe den vorläufigen Entwurf am Bildschirm erstellt«, erklärte Alisa. »Aber dann bin ich zu Ton gewechselt. Ich weiß auch nicht – ich glaube, es regt meine Kreativität an, wenn ich mit den Händen arbeite.«

Sie hatte ein nasses Handtuch über ein Gebilde geworfen, das auf einer Sperrholzplatte stand. »Ich habe herumgetüftelt, aber alle Entwürfe, die mir einfielen, lenkten die Aufmerksamkeit auf die Tatsache, daß euer Bildschirm so klein ist, was ja auch stimmt – ich habe es nachgeprüft. Und damit war es schwierig, das Ding nicht wie einen Macintosh aussehen zu lassen, bei nur einem Stück. Ich habe es eher kreisförmig versucht statt in Kastenform, aber es erinnerte an einen Abfalleimer. Ach ja, außerdem hatte ich Angst, daß die Leute das Teil für ein Spielzeug und nicht für einen richtigen Computer halten, wenn es zu klein ist.«

»Warum zeigst du es mir nicht einfach?«

»Also gut, einen Moment noch. Schließ die Augen.«

Er tat wie befohlen. Sie sagte, er solle sie jetzt öffnen. Sie hatte das nasse Tuch abgenommen. Ihr Entwurf erinnerte an Kopf, Hals und Schultern. Der Monitor saß auf einer leicht nach hinten geneigten Fläche auf einem gerieften Hals, oben sieben Zentimeter stark und unten zwölf, und er schwang sanft in ein viel breiteres Unterteil aus von etwa fünfunddreißig Zentimetern Seitenlänge und knapp vier Zentimetern Höhe. Andy ging um das Modell herum. Das Unterteil stand nicht auf verkümmerten Stummelbeinen, sondern auf schmalen Schienen, die von vorn nach hinten liefen. Aus der linken Seite des Unterteils kam ein dunkelgrüner Gartenschlauch, den sie in den Ton gesteckt hatte. Der Hals war etwa fünfzehn Zentimeter hoch. Der Monitor war um zehn Grad nach hinten geneigt und verjüngte sich zur Rückseite hin. Alisa hatte recht – bei diesem Entwurf wirkte der Bildschirm nicht klein; etwas an der Größe und Form des Halses erweckte den Eindruck, als könnten Hals und Schultern keinen größeren tragen – als wäre ein größerer Monitor plump und instabil. Andy gefiel es sehr. Das ganze Ding gefiel ihm. Er hatte in den letzten Tagen heimlich mögliche Varianten gezeichnet, und alle seine Entwürfe waren auf die Probleme hinausgelaufen, die Alisa gelöst hatte; was nicht wie ein Macintosh aussah, wirkte wie eine Kloschüssel.

»Das Design ist sehr computermäßig, deshalb habe ich bei der Farbe an etwas gedacht, das nicht so computermäßig ist. Schwarz, mit einer winzigen Spur Grau, wie Hi-Fi-Bausteine; allerdings nicht glänzend, sondern matt. Es soll sich anfühlen wie superfeines Sandpapier«, erklärte Alisa.

»Also ehrlich, Alisa, das ist so – so gut. Tiny sagte, unser Computer müsse gut, gut und noch mal gut werden, und das ist er. Wahnsinn – *Wow*. Er sieht nicht nach einem Dreihundert-Dollar-Gerät aus. Er sieht aus wie ein Dreitausend-Dollar-Gerät! Hast du auch schon einen Namen?«

»Ja, aber – bist du bereit?«

Sie gab ihm einen Zettel. Darauf stand:

PowerStation 90420 Web-Computer von Universe

Ihm gefiel, wie das klang. »Wer ist ›Universe‹?«

»Das seid ihr. Das ist euer Firmenname.«

»Cool.« Dann wiederholte Andy die Zahlen, allerdings las er sie wie eine südkalifornische Postleitzahl – »Neun-null-vier-zwo-null.«

»Nein, nein, nicht so. Ninety, Four-twenty.«

»PowerStation Ninety-four-twenty, Ninety for twenty. *Neunzig für zwanzig.* Hey! Super! Super!!«

»Ich war heute vormittag bei Radio Shack, dort habe ich das mit eurem Monitor herausgefunden. Die nennen alles, wo eine CD-ROM drin ist, einen ›Multimedia-Computer‹. Also habe ich mir gedacht, wir nennen den euren einen ›Web-Computer‹. Deshalb das Kabel.«

Sie erklärte ihre Idee mit dem Feuerwehrschlauch. Dann sprach sie davon, daß sie eine Gußform machen und eine Art flüssigen Kunststoff hineingießen wolle. Wenn er trocken war, würde sie ihn glattschmirgeln und die Löcher mit Hartwachs auffüllen, bis sie einen Prototyp hatte, den sie anmalen konnte.

Andy gefiel alles daran. Und nicht nur das, es kam ihm vor, als hätte sie alle Probleme gelöst, die das Team – Teufel, nicht mehr das Team! Das *Personal*, das Personal von *Universe*. Ihr Konzept löste alle ihre Probleme! Ihr Konzept war mehr »wie ein Computer«, als Andy je geglaubt hatte, es haben zu wollen. Aber nun, da er ihren Entwurf sah, erkannte er, daß er sich getäuscht hatte. Das hier war, was er haben wollte: einen Computer. Und nicht nur einen Computer, eine *PowerStation!*

Andy erzählte Alisa, daß er den Jungs ein kostenloses Abendessen für zwei versprochen hatte, wenn ihnen ein Name einfiel. »Ich würde dich gern zum Essen einladen, wenn du magst.«

»Es ist schon halb elf.«

»Na gut, dann vielleicht ein andermal.«

»Nein! Ich wollte sagen, ich würde sehr gern mit dir essen gehen, aber was hat um halb elf noch auf?«

Sie fuhren in die Stadt und fanden ein taiwanesisches Lokal. Andy war schon ein paarmal dort gewesen; sie verwendeten kein Glutamat, sie brachten nur frisches Gemüse auf den Tisch, und sie servierten keine Gerichte mit Shrimps, wenn die Speisekarte Garnelen versprach. Andy wollte Alisa etwas Gutes tun, deshalb bestellte er das teuerste Gericht auf der Karte, taiwanesischen Fisch nach Art des Hauses, womit ihm nur noch neun Dollar übrigblieben. Sie tranken heißen Tee und Sake auf Eis. Andy war um Worte verlegen. Er mühte sich ab, ein Gesprächsthema zu finden. Über den Tisch hinweg betrachtete er diese Frau; falls er sie überhaupt kannte, dann nur, indem er aus ihren Gewohnheiten Schlüsse zog. Sie stand nicht lange unter der Dusche, außer am Sonntag. Sie spielte keine laute Musik. Sie brachte keine Männer mit nach Hause, aber sie blieb am Samstagabend auch nicht daheim. Sie ging nicht mit Make-up zu Bett. Sie war nicht überempfindlich. Sie tat nicht vornehm. Sie wirkte nicht konfus. Sie trug keine eleganten Schuhe, wenn es regnete, und sie besaß nicht fünf bequeme Trainingshosen – sie hatte vielleicht eine, der Stoff zur Stärke eines T-Shirts abgetragen. Das Leben hatte ihr noch nicht viel ausgetrieben. Sie besaß keinen Fernseher, und sie telefonierte nicht jeden Abend drei Stunden lang, und Andy betete sie an. Er wußte, daß sie seine Probleme nicht gelöst hätte, wenn sie ihn nicht auch ein bißchen mögen würde.

Als der Fisch kam, begann Andy draufloszureden und Witze zu erzählen. Plötzlich sprudelten sie nur so heraus. Der Fisch war ein Plattfisch, wahrscheinlich eine Flunder, ausgebacken und mit einer leichten Glasur mit Lauchringen bestrichen. Andy legte einfach los: »Weißt du, was ich gerne wüßte? Ich sehe keine Augenlider an dem Fisch hier. Was macht eine Flunder, wenn sie ein Stäubchen Sand ins Auge kriegt? Sie kann ja nicht mit einer Flosse hochlangen und es herausschnippen, oder?« Er hielt die gespreizten Finger eng am Körper und mühte sich ab, mit dem Kopf an die Finger zu kommen. »Was macht sie also? Ich meine, Frösche haben Augenlider, richtig. Aber schau dir den hier an – keine Lider.« Alisa kicherte und sah ihm zu. »Und was ich mich wirklich frage: Schwimmt eine Flunder horizontal wie ein Rochen? Oder dreht sie sich um neunzig Grad, wenn sie irgendwohin will, wie ein normaler Fisch, und schlängelt hin und her? Vielleicht kann sie beides, gewissermaßen erster Gang, zweiter Gang. Die James-Bond-Flunder – ein Hai verfolgt sie, und als er sie gerade fressen will, kippt sie zur Seite und flitzt davon.« Andy hatte keine Ahnung, wo diese Scherze plötzlich herkamen. Er schnitt ein Stück Fisch für Alisa ab und löffelte Sauce über ihre Portion. »Eine Flunder ist so ähnlich wie ein Segel gebaut, oder wie ein Flügel – auf der einen Seite dicker als auf der andern. Ich frage mich, ob ein Fisch die Strömung ausnutzen kann, so wie ein Segelboot in den Wind dreht. Müßte nicht einmal mit den Flossen schlagen. Sie stellt sich einfach in einem Winkel von fünfundvierzig Grad in die Strömung, schießt vorwärts, dreht nach links, schießt wieder vorwärts. Vielleicht machen Fische Segelregatten, Flosseneinsatz verboten. Allerdings wäre es schwierig festzustellen, ob einer betrügt.« Er hielt zwei Papierservietten wie Puppen hoch. Er schüttelte eine. »Ich habe gesehen, wie du Wasser durch deine Kiemen gepumpt hast!« Er schüttelte die andere. »Stimmt gar nicht, ich habe nur geatmet!« – »Betrüger!« – »Heulsuse!«

Als er mit seiner Show langsam zu Ende kam, lag Alisa bereits halb unter dem Tisch und schnappte nach Luft.

»Tut mir leid«, sagte Andy aus irgendeinem Grund.

»Aber nein, ich habe es genossen.«

Als sie das Restaurant verließen, gerieten sie in eine Menschenmenge aus einem Kino nebenan, in dem gerade ein Film vorüber war. Sie versuchten, sich unter die Leute zu mischen.

»Und wie fandest du den Film?« fragte Andy.

»Zu wenig Explosionen«, erklärte Alisa. »Ich brauche meinen Kick. Wenn ich nicht alle paar Minuten Züge und Flugzeuge durch die Luft fliegen sehe, bin ich nicht zufrieden.«

Andy blickte nach vorn, nur wenige Schritte vor ihm gingen zwei brünette Frauen mit Perlen im Haar. Nicht irgendwelche Brünetten – Salmans Freundin und ihre Schwester. Andy war einmal bei Salman zum Essen gewesen. Er berührte die eine an der Schulter. »Hey, dich kenne ich doch«, sagte er.

Die beiden fuhren herum. Sie hatten weite Jacken an, die obersten Knöpfe waren geschlossen. Beide hatten ausgeprägte Grübchen in den Wangen. Beide trugen Lippenstift, der aussah, als hätten sie ihn auf dem Weg aus dem Kino neu aufgetragen. Andy stellte Salmans Freundin als die Köchin der besten Lammpastete vor, die er je gekostet habe – er hatte Anfang des Sommers bei ihnen gegessen. Und Alisa stellte er als die Designerin des Computers vor, von dem Salmans Freundin doch bestimmt schon viel gehört habe.

»Nein, ich bin nicht mehr so auf dem laufenden über diesen Kram«, kam die Antwort.

Andy hörte etwas wie Bitterkeit heraus. »Du solltest den Entwurf sehen, den Alisa gemacht hat – einfach umwerfend.«

»Freut mich, daß alles gut läuft bei ihm«, meinte Salmans Freundin nur.

Andy war kein Narr. So sprach nicht die Freundin eines Mannes. »Ja, also, ich bin anscheinend – Salman behält so manches für sich. Ich weiß noch, wie er einmal so eine tolle Idee hatte, er hat zwei Tage gebraucht, bis er damit herausrückte. Er behält die Dinge – hier.« Andy legte die Hand auf die Brust.

»Was du nicht sagst.«

Andy spürte, wie Alisa seinen Arm drückte. Es gab ihm einen Stich. »Er hat uns nichts gesagt.«

»Das sieht ihm durchaus ähnlich.«

»Ich will ja nicht neugierig sein, aber wann ist es passiert?«

Sie sah ihre Schwester an, als wäre die dafür zuständig, die Wochen zu zählen. Ihre Schwester meinte: »Im August.«
»August? Aber das, das ist ja zwei Monate her! Er hat nichts gesagt, nicht ein Wort.«
»Also dann –« Salmans Freundin, die gar nicht mehr seine Freundin war, machte Anstalten weiterzugehen.
»Aber seine Telefonnummer, ich habe ihn doch ständig zu Hause angerufen«, schoß es Andy plötzlich durch den Kopf.
»Ich habe ihn die Nummer mitnehmen lassen«, erklärte sie.
»Und wo wohnt er jetzt?«
»Bei seinem Vater.« Sie hob die Hand, es war nicht ganz ein Abschiedsgruß. Ihre Schwester hakte sich bei ihr unter und führte sie weg.
Andy drehte sich zu Alisa um. »Nichts! Er hat nichts gesagt! Was soll ich machen? Soll ich ihn darauf ansprechen? Was meinst du?«
Sie hatte einen Arm auf dem seinen liegen, den anderen an seinem Rücken. »Ich kenne Salman praktisch nicht«, sagte sie. Sie schob ihn Richtung Auto.
»Ich kann es einfach nicht glauben. Nichts. Du verstehst noch nicht richtig. Es ist nicht so, daß er einfach nichts erwähnt hätte. Er redet weiterhin von ihr! Erst gestern morgen kam er zur Arbeit und erzählte, daß sie ihm am Abend zuvor einen Kuchen gebacken habe. Er hat von der Schlagsahne gesprochen, die sie gemacht hatte, mit einem Schuß Likör drin!«
»Vielleicht hat er seine Mutter gemeint.«
»Nein, du kennst Salman nicht, er prahlt damit! Wir müssen zu ihm fahren.«
»Glaubst du, es ist ihm recht, wenn du am späten Samstagabend plötzlich im Haus seines Vaters aufkreuzt?«
»Ganz bestimmt. Salman will, daß ich seinen Kummer bemerke, er versucht dauernd mir beizubringen, wie man ein umsichtiger Manager, ein Freund wird. Es ist seine Art, Aufmerksamkeit zu fordern.«

Andy hatte Telefonnummer und Adresse von Salmans Vater in der Brieftasche, falls ein Notfall im Gebäude auftrat. Es war nicht weit. Sie waren in fünf Minuten dort.
»Soll ich im Auto bleiben?« fragte Alisa.
»Nein, komm mit rein.« Andy stieg aus, ging zur Haustür und läutete. Fast im ganzen Haus brannte Licht. Das Geräusch eines Fernsehers verstummte. Schritte näherten sich und gingen an der Tür vorbei. Ein Vorhang wurde zur Seite geschoben, hinter der Scheibe erschien Salmans Gesicht. »Was macht ihr denn hier?« sagte Salman und öffnete die Tür.
»Dürfen wir reinkommen?«
Salman trat zur Seite. Andy nahm Alisas Hand. Sie setzten sich auf die Wohnzimmercouch. Der Kaffeetisch hatte eine Marmorplatte.
»Also, was gibt's?« wollte Salman wissen. »Wollt ihr ein Bier, oder was?«
Andy erklärte: »Wir waren essen, und nach dem Essen sind wir deiner Freundin über den Weg gelaufen, die gerade aus einem Kino kam. Allerdings sagte sie, daß sie nicht mehr deine Freundin sei, und das schon seit August. Wir wollten nur nachsehen, ob alles in Ordnung mit dir ist.«
Salmans Gesicht zeigte keine Regung, nur eine traurige Leere. Aber dann wurde sein Blick ein wenig weicher, als ihm ein Gedanke in den Sinn kam. »Und da bist du gleich hergekommen?«
»Ja, natürlich.«
Bei Andys Antwort strahlte Salman über das ganze Gesicht. »Du hast sie getroffen und bist sofort hierhergefahren, auf der Stelle?«
»Ja.«
Er schien verlegen. Er legte die Hand an die Stirn, die Finger über die Augen gespreizt. »Es geht mir gut«, sagte er. »Alles in Ordnung. Aber ich finde es wirklich sehr nett von dir, daß du gekommen bist.« Er schlug sich auf den Schenkel und stand auf, als erwarte er, daß sie nun wieder gingen.

»Aber wieso, Salman – was ist zwischen euch beiden vorgefallen?« fragte Andy.
Salman sah Alisa an, dann wieder Andy. Er nickte mit dem Kopf in Richtung Flur.
Andy stand auf. Er berührte Alisa an der Schulter. »Wir sind gleich wieder da«, sagte er.
Andy folgte Salman den Flur entlang zu einem Schlafzimmer. An der Wand hingen Wimpel von allen Mannschaften der National Football League. Das Tapetenmuster bestand aus einbeinigen Piraten und Segelschonern. Über dem Bett hing ein gerahmtes Zertifikat der Vereinten Nationen.
»War das dein Kinderzimmer?«
»Mm.« Salman setzte sich aufs Bett. »Du und Alisa, ihr hattet also ein Rendezvous?«
»Ich weiß nicht. Aber ich will dich nicht anlügen. Ich mag sie. Ich spüre etwas.«
»Paß bloß auf.«
»Wie meinst du das?«
Salman bohrte die Finger in die Bettdecke. »Warum, glaubst du, haben sich meine Freundin und ich getrennt?«
»Ich weiß es nicht.«
»Aber was glaubst du?«
Andy wollte keine falsche Vermutung äußern und ihn verletzen. »Warum sagst du es mir nicht einfach?«
»Ach komm – weil ich zu hart gearbeitet habe, ist doch klar. Sie wollte einen Freund, nicht nur die abstrakte Idee von einem. Sie schaute in unsere Zukunft, und sie sah, daß es immer so bleiben würde, daß sie immer erst an zweiter Stelle hinter meiner Arbeit kommen würde.«
Andy senkte den Kopf. »Du hast deine Freundin aufgegeben, um an dem Projekt mitarbeiten zu können?«
»Natürlich! Ja!«
»Soviel bedeutet es dir?«

»Nein! Natürlich nicht! Ach, ich weiß nicht. Vielleicht. Es war keine bewußte Entscheidung. Sie sagte, sie würde mich verlassen, wenn ich nicht aussteige, und ich bin nicht ausgestiegen, und dann bin ich eines Nachts hier zu Hause gelandet. Du kannst das nicht, Andy, mach dir nichts vor. Geh es langsam an mit Alisa. Glaub nicht, daß du eine gute Beziehung zustande bringst. Eine Beziehung – ich weiß, es klingt abgedroschen, aber ich sag es lieber schlecht als gar nicht: Eine Beziehung ist etwas Lebendiges. Sie muß gehegt werden, so wie eine Pflanze Wasser und Sonne und Luft braucht. Und zwar jeden Tag. Wenn sie es nicht bekommt, geht sie ein.«

Andy spürte, wie sich ein Abgrund in ihm auftat. Er holte tief Luft. Salman hatte recht, absolut recht. Wenn er seine Gefühle leugnete und sich von Alisa zurückzog, würde es nur weh tun. Aber wenn er sich in sie verliebte, würde es wahrscheinlich damit enden, daß er ihr noch mehr weh tat.

»Warum hast du uns belogen, Salman?« fragte Andy.

»Ich weiß auch nicht. Es war einfacher, als die Wahrheit zu sagen.«

»Das ganze Gerede, daß sie so scharf auf Sex ist, das war auch schon gelogen.«

»Mm.«

»Wann hat es angefangen?«

Salman blinzelte, sein Mund kräuselte sich leicht, und er zog die Knie an die Brust. Andy setzte sich neben ihn. Salman kniff sich mit den Fingerspitzen fest in den Nasenrücken, um drohende Tränen zurückzuhalten.

Salman sagte: »Okay, ich erzähle dir jetzt etwas, aber sag es nicht weiter, ja?«

»Nein.«

»Nach einiger Zeit, etwa nach einem Jahr, wenn wir miteinander schliefen –«

»Nur zu.«

»Dann habe ich immer die Augen geschlossen, und in meiner Vorstellung war es nicht mehr *sie*. Es war meistens eine andere. Ich glaube, ich habe aufgehört, sie zu lieben. Ich fühlte mich so schuldig. Erst belog ich sie, dann belog ich bald auch alle anderen.«

Andy seufzte erleichtert. »Aber Salman! Das ist ganz normal.«

Salman schniefte und fuhr sich über die Nase. »Wie kann das normal sein?«

»Hast du je irgendwen danach gefragt, ausgenommen mich?«

»Nein.«

»Das geht allen so.«

»Auch Menschen, die sich *wirklich* lieben?«

Andy wollte die Frage gerade bejahen, aber dann wurde ihm bewußt, daß er sich nur auf seine eigene Erfahrung stützen konnte. Und wer konnte schon sagen, daß er je wirklich geliebt hatte? »Ich weiß es nicht.«

Sie saßen eine Weile da.

»Du solltest dich lieber um Alisa kümmern«, sagte Salman schließlich.

Andy stand auf.

Salman fügte hinzu: »Findet ihr allein hinaus?« Er drehte sich zur Seite und streckte sich auf dem Bett aus. Andy verließ das Zimmer. Alisa blätterte in einer Zeitschrift. »Alles klar«, sagte er und zog die Wagenschlüssel aus der Tasche.

Auf der Heimfahrt erklärte er ihr, daß Salman gezwungen gewesen war, zwischen seiner Arbeit und seiner Freundin zu wählen. Es war ihm nicht wohl dabei, Alisa diese Geschichte zu erzählen, aber er wollte sie auch nicht vor ihr geheimhalten. Danach fuhren sie schweigend weiter, und die Geschichte saß in ihren Gedanken fest wie feuchter Nebel. Als sie zu Hause ankamen, stieg er langsam aus und ging zehn Schritte hinter ihr her.

Als er oben auf der Treppe anlangte, stand sie halb vor, halb in ihrer Tür und beobachtete ihn, wie zuvor im Designstudio. Sie sagten sich gute Nacht, und als er an ihr vorbeiging und fast an seiner Tür war, rief sie ihm nach. »Andy?«

Er drehte sich um. »Ja?«

»Du darfst mich wieder einmal zum Essen ausführen.«

»Ehrlich? Gut, sehr gern.« Er hielt einen Moment inne und sah sie an. Sie ging zu ihm hin und gab ihm flink wie ein Vogel einen Kuß auf die Wange und noch einen auf den Hals. Er küßte ihr Haar. Ihm war, als hätte er nie zuvor Haar berührt, nie welches gesehen, nie etwas so Kostbares in der Hand gehabt. Sie schlüpfte davon, ging zu ihrer Tür und schloß sie hinter sich. Sein Herz schlug so heftig, daß seine Brust schmerzte. Er holte einige Male tief Luft.

Am Tag der Besprechung war Andy mit dem Rest seines Teams schon frühmorgens im Büro, um noch einmal die Monitorbilder durchzugehen, die sie der Risikokapitalfirma zeigen wollten. In der vorhergehenden Woche hatte Tiny einen dritten Hypnotizer geschrieben, einen, der für Macintosh übersetzte. Um die ganze Leistungsfähigkeit des Hypnotizers zu demonstrieren, beabsichtigte Andy, parallel einen DOS-Computer und einen Macintosh zu »hypnotisieren«; beide Computer sollten simultan Abbildungen auf dem Schirm produzieren. Ihr Treffen war für 9.30 Uhr angesetzt, etwa eine Stunde später. Alisa erschien gegen 8.45 Uhr mit dem Prototyp, den sie mit ein bißchen Farbe, einem Etikett »PowerStation« und einem Spiegelglasschirm aufgemöbelt hatte. Hinter dem Schirm war ein Muster aus Goldlamé zu sehen, was dem Schirm eine schaurige Lumineszenz verlieh, als stünde das Gerät bereits unter Strom. Der Rest des Teams hatte Alisas Tonmodell bereits am Sonntag inspiziert, aber das hier war noch besser.

»Okay, Jungs, ihr habt noch fünfundvierzig Minuten, um euch umzuziehen«, sagte Alisa.

Umziehen? Andy hatte sich so auf das Aussehen des Prototyps konzentriert, daß er sein eigenes Aussehen völlig vergessen hatte. Er hatte sich seit vier Tagen nicht rasiert, und er stand in den so ziemlich einzigen Klamotten da, die er nicht an L. L. Bean zurückgeschickt hatte – kastanienbraune Shorts und ein T-Shirt mit einem Surf-Logo. Es wäre noch Zeit gewesen, in seiner Wohnung vorbeizufahren, aber Andy kam zu Bewußtsein, daß er gar keine Hose mehr hatte. Da stand er also eine halbe Stunde vor einem der wichtigsten Termine seines Lebens, und er besaß keine einzige Hose!

Dann blickte Andy in die Runde und sah, daß sein gesamtes Team irgendwelche Shorts trug. Sie würden es vielleicht noch schaffen, unterwegs bei Darrell vorbeizuschauen, aber Darrell besaß mit Sicherheit keine Hose, die für Tinys 115-Zentimeter-Taille paßte. Überdies hatte an einem Mittwoch um neun Uhr morgens noch kein Bekleidungsgeschäft offen.

Alisa schaute das Telefonbuch durch, kam aber auf keine Idee.

»Schicksal«, knurrte Darrell.

»Das ist nicht Schicksal«, konterte Salman. »Das ist unbewußte Selbstbestimmung. Wir wollen unser Baby nicht verkaufen.«

»Wie sollte Selbstbestimmung *unbewußt* sein? Das ist ein Widerspruch in sich. Selbstbestimmung ist, wenn du dich entscheidest und danach lebst.«

Salman schüttelte methodisch den Kopf. »Nicht unbedingt. Nimm zum Beispiel Bestimmung. Bestimmung ist Selbstverwirklichung, aber du entscheidest dich nicht für deine Bestimmung. Du *bist* einfach deine Bestimmung. Du kommst damit zur Welt.«

Darrell schnaubte aufgebracht. »Schicksal und Bestimmung sind dasselbe.«

»Nein.«

»Also wirklich, Jungs«, sagte Andy. »Nicht gerade jetzt. Wir müssen los.«

»Ich fahre nicht mit«, erklärte Darrell.

Andy stöhnte. Er wandte sich an Salman. »Salman, gib schon zu, daß Schicksal und Bestimmung dasselbe sind, damit Darrell mit uns ins Auto steigt.«

»Aber es ist nicht dasselbe«, wiederholte Salman beiläufig.

»Ich fahre nirgendwohin«, dröhnte Darrell. »Ich vermaßle alles. Ich werde bloß wütend und sage etwas Falsches.«

»Das wirst du nicht. Wir *brauchen* dich. Herrgott noch mal, so häßlich sind deine Beine auch wieder nicht.«

»Es geht nicht um meine Beine. Ich fahre nicht mit.«

Andy hatte keine Zeit zum Streiten. Sie trugen die Schachteln mit Material zu seinem Auto hinunter und stiegen ein. Die Risikokapitalfirma lag in einem Geschäftspark an der Sand Hill Road, fünf Meilen entfernt. Etwa nach der vierten Meile kamen sie am Loch neun des Golfplatzes von Stanford vorbei. Andy hatte eine Eingebung und hielt an, dann drehte er um und fuhr zum Clubhaus hinauf. Er parkte neben dem Übungsgrün. Alle sprangen hinaus und rannten in den Sportshop, der gerade einen Räumungsverkauf von buntkarierten Hosen aus Stretchgewebe hatte. Ein irisches Grün war die Grundfarbe, mit Blau und Rot gekreuzt. Sie hatten sogar eine 44er Größe, die sich problemlos auf Tinys 46 dehnen ließ.

»Haben Sie die auch in Blau?« fragte Salman den Verkäufer. »Vielleicht ein Campbell- oder Royal-Stewart-Blau?«

»Nicht jetzt!« schrie Andy. Er zahlte mit seiner Kreditkarte. Alisa fuhr die restliche Strecke, während sich die drei Männer ihre neuen Hosen anzogen.

Die Finanzierungsgesellschaft lag in einem Art Öko-Büro-Komplex mit einspurigen Asphaltstraßen, die sich zwischen den zederngedeckten Gebäuden hindurchschlängelten. Der Architekt hatte sich offensichtlich nicht entscheiden können, ob er eine Skihütte oder eine Ferienranch imitieren sollte, also hatte er beides getan. Die Gebäude lagen zum Teil im Schatten einer größeren Pazifikeiche verborgen. Bimssteinmauern säumten die Straßen. Nirgendwo schaute Erde heraus; jeder Zentimeter Boden war mit Sägespänen oder Kies bedeckt. Da nichts dem Zufall überlassen war, hatte die Anlage überhaupt nichts Natürliches an sich. Andy hatte das Gefühl, falls einer der großen Eukalyptusbäume einen langen Streifen Rinde abwerfen sollte, würde auch schon ein kleiner Mexikaner aus einer unsichtbaren Kellertür sausen und die Rinde auffangen, bevor sie zu Boden fiel. Alisa suchte nach einem Parkplatz zwischen den Daimlern, Volvos und Jaguars. Alle zwanzig Meter bremsten sie Stolperschwellen. Alle Parkplätze waren mit einem Schild »Reserviert« und den Initialen des Inhabers gekennzeichnet. Schließlich fanden sie einen abgelegenen Parkplatz und konnten auf einem Weg mit Geländer zurückgehen.

Sie kamen sich schrecklich fehl am Platz vor in ihren karierten Hosen. Als sie durch die Eingangstür aus Mattglas in den todschicken Rezeptionsbereich von Marquee Venture Partners schlenderten, sahen die drei Männer aus wie eine schottische Rockband.

Jeder der acht vollwertigen Partner und vier Teilhaber von Marquee Ventures hatte sein Spezialgebiet. Andys Hauptkontakt, Travis Grissom, war der Hardwaremann. Er konnte die Lohnkosten in Singapur, den Refresh-Zyklus eines Arbeitsspeichers und die Kosten pro Quadratzentimeter Flachbildschirm aufsagen – und wenngleich er seine eigene Auffassung von den diversen Rechtsfragen in der Hardwarebranche hatte, mußte sich Travis Grissom doch der Meinung ihres Rechtsberaters, Lenny Smythe, beugen, wenn es um die Geschäfte von Marquee Ventures ging. Travis Grissom hatte seit drei Tagen versucht, Lenny Smythe dazu zu bringen, die Verzichtserklärung auf das geistige Eigentum von La Honda zu lesen, die Andy Caspar ihm gefaxt hatte. Das Problem war, daß Lenny Smythe in Cabo San Lucas, an der Spitze von Baja California, Urlaub machte und in den vergangenen drei Tagen zum Sportfischen auf einer Yacht gewesen war. Diese Yacht war ein richtiger Kommunikationsdampfer, ausgestattet mit einem drahtlosen Faxgerät, das Büromanager überall auf der Welt vor Neid hätte erblassen lassen. Dennoch gab es ein kleines, nicht vorhergesehenes Problem: Vier Führungskräfte und ihre nicht minder wichtigen Frauen hatten die Yacht gechartert und am ersten Tag schon so viele Faxe aus allen möglichen Gegenden der Erde erhalten, daß dem verdammten Ding das Papier ausgegangen war. Lenny Smythe, der sich nicht so leicht unterkriegen ließ, hatte täglich mehrere Stunden lang versucht, sein Handy an seinen Laptop anzuschließen, der ein Fax-Modem enthielt. Travis hatte Lenny zwar wiederholt vorgeschlagen, daß er ihm den Vertrag doch einfach am Telefon vorlesen könnte, aber Lenny brüstete sich damit, immer »hundertprozentig in digitalem Kontakt« zu sein, und gab nicht auf. An diesem Morgen schließlich, während Andy Caspar im Zimmer vor Travis Grissoms Büro bereits seine Präsentation aufbaute und Lenny Smythe' Frau im Heck der Yacht einen Seebarsch am Haken hatte, las Travis Lenny den Vertrag Satz für Satz vor.

»Herrgott noch mal, Travis, kann das nicht warten, bis ich nach Hause komme?«

Aber Travis wollte nicht riskieren zu warten. Marquee Ventures hatten noch kein einziges Internetgeschäft aufgetan, in das sie Geld stecken konnten. Das Internet war ganz eindeutig die große Wachstumsbranche der Zukunft, und wenn Marquee hier nicht investierte, würde Marquee in fünf Jahren nicht mehr existent sein. Sie mußten auf diesen Zug aufspringen. Es war nur so verdammt schwer, eine Firma zu finden. Einzelpersonen machten Geld mit dem Internet – Marketingberater, Web-Programmierer und dergleichen –, aber Firmen gaben im Herbst 1995 die Software immer noch gratis ab. Nirgendwo flossen große Einnahmen, ganz zu schweigen von Gewinnen. Als deshalb Travis Grissom eines Tages den Hörer abnahm und Andy Caspar ihm die Möglichkeit anbot, in ein Hardwareprodukt zu investieren, wollte Travis nicht den Fehler machen, zu lange zu zögern. Niemand gab Hardware umsonst her, und obwohl die Gewinnspannen bei einem Billigcomputer nicht gerade berauschend waren, waren sie immer noch sehr viel besser als bei kostenloser Software. Vor achtzehn Monaten war eine neue Firma, die Internetrouter entwickelte, auf der Suche nach einer Million Dollar zu Marquee gekommen, und Marquee hatte die in der Branche üblichen Spielchen gespielt – verzögert, sich nach Konkurrenten umgehört, versucht, mehr Anteile für ihr Geld herauszuschlagen. In der Zwischenzeit boomte der Markt für Internetrouter, und die Firma finanzierte ihr Wachstum selbst – durch Gewinne. Sie hörte auf, Travis' Anrufe zu beantworten. Jetzt ging sie an die Öffentlichkeit. Hätte Marquee nicht herumtaktiert und ihnen das Geld einfach gegeben, wäre diese Million schon bald zwanzig wert gewesen. Travis Grissom wollte denselben Fehler nicht zweimal machen.

Drei Monate vorher jedoch hatte Lenny Smythe dem Impuls nachgegeben, »aus dem Bauch heraus zu handeln«, und voreilig eine Investition von über fünfhunderttausend Dollar an zwei Raumfahrtingenieure genehmigt, die Northrop Grumman, das Rüstungsunternehmen, verlassen hatten. Sie hatten ein Luftdrucksystem entwickelt, das Lecks in unterirdischen Lagertanks für Gefahrenstoffe verhinderte. Seitdem prozessierte Northrop Grumman, weil sie teilweise die Eigentumsrechte auf diese Technologie geltend machten. Der größte Teil der fünfhunderttausend Dollar würde für den Prozeß draufgehen. Also wollte auch Lenny Smythe denselben Fehler nicht zweimal machen. Er sagte: »Mir ist einfach nicht wohl, wenn ich es nicht schwarz auf weiß sehe.«

Travis stöhnte. »Hast du denn nicht mitgeschrieben, als ich dir das Papier vorgelesen habe?«

»Doch, aber das ist in meiner eigenen Handschrift. Ich kann meiner eigenen Arbeit nicht kritisch gegenüberstehen.«

»Du bist paranoid. Das ist eine Verzichtserklärung. Fällt dir irgend etwas Verdächtiges daran auf?«

»Diese ganze Präsentationsliste. Wer sagt mir denn, daß das, was sie präsentieren, auch das ist, was auf der Liste steht?«

»Nehmen wir einmal an, daß dem so ist. Ist alles andere dann in Ordnung?«

»Ich würde ihre Präsentation wirklich gern persönlich sehen.«

»Lenny, sei vernünftig.«

»Also gut. Falls – und ich sage falls – die Technologie auf der Liste auch die Technologie ist, die sie präsentieren, dann ist der Rest in Ordnung.«

Travis eilte von seinem Büro in den Konferenzraum, wo drei junge Burschen in idiotischen karierten Freizeithosen herumstanden und aus dem Fenster auf den Parkplatz schauten. Einer war groß, einer war fett, und einer war keins von beiden. Travis unterdrückte die Versuchung, sie nach ihrem Äußeren zu beurteilen. Soviel er wußte, waren karierte Freizeithosen derzeit der letzte Schrei bei Programmierern. Travis merkte sich im Geiste vor, selbst nach einer solchen Hose zu schauen, wenn er das nächste Mal ins Einkaufszentrum kam.

Travis stellte sich vor. Sieben weitere Partner trafen nacheinander zur Präsentation ein. »Es muß keine ausgefeilte Show werden«, sagte Travis. »Zeigen Sie uns das Gerät einfach, und erzählen Sie ein bißchen davon. Wir werden jede Menge Fragen stellen.«

Andy fing an zu sprechen, während er sich noch setzte. Er redete davon, wie Anfang der achtziger Jahre der Preis für Computer von zehntausend Dollar auf wenige tausend Dollar gefallen war. Aber seit zwölf Jahren sei er bei etwa zweitausend stehengeblieben. Zugegebenermaßen werde für die gleiche Summe nun weit mehr Leistung verkauft; trotzdem scheine eine erneute Preisrevolution in der Größenordnung dessen, was in den frühen Achtzigern passierte, unvermeidlich. Während er sprach, stand Alisas Prototyp der PowerStation in der Mitte des Tisches. Andy registrierte, daß ebenso viele Augen auf den Prototyp gerichtet waren wie auf ihn. Verschiedene Teilhaber streckten die Hand aus, um den Schirm zu berühren. Fragen stellten sie jedoch keine. Andy wechselte das Thema und ging zum Hypnotizer über. Er schaltete zwei Computer an, und dann sprach er über das Problem, mit dem so viele Ingenieure nicht fertig geworden waren und das ein Hemmnis für die schnelle Verbreitung des Internet war: wie man ein Programm auf verschiedenen Betriebssystemen laufen lassen konnte. Dann bootete er Tinys Hypnotizer auf beiden Computern, und schon erschienen die Bildschirmlayouts, die Alisa entworfen hatte. Andy bat sie, darauf zu achten, wie schnell der Hypnotizer geladen war – nur ein paar Sekunden. Er wiederholte, daß das Programm klein genug war, um rasch vom Internet geladen zu werden, und einfach vor den Programmen unterwegs war, die dann aufgerufen werden konnten. Andy klickte mit beiden Händen und zwei Mäusen identische Fenster auf beiden Computern an. Die Risikoinvestoren ließen einen Schwall von Fragen vom Stapel, von wie weit das Team in der Softwareentwicklung sei, bis zu welche Strategie sie für die Wiedereinbringung einer Investition in ihre Firma hätten. Als sie anfingen, über den Rückzahlungsmodus zu reden, wußte Andy, daß er einen Treffer gelandet hatte. Er räumte ein, daß sein Team keinen Geschäftssinn besaß, und hoffe, die Technologie an ein Unternehmen verkaufen oder in Lizenz vergeben zu können, das in der Lage sei, das Produkt herzustellen und auch zu vermarkten. Sie fragten ihn, wieviel Geld er zu beschaffen hoffe, und er gab zu, daß er keine Ahnung habe, es sei einfach nicht sein Fachgebiet: Er hoffe – falls sie investierten –, daß sie jemanden hinzuziehen würden, der diesen Bereich abdecke.

»Wir investieren gern in zwei Phasen«, erklärte einer der Partner. »Wir geben Ihnen vorab Geld, das Sie durch die Vorproduktion bringt. Wenn alles gutgeht, haben wir eine Option und erstes Anrecht auf die Finanzierung Ihrer nächsten Phase.«

Andy war nicht dumm. Wenn sie anfingen, das Verfahren zu erklären, nach dem sie Geld verliehen, dann war dieses Geld schon greifbar nah.

Dann räusperte sich ein älterer Herr im Hintergrund. Es wurde still im Raum. Er hatte einen leicht gequälten Gesichtsausdruck, als wäre er gerade dabei, einen großen Haufen Scheiße loszuwerden. »Ich kapier's nicht«, sagte er. »Warum wird dieses Projekt nicht von La Honda gesponsert? Es ist zu *lukrativ*. Das Internet ist heiß.«

Andy verwies auf die Verzichtserklärung, die er in der vorigen Woche zur Sicherheit an Travis Grissom geschickt hatte. »Das meiste von dem, was Sie hier sehen, ist im letzten Monat erfunden worden.«

Der Mann knurrte: »Im letzten Monat?« Er sah skeptisch aus.

Travis Grissom unterbrach. »Lenny hat sein Okay gegeben.«

Der ältere Herr fragte: »Hat er bei La Honda angerufen?«

»Er sah keine Veranlassung dazu. Die Formulierungen in der Verzichtserklärung sind der übliche Standard.«

»Wieso überprüfen wir nicht einfach ihre Referenzen? Was schadet es zu fragen?«

Es entstand eine lange Pause. Andy schaute aus dem Fenster. Auf dem Parkplatz gab es einen Basketballkorb mit einer gläsernen Rückwand.

Schließlich sagte der Mann: »Wir sollten da oben mal anrufen.« Er wandte sich an Andy. »Es ist nicht persönlich gemeint, aber wir haben Sie eben erst kennengelernt. Wir wissen gern, mit wem wir es zu tun haben.«

»Ich rufe heute nachmittag an«, räumte Travis Grissom rasch ein, um diesen unbehaglichen Moment zu überbrücken. »Die Sache

ist bestimmt schnell geklärt. Francis Benoit ist ein alter Freund von mir.« Er wandte sich an Andy. »Sie kennen doch Francis, oder?«
Andy nickte. »Sicher, nicht sehr gut, allerdings. Rein beruflich.«
»Der König der Hardware. Ich bin sicher, er wird für euch Jungs bürgen.«

»Wir sind im Arsch«, erklärte Andy, als sie zum Auto zurückkamen.
»Was ist passiert?« wollte Alisa wissen. Sie hatte während der Besprechung an der Rezeption gewartet. Andy erklärte es ihr.
»Wir sind im Arsch«, sagte Andy noch einmal.
»Im Arsch, im Arsch, im Arsch«, stellte Tiny klar.
»Vielleicht sind wir im Arsch«, meinte Salman.
»Es lief so gut«, jammerte Andy.
»Ist es wirklich so schlimm?« fragte Alisa.
Andy verdeutlichte es ihr. »Im allergünstigsten Fall wird Francis ihnen erzählen, daß wir ein paar Trottel mit erbsengroßen Gehirnen sind, die an Vertrauenswürdigkeit gleich hinter Exsträflingen rangieren. Es kann auch sein, daß er von dem Hypnotizer hört und sich dafür interessiert, und plötzlich klopft ein Detective mit einem Haftbefehl an unsere Bürotür. Im schlimmsten Fall – ach, ich weiß gar nicht, was im schlimmsten Fall sein wird.«
»Könnt ihr nicht einfach zu einer anderen Risikokapitalfirma gehen?« schlug Alisa vor.
Andy warf sich auf den Fahrersitz seines Wagens. Er knallte die Tür zu. »Jede Firma in diesem Tal wird die logische Frage stellen: ›Wer zum Teufel sind diese Typen?‹ Niemand wird investieren, ohne Referenzen zu prüfen, und das bedeutet einen Anruf bei Hank Menzinger oder Francis Benoit.«
»Bist du dir sicher?« murmelte Salman.

»Wie konnte ich nur so bescheuert sein«, wütete Andy. Er schlug auf das Armaturenbrett. »Ich hätte ihnen den Hypnotizer nicht zeigen sollen. Es war zu riskant.«

»Aber ohne den Hypnotizer hätten wir keine Chance gehabt, Geld zu kriegen«, warf Tiny ein.

»Ich weiß. Genau wie wir nie einen Termin bekommen hätten ohne La Honda im Lebenslauf, aber La Honda ist die einzige Referenz, für die wir nie Geld kriegen werden.« Sie hingen wieder einmal in einer Endlosschleife, aus der es keinen Ausweg zu geben schien. Er fuhr schweigend.

Salman fragte: »Erinnert ihr euch an das Ende von ›Butch Cassidy und Sundance Kid‹?«

Niemand antwortete. Schließlich sagte Alisa, sie erinnere sich an dem Film. »Sie sind in einem Restaurant in so einer kleinen Stadt in Bolivien und von der bolivianischen Armee eingekreist, nur wissen sie es nicht. Sie glauben, sie müssen sich nur mit zehn Kerlen schießen.«

»Richtig. Und ganz am Ende?«

Alisa dachte angestrengt nach. »Sie laden ihre Pistolen und rennen auf die Plaza hinaus zu ihren Pferden.«

»Und?«

»Ich weiß es nicht mehr.«

»Das Kamerabild friert ein. Der Abspann läuft über die Leinwand. Wir sehen nie, wie sie erschossen werden.«

Andy unterbrach. »Worauf willst du hinaus?«

»Auf gar nichts. Ich habe nur gerade daran gedacht, nichts weiter.«

»Du hast nur gerade daran gedacht?«

»Ja«, sagte Salman. »Zum Beispiel, ob der Ausdruck ›schießend sterben‹ daher kommt.«

Andy runzelte die Stirn. »Von dem Film?«

»Ja.«

»Der Film wurde 1969 gedreht, verdammt noch mal. Diesen

Ausdruck gab es schon hundert Jahre lang, bevor der Film herauskam.«
»Woher weißt du das?«
»Was soll das heißen, woher ich das weiß? Natürlich gab es ihn schon. Willst du behaupten, etwa nicht?«
Salman schüttelte störrisch den Kopf. »Ich behaupte weder das eine noch das andere. Ich sage nur, du weißt nicht, ob der Ausdruck schon gebräuchlich war. Wie alt warst du, als der Film herauskam? Drei? Kannst du dich eindeutig daran erinnern, daß du mit zwei Jahren in deiner Krippe gelegen bist und den Ausdruck ›schießend sterben‹ gehört hast?«
»Das darf doch nicht wahr sein, daß wir jetzt so etwas diskutieren.«
»Worauf ich hinauswill, ist, daß du es nicht weißt. Nicht mit Bestimmtheit.«
Andy wartete einen Augenblick. Er versuchte, den Streit zu beenden und zu verstehen, worum es Salman ging. »Dann hast du also keine Angst vor dem, was passieren wird?«
Salman erwiderte: »Laß dich nicht so schnell aus der Fassung bringen. Grissom wird bei La Honda anrufen. Na und? Hank war froh, uns los zu sein, was kümmert es ihn, was wir vorhaben? Er hat bereits genug um die Ohren. Wir sind zu klein, um auf seinem Radar zu erscheinen. Wir sind nur vier Nobodies. Ich bezweifle, daß er überhaupt noch alle unsere Namen weiß.«
»Glaubst du das?« fragte Tiny.
»Ich sag dir, was ich glaube«, knurrte Salman. »Ich glaube an unser Projekt. Es wird Geld anlocken, so oder so.«

Egoistische Großzügigkeit

Sie mußten nicht lange warten, bis sie von Travis Grissom hörten. Salman ging am selben Nachmittag ans Telefon, am anderen Ende der Leitung war Grissom. Salman bat ihn zu warten, verständigte Andy und ging hinaus. Er setzte sich auf dem Parkplatz auf den Randstein; er wollte es nicht mit anhören. Nicht anders ging es Darrell, der in seinen Schrank verschwand. Andy nahm den Hörer ab und dankte Grissom für den schnellen Rückruf.

»Lassen Sie mich vorwegschicken, Andy, daß es unsere Politik ist, keine Ratschläge zu erteilen oder Kommentare abzugeben, wenn wir die Finanzierung von Unternehmen ablehnen. Wir wollen uns keiner Kritik aussetzen, und manchmal haben die Gründe für einen negativen Bescheid mit internen Komplikationen hier bei Marquee zu tun, obwohl die Technologie des Unternehmens durchaus eine Finanzierung wert wäre.«

»Also, ich glaube, ich habe nicht ganz verstanden. Wollten Sie mir soeben mitteilen, daß Sie nicht interessiert sind?«

»Ja, aber wie gesagt, das muß in keiner Weise eine Kritik an Ihrer Geschäftsidee sein. Wir haben gewisse Kriterien, gewisse Risikoprofile, und viele Ideen sind trotz allem sehr gute Ideen, auch wenn sie unsere Kriterien nicht erfüllen, die bisweilen ziemlich eng sein können.«

»In Ordnung. Danke.« Andy wartete, daß Grissom auflegte. Er tat es nicht.

»Was ich damit sagen will, Andy, ist, daß Ihr Projekt – sehen Sie, wir investieren in Geschäfte, die von Geschäftsleuten gemacht werden, das ist unsere Schiene, verstehen Sie? Aber was ich gern tun würde, wenn Sie einverstanden sind: Ich habe da eine Person im Sinn, die an einer Investition in Ihre Firma interessiert sein könnte. Ein Freund eines Freundes. Ich glaube, die Sache könnte in sein Profil passen, er hat bereits in mehrere andere Firmengründungen investiert. Ich würde ihm gern davon erzählen, wenn ich darf.«

Andy tat sich schwer, ihm zu folgen. »Sie kennen jemanden, der investieren will?«

»Nein, ich weiß nicht, ob er investieren will. Ich habe ihm noch nichts davon erzählt. Ich habe wohlgemerkt eine Stillschweigevereinbarung mit Ihnen unterschrieben, ich darf mit niemandem über Ihre Arbeit sprechen, es sei denn, Sie gestatten es mir.«

»Aber gerne, unbedingt, reden Sie mit ihm, Sie haben mein Einverständnis, was Sie nur wollen.«

»Schön. Ich rufe ihn gleich an. Wenn er sich mit Ihnen treffen möchte, rufe ich Sie zurück.«

»Gut. Ausgezeichnet. Danke.«

Einige Tage später fuhr das Karo-Team zehn Meilen nach Süden zum Büro eines halb im Ruhestand lebenden Wirtschaftsprüfers namens Conrad Goss. Das Gebäude hatte etwas von einem Motel; die Außenwände waren mit weißen Kieseln bedeckt, die Türen pastellfarben. Auf dem Gebäudewegweiser stand häufig ein Dr. med. oder MFCC hinter dem Namen des Mieters. Die Luft in den Korridoren hatte einen leichten Arzneigeruch. Leise Hintergrundmusik wehte durch die Türen.

Die Vorzimmerdame von Conrad Goss konnte man völlig vergessen. Sie führte die Männer in Goss' Büro. Er war Mitte Fünfzig, hatte eine Hakennase, schlaffe Augenlider, und seine Haut war leicht wächsern. Sein Haar hatte sich zu zwei Inseln geteilt.

Die große Insel begann zu beiden Seiten des Kopfes und schloß sich oben in einer schmalen Brücke. Die kleine Insel lag über seiner Stirn. Dieses Extrabüschel war dichter, wilder. Es hatte sich mehr losgesagt als zurückgezogen. Goss trug einen Buchhalteranzug, aber ein Polohemd wie ein Golfspieler, ziemlich schäbig und mit offenem Kragen. Er hatte keine Uhr an. Überall an den Wänden seines Büros hingen in Gold gerahmte Diplome und Empfehlungsschreiben verschiedener Ämter und Behörden. Es gab eine Menge japanischen Nippes im Raum – Spielzeugsamurai marschierten über den Kaffeetisch, Fächer an den Wänden, Bonsais links und rechts von der Couch, auf die sie sich schließlich setzten. An der Wand hinter seinem Schreibtisch hingen zwei lange gekreuzte Schwerter. In der vorderen Ecke seines Schreibtisches, wo sie niemand übersehen konnte, stand eine signierte Fotografie von ihm und Präsident Clinton, wahrscheinlich bei irgendeiner Spendenaktion.

Conrad Goss brach das Eis, indem er über die Bonsais sprach, die offensichtlich gar keine waren, sondern Babyzypressen, denen man Chemikalien gespritzt hatte, um ihr Wachstum zu hemmen. In Japan brauchten Bonsais ewig für ihr Wachstum und waren deshalb extrem teuer. Die Zwergzypressen hier hielten dreiundzwanzig Prozent des Marktes für Bonsaiimitationen. Conrad hatte in diese Technologie der Versteinerung investiert. Tiny streckte prompt die Hand aus, um die Pflanze anzufassen, und brach versehentlich ein Stück ab. Ein hellgrüner Farbstoff trat aus. Tiny blickte nervös auf, er befürchtete, einen schrecklichen Fauxpas begangen zu haben.

Conrad Goss zog eine weiße Serviette hervor und hielt sie Tiny hin. Aber anstatt ihn zu tadeln, meinte er leichthin: »Tut mir leid. Das passiert dauernd. Wir arbeiten daran.«

Er entschuldigte sich! Obwohl Tiny seine Pflanze abgebrochen hatte! Das nahm dem Team die Befangenheit. Conrad Goss schien der umgänglichste Mensch zu sein, den sie seit langem ge-

troffen hatten. Sie bauten ihre Präsentation auf dem Kaffeetisch auf und führten ihr Programm vor.
Conrad Goss schaute mit gespannter Aufmerksamkeit zu, vorgebeugt in seinem Sessel. Er stellte fast keine Fragen. Gelegentlich pfiff er anerkennend; dann wieder nickte er und versuchte, ihnen zu folgen. Er kniff die Augen zusammen, wenn Andys Terminologie zu sehr ins Technische abdriftete. Zuletzt fragte ihn Andy, ob er noch etwas wissen wolle.
Conrad Goss kicherte und lehnte sich zurück. »Sehen Sie mich nicht an. Ich habe keinen blassen Schimmer von Technik. Aber ich nehme Travis' Rat an, was die Technologie betrifft, und er sagt, ihr Jungs habt hier ein heißes Eisen im Feuer. Ein sehr heißes. Natürlich lese ich Zeitschriften, surfe im Netz herum, versuche am Ball zu bleiben. Aber ihr, ihr seid mittendrin. Mann, ich wäre gern noch mal fünfundzwanzig, ich würde alles anders machen. Ich habe keine Kinder, ja? Was soll ich mit meinem Geld anfangen? Ich habe acht Millionen Dollar, und was habe ich davon gehabt? Ich habe mein Leben damit verplempert, öffentliche Versorgungsbetriebe zu prüfen, Atomkraftwerke, Wasserkraftwerke, alles mögliche. Bilanzen – Soll und Haben. Dreißig Jahre. War das ein Leben? Ich habe ein Haus in Bolinas, oberhalb des Strandes, wo die Frauen oben ohne herumlaufen, aber ich fahre nie hin. Was ist los mit mir? Wozu wache ich jeden Morgen auf? Es gab eine Zeit in meinem Leben, da dachte ich, ich würde nie genug davon kriegen, nackte Brüste zu sehen. Aber reicht das? Was bleibt, wenn nicht das? Man sagt, Sex und Geld sind die Antriebe, die nie nachlassen. Ich sage: Liebe. Aber was ist Liebe anderes als eine Illusion? Also sage ich, Illusion, das ist es, was bleibt. Meine Phantasie, die vergeht nie. Mein Geld bedeutet mir nichts. Meine Phantasie jedoch – ohne die bin ich nichts. Mein Geld erkauft mir meine Phantasien. Mein Traum ist: Dramatik. So einfach ist das. Eine Fremde am Strand, von deren Brust Kokosnüsse baumeln, da ist keine Spannung drin. Sie

wird immer eine Fremde bleiben. Bilanzen, Wirtschaftsprüfungen, Buchungen abstimmen – da war keine Spannung drin. Ich will mein Geld riskieren, ich will es aufs Spiel setzen.«

»Dann sind Sie also interessiert?« fragte Andy.

»Wie ich schon sagte, ich folge Travis' Rat, was euch angeht. Wieviel Geld gedenkt ihr aufzutreiben, insgesamt?«

Andy sagte, sie würden für die nächsten paar Monate etwa sechzigtausend brauchen.

»Ein paar Monate?« Conrad Goss lachte. »Nein, ich rede davon, wieviel Geld ihr braucht, um an einen Punkt zu kommen, an dem wir die Technologie verkaufen können. Wenn ihr sechzigtausend ausgebt und dann aufhört, dann waren die sechzigtausend zum Fenster rausgeschmissen. Ich muß wissen, wieviel uns von heute bis zu genau dem Punkt bringt, wo wir entweder gewinnen oder verlieren.«

Andy erklärte, das habe er noch nicht durchgerechnet.

»Aber natürlich haben Sie das! Ich kenne die Unternehmer, und ich weiß, daß sie nicht einschlafen können, bevor sie nicht den neuesten Haushaltsplan auf eine Serviette gekritzelt haben. Welcher Betrag reicht euch mit Sicherheit für ein Jahr? Hunderttausend? Zweihunderttausend?«

Salman und Tiny sahen Andy an. Sie waren ebenfalls neugierig, wieviel das sein könnte.

»Bei welchem Gehalt?« wollte Andy wissen.

»Gehalt? Ach ja, stimmt, ihr seid pleite. Wie wär's mit tausend im Monat für jeden, Lebenshaltungskosten. Jetzt sagen Sie schon, wieviel?«

»Vielleicht hunderttausend für die Erprobungsphase, zweihunderttausend bis Alpha.«

»Zweihunderttausend?«

»Richtig. So ungefähr.«

»Okay, ich sage euch, wie ich arbeite. Ich mache es auf meine Weise – oder gar nicht. Da ich euch nicht persönlich kenne, muß ich einundfünfzig Prozent der Firma bekommen und jedem von euch einen Angestelltenvertrag geben, damit ihr mir nicht davonlauft. Das mache ich, um mich abzusichern. Aber versteht mich nicht falsch, ich muß nicht unbedingt die Zügel in der Hand halten. Ich will eure Firma nicht leiten, ich verstehe nicht einmal die Hälfte von dem, was ihr bei eurer Vorführung gesagt habt. Solange ihr drei – oder vier, Entschuldigung, vier –, solange ihr vier das Kapital sinnvoll ausgebt, müssen wir, was mich betrifft, nicht einmal miteinander sprechen. Dann bin ich eben ein stiller Partner. Aber falls mir die Sache merkwürdig vorkommt, muß ich in der Lage sein, sie selbst in die Hand zu nehmen und ohne Schwierigkeiten zu liquidieren. Deshalb die einundfünfzig Prozent. Ich bin gewillt, dafür zu bezahlen. Wenn ihr zweihunderttausend wollt, stelle ich euch morgen einen Scheck aus. Seid ihr überhaupt als Firma eingetragen und dieser ganze Hokuspokus?«

Andy gestand, daß sie daran nicht gedacht hatten.

»Darum müssen wir uns kümmern. Wo ist ein guter Wirtschaftsprüfer, wenn ihr einen braucht? Hah! Ich kann mich um den Papierkram kümmern, das mache ich im Schlaf. Ist doch nicht schlecht, oder – ein Schreckgespenst weniger, über das ihr euch den Kopf zerbrechen müßt. Ich besorge euch ein Bankkonto, ein Scheckbuch. Hey, es tut mir leid. Ich will euch nicht die Pistole auf die Brust setzen. Ich sehe, daß ihr euch ein bißchen überrumpelt fühlt. Ihr habt es euch wahrscheinlich viel schwerer vorgestellt, zweihundert Riesen zu bekommen, was? Wahrscheinlich habt ihr in eurem ganzen Leben noch nie zweihundert Riesen gesehen.«

Auf der Heimfahrt hielten sie auf ein Eis am Stiel an. Sie beteuerten sich fortwährend, was für ein unglaubliches Glück sie hätten – aber im Grunde glaubte keiner von ihnen, daß Glück dabei eine wesentliche Rolle spielte. Travis Grissom sagt, wir haben ein heißes Eisen! Wenn jemand einen Kredit verdiente, dann sie. Bis die drei Männer ihr Eis aufgeschleckt hatten, hatten sie sich eingeredet, daß es bei einem derart heißen Produkt kein Zufall war, daß sie auf einen Mann wie Conrad Goss gestoßen waren. Es mußte Hunderte von Typen wie Conrad Goss in diesem Tal geben, Männer mittleren Alters, die mit Hilfe ihres Geldes ihr Leben noch einmal leben wollten. Und um einen zu finden, brauchte man nichts weiter zu tun, als seinen Krempel jemandem zu zeigen, der die richtigen Verbindungen hatte; ein paar Telefongespräche später küßte einem Mister Moneto die Füße! Wenn ihr zweihunderttausend wollt, stelle ich euch morgen einen Scheck aus!

»Damit ich richtig verstehe«, sagte Darrell, als sie es ihm zu erklären versuchten. »Ihr geht also in dieses Büro, und dieser Typ, der nichts von uns weiß, der behauptet, er verstünde nichts von dem, was wir tun, der bietet euch ein Fünftel von einer Million Dollar für die Mehrheit an einer Firma, die wir noch nicht einmal haben eintragen lassen. Und er will uns morgen den Scheck geben?«

»Richtig«, erwiderte Salman, dem so schwindlig vor Glück war, daß er sich am liebsten gezwickt hätte.

»Einfach so«, ergänzte Andy. »Vielleicht ist er ein Narr, aber dann ist er unser Narr.« Andy stand mitten im Raum und schwang einen imaginären Baseballschläger.

Darrell schüttelte den Kopf. »Und ihr habt ihm auch nur eine Sekunde lang geglaubt, daß er die Technologie tatsächlich nicht versteht? Niemand gibt einem so viel Geld, ohne daß er sich in der Materie auskennt.«

»Er hat es gerade getan«, sagte Salman.

»Der Knabe war Wirtschaftsprüfer«, erklärte Andy. »Ich glaube nicht, daß ihm das Geld soviel bedeutet wie der Nervenkitzel.«

»Ihr habt ihm also geglaubt?«

»Was gibt's da zu glauben?« fragte Andy. »Er hatte ein Bild von sich mit dem Präsidenten. Er ist keine zwielichtige Unterweltfigur, wie du anscheinend denkst. Du hättest dabeisein sollen. Wenn du ihn kennengelernt hättest, würdest du's schon begreifen.«

Aber es wollte Darrell nicht recht in den Kopf. »Vielleicht ist es ja gut, daß ich ihn nicht kennengelernt habe. Ich will nicht – seht mal, wir brauchen ein bißchen *Gelassenheit,* wir müssen ein bißchen *Distanz* wahren.«

»Wovon redest du?«

»Wieso will er uns den Scheck schon morgen geben? Warum so schnell? Wozu diese überstürzte Heirat? Was hat er vor, daß er nicht warten kann?«

»Um Himmels willen, Darrell!« rief Andy aus. »*Wir* brauchen das Geld bald. Er drängt es uns nicht auf, er hilft uns. Er will den ganzen Papierkram erledigen, sich um alles kümmern.«

»Was soll das heißen, er erledigt den Papierkram? Das sollten wir einen Anwalt tun lassen! Wir haben keinen blassen Schimmer von Verträgen. Ich weiß nicht, ich weiß nicht. Ich habe einfach kein gutes Gefühl bei der Sache. Wieso müssen wir ihm einundfünfzig Prozent der Firma verkaufen? Wieso kann er nicht für hunderttausend nur fünfundzwanzig Prozent kaufen?«

Salman seufzte angewidert. »So macht er es nicht. Er kennt uns nicht, er hat keinen Grund, uns zu vertrauen. Die einundfünfzig Prozent, verstehst du? Die werfe ich ihm nicht vor. Es ist ja nicht so, daß du ein Bild von dir und dem Präsidenten auf dem Schreibtisch stehen hättest. Ich meine, du hast schließlich keine Risikoinvestoren unter deinen Freunden.«

»Moment mal, Moment mal, ganz langsam. Kein Mensch – und ich meine wirklich: kein Mensch – verkauft eine Mehrheit an seiner Firma an Außenstehende. Das hat es noch nie gegeben; das ist nicht der übliche Weg. Es ist so, daß man möglichst wenig verkauft. Wenn du zuversichtlich bist, auf eine große Sache gestoßen zu sein, auf eine heiße Sache, dann klammerst du dich an deine Anteile. Und wenn du dich nicht daran klammerst, dann ist das, als würdest du dir ein Schild umhängen: ›Kein Zutrauen‹. Hört mir zu. Hört mir zu! Ich habe bereits eine Firmengründung hinter mir; ich habe damals sogar zu lange gewartet, bis ich verkauft habe, also müßte ich begierig darauf sein, jetzt zu verkaufen. Aber einundfünfzig Prozent! Habt ihr euch nicht einmal überlegt, daß er nicht deshalb soviel kaufen will, weil er die Firma kontrollieren möchte, sondern weil er weiß, daß er um so mehr Gewinn macht, je mehr er kauft? Ich will damit sagen, daß zweihunderttausend vielleicht nicht genug sind. Vielleicht ist unsere Idee, vielleicht ist das, was wir hier haben, eine *Million* Dollar wert, und er bekommt einen achtzigprozentigen Nachlaß, vielleicht will ich ja das sagen.«

Andy hörte zu und versuchte, ein paar Notizen von dem zu machen, was Darrell sagte; er tat sein Bestes, ihm Respekt entgegenzubringen, eine Meinung, die er zu verlieren drohte. »Vor zwei Monaten, Darrell, vor zwei Monaten sind wir in einer Blechbüchse auf einem Hügel gesessen, haben fünfunddreißigtausend im Jahr verdient und davon geträumt, eines Tages in der Lage zu sein, den Entwurf unseres VWPC umsonst herzugeben, ihn einfach der Öffentlichkeit vorzustellen und irgendwen, der ihn baut, damit reich werden zu lassen. Es ging nicht um Geld, es ging nicht um Anerkennung für die Entwicklung, und es ging nicht darum, unser Revier zu verteidigen. Wir wollten erleben, daß er gebaut wird, wir wollten einen VWPC auf jeder Schulbank in jeder High-School stehen sehen. Jetzt bist du – jetzt hast du diese, diese *Paranoia* im Kopf und diese *Gier.* Und wenn die Technologie der PowerStation eine Million Dollar wert ist, und wenn sie zehn Millionen wert ist – na und? Und wenn jemand anderer reich damit wird – was soll's? Ich will erleben, daß das Ding gebaut wird. Ich will einen auf jeder Schulbank stehen sehen. Das ist alles, worum es je ging. Und daran hat sich nichts geändert, nur weil wir La Honda verlassen haben.«

Darrell schürzte die Lippen und steckte die Zungenspitze heraus.

»Nein, ich bin nicht – es geht nicht um *Gier,* es geht um *Selbstachtung.* Die Software, den Computer Schulkindern zu schenken, ist nicht das gleiche, wie den Entwurf einem reichen Wirtschaftsprüfer zu überlassen, der bereits seine acht Millionen hat. Es geht mir nicht ums Geld, wirklich nicht. Aber wir können nicht mehr die unschuldigen Kleinen spielen, wir können nicht mehr jedem Kerl mit Geld trauen, der uns über den Weg läuft.«

»Er ist nicht irgendein Kerl«, wiederholte Andy. »Wenn du dabeigewesen wärst –«

»Du bist zu vertrauensselig! Unsere La-Honda-Prinzipien haben uns bei La Honda schon nicht viel geholfen, und hier draußen werden sie uns noch viel weniger helfen. Wir müssen *überlegt* handeln. Wir müssen wachsam bleiben und dürfen niemandem einen Grund geben, an uns zu zweifeln.«

»Aber niemand zweifelt an uns!«

Es fiel Darrell wie Schuppen von den Augen. Plötzlich kam es ihm ungeheuerlich vor, daß er eine neue Firma mit drei Programmierern gestartet hatte, von denen kein einziger schon einmal ein Unternehmen gegründet hatte oder auch nur einen Funken Geschäftssinn besaß. Seine eigene Entscheidung erschien ihm rückblickend äußerst töricht. Er hatte den Blick für das Wesentliche verloren. Wie hatte er sich einbilden können, daß sie es schaffen würden? Es war eine Sache, auf der Wiese vor La Honda zu stehen, auf das Silicon Valley hinabzublicken und sich aus der Ferne zu denken: Denen werd ich's zeigen. Wenn du dann nämlich hier herunterkamst, wenn du nur eine von hundert Firmengründungen in diesem Monat warst, dann fiel es schwer, sich noch daran zu erinnern, was du dir überhaupt beweisen wolltest.

»Wir werden hier draußen lebendig aufgefressen«, sagte er. »Wir kennen niemand, wir können niemandem trauen, wir sagen ja zum erstbesten, der uns ein Angebot macht, und, was noch schlimmer ist, wir treten die Firma ab.«

In den nächsten Tagen – während Salman in den Läden nach

Servern stöberte –, versuchte Darrell, einen Präzedenzfall zu finden, daß Unternehmer eine Mehrheit an ihrer Firma in der ersten Runde der Finanzierung verkauft hatten. Er rief alte Freunde an, er setzte entsprechende Fragen in Internetforen, und er löcherte einige Multimediaunternehmen. Man gab ihm nur widerwillig vertrauliche Informationen, aber die Leute, die mit ihm redeten, waren auf seiner Seite – einundfünfzig Prozent zu verkaufen war nicht üblich. Falls wirklich schon einmal jemand soviel verkauft hatte, behielt er es für sich. Währenddessen schickte Conrad Goss laufend Kuriere mit Verträgen, die das Team unterschreiben sollte. Die zu unterzeichnenden Seiten waren mit kleinen gelben Zettelchen markiert, und Darrell konnte nicht umhin zu bemerken, wie leicht Conrad es ihnen machte, die Verträge zu unterschreiben, ohne sie zu lesen. Auf der Titelseite versicherte er ihnen, daß er Kopien der unterschriebenen Verträge anfertigen würde, was bedeutete, daß es mehrere Tage dauern konnte, bis sie ihre eigenen Kopien von allem, was sie unterschrieben hatten, bekamen.

»Du bist paranoid, Mann«, konstatierte Andy, als er sah, wie Darrell verständnislos auf eine Kopie der Beteiligungsvereinbarung starrte. »Komm, treffen wir uns mit dem Typ, gehen wir mit ihm essen. Dann wird dir bald viel wohler sein.«

Aber Darrell unterschrieb die Vereinbarung nicht, und er wollte auch nicht mit Conrad essen gehen.

»Er macht zu«, sagte Salman, als Andy ihn um Rat fragte.

»Soll ich es Conrad sagen? Ich will nicht, daß er denkt, wir hätten kalte Füße bekommen. Das letzte, was wir brauchen können, ist jetzt, unentschlossen zu wirken.«

»Mm.«

»Du meinst also, ich soll es ihm sagen?«

»Ob ich das meine?«

»Ja. Sollen wir?«

»Tja: Nein, das können wir eigentlich nicht, oder?«

»Wohl kaum.«
Salman hatte darüber nachgedacht, daß Conrad Goss angeblich zweihunderttausend Dollar in die Firma stecken wollte. Vielleicht war Salman ja ein bißchen durcheinander, aber bei der Gründung der Firma hätte sie damit zweihunderttausend an Vermögenswerten. Und wenn sie die Firma liquidierten, würden die Anteilseigner die Vermögenswerte proportional aufteilen – und Conrad Goss würde einundfünfzig Prozent oder einhundertzweitausend Dollar zurückbekommen. Nach dieser Logik hatte ihnen Conrad Goss in Wirklichkeit also gar nicht zweihunderttausend gegeben. Er hatte ihnen achtundneunzigtausend gegeben, und die anderen einhundertzweitausend hatte er sich schlicht selbst zugeteilt.
Salman versuchte, Andy das zu erklären. »Achtundneunzigtausend. Er zahlt uns doch in Wirklichkeit nur achtundneunzigtausend, oder?«
»Nein, irgendwas stimmt nicht mit deiner Logik.«
»Ich meine, achtundneunzig Riesen sind sehr viel weniger als zweihundert Riesen.« Salman hatte sich vormals versichert, daß sie zweihunderttausend verdient hätten, und nun hatte er sich davon überzeugt, daß ihre zweihunderttausend um etwas mehr als die Hälfte geschrumpft waren, und er war traurig über diesen harten Schlag. »Ich meine, ist unsere PowerStation wirklich nur achtundneunzig Riesen wert? Das ist nicht sehr viel.«
Jetzt hatte Salman Andy völlig verwirrt. »Nein, nein, es ist umgekehrt. Wenn zweihunderttausend ihm einundfünfzig Prozent der PowerStation einbringen, dann haben die ganzen hundert Prozent der PowerStation einen Wert von dreihundertzweiundneunzigtausend.«
»Das sage ich doch«, erwiderte Salman. »Sie ist dreihundertzweiundneunzigtausend wert. Aber er kauft sie für nur achtundneunzigtausend.«
»Jetzt hast du mich wirklich durcheinandergebracht.«

»Für ein paar Mathegenies sind wir ziemlich schwach, wenn es ums Geld geht.«
»Geld, das ist wie ein anderer Planet«, erklärte Andy. »Meinst du, wir müssen uns Sorgen machen?«
»Ich mache mir *immer* Sorgen.«
Am nächsten Tag verkündete Darrell, daß er Conrad Goss aufsuchen wolle, aber er allein, von Mann zu Mann. »Ich will nicht, daß jemand von euch dabei ist und versucht, mich davon abzuhalten, ihn zur Rede zu stellen«, erklärte er und ging zurück in seinen Plastikfolienschrank, um seinen Mantel zu holen.
»Verprell ihn nicht«, sagte Andy.
»Ich werde tun, was nötig ist, um die Sache zu regeln.«
Er marschierte hinaus. Er hatte einen steinernen Gang – seine Arme schwangen nicht aus, der Schwung kam aus den Fußgelenken, wodurch sich sein ganzer Körper bei jedem Schritt hob und senkte.
Ein paar Stunden später kam er wieder und unterschrieb kommentarlos jeden einzelnen aus dem Stapel von Verträgen, die sie zurückgehalten hatten.
»Wie war es?« fragte Salman.
»Ich unterschreibe.«
»Habt ihr geredet?«
Darrell schielte mit einer Miene wie ein Trottel zu Salman. »Nein, wir haben Zeichensprache benutzt.«
»Und worüber habt ihr geredet?«
»Herrgott noch mal, Salman, ich unterschreibe die Papiere, wir kriegen die zweihunderttausend, und ich will nichts mehr davon hören, verstanden? Laß es gut sein, ja?«
Ein Kurier traf ein und nahm die Unterlagen mit.
Andy hielt Darrell einfach für geldgierig. Er war ohnehin ein egoistischer Mensch, egoistisch selbst in seiner Großzügigkeit: Wenn er etwas Freundliches tat, sorgte er dafür, daß es alle erfuhren. Wenn er beim Burger King gegenüber eine Runde Kaf-

fee holte, machte er ein großes Theater daraus, die Bestellungen aufzuschreiben, einschließlich der gewünschten Menge Milch und Zucker, die er ausnahmsweise höchstpersönlich hineinrühren wollte. Kam er dann zurück vom Burger King, rief er: »Achtung, der Kaffeemann ist da!« – anstatt den Kaffee einfach an die Schreibtische zu bringen. Er ließ die anderen an seinen Schreibtisch kommen und sich ihren Kaffee holen. Dann mußten sie ihn vor seinen Augen kosten, und er fragte etwa: »Genug Milch?« Und er ließ sie nie einen Dollar bezahlen; es ging immer auf seine Rechnung. Einerseits war Darrell so nett und großzügig, andererseits ging es nur um Kaffee, Herrgott noch mal, nicht um einen Besuch der Queen.

Andy dachte deshalb, daß Darrell nur eines seiner Selbsttäuschungsmanöver abzog. Er war habgierig in bezug auf die Firmenanteile und was sie wert waren, aber er konnte sich seine Habgier nicht eingestehen, deshalb erfand er das ganze Theater mit Mißtrauen und Vorsicht. Er wollte es so aussehen lassen, als hätte er nur die Interessen des Teams im Sinn, während er in Wirklichkeit nur auf mehr Gegenwert für seine Anteile spekulierte. Er würde sich bald wieder beruhigen. Geld war einfach nicht interessant genug als Thema, um Darrells Interesse lange wachzuhalten.

Alle gingen wieder an die Arbeit, und Conrad richtete ein Bankkonto ein, auf das er das versprochene Geld einzahlte. Für jeden von ihnen trafen Kopien der Unterlagen ein, in gelben Schnellheftermappen, perfekt geordnet. Andy wollte Darrell seine Mappe geben, um ihm zu zeigen, daß alles in Ordnung war, aber Darrell war in seinem Schrank.

»Geh da nicht rein«, riet ihm Salman. »Er mag es nicht, wenn man ihn stört.«

Andy stand an der Schranktür. »Ich höre kaum ein Summen oder Klopfen.« Aber es war schwer zu sagen bei dem Verkehrslärm von der El Camino.

Andy wartete, daß Darrell herauskam. Eine Stunde später sagte er: »Muß er nicht mal zur Toilette, oder so?«

»Nicht, wenn er in einer Codezone ist«, erklärte Salman.

»Was, wenn er ohnmächtig geworden ist? Vielleicht braucht er ja Hilfe?«

»Das ist es nicht wert. Vielleicht ist er gerade bei etwas sehr Wichtigem.«

Andy lehnte Darrells Schnellheftermappe an die Schranktür.

Gegen sechs Uhr kam Darrell zur Eingangstür herein.

»Wo warst du?« wollte Andy wissen. »Ich dachte, du bist in deinem Schrank.«

Darrell seufzte und vermied es, Andy direkt anzusehen. Er ging zu seinem Schrank, öffnete die Tür und langte unter den Stuhl nach seinem CD-Player.

»Hast du heute zu Hause gearbeitet?« fragte Andy. »Du hättest anrufen sollen.«

»Ich habe nicht zu Hause gearbeitet«, antwortete Darrell. »Wir müssen reden.«

»Gut. Ich höre.«

»Nein. Wir alle zusammen. Eine Besprechung.«

Die vier gingen über die Straße und setzten sich an einen Tisch bei Burger King. Andy bestellte einen Eimer Fritten für die Runde, die sie wortlos verschlangen.

»Hier, seht euch das an«, sagte Darrell. »Ausgerechnet bei Burger King halten wir unsere Besprechungen ab.«

Das war eine gewissermaßen ketzerische Aussage, da der Burger King praktisch ihr zweites Büro geworden war. Sie sprachen dauernd davon, wie gut es ihnen dort gefiel. Man mußte nichts kaufen, um die Toilette benutzen zu dürfen. Man hatte kein schlechtes Gefühl, wenn man einen Kaffee mit einem Zwanzig-Dollar-Schein bezahlte. Man gab nie zuviel für sein Essen aus.

»Die Pommes sind besser als bei McDonald's«, meinte Salman.

»Nein, Mann, verstehst du denn nicht? Wir sind so klein in der

Branche, daß man uns nicht einmal mit einem Mikroskop findet. Besprechungen bei BK? Wir sind Nobodies.«

»Aber nicht mehr lange«, erwiderte Andy.

»Da machst du dir was vor. Schaut, ich sage nicht, daß wir dieses Ding nicht bauen können, ich sage nicht, daß uns jeder in die Pfanne hauen kann. Aber um ein Geschäft abzuschließen, um die PowerStation in Lizenz an einen Hersteller mit zig Millionen Dollar Umsatz zu vergeben, da braucht es mehr, als wir haben. Ich war schon mal soweit, ich habe es miterlebt. Wir hatten ein gutes Produkt, ein Drei-Disc-Set, aber sie haben uns *kaltgemacht.«*

»Beruhige dich, Darrell« meinte Andy. Ihm fiel auf, daß er in letzter Zeit immer den Vornamen der Person, die er anredete, aussprach, genau wie Hank es tat. »Eins nach dem andern. Geld aufzutreiben war erst ein Schritt. Alles zerlegen, weißt du noch? Große Brocken, kleinere Brocken, Bruchstücke, einzelne Aufgaben. Tiny, wie besteigst du einen Berg?«

»Einen Schritt nach dem anderen.«

»Siehst du?« sagte Andy. »Du darfst nicht auf das nächste Jahr schielen, auf das übernächste, auf den ganzen Berg.«

Darrell schüttelte nur den Kopf und starrte auf den Tisch. Er konnte seine Hände nicht ruhig halten. Er pickte ständig mit den Fingerspitzen Salz aus dem Fritteneimer und leckte es ab. »Ich muß euch etwas sagen, das euch nicht gefallen wird, also laßt es mich erst loswerden, bevor ihr Fragen stellt, okay?«

»Klar«, meinte Salman.

Darrell griff in seine Hosentasche und zog ein zusammengefaltetes Blatt Papier heraus. Er rückte von Salman weg, damit niemand lesen konnte, was darauf geschrieben stand. Seine Hände zitterten. Ohne das Papier loszulassen, wischte er sich mit dem Unterarm über die Stirn.

»Großer Gott, was zum Teufel ist denn los, Darrell?« fragte Andy.

»Laß mich einfach, okay. Ich lese es vor, ich konnte nicht – die

Worte, ich mußte sie aufschreiben. Scheiße.« Er faltete das Papier zusammen, legte es auf den Tisch und deckte es mit der Hand ab. »Also gut, mir ist einfach nicht wohl bei dem Handel, aber euch eindeutig schon, vergeßt das nicht. Das ist eure erste Firmengründung, und ihr werdet wenigstens den Nervenkitzel kriegen, wenn schon sonst nichts. Es ist euer Handel, nicht meiner. Ihr bekommt, was ihr wollt, deshalb dürft ihr – ihr dürft eure Erfahrung nicht von meiner unterwandern lassen.«

»Wovon zum Teufel redest du?« fragte Salman. »Unsere, deine, was soll das alles?«

Darrell blickte nicht auf. Er wandte den Kopf ab und schaute aus dem Fenster auf den Verkehr. »Ich habe einen Deal mit Conrad ausgearbeitet, damit ich die Papiere unterschreibe.«

»Was für einen Deal? Was?« flehte Salman.

Und Andy sagte: »Willst du nicht Eigentümer sein? Bist du lieber Angestellter?«

»Nein, ich – es steht in der Beteiligungsvereinbarung, ich hatte das Recht dazu. Ich habe ihm meine Anteile verkauft.«

»Du hast ihm deine Anteile verkauft!« wiederholte Andy. »Aber, aber – verdammt, Darrell, du warst doch derjenige, der vor noch nicht mal drei Tagen sagte, daß wir zuviel verkaufen würden. Und jetzt hast du ihm den Rest verkauft?«

»Glaub mir, es ist logisch«, erwiderte Darrell. »Ihr habt ihm zuviel verkauft. Es gefällt mir nicht, und ich will nicht mitmachen, und ich glaube nicht, daß ich je wieder soviel für mein Geld kriege wie beim ersten Schätzwert.«

Salman wollte wissen, wieviel ihm Conrad für die Anteile gezahlt habe.

»Derselbe Schätzwert wie bei den ersten einundfünfzig Prozent«, antwortete Darrell. »Mir gehörte ein Achtel der Firma, er hat mir neunundvierzigfünf dafür gezahlt.«

»Du hast einfach so fünfzigtausend Dollar gekriegt?«

»Richtig.«

»Und Conrad besitzt nun dreiundsechzig Prozent der Firma?«
»Richtig.«
»Der Handel ist schon perfekt?«
»Das Geld ist bereits auf der Bank.«
»Dann hast du dem Kerl also nicht getraut, und weil du ihm nicht getraut hast, hast du einen separaten Deal mit ihm gemacht, bei dem du ihm trauen mußtest?«
Darrell dachte darüber nach. »Ich glaube, das stimmt. Aber mein Deal ist perfekt. Ihr sitzt noch in einem Boot mit ihm, ich nicht. Ich, ich habe schon eine Firmengründung hinter mir, ich habe damals keinen roten Heller für meine Arbeit gesehen, ich bin nicht noch mal so dumm.«
»Aber das hier ist nicht irgendeine blöde Clip Sound-CD! Das ist bedeutend.«
»Es ist noch nicht bedeutend. Die Bedeutung ist bis jetzt nur ein Schimmer in euren Augen«, konterte Darrell.
Das ließen alle erst einmal eine Weile so stehen. Salman rutschte aus der Bank und ging zur Theke, um sich ein Soda zu holen. Als er zurückkam, sagte Andy: »Also gut. Was geschehen ist, ist geschehen. Wir müssen einfach weitermachen. Wir sollten uns davon nicht aus dem Konzept bringen lassen.«
»Ich bin mir nicht sicher, ob ihr mich verstanden habt«, sagte Darrell.
»Was verstanden?« fragte Andy.
»Ich habe mich auszahlen lassen. Ich bin draußen.«
»Aus dem Inhaber-Pool, sicher. Und wenn schon? Das Geld spielt jetzt eigentlich keine Rolle mehr, oder?«
»Nein, verstehst du nicht: Ich bin *draußen.* Mir gefällt die Situation nicht. Ich habe heute einen neuen Job bei ModNet angenommen.«
»Aber du kannst doch nicht einfach einen Job annehmen!« rief Andy aus. »Der Angestelltenvertrag, du sitzt für ein Jahr fest, du hast das gelesen, ich weiß es.«

»Das war Bestandteil des Handels. Conrad hat mich aus dem Vertrag entlassen. Ich bin weg.«
»Du hörst auf?«
»Das war der Deal.«
»Aber ModNet! ModNet waren diejenigen, die sagten, der 90420 sei kein Computer! Sie haben dich beleidigt! Und zu denen bist du gegangen?« Die ganze Sache war ein Schock für Andy. Sie hatten einen Buchhalter und zweihunderttausend Dollar gewonnen, aber einen der Ihren hatten sie verloren. Es sah Darrell ähnlich, so etwas zu tun. Es war nicht das erste Mal, daß er gegen seine erklärten Prinzipien verstieß, wenn es ihm gerade paßte: Er wollte, daß der VWPC für Videospiele tauglich war, aber er wollte nicht, daß der VWPC wie ein Videospielgerät aussah; er bestand darauf, daß der VWPC nicht mehr als dreihundert Dollar kosten durfte, es sei denn, um eine Eigenschaft hinzuzufügen, die er für notwendig hielt. Darrell schielte immer nach seinem eigenen Vorteil, daran bestand kein Zweifel.
Sie gingen zurück ins Geschäft. Niemand war bereit, sich von Darrell zu verabschieden, ihm alles Gute zu wünschen oder auch nur mit ihm zu reden. Er räumte schweigend seinen Schrank aus. Die anderen saßen nur auf ihren Stühlen und versuchten, nicht daran zu denken, was das alles zu bedeuten hatte. Salman wünschte, er hätte eine Flasche Whiskey im Büro.
Darrell ging zu ihm hin. »Ich habe nachgedacht«, erklärte er.
Salman sagte nichts.
»Über den Unterschied zwischen Selbstbestimmung und Bestimmung.«
»So.«
»Schau, das ist jetzt meine Selbstbestimmung. Ich mache meinen Zug. Aber du, du bist mehr ein wahrer Ironman, es steckt in dir drin: Loyalität, Rechtschaffenheit, Bedeutung – du hast es im Blut. Du bist diese Werte, und sie beherrschen dich, nicht du selbst.«

»Mm.«

»Ich will dir damit sagen, daß du recht hattest.«

»Ich weiß. Aber du willst gleichzeitig geistreich klingen. Als würde ich den Unterschied zwischen deiner beschissenen Selbstbestimmung und deiner beschissenen Bestimmung nicht bereits kennen. Ich habe dir schon mal gesagt, daß du nicht zuhörst. Du hast nie jemandem zugehört, außer dir selbst, Darrell. Dieser Schrank, die ganze Sache – du hast uns von dir abgeschnitten.«

»Ja, so bin ich eben. Ich habe keine Hemmungen, ich selbst zu sein.«

»Geh einfach, hau ab hier, sei so gut. Geh zu deinem Job, geh zu deinem Gehalt, zu deiner Krankenversicherung, deinen Aufzügen und Namensschildern, zu deinen Parkplätzen und Kaffeepausen und kleinen Karikaturen an der Bürowand und denk nicht mehr an uns, okay?«

Darrell nahm die Schachtel mit seinen Habseligkeiten und ging hinaus. Instinktiv traten die anderen drei ans Fenster und schauten auf den Parkplatz hinunter, wo Darrell die Schachtel auf dem Rücksitz seines Wagens verstaute. Als er aus dem Parkplatz stieß und auf die Straße fuhr, schnitt er zwei entgegenkommende Autos. Es gab ein großes Gehupe, und Darrells Arm flog aus dem Fenster und machte obszöne Gesten.

»Ich geh heim und laß mir einen blasen«, sagte Salman und zog seinen Mantel an. Er verließ das Büro ohne weiteren Kommentar. Als Andy das hörte, lief es ihm kalt über den Rücken, weil Salman noch immer so tat, als hätte er eine Freundin. Jeder hatte sein Geheimnis. Im Augenblick sah es nicht so aus, als wären sie überhaupt ein Team. Alles wirkte zerbrechlich wie Glas, trügerisch wie ein Traum. Was hielt sie zusammen? Was hielt sie am Laufen? Tiny saß an seinem Schreibtisch und starrte auf seinen Monitor.

»Hey, Tiny«, sagte Andy. »Du hast den ganzen Abend nicht ein Wort gesagt. Alles in Ordnung mit dir?«

Tiny nickte vor sich hin. »Was gab es da groß zu sagen? Typisch Darrell.«

»Gut, aber vielleicht sollten wir darüber reden, einfach weil wir dann besser damit umgehen können.«

Tiny zuckte die Achseln und zeigte wenig Interesse.

»Wenn du sagst: ›Typisch Darrell‹, meinst du dann, daß er uns sowieso nicht zugehört hätte, selbst wenn wir etwas gesagt hätten?«

»Ja.«

»Wozu ihn zu überzeugen versuchen, warum seine Meinung ändern wollen oder auch nur wütend auf ihn werden – wozu deine Wut auf ihn verschwenden, was hätten wir davon?«

»Ja.«

»Weißt du, Tiny – Scheiße, ich mach es in einer Tour, wie Hank.«

»Was?«

»Deinen Namen zu sagen, wenn ich mit dir rede.«

»Wie ein Verkäufer.«

»Genau. Tut mir leid, ich höre auf damit. Aber weißt du, manchmal tut es gut, wütend zu werden. Manchmal tut es gut, zu schreien und zu brüllen und Dampf abzulassen. Dann staut sich nichts in dir auf.«

»Kann sein.«

»Manchmal sehe ich dich an, und ich merke, du denkst über etwas nach. Ich merke, es ist etwas in dir, das herauswill. Ich weiß nicht, was es ist. Vielleicht hat es überhaupt nichts mit dem zu tun, worüber wir in diesem Augenblick gerade sprechen. Aber ich bin jetzt seit fast sechs Monaten dein Freund, Tag und Nacht. Nach zwei Monaten habe ich mir gedacht: Gut, er wird es mir erzählen, wenn er mich besser kennt. Aber jetzt sind sechs Monate vergangen, und ich frage mich, ob du mich vielleicht nicht magst, ob du deshalb nicht sagst, was du zu sagen hast. Es wird schwieriger, dein Freund zu sein. Entweder du sagst, was los ist, und wir werden um so bessere Freunde sein, oder du läßt es ewig weggesperrt und schiebst mich beiseite.«

»Ich weiß nicht, wovon du redest.«

»Was soll das heißen? In dir stecken mehr Geheimnisse als in einer Wundertüte. Ich mache mir langsam Sorgen. Ich dachte, ich würde Darrell kennen. Ich dachte, wir könnten auf ihn zählen, er wäre felsenfest dabei, vielleicht ein bißchen hitzköpfig, aber das wäre eher ein Vorteil in diesem Umfeld. Und Salman –«

Andy wollte ihm alles erzählen, aber er wußte, er hatte kein Recht dazu. »Oder du. Ich kenne dich überhaupt nicht. Ich frage mich langsam: Du liebe Güte, vielleicht kann ich auf Tiny auch nicht zählen.«

»Du nimmst die Sache zu schwer.«

»Erzähl mir nicht, wie ich etwas zu nehmen oder nicht zu nehmen habe. Ich teile dir mit, wie ich mich fühle. Erzähl mir nicht, daß meine Gefühle nicht legitim sind.«

»Vergleich mich nicht mit Darrell.«

»Das tu ich ja nicht.«

»Andy, das war typisch Darrell. Darrell ist Darrell. *Er* hat diese Entscheidung getroffen. Wir haben ihn nicht dazu getrieben. Wir haben nichts Falsches getan. Das hat nichts mit unserem Handel mit Conrad zu tun, einundfünfzig Prozent und der ganze Mist. Darrell hatte sich schon abgesetzt, bevor wir zu Conrad gingen – er ist nicht mit uns zu Marquee gefahren und auch nicht mit zu dem Treffen mit Conrad gekommen. Er glaubte, er würde es noch einmal mit einer Firmengründung versuchen wollen, erkannte aber, daß er sich getäuscht hatte – und er schiebt es auf uns statt auf sich selbst. Das ist typisch Darrell.«

»Vielleicht hast du recht.«

»Wir sollten die ganze Sache nicht als Schlag gegen uns auffassen«, fügte Tiny hinzu.

»Aber wir brauchen ihn, und sei es auch nur als Programmierer.«

»Bist du sicher?«

»Wie meinst du das?« fragte Andy.

»Hast du dir seine Ergebnisse einmal näher angesehen?«

»Eigentlich nicht. Ich versuche, euch an der langen Leine zu führen.«

»Du solltest mal eine Inventur seines Codes machen. Er arbeitet ein bißchen an diesem und ein bißchen an jenem. Nichts wird je fertig. Und ich meine nicht einmal komplett fertig und abgeschlossen, ich meine in einem ersten Entwurf fertig.«

»Ja, ich weiß, was du meinst, aber ich dachte, so sei sein Arbeitsstil. Ich habe versucht, mich darauf einzustellen.«

»Das war nicht sein Stil. Darrell wollte deine Kritik umgehen. Es war eine Vertuschung. Solange er kein Programm zu Ende brachte, konntest du es nicht testen oder auswerten. Er hat den Übergang vom Programmieren in C zur Hypnotizersprache nicht sehr gut hinbekommen. Er wußte, es ging über seinen Verstand. Der Kerl hat nur Theater gespielt.«

»Tiny, bist du ehrlich zu mir? Es geht nicht um irgendeinen Kampf zwischen dir und Darrell?«

»Nein, er ist ausgestiegen, bevor du es herausgefunden hast.«

»Deshalb hast du nichts gesagt, als er seine Ausflüchte vorbrachte! Du wolltest, daß er geht!«

Tiny lächelte. »Andy?«

»Was?«

»Ich finde, du kannst tausendmal besser Menschen führen als ich, deshalb werde ich dir auch nur noch diesen einen Rat geben. Aber, na ja, hör auf, uns soviel Freiheit zu lassen. Ich weiß, im Juni war das notwendig, damit wir bei dem Projekt mitzogen. Aber jetzt mußt du der Oberkommandierende sein. Jetzt wird es ernst. Du mußt aufhören, dich zurückzunehmen. Wir brauchen alles, was du hast. Hab keine Angst, uns auf die Zehen zu treten. Es ist Zeit, daß du aufhörst, auf leisen Sohlen herumzuschleichen.«

»Schleiche ich denn auf leisen Sohlen herum?«

»Ich weiß nicht«, antwortete Tiny. »Aber ich habe den verdammten Hypnotizer geschrieben, deshalb bin ich mir ganz sicher, daß ich nicht leisetrete. Ich weiß, ich halte nichts zurück. Die Frage ist, tust du es?«

»Ob ich es tue?«

»Tust du es?« fragte Tiny erneut.

Leise: »Ja.«

»Warum?«

»Weil, weil ich immer denke: Das würde ein Ingenieur nie tun.«

»Scheiß drauf. Es geht ums *Überleben,* Andy. Es ist mir egal, wenn du meinen Hypnotizer umschreiben mußt.«

»Bist du dir da sicher?« fragte Andy.

»Tu, was nötig ist. Wenn du an das glaubst, was wir machen, wirst du tun, was nötig ist. Und wenn du es nicht tust, kann ich daraus nur einen Schluß ziehen.«

»Und welchen?«

»Du glaubst nicht wirklich daran.«

»Aber ich glaube daran, Tiny.«

»Dann ist ja alles gut.« Tiny nickte. Er holte tief Luft. Nach einer Weile sagte er: »Was wolltest du über Salman sagen?«

»Er hat seit August keine Freundin mehr.« Es rutschte ihm einfach so heraus.

»Das geht ja noch«, meinte Tiny lakonisch. »Ich habe seit 1988 keine Freundin mehr gehabt.«

Bevor er zum entscheidenden Schlag ausholte und die Power-Station an einen großen Hersteller verkaufte oder in Lizenz vergab, wollte Andy eine kleine Serie von »Bausätzen« in der Alpha-Phase anbieten, nur ein paar hundert Einheiten. Diese guerillaartige Verkaufsstrategie wird »Besäen des Marktes« genannt. Andy würde kein Geld für das Marketing ausgeben; er wollte über das Internet für die Bausätze werben und sie einfach für die Gesamtkosten der Einzelteile verkaufen, rund vierhundert Dollar. Trotz Donny Williamsons Warnung, daß es keine Einsteiger für das Produkt gäbe, war sich Andy sicher, daß ein paar hundert innovativ denkende Leute neugierig genug sein würden, um eine PowerStation zu kaufen. Die Firma würde ein wenig Feedback von frühen Nutzern bekommen, und wenn der Probelauf erfolgreich war, würde er die Mund-zu-Mund-Propaganda in der Branche anheizen. Auf diese Weise würde Andy nicht im Regen stehen, wenn die Zeit für den entscheidenden Abschluß gekommen war – sein Publikum würde schon Gerüchte gehört haben und sehen wollen, worum sich die ganze Aufregung drehte.

Es gab alle Teile zu kaufen bis auf das Gehäuse, das original gefertigt werden mußte. Aus seiner Zeit bei Omega kannte Andy einen Kunststoffhersteller unten in Watsonville – einer Arbeiterstadt, rund hundert Meilen südlich –, der die Hartplastikgehäuse für Omegas Laptops goß. Die Firma hieß San Juan Cast & Die. Andy rief an, bekam einen Termin mit dem Direktor, Jimmy Porter, und fuhr am nächsten Tag mit Alisas Prototyp hin. San Juan Cast & Die war in einem zehntausend Quadratmeter großen Lagerhaus aus Wellblech untergebracht. Jimmy Porter war fünfzig und trug ein kurzärmliges Polyesterhemd mit einer kurzen breitgestreiften Krawatte. Seine Haare waren von einer Art Beige, als würde er Chemikalien benutzen, damit die Farbe nicht ganz verschwand. Seinen Schreibtisch bedeckte eine Klarsichtfolie, darunter lagen Zeitungsausschnitte von seinem Sohn, der wohl ein Basketballstar an einer hiesigen High-School zu sein schien. Andy sah, daß er rein gar nichts mit Jimmy Porter gemeinsam hatte.

Bei der Fabrikation rechnete man, daß die Herstellung der ersten Gußform, des Modells, etwa dreißigtausend Dollar kostet. Danach waren die Kosten pro Einheit vergleichsweise gering. Andy wollte nur eine erste Serie von dreihundert Gehäusen in Auftrag geben, und er war bereit, bis zu fünfzig Dollar pro Stück zu bezahlen. Aber das war weniger als die Hälfte von dem, was San Juan Cast & Die in das Verfahren stecken würde; Andy bat den Mann also praktisch, einen Verlust von fünfzehntausend Dollar beim ersten Auftrag hinzunehmen. Aber wenn die Produktion der PowerStation oder auch nur des Bausatzes einmal anlief, konnte San Juan Cast & Die die Kosten für die Gußform auf Tausende, Zehntausende, vielleicht sogar Millionen von Einheiten verteilen. Andy bat den Direktor, auf diese Chance zu setzen. Deshalb bot Andy jedes Fünkchen Charme auf, das er besaß, und sprach davon, wie sehr das Internet bald boomen würde und daß sein Kasten eine fast todsichere Sache sei. Der Direktor hörte nur zu. Es war in seiner Branche völlig normal, solche Risiken einzugehen, aber er mußte den Firmen vertrauen können, von denen er Aufträge annahm. Er sah keinen Grund, Andy zu mißtrauen, aber die Erfahrung hatte ihn gelehrt, vorsichtig zu sein.

Nachdem Andy seine Nummer abgezogen hatte, entstand ein Augenblick unbehaglichen Schweigens zwischen den beiden. Jimmy Porter stieß einen Seufzer aus und redete dann einfach drauflos, um das Vakuum zu füllen. Er sagte etwas davon, daß sich die Hälfte seiner Fließbandarbeiter heute morgen krank gemeldet hätte, aber er wüßte es besser. Es sei der erste Tag der Königslachssaison, und wenn man nach Monterey Bay hinausruderte und in den Tangfeldern herumstöberte, würde man eine Menge Typen sehen, die Kappen von San Juan Cast & Die aufhatten, um ihre Augen vor der Sonne zu schützen. Er sagte, die meisten seiner Arbeiter seien aus der Unterschicht und interessierten sich nur für drei Dinge: Fischen, Jagen, Ficken. Jimmy Porter erzählte, daß er einmal zwei Laoten hier gehabt und sie ans Fließband gestellt habe, und, Junge, die hätten vielleicht geschuftet! Selbst wenn das Band zur Kaffeepause abgestellt wurde, verließen sie ihren Platz nicht. Das ging zwei Wochen so, nie standen sie von ihren Hockern auf. Schließlich ließ Porter einen Übersetzer in die Fabrik kommen, und es stellte sich heraus, daß die beiden Laoten befürchteten, jemand anderer würde ihre Stelle einnehmen, sobald sie ihren Platz verließen. Porter war so beeindruckt, daß er sich noch zwei Laoten holte, und plötzlich sackte die Produktivität ab.

»Woran, glauben Sie, lag das?« fragte er Andy.

Andy beugte sich vor. Er roch Porters Rasierwasser. »Vielleicht zwei Frauen und zwei Männer?«

Aber das war es nicht. Porter holte wieder den Übersetzer, und es stellte sich heraus, daß er gar nicht vier Laoten hatte: Er hatte zwei Kambodschaner und zwei Laoten, die anscheinend wie Hund und Katze waren und nicht zusammenarbeiten konnten. Porters Geschichte war offenbar zu Ende, er lachte, dann beruhigte er sich und blickte angestrengt auf Andys technische Beschreibung. Er schaute auf. »Wollen Sie eine Cola?«

Andy, der die Besprechung unbedingt verlängern wollte, sagte, er hätte nichts dagegen.

Porter drehte sich herum und öffnete ein Schränkchen, ohne von seinem Stuhl aufzustehen. Andy sah einen Kasten Softdrinks und eine Flasche Schnaps in dem Schrank.

»Wollen Sie einen Schuß hinein?« fragte Porter.

»Ich trinke, was Sie trinken«, antwortete Andy, um auf Nummer Sicher zu gehen.

»Ich kann mich nicht entscheiden. Ich fühle mich heute sowieso schon ganz erschlagen.«

Andy fing an zu reden. Er erwähnte, daß sein Vater eine Fabrik zum Aufpolieren von Telefongehäusen besessen habe, damals in den Siebzigern, als alle Telefonapparate noch Wählscheiben hatten und von AT&T stammten. Andys Vater hatte entdeckt, daß eine von Amway hergestellte Universallösung am besten dazu geeignet war, die Gehäuse für das Recycling zu reinigen. Deshalb hatte Andys Vater immer solche Fünfundfünfzig-Gallonen-Fässer des Lösungsmittels von einem Freund gekauft, der in seinem Keller Amway-Produkte vertrieb. Durch die Einkünfte aus diesen regelmäßigen Bestellungen war der Freund von Andys Vater ein paar Jahre lang der König bei Amway, und sie ließen ihn zu Amway-Tagungen in Las Vegas extra einfliegen, wo er Reden halten durfte.

Andys Geschichte stimmte nicht ganz, aber sie klang glaubhaft und hatte den gewünschten Effekt. Sie zeigte dem Direktor von San Juan Cast & Die, daß, obwohl Andy nur halb so alt war wie er und in einer anderen Zeit lebte, die beiden Männer doch aus demselben Holz geschnitzt waren. Der Direktor hörte sich Andys Anekdote in Ruhe an, und ein breites Lächeln trat auf sein Gesicht.

Schließlich lachte er herzlich, dann stand er auf, streckte die Hand aus und sagte, Andy solle ihm die Bestellung schicken, wenn der Rohentwurf fertig sei.

Andy war so begeistert, daß er beschloß, auf dem Rückweg bei Conrad Goss vorbeizuschauen und ihm die erfreulichen Neuigkeiten zu erzählen. Der Rohentwurf war vielleicht erst in zwei Monaten fertig, aber allein die Gewißheit, daß ihr Werk einmal das Licht der Sonne erblicken würde, würde dem Team während der langen dunklen Stunden des Programmierens schon Mut machen. Conrad schien erfreut, ihn zu sehen. An seinem Schreibtisch lehnte ein Golfputter von Sam Snead; auf dem Teppich lagen drei neongelbe Bälle, daneben stand ein Highballglas. Andy ließ sich auf die Couch fallen und erzählte Conrad von dem Handel, den er abgeschlossen hatte.

Conrad fing an, alle möglichen pingeligen Fragen über die Strategie mit den Bausätzen zu stellen. »Wer soll sie zusammenbauen?«

»Ich kann sie von einer Hinterhofwerkstatt für so gut wie nichts nach Feierabend zusammenmontieren lassen.«

»Aber Sie verkaufen sie zum Selbstkostenpreis?«
Andy nickte. »Ich kaufe nur jeweils dreihundert Stück von allen – bei diesen kleinen Mengen bekomme ich keinen guten Preis.«
Conrad tigerte hinter seinem Schreibtisch auf und ab. »Das gefällt mir nicht«, sagte er.
»Wieso nicht?«
»Warum müssen Sie schon jetzt mit San Juan verhandeln? Wieso warten Sie nicht noch zwei Monate, bis der Rohentwurf fertig ist? Wenn Sie dem Kerl einen funktionierenden Computer auf den Tisch knallen, wird ihm das Risiko nicht mehr so hoch erscheinen. Sie können ein viel besseres Geschäft machen, vielleicht zwanzig Dollar pro Gehäuse. Dann haben wir sogar eine kleine Gewinnspanne bei den Bausätzen.«
Andy fand das haarspalterisch. Das Ziel der Bausätze war nicht, Geld zu verdienen, sondern den Markt zu besäen. Es war eine reine Marketingstrategie. Er war überzeugt, daß sie schon froh sein konnten, wenn sie die Bausätze nicht mit Verlust verkauften. Er erklärte es Conrad.
»Nein, nein, das gefällt mir nicht«, wiederholte Conrad. »Sie können sagen, was Sie wollen; selbst wenn es nur eine Marketingstrategie ist, werden wir die Verkäufe als Einnahmen verbuchen, und es hilft, wenn wir bei diesen Verkäufen eine positive Bilanz verzeichnen. Ich möchte vom ersten Tag an einen Gewinn ausweisen.«
Conrad sagte, es sei sinnlos, zu Toshiba oder Apple zu gehen, wenn es Zeit war, zum großen Schlag auszuholen, und sie zur Herstellung der PowerStation zu überreden, wenn sie keine fette Gewinnspanne bei ihrem Produkt vorzuweisen hätten. Andy fand das lächerlich, Conrad verkannte völlig, daß Computerfirmen jahrelang Verluste machen, um Marktanteile zu erobern. Andy hielt Conrads Hintergrund als Wirtschaftsprüfer für naiv. Aber Conrad war hartnäckig; wenn sie bei den Bausätzen Geld

verdienten, so argumentierte er, würden sie es nie nötig haben, die Lizenzen zu billig an den Mann zu bringen. Profit bei den Bausätzen würde ihnen mehr Zeit zum Verhandeln geben und sie härter feilschen lassen.

Andy konnte es nicht fassen. Er bemühte sich, ruhig zu bleiben. »Conrad, Sie haben doch selbst gesagt, daß Sie uns nicht vorschreiben wollen, wie wir diese Firma zu führen haben.«

»Natürlich habe ich das gesagt. Und es war mir auch Ernst damit. In *technischen Fragen*. Das hier ist aber keine technische Frage, sondern eine Frage der Strategie. Ich bin schon sehr viel länger im Geschäft als Sie. Die ganze Sache mit den Bausätzen ist gefährlich. Sie könnten alles vermasseln, wenn Sie Geschäfte abschließen, bevor wir fertig sind.«

»Trotzdem – strategisch, technisch. Sie haben gesagt, daß Sie nicht – ich meine, ich bin nicht vorbeigekommen, um Ihre Erlaubnis für diese Entscheidung einzuholen, ich setze Sie lediglich in Kenntnis, ich informiere Sie.«

»Machen Sie sich nicht lächerlich! Mir gehört die Mehrheit dieser Firma. Selbstverständlich müssen alle strategischen Entscheidungen von mir genehmigt werden. Daran gibt es nichts zu rütteln. Und ich will nicht, daß Sie irgendwelche Geschäfte abschließen, Aufträge erteilen oder sich per Handschlag auf irgendwas einigen, bevor nicht das Alpha-System funktioniert. Sie sollten einhundertzehn Prozent Ihrer Bemühungen auf die Technik verwenden, und wir kommen dann zu gegebener Zeit auf die Bausätze zurück.«

Andy war so entsetzt, daß er nicht wußte, was er sagen sollte. Er wollte nicht vor Conrad in die Luft gehen und es später bereuen. Er zwang sich, den Mund zu halten, und ging. Er versuchte sich einzureden, daß sich die Sache von selbst klären würde.

Seit Darrell nicht mehr da war, fiel die Last des Programmierens ganz allein Andy zu. Das Team hatte sich darauf verlegt, die kleinen Anwendungen, die sie schrieben, »Nutzanwendungen« zu nennen, um sie von den herkömmlichen komplexen Anwendungsprogrammen zu unterscheiden. Sie hofften, daß sich die Nutzer nicht zuviel erwarten würden, wenn sie nur die Bezeichnung »Nutzanwendungen« gebrauchten. Man bekam zwar nicht auf Tastendruck ein dreidimensionales Tortendiagramm, andererseits kosteten die Dinger aber auch nicht neunundsechzig Dollar pro Stück nur zum Nachrüsten, und man mußte nicht noch einmal fünfunddreißig Dollar für ein Buch hinblättern, das einem sagte, wie man das neue Programm verwendete. Sie hatten sich als Team auf die folgende Prioritätenliste der Nutzanwendungen geeinigt, wobei diejenigen, die oben auf der Liste standen, als erste programmiert werden sollten: E-Mail Manager, Internet Browser, Tabellenkalkulation, Textverarbeitungsprogramm, Datenbank. Einige andere Nutzanwendungen waren lediglich Abfallprodukte dieser Originale: Ein Rolodex war nur eine Variation des Hilfsprogramms der Datenbank, und ein Webpage Publisher nur eine Variation des Textverarbeitungsprogramms. Tinys Betriebssystem war also praktisch ein Web Browser und Salmans Schnittstelle für den Network Server nur eine neue WebSite. Salmans Arbeit am Network war von entscheidender Bedeutung, lief aber im Hintergrund. Die Käufer würden den 90420 in erster Linie auf der Basis von Andys Nutzanwendungen beurteilen.

Salman war schrecklich besorgt, ob Andy der Aufgabe gewachsen sein würde. In den letzten sechs Monaten hatte Andy nur einen kleinen Teil seiner Zeit auf das Kodieren verwandt, und auch das nur, um einfache Funktionen zu kodieren, die nicht Salmans oder Tinys Fertigkeiten erforderten. Salman konnte sich nicht vorstellen, daß jemand, der in Fragen des Verkaufs und der Strategie so gut war wie Andy, überhaupt zum Kodieren taugte.

Salman hatte Andy so eingesetzt wie eine Mutter, wenn ihr Sohn ihr beim Kochen hilft: »Hier, du kannst die Karotten schneiden, während ich das Soufflé mache.«

Beim Programmieren der Nutzanwendungen kam es vor allem darauf an, jede Aufgabe mit so wenig Codezeilen zu füllen, wie die Logik es noch erlaubte, damit die fertige Nutzanwendung schnell vom Internet geladen werden konnte. Niemand bezweifelte, daß Andy in der Lage war, irgendein traditionelles Textverarbeitungsprogramm zu schreiben, da ein Dutzend Programme auf dem Markt waren, die er als Vorlage benutzen konnte. Die Frage war, ob er es elegant genug hinbekam – klein, aber ohne zu viele Eigenschaften zu opfern. Andy würde viel Zeit damit verbringen zu entscheiden, was er weglassen und was er beibehalten sollte. Ihr Textverarbeitungsprogramm mußte, zum Beispiel, ein Dokument nicht in Outline-Modus, Seitenansichts-Modus und Ganzseitenansicht zeigen können – eines davon reichte. Er würde auch einfache Redundanzen streichen; Schaltflächen auf Symbolleisten etwa aktivierten dieselbe Funktion wie Menübefehle, also konnten sie alle Symbolleisten weglassen.

Ein weiterer Grund für Salmans Besorgnis war, daß er langsam den Verdacht hegte, Andy sei leicht legasthenisch oder schlampig, wenn nicht beides. Seine E-Mail war immer voller Rechtschreibfehler und ohne Interpunktion. Zunächst hatte Salman geglaubt, Andy ersetze die richtige Schreibweise nur durch »ökonomische«, phonetische Kurzformen, so wie »Brito« statt »Burrito« oder »Enrgi« statt »Energie«. Manches davon wurde allerdings verwirrend und frustrierte Salman – »Kod« für »Code«, »leeren« für »lehren«. Salman befürchtete, diese Beispiele könnten zu Syntaxfehlern in Andys Code führen. Andy bestand jedoch darauf, es ohne Hilfe zu probieren. Salman machte sich Sorgen, daß Andy nicht um Hilfe bitten würde, wenn er sie brauchte, und auf diese Weise nicht nur hoffnungslos in Rückstand geraten, sondern es noch dazu niemandem sagen würde.

Zu allem Überdruß hatte Tiny in bezug auf Darrell völlig recht gehabt – er war jämmerlich hinter dem Tempo hergehinkt, das Tiny und Salman vorgegeben hatten. Darrell hatte nicht ein einziges Programm von der Prioritätenliste fertiggestellt. Statt dessen hatte er sich auf zwei Ziele konzentriert: Erstens hatte er simple Versionen von einigen beliebten Spielen geschrieben. Spiele! Darrell war einen Monat lang in seinem Schrank gesessen, und das einzige Programm, das funktionierte, war ein Stud-Pokerspiel mit fünf Karten. Zweitens hatte das Team entschieden, Nutzanwendungen von »bausteinartiger Funktionalität« herzustellen: Wenn man das Zeichen für Textverarbeitung anklickte, wurde das schlichte Textverarbeitungsprogramm geladen, nicht aber die Funktion zum Bedrucken von Briefumschlägen, nicht der Thesaurus oder der Wortzähler. Dafür war ein erneutes Anklicken und ein erneutes Laden erforderlich. Darrell hatte diese Funktionen »Sub-Nutzanwendungen« genannt. Nun hatte Darrell zwar verschiedene Sub-Nutzanwendungen für mehrere Programme geschrieben, wobei er sich von den einfachsten Aufgaben zu den komplexeren vorarbeitete. Aber er war nie dazu gekommen, auch nur eine vollständige Nutzanwendung zu programmieren, nicht einmal eine der komplexeren Sub-Nutzanwendungen.
Andy neigte dazu, vor sich hin zu summen, wenn er sich konzentrierte. Kein meditatives Summen, sondern ein melodisches, wie Christopher Robin in »Puh, der Bär«. Salman störte das nicht, aber es vermittelte ihm den Eindruck, Andy sei ein Einfaltspinsel. Nach einer Woche geriet Salman langsam in Panik. Er spürte das unwiderstehliche Bedürfnis, sich einzumischen, was ein ausgesprochenes Tabu unter Programmierern ist, die sehr stolz darauf sind, sich ohne Hilfe vom Rande der Verzweiflung retten zu können. Die meisten Programmierer brachen eher zusammen, bevor sie um Hilfe baten. Salman machte also folgendes: Er baute absichtlich ein paar offensichtliche Fehler in seinen

eigenen Code ein, dann ging er zu Andy und sagte: »Das hier funktioniert nicht, ich brauche Hilfe.«

Es war ein Test. Wenn Andy die Fehler fand, wollte Salman stillhalten, fand er sie jedoch nicht, würden Salman und Tiny darauf bestehen, Andy zu kontrollieren.

Der Test war im Code für den Thesaurus versteckt, dort, wo sich Andys und Salmans Aufgabenbereiche trafen. Statt jedesmal den ganzen Thesaurus laden zu lassen, wenn ein Nutzer nach einem Synonym suchte, wurde nur die Schnittstelle geladen. Wenn der Nutzer sein Wort eintippte und »OK« anklickte, lief dieses Suchkriterium upstream zu Salmans Server, wo eine kleine Suchmaschine Synonyme aufspürte und sie downstream zurück an die Schnittstelle schickte. Andy schrieb den Code für die Schnittstelle, während Salman den Code für die Suchmaschine schrieb. Genau dort schob Salman ein paar Brüche in der Logik und einige Syntaxfehler ein.

Andy fand nicht nur die Fehler, sondern nahm Salmans Hilfegesuch so ernst, daß er verschiedene andere Minifunktionen entdeckte, die man eleganter, mit weniger Zeilen, ausführen konnte. Mit anderen Worten: Er fand Lösungen, wo Salman nicht einmal aufgefallen war, daß er ein Problem hatte. Von da an hörte Salman auf, sich Sorgen zu machen, und bald bereute er, je an Andy gezweifelt zu haben. Andy faßte Salmans einmalige Bitte um Hilfe als offene Einladung auf, Salmans Code zu überprüfen, und nun fand Salman alle paar Tage, wenn er morgens zur Arbeit kam, einen Ausdruck seiner eigenen Arbeit der letzten Zeit vor, versehen mit Korrekturzeichen und Vorschlägen in Andys Handschrift.

Andy durchforstete den Wirtschaftsteil der Zeitung, eine An-gewohnheit, die er angenommen hatte, um nach Informationen über Konkurrenten Ausschau zu halten und um mögliche Firmen ausfindig zu machen, die Interesse daran haben könnten, die PowerStation zu kaufen oder in Lizenz zu bauen. Jeden Donnerstag gab es eine Kolumne über Insiderhandel, die Aktienkäufe und -verkäufe von Vorstandsmitglieder zum Thema hatte. Vorstandsmitglieder mußten ihre Geschäfte bei der Börsenaufsicht anmelden. Das sollte verhindern, daß sie die Aktien ihrer eigenen Gesellschaft beeinflußten und geringe Kursschwankungen ausnutzten. Die Kolumne dieser Woche berichtete, daß Lloyd Acheson, der Vorstandsvorsitzende von Omega Logic Inc., in den nächsten zwei Monaten langsam fünfundzwanzig Prozent seiner Beteiligung an Omega veräußern würde. Zum Tageskurs waren diese fünfundzwanzig Prozent über zwanzig Millionen Dollar wert. Laut Börsenaufsicht hatte Lloyd Acheson »Unausgewogenheit seines privaten Portfeuilles« als Grund für den Verkauf angegeben. Das war die übliche Begründung, neben »Ruhestandsplanung«. Jeder wußte, daß die Omega-Aktie sich seit einem Jahr nicht bewegte, während der restliche High-Tech-Markt um durchschnittlich vierzig Prozent in die Höhe geschnellt war. Achesons Aktienverkauf würde Omega-Anleger also wahrscheinlich noch mehr in Panik versetzen.

»Wieso um alles in der Welt verkauft Lloyd Acheson Omega-Aktien?« fragte Andy Salman. Es war eine mehr rhetorische Frage.

»Ich nehme an, weil er glaubt, es geht bergab«, erwiderte Salman. Die Antwort lag nahe, sie war unbestreitbar.

Andy dachte nach. »Es sei denn, er braucht das Geld für etwas anderes.«

»Komm, zwanzig Millionen? Niemals. Es ist ja nicht so, daß er das Geld für die Collegeausbildung seiner Tochter benötigt.«

»Wahrscheinlich hast du recht«, räumte Andy ein. »Vielleicht hat

Francis Benoit Probleme, den 686er rechtzeitig zu liefern, und Lloyd weiß das.«

»Francis?« sagte Salman. »Ausgeschlossen. Der baut den 686er im Schlaf.«

Nachdem sie fast zwei Monate pausenlos programmiert hatten, beschloß Andy, daß es Zeit war, die Strategie mit den Bausätzen neu zu beleben, und er entschied weiterhin, sie voranzutreiben, ohne Conrad Goss davon zu unterrichten. »Was kann er schon machen?« sagte Andy zu Salman. »Mich *rausschmeißen?*« Außerdem hielt Andy die ganze Sache für eines dieser Probleme mit der Henne und dem Ei: Wenn Conrad erst die positiven Rückmeldungen nach dem Verkauf der Alpha-Bausätze sah, würde er erkennen, daß es falsch gewesen war, Andys Bemühungen zu blockieren.

Bevor er wieder nach Watsonville fuhr, rief Andy Tinys Freund oben in Seattle an. Ihre WebSite, die Spieler via Internet gegeneinander antreten ließ, war sehr populär geworden. Andy fragte, ob er ihrer WebSite eine Seite anfügen dürfe, die es den Leuten erlaubte, den Hypnotizer zusammen mit den Nutzanwendungen, die Andy geschrieben hatte, zu laden. Da diese auf jedem Betriebssystem liefen, hingen sie nicht von der PowerStation ab. Andy hoffte, bereits vorab Rückmeldungen von Nutzern zu erhalten und vielleicht einige Programmierer zum Schreiben ihrer eigenen Nutzanwendungen anzuregen.

Möglicherweise schlug diese Plattform ein, und eine ganze Armee von unternehmerischen Programmierern könnte für den Hypnotizer kodieren.

Tinys Freund in Seattle war nicht nur damit einverstanden, er ging sogar noch einen Schritt weiter. Seine Firma machte das Angebot, im Austausch gegen eine kostenlose Lizenz für den

Hypnotizer, die WebSite zu kreieren und auch zu unterhalten. Bei ihrem gegenwärtigen Spielsystem konnten Macintosh-Nutzer nur gegen Macintosh-Nutzer antreten, Windows-Nutzer nur gegen Windows-Nutzer, und so weiter. Wenn sie ihre Spiele auf den Hypnotizerstandard übertrugen, konnte jeder gegen jeden spielen, und die ärgerliche Frage: »Welchen Computer hast du?« fiele weg. Es war ein wunderbares Beispiel dafür, wie revolutionär der Hypnotizer war, ungeachtet dessen, ob es die PowerStation für dreihundert Dollar je auf den Markt schaffte.

Durch dieses Arrangement zuversichtlich gestimmt, rief Andy erneut den Direktor von San Juan Cast & Die an, der jedoch seine Anrufe einfach nicht erwiderte. Andy schickte ein paar Faxe, die ebenfalls unbeantwortet blieben. Nachdem er eine Woche lang abgewiesen worden war, belud Andy schließlich seinen Lincoln und fuhr hinunter nach Watsonville.

Jimmy Porter hieß Andy in seinem Büro willkommen und entschuldigte sich wiederholt dafür, daß er nicht zu sprechen gewesen sei. Auf Porters Schreibtisch lagen zwei kleine schwarze Mobiltelefongehäuse.

»Darf ich Sie etwas fragen?« sagte Porter und schob Andy die beiden Gehäuse hin. »Sehen die, Ihrer Meinung nach, gleich aus?«

»Natürlich.«

»Wie steht's mit der Farbe?«

»Sie sind schwarz.«

»Genau! Schwarz ist schwarz, oder? Das versuche ich denen auch dauernd beizubringen!«

»Wem?«

»Ach, diesem Handyladen, unten in Phoenix. Ich versuche seit Jahren, mit Gehäusen für Handys ins Geschäft zu kommen. Ich denke, das wird nun mal der große Renner, aber ich konkurriere bei großen Stückzahlen gegen Firmen aus Übersee. Ich bin fast bis zur Schmerzgrenze gegangen, bis ich endlich einen Auftrag von diesem Laden in Phoenix bekam, und habe ihrer regulären

Lieferfirma in Texas das Geschäft weggeschnappt. In den ersten sechs Monaten habe ich überhaupt keinen Gewinn bei der Sache gemacht. Die Jungs in Phoenix sagen also, ich soll ihre bereits bestehenden Gehäuse kopieren, und ich sage: ›Kein Problem.‹ Ich gieße auf der Stelle achttausend Einheiten. Dann schwenken sie um und lehnen sie ab! Wegen der Farbe. Sie sagen, meine seien nicht *schwarz* genug. Ich erzähle ihnen, daß ich zu hundert Prozent schwarzes Plastik nehme, schwärzeres kriege ich nicht. Schön, sagen sie, vielleicht liegt's an der Politur. Aber die Dinger haben keine Politur. Also verlangen sie, daß ich eine Glanzpolitur auftrage. Kostet mich noch mal fünfundzwanzig Cent pro Einheit; ich muß sie neu einspannen, noch mal trocknen. Wohlgemerkt, ich mache sowieso schon keinen Gewinn dabei, und plötzlich verstehe ich, warum dieser Laden in Texas nicht härter um den Auftrag gekämpft hat. Ich hätte das Geschäft vor drei Jahren verkaufen sollen. Mein Vater hat mir das vor seinem Tod prophezeit. ›Was gut ist, währt nicht lange‹, sagte er immer, und er hatte recht.«

Porter wirkte leergeredet und erschöpft. Er stand gerade auf der dunklen Seite einer Sache, die komisch und niederschmetternd zugleich war. Andy versuchte, ihn zurückzuholen. »Die Berufsgenossenschaft ließ meinen Vater in dieser Telefongerätefirma, von der ich Ihnen erzählt habe, so freistehende Duschvorrichtungen einbauen, für den Fall, daß sich mal jemand mit Farbe besprüht. Haben Sie die auch?«

»Ja. Hab sie noch nicht einmal benutzt.«

»Mein Vater auch nicht. Aber eines Tages stellt er fest, daß sie nicht mehr da sind. Er denkt sich so seinen Teil und frägt ein bißchen herum, und bald kommt er dahinter: Einer seiner Arbeiter hat sie gegen Bares verkauft, weil er dachte, niemand würde ihr Fehlen bemerken. Dad läßt den Kerl also in sein Büro kommen und stellt ihn zur Rede. Der Kerl wird so wütend über diese ›beleidigende Anschuldigung‹ – ein sicheres Zeichen, daß er es war –, daß er aufsteht und so fest gegen die Wand drischt, daß er ein Loch in den Putz haut. Dad sagt, das kostet ihn nochmals fünfzig Dollar. Der Kerl hält seine Schlaghand, als sei sie eine heiße Flüssigkeit, die er nicht verschütten will.«

Der Direktor von San Juan Cast & Die lachte.

Andy fuhr fort: »Dad feuert den Kerl also wegen Diebstahls. Der Bursche hat noch Glück, daß Dad nicht die Bullen holt. Er kommt günstig davon. Aber Dad hat keine Ahnung *wie* günstig, denn drei Monate später, bei der vierteljährlichen Erneuerung der Krankenversicherung für seine Arbeiter, stellt sich heraus, daß sich der Kerl bei dem Schlag gegen die Wand das Handgelenk gebrochen hat. Und in der Zwischenzeit hat er vom Krankengeld gelebt, achtzig Prozent seines Gehalts! Er hatte die Versicherung reingelegt, ihnen erzählt, daß er sich das Handgelenk am letzten Arbeitstag beim Heben von Kisten gebrochen hätte.«

Der Direktor kicherte wieder, dann seufzte er und schien zu einem Entschluß zu kommen. Er rieb sich die Hände, als sei ihm kalt. Er stand von seinem Schreibtisch auf, ging zur Tür und schloß sie. »Ich mag Sie, Andy, und deshalb will ich offen zu Ihnen sein, aber was wir hier reden, bleibt unter uns, okay?«

»Sicher.«

»Es tut mir leid, daß ich nie zurückgerufen habe. Etwa zwei, drei Wochen nach Ihrem letzten Besuch hier erhielt ich einen Anruf von meinem Einkäufer bei Omega Logic. Also von mir wußte er das nicht – ich habe niemandem etwas erzählt –, aber er hatte gehört, daß ich für Sie arbeiten würde, und er bat mich, es bleibenzulassen. Zurückzutreten, Sie abzuweisen, Ihren Auftrag nicht anzunehmen. Nun ist das eine gesetzeswidrige Beschränkung des freien Handels, soviel ich weiß, aber Geschäft ist Geschäft, und ich bin eine ziemlich kleine Nummer. Omega macht dreißig Prozent meiner Einnahmen aus, deshalb können sie hier als die großen Macker auftreten. Ich weiß nicht, was zwischen euch läuft, aber wollen Sie meine Meinung hören?«

»Ja, ich weiß nämlich auch nicht, was zwischen uns läuft.«
»Meine Aufträge von Omega sind gegenüber dem letzten Jahr um zwanzig Prozent zurückgegangen. Ihre Aktien treten auf der Stelle wie ein Hamster in seinem Rad. Ich glaube, die werden langsam paranoid, sie fühlen sich von allen Seiten bedroht, selbst von einem Winzling wie Ihnen.«
Andy dachte darüber nach. Es machte einfach keinen Sinn. Ausgeschlossen, daß eine kleine Klitsche mit gerade mal zweihundert Riesen auf der Bank eine Bedrohung für eine Sechshundert-Millionen-Dollar-Firma darstellte. Das wäre keine Paranoia mehr, das wäre Wahn. Da ging was anderes vor sich, irgend jemand bei Omega wollte nicht, daß Andy diese Sache mit den Bausätzen machte – oder jemand, der Omega nahestand. Es war nicht schwer, sich vorzustellen, daß alles auf La Honda zurückging.
Aber wie hatte Omega herausgefunden, daß Andy ein Geschäft mit San Juan Cast & Die abgeschlossen hatte? Andy glaubte Porter instinktiv, wenn er sagte, daß er es niemandem erzählt hatte. Andy hatte die Sache nur vier Leuten gegenüber erwähnt: Alisa, Tiny, Salman und Conrad Goss.
»Hey, alles in Ordnung mit Ihnen?« fragte der Direktor und schnippte mit den Fingern.
Andy konzentrierte sich. »Tut mir leid, ja, alles in Ordnung.«
»Vielleicht können wir es in einem halben Jahr wieder versuchen.«
Andy stand auf und schwebte zur Tür. »Natürlich, klar«, antwortete er, und seine Stimme war ihm fremd.

Standard, üblich, normal und legal

Seine Hose klebte am Plastik der Sitzbank. Seine Handflächen blieben auf dem Linoleum der Tischplatte haften. Am Ende einer Mahlzeit lagen immer ein Dutzend der windigen Papierservietten, die sie einem zum Händeabwischen gaben, zusammengeknüllt zwischen den Tellern. Er schob sie gewöhnlich ans Tischende in der Hoffnung, daß während des Essens jemand vorbeikam, der sie wegnahm. Conrad Goss hatte es nicht soweit gebracht im Leben, um nach wie vor in einem Lokal wie der Peninsula Creamery zu Mittag zu essen.

Aber als er sich heute setzte, wirkte es nicht ganz so schäbig, nicht ganz so – schrill. Die Atmosphäre war weniger grell und der Tisch mit weißen Stoffservietten gedeckt. So wurde das Warten auf Francis nicht ganz so unerträglich. Francis hatte sich um dreizehn Uhr mit ihm verabredet, es war nun 13.20 Uhr, und die Bedienung warf ihm schon feindselige Blicke zu, weil er noch immer nichts bestellt hatte. Francis' Wirtschaftsprüfer zu sein brachte durchaus Unannehmlichkeiten mit sich. Aber es hatte auch reichlich gute Seiten, zweifelsohne. Francis Benoit hatte Conrad Goss in den letzten Jahren an einigen Neuemissionen beteiligt, und Conrad hatte so sein Vermögen verdoppelt. Es waren nicht acht Millionen – wie wundervoll allein diese falsche Behauptung geklungen hatte –, aber die Summe näherte sich einer Million, und dieser jüngste Deal mit Francis würde ihn darüber bringen. Wenn er nur daran dachte, ach – schon sein ganzes Leben lang wollte Conrad sagen können, er sei Millionär. Und daß er es so sehr wollte, machte ihm angst. Francis hatte zwar gesagt, dieses Geschäft sei garantiert eine sichere Sache, aber trotzdem hatte Conrad das Gefühl, daß es sehr viel riskanter war als etwa Neuemissionen.

»Also, was gibt es Neues?« sagte Francis, als er zehn Minuten später endlich Platz nahm.

»Verdammt noch mal, du kommst eine halbe Stunde zu spät. Du kommst immer eine halbe Stunde zu spät!«

Francis grinste und winkte der Bedienung. »Wieso kommst du dann nicht einfach auch eine halbe Stunde später?«

Conrad wollte ihm das nicht durchgehen lassen, er wollte, daß Francis bemerkte, wie sehr er es haßte, herumgeschubst zu werden. So war es schon immer. Francis hatte ihm nie gesagt, wo sein Geld herkam oder wo es hinging, Dinge, die ein Wirtschaftsprüfer eigentlich wissen mußte. »Ich habe alles im Griff«, behauptete Francis immer. Selbst diese Neuemissionen waren eine Quälerei: Francis gab Conrad immer nur ein Aktienkennzeichen, erklärte ihm aber nie, wer die Gesellschaft war oder was sie herstellte. Conrad mußte in blindem Vertrauen investieren. Die Folge war, daß Conrad Francis auch nach sechs Jahren als sein Wirtschaftsprüfer noch nicht traute.

»Also, was gibt es Neues?« fragte Francis wieder.

»Ich weiß nicht. Ich habe seit einer Weile nichts mehr von ihnen gehört.«

»Hat er dich noch einmal wegen dieser Strategie mit den Bausätzen angesprochen?«

Conrad schüttelte den Kopf. »Meinst du, er macht damit weiter und sagt mir nichts?«

»Möglicherweise. Genau davor habe ich Angst. Wie steht es mit der Software? Hast du in letzter Zeit eine Demo gesehen?«

»Er hat mir seit sechs Wochen nichts gezeigt.«

»Das ist zu lang«, warf Francis ein. »Hast du dich nicht nach dem neuesten Stand erkundigt?«

»Er meinte, er ließe mich lieber das ganze Alpha-System besichtigen, wenn sie es fertig haben, als mich jeden Tag wegen kleinerer Fortschritte anzurufen.«

»Hoppla.«

»Was denkst du, hat er vor?«

»Er hat dich ausgeschaltet. Wahrscheinlich betreibt er in diesem Augenblick irgendwelche Machenschaften hinter deinem Rükken. Du mußt dich wieder gut mit ihm stellen.«

»Und was soll ich deiner Meinung nach tun?«

»Ermutige ihn. Sag ihm, er soll richtig Dampf machen. Gib zu, daß du dich geirrt hast, als du mit den Bausätzen warten wolltest; schlag ihm vor, er soll sich sofort um einen Lizenznehmer bemühen, und sorge dafür, daß er dich täglich über den neuesten Stand unterrichtet. Du mußt seine Schritte kennen. Ohne diese Information stehst du im Regen.«

»Aber vor sechs Wochen hast du noch gesagt, ich soll alle seine Geschäfte im Keim ersticken. Ich dachte, wir wollen nicht, daß er einen Lizenzvertrag eingeht?«

»Das wollen wir ja auch nicht.«

»Warum ihn dann ermutigen?«

»Nur die Ruhe. Er wird keinen Geschäftsabschluß zustande bringen. Die Investition ist zu hoch. Er ist ein Fremder in der Branche. Hinter seinem Produkt steht überhaupt keine Power. Glaub mir, er wird scheitern. So leicht werden Abschlüsse nicht getätigt.«

Conrad haßte es, wie Francis redete, als würde er nur Ratschläge erteilen, als stünde für ihn selbst dabei nichts auf dem Spiel.

»Nun, Francis?«

»Was?«

»Unsere Abmachung gilt doch noch, oder?«

»Abgemacht ist abgemacht, oder etwa nicht?«

»Ja, natürlich, es ist nur, weil du es eine ganze Weile nicht erwähnt hast, so als hättest du's vielleicht vergessen.«

»Findest du mich vergeßlich?«

»Nein, aber du redest über diese Firma, als würde *mir* der verdammte Laden gehören.«
»Aber die Firma gehört dir ja tatsächlich. Dreiundsechzig Prozent, glaube ich, hast du gesagt.«
»Sicher gehört sie mir, theoretisch. Im Augenblick. Ich wollte mich nur vergewissern, daß unsere Abmachung noch gilt, nichts weiter. Meine gesamten Ausgaben, plus fünfundzwanzig Prozent, richtig?«
»Das habe ich doch gesagt, oder?«
»Abgemacht ist abgemacht, oder?«
»Ja, abgemacht ist abgemacht.«
»Aber, Francis, wir haben nie darüber gesprochen, wir haben nie vereinbart, wann wir die Sache durchziehen. Diese Woche, diesen Monat, dieses Jahr?«
»Früh genug.«
»Ich möchte es gern wissen, ich muß planen können, wie lange das Geld noch gebunden ist.«
»Vertrau mir einfach, ja?«
Jetzt war es wieder soweit. Conrad wußte von vornherein, daß er so nicht weiterkam, deshalb versuchte er es auf eine andere Tour. »Und was, meinst du, wirst du mit dieser Firma machen, wenn die Zeit gekommen ist?«
Francis sah Conrad fest an. »Ich weiß es nicht. Was denkst du denn, daß ich damit machen werde?«
Conrad lachte nervös. »Na ja, manchmal glaube ich, du willst sie absichtlich in den Graben fahren.«
»Und warum glaubst du das?«
»Ich weiß auch nicht. Ihre Abschlüsse torpedieren, und alles.«
Francis grinste. »Hört sich nach einer fürchterlichen Geldverschwendung an, oder?«
»Allerdings.« Aber genau das war der Punkt! Nur ein Mensch mit sehr viel Geld, das ihm nichts bedeutet, würde eine Firma absichtlich kaputtgehen lassen. Conrad fand, daß auf Francis diese

Beschreibung paßte. »Manchmal glaube ich, du willst sie so nahe wie möglich zum Erfolg kommen lassen, bevor du sie zermalmst.«

»Darf ich dich etwas fragen, Conrad? Solange wir unsere kleine Abmachung haben, solange du deine fünfundzwanzig Prozent obendrauf bekommst, was geht es dich da an, was ich mit der Firma mache? Herrgott noch mal, als ob fünfundzwanzig Prozent nicht genug wären!«

»Meine Güte, es interessiert mich eben. Mir gehört die Firma schließlich, wie du gerade gesagt hast; ich finde, ein Besitzer ist nun mal logischerweise neugierig.«

Francis stand abrupt auf.

»Ißt du nicht zu Mittag?« fragte Conrad.

»Nein«, knurrte Francis.

Er sah sich im Restaurant um. Sie hatten es seit seinem letzten Besuch renoviert. Simon & Garfunkel tönten aus klassischen Tropfenlautsprechern aus Chrom, die über jeder Sitzgruppe angebracht waren. Die Fensterrahmen waren mit bonbonfarbenen Streifen bemalt. Und die Beleuchtung – über jedem Tisch hing eine rosa Glaskugel, während Strahler an den Wänden auf die Decke zielten. Die Renovierung hatte dem Lokal jegliches Flair genommen. Er wollte hier nicht mehr essen und sagte zu Conrad: »Mein Magen spielt in letzter Zeit ein bißchen verrückt.«

»Bestell nur was Leichtes.«

»Nein. Wir sprechen uns bald wieder, okay?«

Andy Caspar begann seine Suche nach einem Lizenzgeber bei den wenigen Firmen, die im letzten Jahr bereit gewesen waren, das Macintosh-Betriebssystem von Apple zu lizenzieren, um Mac-Klone zu bauen. Andy wußte, daß er die großen Hersteller von Computern auf Intel-Basis, die mit Windows als Software liefen, nicht ansprechen konnte, denn das war genau das Absatzkartell, das der Web-Computer schließlich aushöhlen würde. Es gab gegenwärtig einen Engpaß bei Intel-Chips, und da konnte es schnell passieren, daß bestellte Chips zu spät geliefert wurden. Niemand traute sich, Intel oder Microsoft zu verärgern.

Die nächste logische Wahl wäre Apple Computer gewesen, aber die schienen, aus der Ferne betrachtet, in finanziellen Nöten zu sein. Ihr Finanzvorstand war nach einem erbitterten Streit mit dem Vorstandschef gerade zurückgetreten, und in der Branche kursierten einmal mehr die halbjährlich wiederkehrenden Gerüchte vom Ende der Firma. Obendrein hatte Apple seine halbe Kriegskasse für die Entwicklung des tragbaren Newton Personal Digital Assistant verbraucht, der nicht so eingeschlagen hatte, wie die Firma gehofft hatte, und den vorherigen Vorstandsvorsitzenden seinen Job gekostet hatte. Andy konnte sich nicht vorstellen, daß Apple noch einmal sein Glück mit einer völlig neuen Produktkategorie versuchen würde.

Blieben also nur die Fabrikanten von Mac-Klonen. Sie hatten im vergangenen Jahr Unsummen Geld beschafft, um Macintoshes zu bauen, nur um zu einer Zeit auf den Markt zu kommen, da der Mac eigentlich schon dem Untergang geweiht schien. Andy setzte darauf, daß diese Firmen verzweifelt auf der Suche nach einem anderen Hardwareteil sein würden, das sie herstellen konnten.

Eine dieser Firmen hieß Star Computer und hatte ihren Sitz in Taiwan, unterhielt jedoch eine Filiale in der Montgomery Street in San Francisco. Natürlich fing Andy mit ihnen an. Er fuhr in die Stadt, parkte in einer Tiefgarage, glitt mit dem Aufzug dreißig Stockwerke nach oben und machte – nachdem er eine halbe Stunde gewartet hatte – eine Vorführung für drei Asiaten, deren Visitenkarten ihre Titel jeweils mit »Abt. Leiter für Internationale Zusammenarbeit« angaben. Andy wußte nicht, was das bedeutete, und er verstand auch nicht, wie es drei Leiter für eine einzige Abteilung geben konnte. Aber inzwischen hatte Andy eine

Demo, die wirklich funktionierte, und die haute die Typen aus den Socken. Nachdem er die verschiedenen Eigenschaften der PowerStation durchgegangen war, ging Andy zu einem der Mac-Nachbauten von Star Computer hinüber, legte eine Diskette mit Tinys Hypnotizer ein, und plötzlich liefen auf diesem Klon alle Nutzanwendungen der PowerStation. Die drei Männer sperrten den Mund auf und brachten ihn fast nicht mehr zu, denn der Nachbau, den Andy gerade hypnotisiert hatte, war noch nicht einmal auf dem Markt! Tatsächlich lag einer der Gründe, warum sie ihn noch nicht herausgebracht hatten, darin, daß sie Schwierigkeiten hatten, ihn mit den älteren Versionen der Macintosh-Software zu betreiben. Und da spaziert dieser Jüngling in ihr Besprechungszimmer, und seine Software funktioniert einwandfrei, ohne einen Fehler! Die Männer nickten, machten höfliche Bemerkungen und schlugen vor, daß Andy in ein paar Tagen wiederkommen solle, um einige wichtigere Leute zu treffen.

In der Zwischenzeit stellte Andy im Internet ein paar Nachforschungen über Star Computer an. Er entdeckte, daß sie erst wenige Jahre alt waren, aber fünfhundert Millionen Dollar Kapital beschafft hatten. Das Geld war von einem halben Dutzend Chipherstellern in Taiwan gekommen. Andy sah sich diese Firmen genauer an, und es stellte sich heraus, daß sie früher unter Lizenz Intel-Chips nachgebaut hatten, daß Intel sie aber wegen Verletzung von nicht näher aufgeführten Lizenzbedingungen verklagt hatte. Andy konnte zwischen den Zeilen lesen: Dieser Lizenzvertrag hatte ihnen wahrscheinlich nicht gestattet, ihre nachgebauten Chips in die USA zu importieren, aber sie hatten es trotzdem getan. Im Zuge des Schlichtungsverfahrens, bei dem sie kein Vergehen zugaben, hatten die sechs Chiphersteller ihre Lizenz mit Intel verloren. Also riefen sie Star Computer ins Leben und fabrizierten nun Chips für Star. Das alles verhieß Andy nichts Gutes. Da bettelte er also darum, seine PowerStation an eine Firma konzessionieren zu dürfen, die bereits ihre Lizenz mit Intel verletzt hatte und vielleicht sogar ihre Lizenz mit Apple verletzte. Plötzlich kam Andy zu Bewußtsein, wie sehr ihm die Sache über den Kopf wuchs. Angenommen, Star nahm seine Technologie und bezahlte ihn nicht, was wollte er dann tun? Sie saßen drüben in Taiwan! Es würde ein Team von Anwälten und eine Menge Einfluß in Washington erfordern, und Andy wußte nicht, was sonst noch alles, er hatte ja keine Erfahrung mit solchen Dingen. Aber wenn nicht einmal Intel sie hatte aufhalten können, wie zum Teufel sollte er dann eine Abmachung durchsetzen?

Andy fuhr noch einige Male zu Star und traf sich mit immer höheren Schichten des Managements, denen er sein Produkt vorführte. Sie wollten seinen Prototyp nach Taiwan schicken, damit ihr Vorstandsvorsitzender ihn sich ansehen konnte. Andy lehnte ab, es machte ihn nervös.

Dann wartete er. Nach einigen Tagen baten sie ihn wieder zu sich und eröffneten ihm, daß ihnen sein Produkt gefiele, es erscheine ihnen aber zu riskant. Sie wollten nicht das einzige Unternehmen auf diesem Markt für Web-Computer sein. Der Markt brauche Stoßkraft, er brauche Reklame. Insbesondere wollten sie, daß Softwarefirmen Nutzanwendungen für das Betriebssystem schrieben. Andy erklärte, daß die Softwarefirmen nur Nutzanwendungen schreiben würden, wenn sie wüßten, daß es einen Hersteller gab, aber es half nichts. Star schlug dann vor, daß Andy mit CompuServe oder America Online, einem der Internetanbieter, zusammenarbeiten solle. Wenn, zum Beispiel, America Online eine Version ihrer Schnittstelle für die PowerStation hätte, dann wäre Star sehr viel geneigter, ein Geschäft abzuschließen.

Nach diesem Spießrutenlauf durch die Besprechungszimmer wurde Andy in seiner Haltung gegenüber Conrad Goss nachgiebiger und begann, wieder mit ihm zu reden. Conrad hatte ihn in letzter Zeit nur ermutigt und war dafür eingetreten, mit Volldampf auf Geschäftsabschlüsse hinzuarbeiten. Er hatte sogar zugegeben, daß es falsch gewesen war, die Bausätze hinauszuzögern, und je mehr Andy darüber nachdachte, desto weniger Sinn ergab es, daß Conrad bei Omega gepetzt hatte. Der Mann hatte zweihundertfünfzigtausend Dollar in die Firma gesteckt – welches Zeichen von Loyalität brauchte Andy denn noch? Andy gelangte schließlich zu der Überzeugung, daß der Direktor von San Juan Cast & Die bei Omega angerufen haben mußte, um Andys Referenzen zu überprüfen, und die Geschichte auf diese Weise herausgekommen war. Es war Andys eigene Schuld – er hatte dem Direktor gegenüber erwähnt, daß er früher bei Omega gearbeitet hatte. Es war nur logisch, daß der Direktor seine Hausaufgaben machte, oder?

Andy verbrachte also die nächste Woche in einem Best Western Motel in Vienna, Virginia, dem Sitz von America Online. Er aß zweimal am Tag in Denny's Restaurant im Erdgeschoß und klinkte sich jeden Abend in Salmans Server ein, während im Hintergrund MTV lief. Seine erste Abwesenheit von Silicon Valley nach langer Zeit ließ ihn angestrengt über alles nachdenken, was er erlebt hatte. Er konnte kaum glauben, was alles passiert war. Die bedrängende Dramatik bei der ganzen Sache machte ihn so irre, daß er nachts nur noch ein paar Stunden schlafen konnte. Und er vermißte Alisa, deshalb rief er sie häufig an.

»Ich höre mehr von dir, wenn du am anderen Ende von Amerika bist, als wenn du im Zimmer nebenan schläfst«, stellte sie eines Abends fest. Der Ton in ihrer Stimme klang distanziert, nicht warm. Es war nicht der passende Abend, um Witze über Denny's zu reißen.

»Ich habe hier unten mehr Zeit«, erwiderte Andy. »Weniger zu tun am Abend.«

»Du hast völlig mißverstanden, worauf ich hinauswollte«, erklärte sie.

»Ja?«

Sie sagte nichts, ließ ihn selbst draufkommen.

»Oh«, dämmert es ihm. »Du fragst dich, warum du nicht mehr von mir siehst, wenn ich zu Hause bin.«
»Na ja, das ist mir ein bißchen zu analytisch, da muß ich mich erst mit der Jury beraten. Ja, sie geben dir den Punkt, aber die gesuchte Antwort war einfach, daß ich dich öfter sehen möchte.«
»In Ordnung.« Kaum hörte Andy seine eigenen Worte, da wußte er, daß er das Falsche gesagt hatte. Er hätte sagen sollen: Ich möchte dich auch öfter sehen. Und das wollte er tatsächlich, aber er mußte dauernd an Salman denken, und er wollte keine Erwartungen wecken, die er nicht erfüllen konnte.
Mit Zynismus in der Stimme sagte sie: »Na, das ist ja beruhigend, daß es für dich in Ordnung ist, wenn ich dich öfter sehen möchte.«
Andy seufzte. »Alisa –«
»Was?«
»Ich dachte, wir hätten darüber geredet. Ich war von Anfang an ehrlich. Meine Arbeit würde im Augenblick von einer ernsthaften Beziehung ablenken.«
»Das ist ja sehr vernünftig von dir, findest du nicht?«
»Habe ich etwas Falsches gesagt?«
»Es ist nicht falsch, Andy, es ist nur sehr kontrolliert! Ich würde gern glauben, daß die Gefühle eines Mannes für mich seine vernunftbetonten Entscheidungen überrumpeln, aber das ist wohl unwahrscheinlich, wenn der fragliche Mann so eine Intelligenzbestie ist.«
»Ich kontrolliere meine Gefühle nicht.«
»Nein?« kam es zweifelnd, gekränkt.
»Nein. Ich fühle nur gleichzeitig, wie es wäre, wenn wir uns ineinander verliebten und meine Arbeit dann zwischen uns stünde. Ich will dir das nicht antun; das wäre wirklich unfair dir gegenüber.«
»Du beschützt nicht mich, du beschützt deine Arbeit. Du vermeidest jede Ablenkung.«

»Du bist keine *Ablenkung*, Alisa. Du bist eine Frau, die mir etwas zu bedeuten beginnt.«
»Dann beschütz mich nicht. Ich kann mich selbst beschützen.«
»Gut, aber dann forciere du die Sache nicht, bevor die Zeit dafür nicht reif ist. Okay?«
»Okay.«
Andy hörte das Zögern in ihrer Stimme. »Was ist?«
»Andy?«
»Was?«
»Du meinst also, irgendwann wird die Zeit reif dafür sein?«
»Alisa!«
»Tut mir leid. Also, wie ist es denn so in Virginia?«
Andy zog die dünne Jalousie auf und sah hinaus. »Na ja, es ist direkt beängstigend. Es ist auch nicht anders, wenn man auf die El Camino Real hinausschaut, kein Unterschied. Autohändler, kleine Supermärkte, Fast food. Ich könnte überall sein. Ich weiß nicht, was ich davon halten soll.«
»Was machen deine Besprechungen?«
»Immer das gleiche. Die gleiche Vorführung, die gleichen taktischen Fragen, das gleiche laute Nachdenken. Nur die Namen und die Gesichter ändern sich. Es ist schwer, sich überhaupt an jeden einzelnen zu erinnern. Sie sind alle in meinem Alter oder sogar noch jünger, und sie sind genauso neu in der Sache wie ich. Ich nehme ihre Visitenkarten, und wenn sie nicht hersehen, schreibe ich mir markante Einzelheiten auf die Rückseite, damit ich später noch weiß, zu wem die Karte gehört. Ich habe gerade eine da: dunkelbraune Haare, kurz; hat ein Handy in seiner Aktentasche; hat mir Bilder von seiner Familie beim Skifahren in den Alpen gezeigt.«
»In den Alpen? Dann muß der Typ ja ziemlich weit oben in der Hierarchie stehen. Hört sich an, als würdest du den Durchbruch schaffen.«
»Oder sie durch Hartnäckigkeit bezwingen.«

Nach zweitägigen Besprechungen teilte America Online Andy mit, daß sie noch zögerten. Sie wollten nicht soviel Zeit und Geld in die Entwicklung einer Schnittstelle für die PowerStation investieren, wenn sie nicht mit Bestimmtheit wüßten, daß irgend jemand das Gerät auch baute. Wenn er einen Hersteller hätte, der gewisse Stückzahlen garantiere, würden sie vielleicht loslegen.

»Aber Star Computer sagt, sie legen los, wenn Sie versprechen, eine Schnittstelle zu schreiben«, erklärte Andy.

Er verbrachte die nächsten beiden Tage am Telefon und versuchte, eine der beiden Firmen dazu zu bringen, einen Anfang zu machen. Mehr war wohl gar nicht nötig – wenn die eine loslegte, würde die andere mitziehen. Aber niemand wollte zuerst ran. Es war einmal mehr eine Endlosschleife: Du bekommst keine Hardware, wenn die Software nicht bereits geschrieben ist, aber die Software wird nicht geschrieben, wenn es keine Hardware gibt, auf der man sie laufen lassen kann. Andy konnte das Problem nicht knacken. Man hätte jemand mit viel Einfluß gebraucht, um das Geschäft perfekt zu machen, jemand, dem beide Firmen trauen konnten. Aber Andy war nur ein Außenseiter.

Also änderte er seine Taktik. Er beschwatzte America Online, gleich seine ganze Firma zu kaufen. Wenn sie Universe kauften, könnten sie direkt mit Star Computer zu einem Abschluß kommen, ohne Mittelsmann. Diese Verkaufsverhandlung war ein völlig neuer Aspekt, der zahlreiche Abteilungen betraf und zu zwei weiteren Tagen mit Besprechungen führte, an deren Ende die Antwort auch nicht anders ausfiel: Wenn Andy ein Lizenzabkommen mit Star Computer hätte, würde America Online seine Universe mit Freuden kaufen, während Star Computer mit Freuden eine Lizenz von America Online nähme, wenn sie Universe kauften. Aber keiner machte den ersten Schritt. Andy lag wieder zwei Tage auf seinem französischen Bett, starrte an die Decke und wartete auf einen Durchbruch.

»Komm heim«, sagte Alisa zu ihm am Telefon, und er fuhr nach Hause.

»Ist die Sache gestorben?« fragte Salman, als Andy ins Büro zurückkam.

»Sie ist noch in der Schwebe, aber der Dampf ist raus.«

»Dann besteht also noch eine Chance?«

Andy seufzte. »Ich habe das Gefühl, mir ist, als würde es nichts weiter brauchen als einen Anstoß, eine Art Angst – die Leute, mit denen ich rede, die machen so was, oder sie lassen es eben bleiben. Die PowerStation ist nicht lebenswichtig für sie. Weißt du noch, wie wir Angst hatten, daß wir auf der Strecke bleiben, daß wir den Zug verpassen?«

»Mm.«

»Sie müßten auch so ein Gefühl bekommen, so ungefähr: Wenn wir Universe nicht kaufen, tut es jemand anderer. Ich glaube, ich spüre, wir bräuchten nur einen großen Artikel in der Zeitung oder die Rede eines Vorstandschefs, der den Web-Computer zum kommenden großen Wachstumsbereich erklärt. Irgend etwas, das für Trubel sorgt. Ein Kolumnist, der das Konzept gut findet.«

»Mm. Hey!«

»Was?«

»Ich hab's! Halt, nein, das geht nicht.«

»Was? Sag es mir trotzdem.«

»Nein, tut mir leid, total lächerlich, vergiß es.«

»Sag's mir halt einfach, ja? Vielleicht ist deine Idee ja blöd, aber vielleicht löst sie bei mir eine Idee aus, die nicht blöd ist. Mach einfach ein Brainstorming, ja?«

»Also gut, in Ordnung. Ich dachte an ein Product Placement in einem Film.«

»Die PowerStation in einen Film bringen?«

»Mm.«

»Das ist lächerlich!«

»Ich weiß, aber wie sieht's bei dir aus? Fällt dir irgendwas dazu ein?«

Andy überlegte einen Augenblick. Es kam nichts dabei heraus. »Wir könnten einfach nächstes Jahr bei der Super Bowl einen Werbespot herausbringen.«

»Oder wir könnten ein Bild der PowerStation mit einem großen Strahler auf den Mond werfen. Dann würden alle hinaufschauen und sagen: ›Hey!‹«

»Oder wir könnten den Präsidenten kidnappen und eine PowerStation auf jeder Schulbank zu einer der Lösegeldforderungen machen.«

»Jetzt geht's aber los.« Salman senkte den Kopf. »Wir sind mit unserem Latein am Ende, was?«

»Du darfst eines nicht vergessen. Wenn ich in diesen Besprechungen sitze, dann kommt mir manchmal in den Sinn: Was zum Teufel weißt du schon über ein Lizenzabkommen? Und dann denke ich mir: All diese Leute, mit denen wir reden, all die Vorstandschefs und Marketingleiter, die Hunderte von Beschäftigten unter sich haben – das sind auch nur Menschen wie du und ich. Sie sind zur Schule gegangen, haben einen Job angenommen, sich hochgearbeitet. Sie fragen sich dieselben Dinge wie wir, sie haben dieselben Ängste. Sie machen nur ihren Job. Sie sind keine Genies, und sie wollen uns nichts Schlechtes. Sie versuchen nur, über die Runden zu kommen und keine Scheiße zu bauen.«

»Ja, bitte.«

»Francis?«

»Du hast meine Nummer gewählt, oder?«

»Hier ist Conrad.«

»Ich kenne deine Stimme.«

»Andy war gerade bei mir. Er ist aus Virginia zurück.«

Francis sagte nichts.
Conrad fuhr fort: »Nach ein paar Tagen hat er ihnen die Firma angeboten.«
»Zum Kauf?«
»Richtig.«
»Was haben sie gesagt?«
»Sie haben nein gesagt. Aber so, wie Andy die Verhandlungen beschrieb, waren sie haarscharf dran. Er sagt, es fehlt nur noch ein Stupser. Ich habe nachgesehen – America Online hat in diesem Jahr schon sechs Firmen gekauft, sie sind ziemlich schnell am Abzug.«
»Haben sie über den Preis geredet?«
»Preis?«
»Ja, den Preis pro Anteil.«
Conrad konnte sich nicht erinnern, daß Andy etwas erwähnt hatte. »Von einem Preis hat er nichts gesagt.«
»Dann sind sie nicht so nah dran, wie er glaubt. Wir haben noch Zeit«, konstatierte Francis.
»Bist du sicher? Er hat immerhin die Firma angeboten. Das fehlte gerade noch, daß so etwas direkt vor unserer Nase passiert.«
»Da hast du wohl recht. Danke. Vielleicht sollte ich meinen Schachzug machen. Ich brauche ein paar Tage. Bleib in der Stadt.«
»Ich habe nicht vor, irgendwo hinzufahren. Hey, Francis, willst du sie wirklich fertigmachen?«
»Laß mich die Sache einfach durchziehen, okay. Ich habe auch ohne dich schon genug um die Ohren.«
»Ich dachte nur, vielleicht könnte ich ja ein paar Anteile behalten, sagen wir zehn Prozent, im Spiel bleiben, dabeisein, wenn es aufregend wird – das heißt, wenn du sie nicht fertigmachst.«
»Abgemacht bleibt abgemacht, keine Änderungen.«
»Sicher, aber ich dachte trotzdem. Ich meine, im Augenblick ist es meine Firma.«

»Hey, jetzt denk bloß nicht so was. Ich verlasse mich auf dich.«
»Ein kleines Stück vom großen Kuchen.«
»Bitte. Wir haben eine Abmachung, Conrad. Laß es gut sein.«

Gordon »Papa« Lewis war der Aufsichtsratsvorsitzende von Omega Logic Inc., und er lebte für Augenblicke wie diesen, als er mit großen Schritten aus dem Sitzungssaal kam, sich den erstbesten Lakaien schnappte, der zufällig davor herumstand, und ihm befahl: »Sie wissen, wer ich bin, richtig? Gut. Dann gehen Sie jetzt in den Sitzungsraum und setzen sich neben Lloyd Acheson. Lassen Sie ihn nicht aus den Augen, und wehe Sie lassen ihn ein Telefon anrühren. Ich bin in fünfzehn Minuten wieder da. Behandeln Sie ihn wie irgendeinen Kerl, der von der Straße hereinspaziert ist und sich hier heraufgestohlen hat, und stellen Sie mir keine Fragen, kapiert?«
Der Lakai nickte ängstlich und hastete in die Richtung, die Papa Lewis ihm gewiesen hatte.
Andere Aufsichtsratsmitglieder kamen aus dem Konferenzzimmer und standen um Papa Lewis herum, um zu diskutieren, was soeben passiert war. Lewis scheuchte sie weg. »Laßt mich das deichseln«, sagte er nur. »Hände weg von den Telefonapparaten. Keiner verläßt das Gebäude. Wenn ein Reporter euch beim Verlassen des Gebäudes sieht, weiß er, daß unsere Sitzung vorbei ist und wir etwas bekanntzugeben haben. Ich will nicht, daß sie auch nur einen Verdacht hegen. Kein Wort darf nach außen dringen, bis um halb zwei die Börse schließt.«
Es war Freitag, mitten am Vormittag. Wenn sie die Sache bis zum Nachmittag unter Verschluß hielten, hatten sie das ganze Wochenende Zeit, um sich mit der Lage zu beschäftigen, bevor der Aktienhandel wieder einsetzte.
Papa Lewis marschierte den Flur entlang zu seinem Büro. Auf

dem Weg wies er seinen Assistenten an, sofort den Leiter der Presseabteilung und den Rechtsberater des Unternehmens ans Telefon zu holen.

»In Konferenzschaltung?«

»Einen nach dem andern.«

Er setzte sich an seinen Schreibtisch, kippte in seinem Sessel nach hinten und legte die Füße auf die Schreibtischkante.

Der Leiter der Presseabteilung war am Apparat. Lewis sagte zu ihm: »Und wenn Sie gerade beim Pinkeln sind – unterbrechen Sie, was Sie tun, und seien Sie in zwei Minuten hier oben. Reden Sie unterwegs mit niemandem.«

Inzwischen wartete der Rechtsberater in der Leitung. Lewis instruierte ihn: »Ich möchte, daß Sie ein Austrittsgespräch mit Lloyd Acheson führen, heute, sofort. Führen Sie es persönlich, schicken Sie nicht einen von Ihren Handlangern, machen Sie die Unterlagen binnen einer halben Stunde fertig. Geben Sie bei den Konkurrenzklauseln keinen Millimeter nach. Zwingen Sie ihn zu unterschreiben.«

In das Bücherregal an der gegenüberliegenden Wand war ein Fernsehgerät eingebaut. Papa Lewis zog eine Fernbedienung aus einer Schublade und schaltete das Gerät an, dann drückte er auf »Play« für den Videorecorder. Ein Video mit Highlights des Superstars der Detroit Lions, Running Back Barry Sanders, lief an, wie er durch Männer hindurchstieß und -tänzelte, die zweimal so groß waren wie er. Nach rechts fegen, freie Bahn, entgegengesetzte Richtung, durch die Hände des Linebackers wischen, über einen Ausputzer springen, bis zur Endzone beschleunigen. Als Aufsichtsratsvorsitzender schob Papa Lewis normalerweise eine ziemlich ruhige Kugel, außer in Zeiten wie diesen, und er liebte es, aufgeputscht zu werden. Er ging ans Fenster und schob es auf, um frische Luft hereinzulassen. Die Omega-Gebäude waren wie Gewächshäuser gebaut, deshalb brauchte die Luft so viel Kühlung, daß sich Papa Lewis manchmal wie in einem Flugzeug vorkam. Sein Schiebefenster war unter Verletzung mehrerer Brandschutz- und Sicherheitsauflagen eingebaut worden, aber es war eine der Bedingungen seiner Vorstandschaft und stand in seinem Vertrag.

Papa Lewis hatte den teigigen Hals, das klobige Kinn und die großen Augen eines Zebu. Er war berüchtigt dafür, daß er keinen Streit scheute, und dieser Ruf hielt normalerweise jeden davon ab, überhaupt einen mit ihm anzufangen. Er war der lebende Beweis, daß ein Mann in höchstem Maße konkurrenzfähig sein konnte, ohne ein Arschloch sein zu müssen. Er wurde langsam älter, aber der Trick beim Älterwerden bestand darin, nicht zu essen, wenn man nicht hungrig war, sich nicht zu setzen, wenn man nicht müde war, und nicht andere für etwas zu bezahlen, das man selbst tun konnte.

Der Leiter der Presseabteilung platzte in sein Büro.

»Ich liebe diesen Barry Sanders!« rief Papa Lewis aus. Er stellte den Ton ab, ließ das Band jedoch weiterlaufen.

»Was ist los?«

»Eine heiße Sache. Lloyd ist draußen, so schnell wie möglich.«

»Im guten oder im bösen?«

»Wir sind uns in allem einig, es gibt keine Diskussion über seine Abfindung, aber ich behandle ihn trotzdem feindselig.«

»Wieso das?«

»Weil ich den Anschein erwecken will. Wenn wir ihn feindselig behandeln, wird die Presse denken, wir haben ihn zum Rücktritt gezwungen. Wir wirken entschlossen, der Aufsichtsrat handelt in bester Absicht, die Aktie bekommt Auftrieb, der ganze Hokuspokus.«

»Dem kann ich nur zustimmen. Aber darf ich fragen, ob er tatsächlich zum Rücktritt gezwungen wurde?«

»Ach was, nein, er wurde zu nichts gezwungen; aber er ist auch nicht ganz aus freien Stücken gegangen. Er hat eine Sondersitzung des Aufsichtsrats einberufen, uns dann eine Bedingung gestellt, uns erpreßt. Er meint, Omega könne nicht mit Intel mithalten, und wir sollten unsere Strategie ändern. Wenn wir der Änderung nicht zustimmen, tritt er zurück.«

»Und Sie haben nicht zugestimmt?«

»Nein, zum Teufel! Er wollte, daß Omega anfängt, kleinere Computer zu bauen, für speziellere Zwecke. Vielleicht wäre das gar keine so schlechte Strategie heutzutage, aber Omega hat sich ›größer und schneller‹ auf die Fahne geschrieben. Es ist, als würde ein Bär versuchen, Fahrradfahren zu lernen. Wir wären bestimmt in der Lage dazu, es ist nicht unmöglich, aber wir würden mit Sicherheit eine komische Figur abgeben und es nie sehr gut beherrschen. Omega muß seine Stärken ausspielen. So hat es der Aufsichtsrat entschieden. Lloyd ist draußen, und jetzt müssen wir eine Erklärung vorbereiten. Er ist sehr übel gelaunt, will sich der Presse gegenüber offen äußern, Himmel, das wäre eine Katastrophe, kommen Sie, gehen wir.«

Papa Lewis schnellte aus seinem Sessel und war schon aus dem Zimmer, als der Leiter der Presseabteilung noch immer auf seinen Stuhl starrte.

Im Flur holte er ihn ein. »Da unten kursiert ein Gerücht.«

»Ich kann mir denken, daß im Augenblick hundert Gerüchte kursieren. Tun Sie nichts, um ihnen Nahrung zu geben.«

»Eines betrifft den 686er, daß er in Schwierigkeiten sei oder eine Enttäuschung, irgendwas in der Art. Ich muß über diese Dinge Bescheid wissen, falls da was im Busch ist.«

Lewis blieb abrupt stehen. Er sah den Leiter der Presseabteilung mit einem wilden Blick an. »Der 686er ist der technologisch überlegenste Chip, der je konzipiert wurde, und er ist genau im Zeitplan.« Es lag nichts Unaufrichtiges in seinen Worten.

»Ich tappe da im dunkeln; wenn da etwas ist, dürfen Sie es nicht vor mir verbergen.«

»Hören Sie mir gefälligst zu, verdammt noch mal! Sie tappen nicht im dunkeln. Es gibt keine Geschichte. Vergessen Sie den

686er, ja? Und jetzt muß ich telefonieren. Sie bleiben hier stehen und rühren sich nicht vom Fleck, bis ich zurückkomme. Genau hier. Okay?«

Papa Lewis wartete keine Antwort ab. Er stürzte ins nächstbeste Büro und warf irgendeinen Vizepräsidenten hinaus. Er zog sein Handy aus der Tasche und wählte die Nummer von Hank Menzinger. Menzingers Anrufbeantworter war dran, also legte er auf und wählte noch einmal, diesmal die Nummer von Menzingers Handy. Hank nahm beim zweiten Klingeln ab.

»Menzinger? Hier ist Gordon Lewis. Ich stecke hier in einer Situation, die im Moment noch vertraulich ist, aber ich muß Sie um einen Gefallen bitten.«

»Was für eine Situation?«

»Nein, ich kann Ihnen nichts darüber sagen. Sie erfahren es noch früh genug. Sie wissen ja, wie das ist. Schweigepflicht und diese ganze Scheiße.«

»Worum handelt es sich? Eine Fusion?«

»Fragen Sie nicht, es hat keinen Sinn. Hören Sie: Eine der Begleiterscheinungen unserer Situation ist, daß Ihnen die Presse in den nächsten Wochen wegen des 686er Projekts zusetzen wird. Ihre Antwort lautet: ›Kein Kommentar.‹ Ich will eine Nachrichtensperre, bis ich grünes Licht gebe.«

»Sie können doch nicht – ich kann nicht – eine Nachrichtensperre? Kommen Sie, da stehe ich ja wie ein Schwächling da, ängstlich. Weihen Sie mich ein, Papa, ich kann nicht –«

»Ich bin gewohnt, zu kriegen, was ich will.«

»Aber ich habe eine Journalistin hier, sie bringt eine wöchentliche Kolumne heraus, wenn wir sie unterbrechen, macht das einen schlechten Eindruck.«

»Jetzt wäre eine gute Zeit für sie, Urlaub zu machen. Nachrichtensperre, Menzinger. Nachrichtensperre. Geben Sie diesem Feuer keine Nahrung, und es geht von allein aus. Und jetzt muß ich Schluß machen.«

»Lassen Sie mich ihr wenigstens einen konkreten Termin nennen, wann sie wieder Zugang hat. Nächsten Freitag?«
»Keinen Termin. Warten Sie auf meinen Anruf.«
»Sie muß planen können, ihre Zeit einteilen; die Verbitterung, die das auslösen wird! Zwei Wochen?«
»Nein, nichts Konkretes!«
»Sie haben vielleicht Nerven, mich aus heiterem Himmel anzurufen und mir vorzuschreiben, wie ich meine Organisation zu führen habe.«
»Ach, halten Sie mal die Luft an.«
»Ich rufe Lloyd an.«
»Stellen Sie mich nicht in Frage, Menzinger. Ich mache Schluß.«
Papa Lewis klappte sein Handy zu und steckte es in die Brusttasche zurück. Er holte tief Luft, dann stürmte er aus dem Büro, gab dem Leiter der Presseabteilung einen Klaps und marschierte in den Sitzungsraum, wo Lloyd Acheson vor einem Glas Wasser saß und auf das Marschland der Bucht von San Francisco hinausblickte. »Also, Lloyd, Sie kennen den Dreh. Bevor wir ein paar Papiere unterschreiben und bevor ich Sie zu einem Abschiedsdrink ausführe, müssen wir uns auf eine Erklärung einigen; und ich muß Ihnen nicht erst erzählen, daß es uns weh tut, wenn Sie das sagen, was Sie vorhaben; ergo wird es soweit nicht kommen, stellen Sie sich also nicht an, okay?«
Papa Lewis wandte sich nach links und sah den Lakaien an. »Sind Sie immer noch hier?« schnauzte er, und der Mann sauste sofort davon.
»Sie behandeln mich feindselig«, konstatierte Lloyd.
»Nein, das tun wir nicht. Wir retten nur unseren Arsch. Sie würden an meiner Stelle dasselbe tun.«
»Sie wollen, daß die Presse annimmt, Sie hätten mich zum Rücktritt gezwungen.«
»Die Presse kann zwei und zwei von allein zusammenzählen, aber wir müssen ihnen nicht noch die Tafel und die Kreide dazu

geben. Ich wünsche nur eine einfache Erklärung, daß Sie aus eigenem Antrieb zurückgetreten sind.«
»Gut.«
»Moment, warten Sie, bis ich fertig bin: Aus eigenem Antrieb – niemand hat Sie gezwungen. Und ich will, daß Sie sagen, Sie würden im Interesse der Firma zurücktreten, daß Sie genug davon hätten, Vorstandschef zu sein, daß Sie uns diesen Aufschwung beschert hätten, und von nun an bräuchten wir jemand anderen. Das übliche Blabla. Ein ganz normaler Rücktritt, der schnell vergessen ist.«
»Aber das *stimmt* nicht, Papa. Ich habe eine Vision für dieses Unternehmen. Sie wollen sie bloß nicht hören. Die Presse schon.«
»Schauen Sie, Lloyd, wenn wir die Handschuhe ausziehen, kriegen wir beide ein blaues Auge ab. Denken Sie's durch. Wenn Sie der Presse erzählen, was Sie heute vormittag im Aufsichtsrat gesagt haben, fällt unsere Aktie am Montag morgen erst einmal um zehn Prozent; also kontere ich mit einer Erklärung über all die dummen Entscheidungen, die Sie in den letzten sechs Jahren getroffen haben, und dann kriegen Sie in dieser Branche nie wieder einen Job. Wollen Sie das wirklich? Das glaub ich kaum. Also seien Sie nicht blöd und lassen Sie uns die Sache klären.«
»Was schlagen Sie vor?«
»Geben Sie uns eine Woche. Sie geben heute eine knappe Erklärung ab, nichts Kritisches. Lassen Sie uns einen Nachfolger ernennen, das Boot wieder stabilisieren. Nächsten Freitag, nach Börsenschluß, dürfen Sie frei reden, und wir lassen Sie in Ruhe.«
»Mittwoch.«
Papa Lewis blickte zum Leiter der Presseabteilung hinüber. »Können Sie die Medien bis Mittwoch ins Bild setzen? Ich will, daß jeder Reporter, jeder Kolumnist und jeder Redakteur in Amerika persönlich angerufen wird. Es ist mir egal, was es kostet, stellen Sie ein paar verdammte Telefonsex-Mädchen an, wenn es sein muß. Alle haben bis Mittwoch unsere Seite gehört.«

Der Leiter der Presseabteilung nickte zustimmend. »Aber nicht Mittwoch nachmittag. Mittwoch abend. *Business Week* hat um neun Uhr Ostküstenzeit Redaktionsschluß. Ich will nur unsere Seite drin haben.«

Papa wandte sich an Lloyd. »Gut, Mittwoch, sechs Uhr unserer Zeit. Ich nehme an, damit können Sie leben?«

Lloyd bejahte. Dann fügte er hinzu: »Aber ich will der Presse *heute* schon mitteilen, daß ich nächsten Mittwoch abend eine Stellungnahme abgebe.«

»Ausgeschlossen. Sie können sagen, daß Sie ›in naher Zukunft‹ eine Erklärung abgeben, aber nicht *wo* und *wann*.«

»Okay, wir wär's mit ›in Kürze‹?«

»Sie geben *in Kürze* eine Erklärung ab?« Papa wandte sich an den Leiter der Presseabteilung. »Was meinen Sie?«

»›Bald‹ wäre besser«, antwortete er. »›In Kürze‹ klingt wie ›in ein paar Stunden‹. Er darf ›bald‹ eine Erklärung abgeben.«

Papa wandte sich wieder an Lloyd. »Okay, Sie können sagen, daß Sie ›bald‹ eine Erklärung abgeben. Ist der Punkt damit erledigt? Ich muß Ihnen nicht sagen, daß das eine brenzlige Angelegenheit wird. Wir haben –« Papa sah auf seine Armbanduhr. »Wir haben noch eine Stunde und zwanzig Minuten bis Börsenschluß. Was halten Sie davon, wenn wir in mein Büro hinübergehen und schauen, ob ein Basketballspiel läuft? Das ist ein Befehl, keine Einladung.«

Papa Lewis stand auf. Er blickte hinaus auf das Marschland und die dunstige Bucht dahinter. Eine Schar Silberreiher zog nach Norden, sie flogen etwa zehn Meter über der Marsch. Papa Lewis überlegte kurz, ob er am Wochenende zur Jagd gehen sollte, dann kam ihm die Notwendigkeit, einen Nachfolger für Lloyd zu suchen, zu Bewußtsein.

Papa und Lloyd gingen wieder in Papas Büro. Papa fand ein Basketballspiel auf ESPN, Alabama gegen Missouri State, zwei Mannschaften, über die er nichts wußte. Sie sahen eine Weile zu.

»Lassen Sie uns die Sache ein bißchen spannender machen«, schlug Papa vor. »Wie wär's mit einer Wette?«

»Ich habe noch immer nicht herausgekriegt, welche Mannschaft Alabama ist.«

»Die Mannschaft in Rot. Was meinen Sie, hundert Dollar für den Gewinner, wenn der Vorsprung fünf oder weniger Punkte beträgt. Wenn er bei sechs bis zehn Punkten liegt, dann zweihundert. Elf bis fünfzehn Punkte vierhundert, sechzehn bis zwanzig achthundert, und so weiter. Suchen Sie sich ein Team aus.«

»Ich nehme Alabama.«

»Ein schwerer Fehler. Alabama hat keinen Rebound. Missouri wird ihnen die Hucke vollhauen.« Gott, wie es Papa Lewis doch liebte, wieder mitzumischen.

»Schauen Sie«, sagte Lloyd. »Die langen Kerle von Missouri treffen bei ihren Freiwürfen nicht. Am Ende des Spiels kostet sie das den Hals.«

Missouri State nahm einen Zehn-Punkte-Vorsprung mit in die Halbzeit.

»Und, haben Sie eine Idee für einen Nachfolger?« wollte Papa wissen.

»Ich bin mir nicht sicher, ob wir darüber sprechen sollen.«

»Ich frage ja nur. Ich weiß, Sie haben ein Angebot oder so, sonst hätten Sie uns heute morgen kein Ultimatum gestellt. Was tut sich?«

»Nichts tut sich. Ich hatte nur plötzlich den Durchblick, nichts weiter.«

Papa glaubte ihm keine Sekunde. Lloyd Acheson plante etwas, das stand fest. Er wirkte nicht sehr gestreßt für einen Vorstandschef, der soeben im Streit zurückgetreten war.

In der zweiten Halbzeit hatten mehrere Angreifer von Missouri Probleme mit Fouls, und Alabama nutzte alle Freiwürfe, um davonzuziehen. Als Alabama eine Minute vor Spielende mit fünf

Punkten führte, sagte Papa: »Doppelter Einsatz oder nichts – Alabama gewinnt mit weniger als fünf.«
»Abgemacht«, stimmte Lloyd zu. Es kam zu zwei überflüssigen Freiwürfen, Alabama lag vier Punkte vorn, die Uhr zeigte noch drei Sekunden. Wenn der Werfer einen verwandelte, gewann Lloyd hundert Dollar auf die erste Wette, auf zweihundert verdoppelt. Wenn er beide Freiwürfe versenkte und Alabama mit sechs Punkten Vorsprung siegte, gewann Lloyd zweihundert, verdoppelt vierhundert. Aber wenn er keinen versenkte, gewann Lloyd nichts. Lloyd sprang auf. »Los, Crimson Tide!« Es war die heftigste Gefühlsregung, die er den ganzen Tag gezeigt hatte. Aber der Werfer verfehlte beide Male.
Die beiden Männer gingen nach unten, begleitet von mehreren Angestellten und Mitgliedern der Presseabteilung. Im Erdgeschoß, abseits der Eingangshalle, wartete ein Raum voller Reporter, die in der letzten halben Stunde zusammengerufen worden waren. Man hörte ihr Stimmengewirr schon im Flur. Das Ereignis wurde außerdem per Videokonferenz für die Börsenbeobachter in der Wall Street übertragen. Als die beiden Männer eintraten, wurden sie mit Fragen überhäuft. Kamerablitze zuckten. Papa Lewis spürte, wie Lloyd Acheson nach seinem Arm griff.

Am Samstag morgen fuhr Hank Menzinger auf den Parkplatz von La Honda und sah Nell Kirkhams Wagen dort stehen. Er hatte sie am Nachmittag zuvor nicht erreichen können, was ihm aber ganz recht war, da er zu diesem Zeitpunkt noch keine Ahnung hatte, wie die Lage bei Omega war. Inzwischen stand Lloyds Rücktritt in sämtlichen Zeitungen.
Hank hielt sich nicht damit auf, in seinem Büro vorbeizuschauen, sondern ging direkt in Labor A, um Nell Kirkham zu suchen.

Dort war es ruhig. Nur David Kim war da. »Haben Sie Nell Kirkham gesehen?« fragte Hank.
David Kim blickte nur kurz von der Tastatur auf. »Sie war gerade unten in der Cafeteria mit Link Smith.«
Hank fand Link Smith in der Cafeteria, er aß gerade ein Hörnchen. »Ich dachte, Nell Kirkham sei bei Ihnen«, sagte er.
Link Smith sah Hank lange an.
»David Kim meinte, sie sei bei Ihnen«, erklärte Hank.
»Ja, sie *war* bei mir, aber sie ist in Francis' Büro hinaufgegangen, um mit dem ALU-Team zu sprechen.«
Hank nahm den Tunnel unter dem Quadrat zum rückwärtigen Treppenhaus des Nordgebäudes. Er stieg die zwei Treppen hinauf und ging über den Korridor zu Francis' Büro. Die Tür stand offen. Landy Eng saß an Francis' Schreibtisch und tippte in seinen Computer.
»Link Smith meinte, Nell Kirkham sei hier«, sagte Hank.
»Sie ist eben ins Labor A hinuntergegangen.«
»Mit dem ALU-Team?«
»Ja, richtig. Richtig.«
Hank rannte wieder die Treppe hinunter und halb über das Quadrat, in der Hoffnung, Nell Kirkham zu finden, bevor sie weitere Leute aus dem 686er Team interviewen konnte, als ihm plötzlich klar wurde, daß er wieder einmal auf den Streich mit der Endlosschleife hereingefallen war. Hatten diese Männer denn überhaupt keinen Respekt? Was für Zeiten!
Währenddessen war Nell Kirkham dort, wo sie den ganzen Morgen gewesen war – sie wartete in Hank Menzingers Vorzimmer. Sie hatte über ihr Handy mit ihrem Chefredakteur gesprochen. Die *Mercury* war eine Gewerkschaftszeitung, und als Gewerkschaftsmitglied erwartete man von ihr, daß sie am Wochenende nicht arbeitete – der kürzlich neu ausgehandelte Arbeitsvertrag war diesbezüglich sehr streng –, obwohl sie logischerweise diejenige war, die den Standpunkt von La Honda zu Lloyds Rücktritt

in Erfahrung bringen sollte. Heute morgen hatte ihr Chefredakteur einen anderen Mitarbeiter beauftragt, ihre Anrufe zu tätigen, aber Nell hatte nicht die geringste Absicht, sich ihre Story von einem anderen Schreiberling wegnehmen zu lassen. Sie hatte ihrem Chefredakteur einfach nicht gesagt, wo sie war. Als Hank hereinrumpelte, fiel er fast über sie.

»Was, Sie sind *hier?«* sagte er. »Gott sei Dank!«

Nell ließ ihm fünf Sekunden, um sich zu setzen und zu beruhigen. »Wird Lloyd Acheson auch bei La Honda zurücktreten?« bestürmte sie ihn.

»Schauen Sie, Nell, immer langsam, das ist eine heikle Situation. Ich weiß, Ihre Ausgabe muß raus, aber Sie müssen uns ein paar Tage Zeit lassen, um alles auf die Reihe zu bekommen.« Ihm schien nicht wohl in seiner Haut, so wie er auf seinem Sitz hin und her rotierte. Er ritt seinen Sessel mehr, als daß er darin saß.

»Dann kann ich also davon ausgehen, daß Sie seit seinem Rücktritt nicht mit Lloyd gesprochen haben?«

»Ich kann nichts dazu sagen. Schauen Sie, Nell –«

»Ich hatte also recht, Sie haben noch nicht mit ihm –«

»Nun machen Sie mal langsam! Ich habe nicht gesagt, ob ich mit Lloyd gesprochen habe oder nicht.«

Sie fuhr fort, ihn mit Fragen zu bestürmen, in der Hoffnung, daß er sich aus reinem Frust zu einer Äußerung hinreißen lassen würde. »Ist die Finanzierung des 686ers in Gefahr? Glauben Sie, sein Rücktritt könnte etwas mit dem 686er zu tun haben? Ist etwas an den Gerüchten dran, daß der 686er in Schwierigkeiten steckt?«

»Halt, langsam, in ein paar Tagen, Nell. Ich darf keinerlei Kommentare abgeben. Es ist Wochenende, verstehen Sie, unsere Aufsichtsratsmitglieder sind über das ganze Land verstreut. Ich fürchte, Nell, ich werde Ihre Presseprivilegien hier für ein paar Tage aussetzen müssen, bis sich die ganze Aufregung gelegt hat; ich bin sicher, Sie verstehen das.«

»Das können Sie nicht machen! Sie können nicht einfach meinen freien Zugang widerrufen! Den kann man nicht nach Belieben auf- und abdrehen. Daß ich hier die letzten acht Monate herumgehängt bin, hatte einzig und allein den Sinn – den *einzigen* Sinn –, daß ich die komplette Story mitkriege, wenn etwas von Bedeutung passieren sollte.«

»Es tut mir leid.«

»Und kaum tritt das erste bedeutsame Ereignis ein, da sagen Sie, die Abmachung gilt nicht mehr!«

»Die Abmachung gilt ja noch. Ein paar Tage, mehr will ich ja nicht. Am Donnerstag kann ich wieder sprechen.«

»Die Abmachung hieß, freier Zugang von Anfang bis Ende. Ich habe mich mit dem nüchternsten Drama in der Geschichte der Zeitung abgefunden, und wofür? Für *das?«*

»Tun Sie nicht so naiv. Sie wußten verdammt gut, was passieren würde, wenn wir unsere Sponsoren schützen müssen.«

Nell sah einen Ansatzpunkt. »Ihre Sponsoren? Besteht diese Nachrichtensperre auf Ihren Befehl hin oder auf Befehl Ihrer Sponsoren?«

»Welche Rolle spielt das denn? Das ist irrelevant. Es ist ein Gebot der Höflichkeit, die Wünsche eines Sponsors in einer solchen Lage zu respektieren!«

»Wer leitet La Honda, Sie oder Omega?«

»Ich werde dazu nichts sagen. *Donnerstag.* Wir beide sollten am Donnerstag wieder miteinander reden.«

Nell *mußte* diese Story haben. Wenn sie nicht zumindest ein Zitat bekam, auf dem sie eine Geschichte aufbauen konnte, würde ihr Chefredakteur wahrscheinlich die Analyse irgendeines AP-Reporters bringen. Das hier war ihre *Chance.* Sie machte einen Versuch. »Ich schreibe für die morgige Ausgabe eine Kolumne, in der mehrere Branchenkenner spekulieren, daß Lloyd Acheson zurückgetreten ist, weil er etwas von den Schwierigkeiten bei der Entwicklung des 686ers wissen muß.« Sie hatte das einfach erfunden. »Wollen Sie, daß das so ohne jede Gegendarstellung in Druck geht? Wie wird Omega kommenden Montag dastehen, wenn das Gerücht von den Schwierigkeiten beim 686er die Börse erreicht und Omega feststellt, daß Sie es nicht fertiggebracht haben, das Projekt zu schützen?«

Sie bemerkte, wie Hank einen Moment daran zu kauen hatte. Es wurde immer schwerer für ihn, den Mund zu halten. Er saß inzwischen auf seinen Händen und sagte: »Sie haben den 686er so hautnah begleitet wie niemand sonst. Sagen Sie – sind Ihnen irgendwelche Anzeichen von Schwierigkeiten aufgefallen?«

Eigentlich nicht. Aber das ließ sie unerwähnt. »Dann bleiben Sie also dabei, daß der 686er noch im Zeitplan ist?«

»Sie haben doch die Zeitpläne am Anschlagbrett in der Eingangshalle gesehen! Was soll das heißen, ›ist er im Zeitplan‹? Natürlich ist er im Zeitplan!«

»Und soweit Sie unterrichtet sind, ist der 686er noch immer von entscheidender Bedeutung für Omega?«

»Dazu werde ich mich nicht äußern, Nell.«

»Was ist mit Lloyds gestriger Rede? Unter anderem sagte er: ›So wie sich der Markt heute darstellt, ist klein und spezifisch die Richtung, in die man gehen muß.‹ Scheint das nicht der Richtung des 686ers zu widersprechen?«

»Kein Kommentar.«

»Wann können Sie etwas dazu sagen? Montag?«

»*Donnerstag!* Glauben Sie mir, Nell, am Donnerstag werde ich Ihnen mehr erzählen, als Ihnen lieb ist.«

»Ich will diese Story *heute*. Ich war das ganze Jahr gut zu Ihnen.«

»Und wir waren gut zu Ihnen. Rufen Sie mich am Donnerstag an. Sie müssen jetzt sicher gehen.«

Nell stand auf. Sie verweigerte ihm die Höflichkeit eines Abschiedsgrußes. Sie hatte nicht genug Stoff für einen Artikel, aber sie würde trotzdem einen erfinden und an ihrem Chefredakteur vorbeizubringen versuchen.

Nachdem Andy in der Sonntagszeitung gelesen hatte, daß Lloyd Acheson »klein und speziell« als die kommende Welle im Computerbau prognostizierte, fuhr er am Montag morgen gleich um sechs Uhr ins Büro, um eine vergrößerte Kopie des Artikels an America Online zu faxen. »Ich sage Ihnen«, erzählte er seiner Kontaktperson in Virginia, »der Damm wird brechen, und wenn das der Fall ist, können Sie von Glück reden, wenn Sie mich noch ans Telefon bekommen.«

Sein Kontakt versprach, den Artikel herumgehen zu lassen und eine Diskussion darüber auf die Tagesordnung der Strategiebesprechung zu setzen, die am Nachmittag stattfand.

»Rufen Sie mich an, bevor Sie heute abend nach Hause gehen«, ließ ihn Andy versprechen, dann legte er auf und wählte die Nummer der *Mercury News* in San Jose. Er ersuchte, zu Nell Kirkham durchgestellt zu werden. Er erreichte ihre Mailbox und bat – nach einer langen Einleitung, in der er sie daran erinnerte, warum sein Name ihr bekannt vorkommen könnte – um einen Rückruf.

»Hast du ihn gesehen?« fragte er Salman, bevor sich sein Partner setzen konnte. Salman hatte den Sonntag bei seiner Familie verbracht.

»Mm.«

»Der *König* der Computer, und er spricht vom Ende einer Ära!«

»Warte mal, wovon redest du denn?«

»Von dem Artikel. Ich dachte, du hättest ihn gesehen?«

»Ach, und ich dachte, du hättest von etwas anderem geredet.«

»Machst du Witze? Wovon sollte ich denn sonst reden?« sagte Andy.

»Von einem Film.«

»Meinst du, ich bin so aufgeregt, daß ich auf- und niederspringe, sobald du hereinkommst, nur wegen eines Films?«

Salman dachte einen Moment nach. »Na ja, ich schätze, das hängt von dem Film ab.«

»Hast du mich je wegen eines Films so aufgeregt gesehen?«
»Darauf will ich ja hinaus. Du begeisterst dich nie für Filme. Wenn du endlich mal einen wirklich guten Film sehen würdest, könnte er die jahrelang angestaute Erregung freisetzen, die du unterdrückst. Du wärst überglücklich, sprudelnd, verzückt – so wie jetzt.«
»Ich habe keine jahrelang angestaute Erregung.«
»O doch. Die haben wir alle.«
»Ach, vergiß es.« Andy ging wieder an seinen Schreibtisch und warf sich in den Sessel.
Salman sah ihm zu. »Hey, was war das denn für ein Artikel, von dem du gesprochen hast?«
Gegen Mittag kam Conrad Goss zur Tür herein. Er trug eine Aktentasche, die so breit war wie zwei. Das Team hatte mit seinem Besuch nicht gerechnet, obwohl er durchaus hin und wieder vorbeischaute.
»Hey, Conrad«, frotzelte Andy. »Haben Sie die Aktentasche im Price Club gekauft? ›Doppelte Größe für den Preis einer normalen Aktentasche.‹«
Salman nahm den Gedanken auf. »Sie sollten einen Aufkleber am Gurt anbringen: ›Überbreite. Nicht überholen.‹«
Sogar Tiny gab seinen Senf dazu, allerdings lachte er bereits über seinen Scherz, bevor er den Satz noch herausbrachte. »Oder setzen Sie das Ding auf Diät. ›Okay, Aktentasche, heute gibt es nur *zwei* Kugelschreiber und *ein* Stück Papier, aber du darfst so viele Büroklammern zu dir nehmen, wie du willst.‹«
Conrad schien das nicht lustig zu finden. »Die hier? Das ist eine ganz normale, gängige Anwaltstasche«, erklärte er.
»Ich habe mich immer gefragt, warum Anwälte so muskulöse Arme haben«, stichelte Andy weiter. »Und ich dachte, das käme von dem, was sie essen.«
»Ich hätte Anwalt werden können«, sagte Salman irgendwie wehmütig.

»Was hat das denn nun damit zu tun?« wollte Andy wissen.
Bevor sie wieder abschweiften, unterbrach sie Conrad. »Wir müssen eine Sitzung abhalten, eine Vorstandssitzung, genaugenommen.«
»Noch mehr Papiere, die wir unterschreiben sollen?« fragte Salman.
»Setzen wir uns«, sagte Conrad. »Gehen wir sie durch.«
Sie holten Stühle und nahmen um Andys Schreibtisch Platz. Conrad öffnete seine Aktentasche und holte einen Stapel Dokumente hervor, dazu ein Firmensiegel. Er reichte jedem Anwesenden ein dickes Exemplar. Es war die Beteiligungsvereinbarung ihrer Gesellschaft.
»Also«, fing Conrad an, »ich habe euch die Verträge mitgebracht, damit sie auch jeder vor sich hat, falls es irgendwelche Kontroversen gibt.«
»Kontroversen?« fragte Andy. »Was ist los?«
»Immer langsam, ich komme noch darauf. Ich muß alles ganz korrekt machen. Also, nehmen wir zu Protokoll, daß alle Anteilseigner von Universe Corporation anwesend sind, und –« Als Andy einen neuen Versuch machte, etwas einzuwerfen, bremste ihn Conrad aus, allein indem er innehielt und in seine Richtung blickte. »Als Mehrheitseigner habe ich diese Sitzung einberufen. Erster Tagesordnungspunkt: Ich erhielt heute vormittag von einer kalifornischen Gesellschaft namens Everyware Incorporated ein Kaufangebot über hundert Prozent der Anteile von Universe Corp., für die Summe von fünfhunderttausend Dollar, was, wie wir zu Protokoll geben –«
»Wer zum Teufel ist ›Everyware‹!?« unterbrach ihn Andy. »Ich habe noch nie von ihnen gehört!« Er sprang von seinem Stuhl hoch und lief auf und ab, während er Conrad zuhörte.
»Moment, lassen Sie mich ausreden. Halten wir fest, daß diese Summe von einer halben Million Dollar ein Zuwachs von fünfundzwanzig Prozent gegenüber der letzten Wertschätzung vor

erst vier Monaten ist und einen beträchtlichen Gewinn für die Anteilseigner darstellt.«

»Was zum Teufel ist hier los?!«

»Noch dazu – langsam, ich bin gleich fertig – gilt dieses Angebot in bar, die Begleichung erfolgt, sobald es das Gesetz zuläßt, was in dreißig Tagen der Fall wäre, und als der Anteilseigner, dem knapp über dreiundsechzig Prozent der Firma gehören, stimme ich dafür, das Angebot anzunehmen.«

»Wir aber nicht!« knurrte Andy.

Endlich sah ihn Conrad an. »Das müssen Sie auch nicht. Ich kontrolliere die Anteile dieser Firma, Ihr Votum ist unerheblich, aber halten wir im Protokoll fest, daß sich die Minoritätseigner der Transaktion widersetzen.«

»Wir verkaufen unsere Anteile nicht«, sagte Andy.

»Wieviel wäre das für jeden von uns, etwa sechzigtausend?« wollte Salman wissen.

»Das Angebot gilt für einhundert Prozent der Anteile. Schauen Sie in Ihre Beteiligungsvereinbarung, der Wortlaut ist so üblich. Die Minoritätseigner sind verpflichtet, mit dem Mehrheitsblock zu stimmen«, erklärte Conrad.

»Sie können unsere Firma nicht verkaufen!«

»Tut mir leid, aber es ist nicht *Ihre* Firma.«

»An der Sache muß doch irgend etwas gesetzwidrig sein!«

»Nicht das Geringste daran ist gesetzwidrig, und die Sache ist auch absolut nicht ungewöhnlich.«

»Aber wir wissen noch nicht einmal – wer zum Teufel ist Everyware? Mein Gott, das ist ja unglaublich! Müssen wir nicht mit der erforderlichen Sorgfalt vorgehen, oder so? Was ist mit einer Fairneßanhörung und dem Justizminister?«

»Kein Problem, Andy. Das wird alles gemacht, und es wird keine Einwände geben. Nichts ist auch nur im entferntesten unfair daran, einen Gewinn von fünfundzwanzig Prozent in nur vier Monaten zu machen, und genau so wird es der Justizminister auch sehen. Werden Sie endlich erwachsen. Nur weil Sie die Firma nicht verkaufen wollen, haben Sie nicht das Recht, den Verkauf zu blockieren. Dieses Geschäft findet mit oder ohne Sie statt; Sie müssen nichts unterschreiben, Sie müssen nicht zustimmen, Sie müssen nur den Scheck einlösen, wenn er eintrifft. Damit sind meine Angelegenheiten hier erledigt, meine Herren, ich werde einen entsprechenden Beschluß ausarbeiten und ihn heute nachmittag selbst unterzeichnen. Ich betrachte dies als eine sehr erfolgreiche Investition, und es hat mich gefreut, mit Ihnen ins Geschäft gekommen zu sein. Schönen Tag noch.« Conrad stand auf, glättete seinen Anzug und ging, die Aktentasche unterm Arm, hinaus.

»Sie können doch nicht einfach gehen! O Gott, nein, ist denn das zu fassen?« Andy drehte sich im Kreis und sah sich in seinem Büro um. Alles schien wie früher. Das war sein Büro, wie konnte es jemand anderem gehören? Der Kalender da drüben, der gehörte ihm. Dieser Stuhl, der Schreibtisch, sie gehörten ihm. Er hatte sie mit seinen eigenen Händen gebaut. Die Arbeit an seinem Computer, jede Zeile Code, sie gehörten ihm, oder etwa nicht? Niemand konnte all das von ihm kaufen, genauso wie niemand seinen restlichen Körper kaufen konnte – all das war nicht verkäuflich, es war nichts, was man ihm einfach wegnehmen konnte.

Andy wußte vom Verstand her, was es bedeutete, die Firma zu verkaufen, aber er konnte es gefühlsmäßig nicht nachvollziehen. Er blickte umher und versuchte, ein Gefühl von Besitz zu empfinden, aber diese Firma war kein *Besitz* – sie war er selbst. Man besaß seine Hand nicht oder seinen Fuß. Andy fühlte sich so allein, so fremd in dieser Welt. Wenn ein Wind aufkäme, würde er ihn einfach davonwehen. Er spürte überhaupt nichts mehr. Das Feuer in ihm war wie ein Streichholz erloschen. Er litt nicht, er wollte nicht weinen, und er wollte nicht laut schreien; er war nicht hungrig, er wollte keinen Witz reißen, er vermißte weder

Alisa noch seine Eltern, und er wollte nirgendwo hingehen oder irgend etwas tun.

»Hey, Andy«, sagte Salman. »Laß uns herausfinden, wer zum Teufel Everyware ist, und diese Scheißkerle fertigmachen.«

»Wir brauchen einen Anwalt«, stellte Andy fest. »Kennt einer von euch einen Anwalt?«

Keiner kannte einen. Andy bat Salman, die Datei der SEC im Internet zu durchforsten und nach Everyware zu suchen. Inzwischen rief er das Büro des Staatssekretärs in Santa Clara an. Es dauerte fünf Minuten, bis er eine Frau an die Strippe bekam. Er fragte, ob sie ihm sagen könne, wer die Funktionäre einer Gesellschaft wären und wo sie ihren Sitz hätte. Man teilte ihm mit, daß derartige Informationen nicht telefonisch erteilt werden durften – er müsse ins Büro kommen, einen Antrag ausfüllen und fünf Dollar bezahlen. Es würde einen Tag dauern, bis der Antrag bearbeitet sei.

»Einen ganzen Tag, nur um etwas in Ihrem Computer nachzusehen?«

Man erklärte ihm, daß das Büro täglich zahlreiche Anfragen erhielt.

»Und wenn ich zehn Dollar bezahle, geht es dann schneller?«

Die Antwort war nein, aber wenn er nach Sacramento fahren würde, könne das Büro dort sofort nachsehen.

»Wie kommt es, daß die etwas sofort in ihrem Computer heraussuchen können, während Sie einen *ganzen Tag* dafür brauchen!?«

Die Frau konnte sich mit seinem Gebrüll nicht anfreunden und legte auf.

Salman hatte mehrere Datenbanken, das SEC-Register und die Dun & Bradstreet-Firmennachrichten nach Everyware durchsucht, aber nichts gefunden. »Wahrscheinlich ist die Firma neu«, vermutete er.

Bis Sacramento waren es hundertzehn Meilen, eine Fahrt von

zwei Stunden. Andy konnte es schaffen, bevor das Büro schloß. Es kam ihm wie die totale Verschwendung von vier Stunden vor, aber das war ihm jetzt egal. Er wußte nicht, was er sonst tun sollte, und würde sich nicht wohler fühlen, einfach nur dazusitzen, bis Anwälte zurückriefen oder Formulare fertiggestellt wurden. Ohne sich eine Chance zu lassen, es sich noch anders zu überlegen, nahm er seinen gelben Ordner mit allen Unterlagen über Universe und ging hinunter zu seinem Wagen.

Er versuchte, an nichts zu denken, nur Musik zu hören, aber alles im Radio ging ihm auf die Nerven. Hilflosigkeit ist das schlimmste Gefühl. Das Team hatte eine Menge zusammen durchgemacht, und sie hatten gegen große Widrigkeiten gekämpft, aber es hatte immer etwas gegeben, das sie tun konnten – selbst wenn es nur Programmieren war. Aus dieser Klemme konnten sie sich jedoch nicht herausprogrammieren. Der ganze Vorfall mit Conrad wirkte wie eine Sinnestäuschung. Es hatte nicht länger als zehn Minuten gedauert, und während Andy fuhr und die Landschaft betrachtete, konnte er sich leicht vormachen, daß gar nichts passiert sei, daß alles nur ein Traum oder ein Scherz war. Die Transaktion existierte nur auf dem Papier! Es kam ihm lächerlich vor, daß ein Stück Papier ihr Leben bestimmen sollte. Irgendwelche Leute unterschrieben irgendwas und erwarteten, daß alle anderen mitzogen.

Es ist nur ein Stück Papier! Es kann die Dinge nicht ändern, die Welt ist nicht anders, nur weil ein wenig Tinte auf ein Stück Papier geflossen ist. Ich bin Andy Caspar, und das kann mir niemand nehmen. Wir leben nach Regeln, die auf Papier gedruckt sind. Was ist eine Gesellschaft wert, wenn nicht alle den Regeln zustimmen? Aber ich stimme nicht zu. Ihr könnt uns das nicht nehmen. Wir haben es geschaffen. Wir. Es ist nicht zu verkaufen. Wir sind alle damit einverstanden, auf der rechten Seite der Straße zu fahren, aber es könnte ganz leicht auch die linke sein. Wir sind alle damit einverstanden, fünfundsechzig Meilen zu fahren, aber durch eine leichte Berührung fährt dieser Wagen auch neunzig. Wir sind einverstanden, daß uns unsere Arbeit durch ein Stück Papier weggenommen werden kann. *Aber ich bin nicht einverstanden!*

Andy bog vom Freeway ab, als er das State Capitol Building sah, und fuhr in eine Tankstelle, um telefonisch nach dem Weg zu fragen. Doch es gab im Telefonbuch eine Karte mit allen Behörden des Bundesstaats, und so schaffte er es bis halb fünf zum Schalter des Staatssekretariats. Er füllte einen Antrag für eine Kopie der Jahreseintragung von Everyware aus und stellte sich in die Warteschlange. Als er zum Schalter kam, bat man ihn, die Firmenkennummer von Everyware in das Kästchen einzutragen.

»Die habe ich nicht, könnten Sie das Unternehmen nicht nach dem Alphabet heraussuchen?«

Er wurde an ein Computerterminal an der gegenüberliegenden Wand verwiesen, wo er die Nummer selbst heraussuchen sollte. Nachdem er das getan hatte, reichte er das Formular wieder ein. Der Angestellte nahm seine fünf Dollar und verschwand durch eine Tür hinter dem Schalter. Andy mußte nur ein paar Minuten warten. Der Angestellte kam zurück und schob ihm die Kopie eines Mikrofiche der Eintragung ins Handelsregister hin.

Andy sah sie sich an. Seine Hände zitterten, aber überrascht war er nicht; zu diesem Zeitpunkt konnte ihn nichts mehr überraschen. Die Gesellschafter von Everyware waren Francis Benoit und Lloyd Acheson. Die Adresse war irgendwo in Hillsborough, wahrscheinlich Lloyds Privatanschrift. Andy sah sich das Formular noch einmal an, die Buchstabenform, die in die Felder getippt war. Er nahm das Formblatt mit zu einem Schalter an der Rückseite und schlug seinen gelben Ordner beim gleichen Formblatt für Universe auf. Das Schriftbild war identisch. Der Zeilenabstand war der gleiche. Andy prüfte das Datum. Er und Salman hatten den Eintrag von Universe ins Handelsregister am 24. November unterschrieben, ebenso Conrad Goss. Lloyd Acheson als

Präsident und Geschäftsführer und Francis Benoit als Vizepräsident hatten Everyware am 25. November eintragen lassen.

Zwei Stunden später saß Francis Benoit an seinem Schreibtisch bei La Honda und versuchte sich zu beruhigen, indem er bei geschlossenen Augen tief durchatmete, als Andy Caspar in das Büro stürmte. Er hatte die Fäuste am Körper geballt. Er sah aus wie jemand, der nichts mehr zu verlieren hat – ein äußerst gefährlicher Zustand. Ausnahmsweise paßte sein Auftreten zu seiner Größe.

»Irgendwie hatte ich erwartet, daß Sie mir um diese Zeit einen Besuch abstatten«, erklärte Francis.

»Sie sind ein Trottel, Francis. So kommen Sie mir nicht davon. Ich nehme mir einen Anwalt, und Sie werden noch wünschen, Sie hätten sich nie mit mir angelegt.«

»Einen Anwalt? Und was wollen Sie diesem Anwalt erzählen? Daß Sie eine Straftat begangen haben, indem Sie den Hypnotizercode nicht offenbart haben? Ja, ich weiß, Sie haben den Code gelöscht, und ich weiß, Sie haben seitdem versucht, Profit daraus zu schlagen. Sie können froh sein, daß Sie in diesem Augenblick nicht vor Gericht stehen, Caspar, und sich verteidigen müssen. Und glauben Sie bloß nicht, daß Sie nicht im Handumdrehen dort landen können, wenn ich es nur will.«

»Ich wette, Sie haben nicht einmal Hank von dem Code erzählt! Ich wette, Sie haben ihn an sich genommen und zu ihrem eigenen Vorteil benutzt. Trotz Ihrer zehn Jahre hier ist Ihnen La Honda scheißegal, Sie lassen es einfach den Bach runtergehen.«

Francis lachte über Andys falsches Mitgefühl für Hank. »Hank weiß alles, was ich ihn wissen lassen will. Aber glauben Sie, Hank hätte die weitreichenden Folgen verstanden, wenn ich ihm den Code gezeigt hätte?«

»So leicht kommen Sie mir nicht davon! Ich hänge mich an Journalisten und erzähle ihnen die ganze Geschichte, und Sie werden zum Gespött, wenn alle erfahren, daß Sie das gemeinste aller Verbrechen begangen haben – Diebstahl geistigen Eigentums. Das war *unsere* Arbeit, *wir* haben sie geschrieben, *wir* haben dafür gekämpft, *wir* haben gelitten, nicht Sie, nicht *Sie.*«

»Also Caspar, wenn Sie glauben, man hat Sie beschissen, dann stellen Sie sich hinten an. Ich habe für Omega einen Chip gebaut, der vergeudet wurde, und zum Dank dafür durfte ich noch einen bauen. Jetzt haben Sie einen Computer gebaut, der ebenfalls eine totale Vergeudung gewesen wäre, und wissen Sie warum? Weil Sie nicht das *Gewicht* haben, einen Handel abzuschließen. Sie sind eine zu kleine Nummer. Universe wäre in der Geschäftswelt jämmerlich baden gegangen. Sie brauchen Lloyd Acheson, um zu einem Geschäft zu kommen, genauso wie ich ihn brauche. Die Leute machen keine Geschäfte mit einer Technologie, und sie machen keine Geschäfte mit Firmen – sie machen Geschäfte mit *Personen.* Wir haben vielleicht neue Medien und eine neue Wirtschaft in einer schönen neuen Welt, aber die ältesten menschlichen Verhaltensmuster gelten noch immer: Man braucht Geld, um Geld zu verdienen, wie gehabt.«

»Was wissen *Sie* schon über die wirkliche Welt, wann waren Sie je draußen? Sie sind seit zehn Jahren hier isoliert und denken nur, was Ihnen in den Kram paßt.«

»Ach, wenn Sie Ihren Gesichtsausdruck jetzt im Augenblick sehen könnten, Caspar, einfach wundervoll! Sie haben also Prügel bezogen, Sie wurden reingelegt, Sie wurden betrogen, Sie haben sich die Finger verbrannt. Tun Sie nicht so überrascht, die Ursprungskräfte der Natur am Werk zu sehen. Haben Sie nichts aus der Geschichte gelernt? Sie leben in einer Phantasiewelt, Caspar, in der Sie glauben, was Sie glauben wollen. Sich selbständig machen – Sie träumen! Unternehmer – Sie träumen! Was ist die Natur der Macht, Caspar? Macht ist wie Wasser auf einer Glasscheibe. Sie glauben, Sie können Ihren Finger reinstecken und Ihr eigenes kleines Tröpfchen ableiten, Ihre eigene ungestörte Insel bilden; und Sie meinen, Sie haben es geschafft; aber dann findet Ihr Tröpfchen dieses winzige Flüßchen, das Sie übersehen haben, und so fließt es heim zum großen Tropfen, es *kriecht* zurück. Das ist seine *Natur*, Caspar, und vielleicht können Sie einen Brunnen bauen und Ihren Namen in den Sockel meißeln, und Sie können das Wasser dazu bringen, daß es eine Weile von oben spritzt, aber Sie können seine *Natur* nicht ändern, nämlich dorthin zurückzukriechen, wo alles herkommt.«

Andy versperrte den Eingang, er hatte die Füße gegen die Türpfosten gespreizt, mit den erhobenen Armen hielt er sich am Rahmen fest. »Ihr ganzes Gewäsch über den ›Lauf der Welt‹ und die ›Kräfte der Natur‹ ist nur eine psychologische Rechtfertigung, um Ihr Schuldgefühl zu mindern, das Sie nicht schlafen läßt, weil Sie sich etwas genommen haben, das Ihnen nicht gehört! Ich möchte Sie etwas fragen, Francis. Was sagt es über einen Mann aus, wenn er die Idee eines anderen Mannes stiehlt? Denken Sie darüber nach. Was sagt es über einen Mann aus, wenn er die Ideen eines anderen Mannes plagiiert? Es bedeutet, daß er keine eigenen Ideen hat. Es bedeutet, er hat nicht die Intelligenz, nicht die Geisteskraft – deshalb muß er andere bestehlen. Es bedeutet, daß er zu müde oder zu faul, zu alt oder zuwenig kreativ ist. Es bedeutet: Er hat es nicht drauf!«

»Diese Plagiatsvorwürfe, Caspar, also wenn ich mich recht erinnere, war der Code des Hypnotizers auf Tinys Computer, also nehme ich an, daß er ihn auch geschrieben hat; aber jetzt stehen Sie vor mir und sagen, ›wir‹ haben ihn geschrieben, was genauso geistiger Diebstahl ist wie das, was ich getan habe. Kein Mensch hat je Ruhm verdient, aber sie bekommen ihn trotzdem. Tiny hat einiges an Code geschrieben, Salman hat einiges an Code geschrieben, Sie haben einiges an Code geschrieben, aber *ich* habe auch einiges an Code geschrieben, Caspar. O ja, ich habe einen

Chip entwickelt, der die Leistung des Hypnotizers optimieren wird, aber ja, wachen Sie auf. Ihre Motherboards waren okay, aber ich kann bessere bauen. Also ist es auch mein Werk, Caspar. Sie dachten, Sie könnten den Hypnotizer *besitzen*, aber man besitzt in dieser Branche nur etwas, indem man sich jeden Tag beweist.«

»Seit wann, Francis? Seit wann führen Sie mich an der Nase herum? Wann wußten Sie es? Als Sie den Anruf von Travis Grissom erhielten? Als Sie den Hypnotizercode sahen?«

»Ha! Machen Sie Witze? Travis Grissom, meine Fresse. Das ist nicht Ihr Ernst, oder?«

»Doch.«

»Großer Gott, Andy, ich habe die *ganze Sache* eingefädelt. Ich suche schon seit Jahren nach einer Gelegenheit, an dem Dreihundert-Dollar-Computer zu arbeiten. Ich habe Sie auf dieses Projekt *angesetzt.*«

»Sicher, um mich zu demütigen. Weil ich scheitern würde, weil ich kein Geld hatte.«

»Nein. Weil es für Sie so *aussehen* würde. Und für Hank und Lloyd würde es wie ein Streich aussehen. Lloyd hätte nie einem Ironman erlaubt, an dem Dreihundert-Dollar-Computer zu arbeiten, das wußte ich die ganze Zeit. Am allerwenigsten mir. Aber wenn ich es nur wie einen Streich aussehen ließ, nur wie ein kleines rachsüchtiges Machtspielchen, dann würde er die Sache lange genug laufen lassen, daß Sie inzwischen einiges an Arbeit erledigt hätten. Meinen Sie, ich hätte keine Nachforschungen über Sie angestellt? Bei unserem ersten Treffen – in Hanks Büro, wissen Sie noch? Was Sie da sagten, hat gereicht, um mich auf die Idee zu bringen, daß Sie der Richtige sein könnten. Also habe ich mich in Omegas Angestelltenkartei über Sie informiert – und ich wußte gleich, daß Sie einen Groll gegen Omega hegten, ich wußte gleich, daß Sie sich gegen jeden Druck wehren würden, der von Hank oder Lloyd ausging. Ich hätte nie erwartet, daß Sie noch drei Leute zu dem Projekt überreden können, und dafür ziehe ich den Hut vor Ihnen.«

Andy konnte es nicht fassen. »Es sollte wie ein Streich *aussehen?«*

Francis konnte sich sein breites Grinsen nicht verkneifen. Er hatte sich immer gewünscht, daß es zu diesem Moment kam. »Alles lief perfekt. Ihnen sollte das Geld ausgehen, und dann sollten Sie zu einem anderen Projekt wechseln. Ich hatte vor, mir anzusehen, was Sie bis dahin geschafft hatten, ob wirklich etwas da war, so wie ich es erwartet hatte.«

»Und was hätten Sie dann getan?«

»Das hing von den Ergebnissen ab. Vielleicht selbst einen Sponsor suchen, vielleicht zu einem anderen Labor gehen, das nicht so sehr von der Idee immer leistungsstärkerer Computer dominiert wird, alles verkaufen, wer weiß? Ich wollte diesen Schritt erst tun, wenn es soweit war. Aber dann habt ihr Jungs eine Reporterin aus dem Häuschen gebracht, und dann habt ihr eure Arbeit mitgenommen. Ich mußte improvisieren. Es war alles legal, wohlgemerkt. Nicht sehr moralisch, vielleicht, aber legal. Also benutzen Sie in meiner Gegenwart nicht das Wort *stehlen.*«

»Wie sind Sie an unseren Code gekommen?«

»Es war nicht *Ihr* Code. Es war *La Hondas* Code, wir haben Ihnen keine Exklusivrechte gegeben.«

»Aber wie haben Sie ihn bekommen?«

»Er war auf Ihrem Computer, und dann war er nicht mehr drauf. Also habe ich mich gefragt: ›Wieso machen die sich die Mühe, etwas zu löschen, einen Tag bevor sie gehen? Mann, das muß *wichtig* sein.«

»Wie ist es, sich jeden Tag im Spiegel zu sehen, Francis?«

»Ach, kommen Sie mir nicht wieder damit. Das zieht bei mir nicht. Ich bin nicht mehr dreißig. Jeder erfolgreiche Mann in dieser Stadt ist genauso skrupellos wie ich. Und in fünf Jahren sind Sie es wahrscheinlich auch. Sie haben gute Arbeit geleistet, tolle Arbeit. Und jetzt gebe ich Ihrem Code die Chance weiterzuleben. Wenn ich nicht gewesen wäre, und wenn ich Lloyd nicht mit ins Spiel gebracht hätte, würden Sie eine weit schlimmere Demütigung erleiden als das, was Sie jetzt gerade erleben. Sie hätten ein überlegenes Produkt gebaut, dem man nicht mehr Beachtung schenkt als der wissenschaftlichen Arbeit eines unteren Semesters. Ich nehme Ihre Arbeit und mache sie berühmt, ich gebe ihr eine Chance, und dafür sollten Sie mir dankbar sein.«

»Erwarten Sie nicht, daß Sie demnächst ein Dankschreiben erhalten.«

»Reingelegt zu werden gehört zum Ritual, Andy. Zumindest versimple ich Ihre Technologie nicht, ich verbessere sie. Das verspreche ich Ihnen. Als *ich* reingelegt wurde, hatte ich den Falcon-Chip entwickelt, dem man eine 16-Bit-Software aufgeladen hat, die meinen Chip langsam erscheinen ließ. Analysten von der Wall Street, die zu mir aufgeblickt hatten, hörten auf damit – aus ihrer Sicht hatte ich einen Chip geliefert, der zwar schneller war, aber nicht *exponential* schneller. Es war ihnen egal, daß ihn die *Software* bremste. Ich verspreche Ihnen, daß niemand je so von Ihnen denken wird. Ich verspreche Ihnen, daß ich Ihrer Arbeit respektvoll dienen werde, und wenn Sie, von Ingenieur zu Ingenieur, nicht anerkennen können, wie wichtig das ist, dann sind Sie nicht der Mann, für den ich Sie gehalten habe.«

Andy schwieg sehr, sehr lange. Dann sagte er: »Ich mag Sie nicht, Francis. Ich weiß, Sie wollen, daß ich Sie mag; Sie wollen, daß ich die unglaubliche Raffinesse Ihres Plans würdige; Sie wollen, daß ich eine hohe Meinung von Ihnen habe, weil Sie unsere Arbeit nicht versimpeln. Aber ich tue es nicht. Ich mag Sie nicht. Ich habe kein Verständnis für das, was Sie getan haben. Darauf können Sie lange warten, Francis. Es reicht Ihnen wohl nicht, mir das Geschäft wegzunehmen, Sie wollen auch noch meinen Respekt?«

Andy trat vor, packte den Türgriff und knallte im Rückwärtsgehen die Tür hinter sich zu.

Namen – Schall und Rauch

Um Viertel vor sechs entspannten sich Francis Benoit und Lloyd Acheson vor der Pressekonferenz bei einem Drink in der Pacific Suite des Westin St. Francis-Hotels.

Im zweiten Stock des Hauses war eine Party im Gange. Lloyd hatte eine PR-Agentur engagiert, um per Telefon die Medien zu mobilisieren; sie hatten bewunderungswürdige Arbeit geleistet und einer stattlichen Anzahl von Journalisten und Zeitungsschmierern das Versprechen abgerungen, zu der Bekanntgabe zu erscheinen. Allerdings hatte es die PR-Agentur nicht geschafft, bis zwei Uhr nachmittags auch nur eine Fernsehstation so weit zu beschwatzen, daß sie einen Übertragungswagen zum Hotel schickte. Deshalb hatte Lloyd mit einer lokalen Kabelgesellschaft telefoniert, die Beiträge für CNBC, den Wirtschaftskanal, produzierte. Er gab sich als PR-Mann aus und versprach ihnen ein Exklusivvideo. »Ihr werdet die einzigen sein, die ein Video von Lloyd Achesons großer Ankündigung haben«, sagte er. Der Produzent wollte keine Exklusivstory verpassen und teilte einen Wagen ein, der später zum Hotel fahren sollte. Dann rief Lloyd die CNN-Filiale in Oakland an, bekam einen Produzenten in die Leitung und überzeugte ihn – indem er sich wieder als PR-Mann ausgab – davon, daß sich CNN bei so einer wichtigen Story nicht von ein paar Kabellegern von CNBC ausstechen lassen durfte. CNN fand tatsächlich Platz in seinem hektischen Terminplan, um ein Team an den Schauplatz zu schicken. Anschließend telefonierte Lloyd noch mit der Lokalstation von CBS. Dort war man nicht davon überzeugt, daß sie eine Kamera brauchten, um eine bloße *Ankündigung* aufzunehmen, aber Lloyd sagte ihnen, daß CNBC und CNN berichteten – sie wollten doch sicher nicht leer ausgehen, oder? Und auf diese Weise war es um sechs Uhr abends schwer, sich einen Weg durch die Menschenmenge zu bahnen, weil die vielen Kabel und Kameraakkus das Stockwerk zu einem Hindernisparcours machten. Nachdem Lloyd die Zusage von so vielen Fernsehstationen hatte, rief er die Zweigstelle der Modelagentur Look an, die, vom Westin aus gesehen, gleich auf der anderen Seite des Union Square lag, und erwähnte, daß es im zweiten Stock nur so vor Fernsehkameras wimmeln würde, und so trippelte eine schnatternde Schar schmollmundiger Kindfrauen die Geary Street herauf, als es im Hotel gerade richtig losging. Lloyd hatte außerdem ein Fax an alle PR-Agenturen der Stadt geschickt, und die Nachricht sprach sich schnell herum, so daß alle besseren Lokalberühmtheiten, die ihre Fernsehpräsenz steigern mußten – Buchautoren, Politiker, die sich um das Amt des Staatsanwalts bewarben, und alternde Sportstars, die auf neue Werbeverträge aus waren –, davon gehört hatten, daß sie ihr Konterfei in die Abendnachrichten bringen könnten, wenn sie sich um sechs Uhr im Westin-Hotel einfänden. Es war keine gewöhnliche Pressekonferenz, bei der die Medien das Publikum sind und, sobald der Sprecher zu reden aufhört, alle an die Mikrofone stürzen. Es war ein Ereignis. Es war eine Party. Junge Frauen in weißen Blusen und schwarzen Röcken gingen mit Tabletts voll Champagnergläsern umher, während junge Männer in schwarzen Satinhemden und weißen Hosen Platten mit Muscheln in Räucherschinken reichten. Doch bei all dem Getummel hatte niemand eine Ahnung, was Lloyd Acheson eigentlich bekanntgeben wollte! Lloyd war rechtlich verpflichtet, vor sechs Uhr keine Erklärung abzugeben. Alles, was man dort unten wußte, war, daß einer der Könige der Computerbranche eine Ankündigung über sein neues geschäftliches Unternehmen machte und daß dieses Unternehmen etwas mit dem legendären Francis Benoit zu tun hatte. Beim Hineingehen bekamen die Zuhörer Disketten mit einem Aufkleber von Everyware ausgehändigt; genügend Journalisten in der Menge hatten Laptops dabei und fühlten sich bald dazu ermutigt, die Diskette einzulegen, um zu sehen, was passierte. Ihr Bildschirm wurde zunächst leer, um dann mit einem Slogan wiederzukommen: »If it's not Everyware, it'll soon be nowhere.« Aber das war alles! Ihre Neugier stieg.

Oben in der Suite sagte Lloyd: »Okay, gehen wir alles noch mal durch. Ich rede über das allgemeine Konzept, den Markt, dann sprichst du über unsere speziellen Produkte. Wenn wir vom Weg abkommen, wenn die Fragen der Reporter uns in die falsche Richtung führen, denk einfach dran – ich: allgemein; du: speziell. Hab keine Angst, dich meinem Urteil zu unterwerfen; es ist besser, als wenn du am Ende eines langen Satzes nicht auf den Punkt kommst und nur heißen Dampf produzierst.«

Francis stand am Fenster und beobachtete, wie eine Nebelwand vorbeitrieb. Die Stadt lag tief unter ihm. Er trug nur ein T-Shirt und Bluejeans. Er trank ein Bier aus der Flasche. Zu Lloyd sagte er nichts.

Lloyd fuhr fort. »Falls jemand fragt, wieviel wir für die Software verlangen wollen, möchte ich nicht, daß du dazu Stellung nimmst. Verweise sie auf mich.«

»Warum sagen wir nicht einfach, daß ich ein taubstummer Programmierer bin?«

»Hey, was ist los mit dir? Du solltest begeistert sein. Du hast es geschafft, du bist ganz oben.«

»Der Weg dorthin war nur sehr lang. Er hat mich viel Kraft gekostet. Ich dachte auch, daß ich begeistert sein würde, aber fühl meinen Puls – als wäre ich gerade aufgewacht. Weißt du, was ich im Augenblick am liebsten tun würde? Beim Zimmerservice einen Burger bestellen und schauen, ob im Fernsehen ein Spiel kommt. Oder vielleicht in die Bar hinuntergehen und mit den deutschen Touristinnen flirten. Das hier kann ich tun oder bleibenlassen. Ich weiß auch nicht. Da habe ich gelogen, betrogen und die Ellbogen eingesetzt, um zu bekommen, was ich wollte, nur um dann festzustellen, daß alles, was die Sache an Vergnügen bietet, bereits ausgelutscht ist.«

»Da bist du nicht der einzige«, meinte Lloyd.

»Ich dachte, das sei der Moment, in dem du am hellsten strahlst.«

»Nein, das ist nur das Licht, das sich auf meinem Gesicht spiegelt. Schau, Francis, du kannst nicht mit so einer sauren, grüblerischen Miene da runtergehen. Die Presse will eine Geschichte hören, und zwar eine gute. Sie wollen etwas über diesen schöpferischen Moment erfahren, als du gesagt hast: ›Ich hab's!‹ Sie werden wissen wollen, wo du gerade gestanden oder gesessen bist, was der Auslöser war, ob du eines Tages deine Nichte betrachtet hast – und plötzlich ist es dir durch den Kopf geschossen. Ob du dann lange darüber nachgedacht und auf den richtigen Augenblick gewartet hast. Sie machen nur ihren Job. Sie bewundern dich nicht wirklich, du bist ihnen eigentlich egal, sie wollen nur eine Geschichte. Es spielt keine Rolle, was du sagst, sie schreiben alles auf und verkaufen es als die tollste Sache der Welt.«

»Im Grunde wollte ich immer nur bei La Honda bleiben, aber ich konnte mich nicht länger verstellen. Die Industrie hat sich immer mehr eingemischt.« Francis ließ sich rücklings auf das Bett fallen. Er starrte an die Decke.

»In Ordnung, aber kannst du das vielleicht mehr in eine Geschichte kleiden?«

»Die Geschichte ist, daß die Software von Omega meinen Chip versimpelt hat.«

»Ich weiß nicht, ob du ausgerechnet in diesem Augenblick negative Statements abgeben solltest.«

»Dann sollte sie vielleicht jemand anderer abgeben.«

»Was soll das heißen?«

»Nichts.«

»Hey, das ist jetzt nicht der Augenblick, um plötzlich Idealismus zu entwickeln, Francis. Fang nicht an, so zu tun, als hätte ich dir die Unschuld geraubt; versuch nicht, dich freizusprechen von dem, was wir in Gang gesetzt haben – nicht an diesem Punkt! Wir sind nicht mehr fünfundzwanzig, Francis, du brauchst den Ruhm genauso wie ich. Wir werden älter, wir wollen alles, so oder so; wir können nicht beiseite stehen und zuschauen, wie andere die Aufmerksamkeit erhalten, die wir ebensogut verdient haben.«

Francis dachte darüber nach und verstand die Weisheit in Lloyds Worten. Vor zehn Jahren hatte ihn ausschließlich seine Arbeit interessiert. Das traf jetzt nicht mehr ganz zu. »Ich wollte dich schon seit langem etwas fragen. Diese Legende über dich, die alle kennen. Ich muß das jetzt wissen. Über die zwei gebrochenen Beine, mit denen du fünf Meilen marschiert bist, der Wendepunkt in deinem Leben.«

»Was ist damit?«

»Stimmt die Geschichte? Oder hast du das damals nur so erzählt, weil du dachtest, es spielt eigentlich keine Rolle, was du sagst?«

»Gebrochene *Knöchel.* Zwischen einem gebrochenen Knöchel und einem gebrochenen Bein ist ein großer Unterschied. Die Geschichte stimmt genau, aber sie ist noch nicht zu Ende. Ich versuche seit Jahren, die ganze Geschichte zu erzählen, aber niemand will sie hören. Weißt du, wir hätten diesen Berg damals überhaupt nicht besteigen sollen, es war zu riskant. Aber ich war stur, das Ganze war mir eine Nummer zu schwer, ich wollte es nur nicht zugeben. Alle dachten, das war der Tag in meinem Leben, an dem ich zum Kämpfer wurde – fünf Meilen mit gebrochenen Knöcheln. Aber das Gegenteil war der Fall: Es war der Tag, an dem ich aufhörte, so verdammt stur und dickköpfig zu sein. Jeder hat so eine Geschichte. Niemand ist sein ganzes Leben lang nur gut. Manche Leute begehen Unterlassungssünden, aber irgend etwas ist es immer. Sturheit, verstehst du? Die Weigerung, seine Grenzen zu erkennen. Jeder kann in die Zukunft sehen. Aber nicht sehr viele Leute sind fähig, das Ende der Gegenwart zu sehen.«

Francis hörte zu. Was er hörte, gefiel ihm; er wollte mehr erfahren. Es war noch nicht lange her, vielleicht acht Monate, da hatte er in Lloyd Acheson einen Feind gesehen. Aber sein Feind war nicht Lloyd Acheson, sein Feind war der Vorstandschef von Omega. Lloyd Acheson war einfach jemand, der seinen Job machte. Francis war ihm nicht mehr böse. *Alles wird gut.* Er ging zum Laptop, den er mit geschlossenem Schirm auf dem Schreibtisch hatte laufen lassen. Er öffnete ihn. »Sieh dir das mal an«, sagte er. »Ich habe heute daran herumgetüftelt, wie das Betriebssystem den Arbeitsspeicher ansprechen soll, und bin auf diese Sache gekommen, die ich den ›Anticipator‹ getauft habe. Er nimmt vorweg, was du als nächstes machen willst, und beginnt auf den Arbeitsspeicher zu laden, bevor du ihn überhaupt aufforderst.«

Lloyd trat hinter ihn. »Was meinst du, gehen wir nach unten?«

Die Pressekonferenz war eine Schande, nicht die Gehirnzellen wert, sie aufzuzeichnen. Francis Benoit sah Lloyd reden, und er sah sich selbst reden, er setzte an den passenden Stellen ein Grinsen auf, und dann ging er draußen in der Lobby umher, halb angewidert von dem, was er geschaffen hatte, halb belustigt. Wenn es ein Spiel war, wollte er mitspielen. Falls es zum richtigen Leben zählte, wollte er nichts damit zu tun haben. Um ein Spiel daraus zu machen, studierte er die Schuhe der Leute. Wie ein Anthropologe schuf er Kategorien und verfolgte die Systematik in seinem Kopf. Es gab nichtorganische Schuhe: Polyurethan, Vinyl, Gummi, Kunstleder. Es gab organische Schuhe: Segeltuch, Rindsleder, Schlangenleder, Köper. Es gab Schuhe, in die man nur mit Hilfe beider Hände kam – Kniestiefel, Oxfords, Schnal-

lenschuhe –, und Schuhe, in die der Fuß seinen Weg von allein fand – Sandalen, Clogs, Pumps, Mokassins. Es gab zurückhaltende Schuhe und Aufmerksamkeit heischende Schuhe.
Als ihm die Kategorien ausgingen, floh Francis wieder nach oben, verschloß seine Tür, stellte das Telefon auf »Bitte nicht stören« und trank ein paar Bier aus der wohlgefüllten Bar. »Willkommen in einem Leben, in dem sich unsichtbare Geister um alles kümmern«, sagte er laut zu seinem Spiegelbild.
Einige Minuten später lief er in den Straßen umher, starrte auf die hellen Lichter und den spitzen Schulterschwung von Frauen, die an den Straßenecken standen, und erkannte, daß das, was ihm am meisten angst machte, sein Bedürfnis war, über lange Zeitabschnitte allein zu sein. Er konnte seinen eigenen Gedanken und seinem unablässigen Kommentar dazu lauschen, ohne sich je zu langweilen, und eines Tages würde er aufwachen, und niemand würde mehr etwas von ihm wollen. Seine Schutzmechanismen würden ihn zugrunde gerichtet haben, er würde weder Freunde haben noch die Fähigkeit, welche zu finden.
Francis ging zurück in sein Hotelzimmer. Er legte sich ins Bett und starrte an die Decke, und nach einer Weile ging er hinüber zu seinem Laptop und fing an, seine Arbeit zu überprüfen.
Am Morgen stand er auf, ließ sich Kaffee bringen und betrachtete die Bilder von sich in der Zeitung, die ihm sonderbarerweise nichts bedeuteten. Er wußte nicht, woran es lag. Hatte er das Gefühl, es verdient zu haben, und war sein Foto also *selbstverständlich* in der Zeitung, oder war sein Bild in der Zeitung nur dann aufregend, wenn er es mit jemandem teilen konnte? Er glaubte nicht, daß irgendwer das Konzept von Everyware verstand, er glaubte nicht, daß sie es »kapierten«, und auch Schlagzeilen im Wirtschaftsteil änderten daran nichts. Sie werden es nie kapieren.
Francis stieg in dieselben Klamotten, die er schon am Vortag getragen hatte, und ging Richtung Finanzdistrikt, wo er und Lloyd sich am Vormittag mit ihren Investmentbankern treffen wollten.

Er fuhr mit dem Expreßaufzug in eins der Obergeschosse des BankAmerica-Gebäudes, wo sein Freund und Portefeuilleverwalter Quentin Black in seinem Büro auf ihn wartete. Sie gaben sich die Hand. Quentin sah mit seinen nach hinten geschleckten, glänzenden Haaren wie eine Stockente aus. Die Leute, die in den mit schweren Teppichböden ausgelegten Fluren vorbeigingen, starrten Francis an, als sei er ein Fahrradkurier, der sich verlaufen hatte. Quentin brachte Francis über eine nichtöffentliche Wendeltreppe nach oben. Sie kamen in einen Konferenzraum mit derselben Aussicht wie sein Hotelzimmer. Ungefähr zehn Leute in Anzügen saßen da und plauderten mit Lloyd Acheson, als wäre er eine Berühmtheit, was in gewisser Weise ja auch stimmte. Makellose Anzüge. Quentin und Francis traten ein, und Lloyd stand sofort auf, um Francis als den »Mann mit dem großen Gehirn« vorzustellen. Alle gaben sich jovial. Sie versuchten nicht, ihm beim Händeschütteln die Hand zu brechen. Quentin und Francis setzten sich hinten im Raum an die Wand.

Einer der Männer sagte: »Dieses Geschäft ist so heiß, daß ich auf dem Börsenprospekt Bacon braten könnte.«

Ein anderer stimmte zu. »An den Börsen schwirrt und summt es heute morgen, daß man meinen könnte, die Killerbienen sind endlich da. Lloyd, Ihr Name ist Gold wert. Er ist eine *Währung*. Ich sage nur ›Lloyd Acheson‹, und ausnahmsweise hören mir meine Kunden mal zu.«

»Vielleicht könnte Lloyd eins seiner L verkaufen und so ein bißchen Geld reinbringen«, meinte jemand.

»Das große oder das kleine L?«

»Auf jeden Fall das große. Die Spanne zwischen Groß und Klein war nie gewaltiger. *Carpe diem*.«

Darüber mußte sogar Francis lächeln.

An der Stirnseite des Raumes sprang ein Televideoschirm an, der zwei Männer in Sesseln zeigte. Es handelte sich um die Leiter der High Technology Research Unit und des Capital Markets Syndicate. Francis vermutete, daß sie in New York saßen, war sich aber nicht ganz sicher. Sie begannen, einen Plan für Everyware zu umreißen. Sie empfahlen, die übliche zweite und dritte Finanzierungsrunde durch Risikokapital und Fremdfirmen zu überspringen und direkt auf einen Börsengang in sechs Wochen zuzustreben. Der Markt war heiß und die Nachfrage groß, und sie wollten ihr Startfenster nicht verpassen. Sie vertraten die Auffassung, daß Everyware nur fünfundzwanzig Prozent seiner Anteile der Öffentlichkeit anbieten und die verbleibenden Anteile gegen die Aktien anderer neuer Firmen eintauschen solle. Sie deuteten an, daß Everyware durch Ankäufe viel rascher wachsen könne als durch ihre eigenen Verkäufe. Es war die Strategie einer »Portefeuillefirma« – die Börse vertraute darauf, daß Lloyd Acheson die richtigen Internetfirmen für sie erwerben würde. Everyware würde mehr ein Investmentfonds sein als eine Produktionsfirma.

Ein Stapel Broschüren mit Spiralbindung wurde herumgereicht. Sie gelangten schließlich zu Francis, der eine nahm und sie durchblätterte. Auf die Schutzhülle aus Plastik war »Everyware, Inc.« aufgeprägt. Der Inhalt schien viele der Argumente zu erläutern, die die Männer auf dem Videoschirm vorgebracht hatten. Die hochwertige Qualität der Broschüre vermittelte Francis das Gefühl, daß der vorgeschlagene Plan bereits *der* Plan war und diese Sitzung weniger der Ideensammlung diente, als vielmehr einen Überblick über Entscheidungen geben sollte, die schon getroffen waren.

Francis stand langsam auf. »Lloyd?« sagte er. »Ich muß mit dir reden.«

Lloyd wandte sich um. »Bringen wir erst die Konferenzschaltung zu Ende.«

»*Sofort*, Lloyd.«

»Diese Konferenz –« Lloyd hielt inne und verzichtete darauf, Francis von oben herab zu behandeln. Er wies nach draußen und nahm den anderen Weg um den Tisch herum. Sie trafen sich im Korridor.

»Was ist los?« wollte Lloyd wissen.

»Das geht alles schneller, als ich dachte.«

»Wenn dir das schon schnell vorkommt, dann warte mal ab.«

»Nein. Ich dachte, es wäre noch Zeit für ein wenig Input. Diese Broschüre, schau sie dir an, ihr habt die Entscheidungen bereits getroffen.«

Lloyd hatte die Hände in die Hüften gestützt, sein Rücken war militärisch gerade. »Ich dachte, du willst mit Finanzierung und Management nichts zu tun haben.«

»Will ich auch nicht, aber –«

»Sei unbesorgt. Du wirst deine eigene Forschungsabteilung bekommen, du wirst zwanzig Millionen Dollar wert sein, niemand kann dir etwas.«

»La Honda, Hank, er braucht unsere Hilfe.«

»Überlaß das ruhig mir.«

»Nein, warte doch mal, langsam, hör auf, mich zu hetzen. Ich dachte, es wäre noch Zeit, es dir zu sagen. Ich will nämlich, daß wir La Honda fünf Prozent der Firma verkaufen. Vielleicht weißt du ja davon, vielleicht auch nicht, aber Hank hatte im letzten Jahr einige Schwierigkeiten da unten, und wir müssen ihm aus der Patsche helfen. Das hier reicht fünfmal dafür. Ich weiß nicht, ob ich es ihm schulde oder ob du es ihm schuldest, aber ich will das jedenfalls so haben.«

»Wozu? Es kostet uns nur Geld.«

»Das ist mir egal.«

Lloyd warf einen Blick in den Konferenzraum. Er wollte die Leute nicht länger warten lassen. »Können wir nicht später darüber reden?«

»Was gibt es da zu reden?«

Lloyd seufzte. Es schien ein resignierendes Seufzen zu sein. »Muß ich jetzt wegen jeder Entscheidung zu dir kommen?«

Darauf antwortete Francis nicht. Er tänzelte nur zurück in den Konferenzraum und nahm seinen Platz wieder ein. Lloyd folgte ihm.

Lloyd räusperte sich. Er hatte ein Talent dafür, es genau so zu machen, daß es nicht unnatürlich klang. »Es gibt ein paar Zusatzvereinbarungen zu diesem Plan«, verkündete er. »Es gibt eine kleine Transaktion in der zweiten Runde, aber die sollte uns nicht aufhalten. Ich erkläre Ihnen die Einzelheiten später.«

Lloyd und die beiden Typen in New York begannen zu diskutieren, wie viele von den Everyware-Aktien für die Angestellten reserviert bleiben sollten. Lloyd nahm wohl an, daß es üblich war, einen großen Prozentsatz beiseite zu legen, aber die beiden New Yorker schienen über diesen Einfall eher belustigt.

»Wir haben nicht mehr 1986«, sagte einer.

Der andere ergänzte: »Gib deinen Hof nie ab, wenn du nicht mußt.«

Francis wandte sich an Quentin Black und flüsterte: »Ich dachte, die meisten Angestellten bekommen *immer* Aktien.«

»Topmanager, sicher. Aber die Zeiten, wo sich Sekretärinnen mit fünfunddreißig zur Ruhe setzen, sind vorbei. Gib ihnen zu Weihnachten einen Satz Steakmesser, und sie sind glücklich.«

Francis stand wieder auf. »Entschuldigen Sie«, sagte er. »Entschuldigen Sie, mal langsam hier.« Er ging nach vorn und stellte sich neben Lloyd. »Vielleicht haben Sie alle recht mit Ihrer Einschätzung, was wir herausholen können, wenn wir nur wollen – aber ich will nicht. Ich möchte, daß die Angestellten Aktien bekommen. Ich möchte Leute, Ingenieure, vom College weg anstellen und zu ihnen sagen können: ›Hier hast du ein Stück vom Kuchen.‹«

Lloyd blickte ihm über die Schulter und sagte: »Laß mich machen, Francis.«

»Nein, du machst gar nichts. Ich will das, und dann bekomme ich es auch; und ihr alle hier macht, was ich will, und zwar ohne

Diskussion. Ihr hier, ihr stellt die Kalkulation auf und bereitet die Unterlagen vor und sorgt dafür, daß die Seitenzahlen stimmen und ihr eure Provision bekommt – aber versucht nicht, euch eine hinter meinem Rücken zu erschwindeln. Ihr wollt, daß die Sache schnell über die Bühne geht? Schön, dann haltet euch nicht damit auf, mit mir zu streiten, und hofft nicht, daß ich meine Meinung ändere. Also, ich werde diese Sitzung nicht über mich ergehen lassen und darauf warten, daß ich eine Vollmacht für euch unterschreiben darf. Wenn ich etwas unterschreiben soll, könnt ihr es mir heute nachmittag nach Hause bringen lassen.«

Francis verließ den Raum, ohne ihnen eine Möglichkeit zur Erwiderung zu geben, und trat durch eine Tür in den Aufzugsvorraum. Als er das Gebäude verließ, wandte er sich nach Süden. Auf der anderen Straßenseite stach ihm etwas ins Auge.

Eine fünfzehn Meter breite Reklametafel präsentierte sich dem Verkehr, der die Kearny Street heraufkam. In schwarzen Lettern auf weißem Hintergrund stand hier zu lesen:

High-Tech-Insider
tragen außen Lo-Tech.
Arbeitskleidung von Lo-Tech –
Wenn Arbeit zum Vergnügen wird.

In kleinerer Schrift stand auf der rechten Seite der Zusatz: »Model: High-Tech-Insider Hank Menzinger.« Aber das Bild zeigte nicht Hank. Es war Andy Caspar, der ein Sporthemd mit V-Ausschnitt und Reißverschluß am Kragen trug. Andys Kopf ragte einen halben Meter über das Rechteck der Reklametafel hinaus. Er lachte, oder so etwas. Und sein Blick gab zu verstehen: Ich habe mehr Spaß als ihr.

Donnerwetter! Das war ja unglaublich! Wie hatte Caspar das nur gemacht? Was für ein phantastischer Streich! Francis fühlte Stolz.

Er stand da und schaute hinauf. Er hatte das drängende Bedürfnis, einen der vielen Passanten aufzuhalten, an der Schulter zu packen und auf die andere Straßenseite zu deuten: »Hey! Hey! Diesen Burschen *kenne* ich!«

Nell Kirkhams Hände schwebten über der Tastatur und warte-ten darauf, daß die Worte kamen. Sie war wütend, nervös, erregt und verbittert; so viele Gefühle stürzten auf einmal auf sie ein, daß sie sich nicht beruhigen konnte. Sie spürte dieses Flattern in der Brust, das sie bekam, wenn sie zuviel Kaffee trank. Ihr Bildschirm war leer. Ihr Telefon läutete schon wieder, aber sie nahm den Hörer nicht ab. Sie mußte diese Story schreiben. Als sie heute morgen zur Arbeit gekommen war und den Leitartikel über Everyware gesehen hatte, sah sie ihre Chance, sich an Hank zu rächen, weil er ihr den Zugang zu La Honda verweigert hatte. Everyware war zweifelsohne eine Weiterentwicklung des VWPC – das Gerät, für das Andy Caspar einen Sponsor gesucht hatte. Das Gerät, über das sich Hank Menzinger vor vier Monaten lustig gemacht hatte. Er hatte gemeint, es sei »nichts wert«. Sie warf einen Blick in ihre Notizen – »keinen Sponsor wert, meine Zeit nicht wert, Ihre Zeit nicht wert«, hatte er gesagt. Jetzt ließ Francis Benoit alle Welt glauben, er habe das Ding erfunden. So direkt hatte er es zwar nicht gesagt, aber diesen Schluß würde man aus dem Artikel von heute morgen ziehen. So einfach kamen die ihr nicht davon! Hank hatte gewußt, daß sie diesen Artikel schreiben würde; er hatte gesagt, er würde heute, Donnerstag, sprechen, und heute morgen hatte er vier Nachrichten auf ihrer Mailbox hinterlassen, aber sie hatte nicht vor, ihn in die Sache hineinfunken zu lassen.

Jemand tippte sie an die Schulter. Es war einer ihrer Kollegen, der zum Eingang der Redaktion deutete. Mit großen gemächlichen Schritten, jeden angrinsend, der in seine Richtung schaute, kam Hank Menzinger auf sie zu.

Hank lachte in sich hinein, weil alle Reporter ein Telefon mit Kopfhörer trugen. Hier sah es eher aus wie in der Bodenkontrolle in Houston als wie in einer Redaktion. Wären die Wörterbücher und Thesauri auf allen Schreibtischen nicht gewesen, hätte die Redaktion nichts vom Büro einer Versicherungsgesellschaft unterschieden, in dem irgendwelche Papiere bearbeitet wurden.

»Ich nehme an, Sie schreiben über Andy Caspar«, sagte er, als er bei Nell Kirkham angelangt war. Sie sah fix und fertig aus. Manche Frauen ließ das besonders anziehend erscheinen; sie gehörte nicht dazu.

»Worüber ich schreibe, geht Sie gar nichts an.«

»Ich habe eine bessere Story für Sie, der Insiderknüller. Warum Lloyd Acheson Omega verlassen hat. Ich gebe Ihnen die Story, wenn Sie die Geschichte über Andy Caspar bleibenlassen.«

Ihre Augen wurden zu schmalen Schlitzen. »Sie versuchen, seine Beteiligung zu verheimlichen.«

»Das ist nicht der Skandal, für den Sie es halten, Nell. Technologie ist immer eine Teamleistung, aber die Teams ernten nie den Ruhm. Diese Story kommt bestenfalls unten auf die Titelseite. Eher auf Seite drei.«

»Vor vier Monaten hielten Sie den VWPC für einen Witz, und Sie wollen verhindern, daß ich die Öffentlichkeit darauf aufmerksam mache. ›Nichts wert‹, haben Sie damals gesagt. Sie versuchen, Ihren Ruf als Visionär zu wahren. Das ist alles, worum es Ihnen geht.«

Damit hatte sie nicht unrecht. Aber schreiben würde sie nicht darüber. »Lloyd hat Omega wegen des 686ers verlassen«, erklärte Hank. »Die Story war die ganze Zeit direkt vor Ihrer Nase, aber weil Sie der technischen Seite keine Aufmerksamkeit geschenkt haben, haben Sie das Offensichtliche nicht gesehen. Wenn jemand anderer diese Geschichte kriegt, stehen Sie dumm da.«

Das saß.
»Lassen Sie mich Ihnen die inoffizielle Version erzählen«, fuhr Hank fort. »Wenn Sie Gebrauch davon machen – und ich denke, das werden Sie –, dann müssen Sie der Story über Andy Caspar abschwören. Abgemacht?«
»Gehen wir in den Konferenzraum und sprechen es durch.«
»Erst will ich wissen, ob wir eine Abmachung haben.«
»Also gut. Abgemacht.« Es tat ihr weh, das zu sagen.
Sie gingen den Flur entlang zu einem leeren, nach innen gelegenen Raum ohne Fenster. Hank setzte sich an einen kleinen Kartentisch. Sie lehnte sich an die geschlossene Tür.
»Ich nehme an, beim 686er gibt es Schwierigkeiten, und Lloyd mußte den Kopf dafür hinhalten, richtig?« eröffnete Nell das Gespräch.
Hank gluckste. »Wohl kaum. Der 686er ist im Zeitplan, alles läuft glatt.«
»Was ist es dann?«
»Unterbrechen Sie mich, wenn es zu technisch wird, Nell. Zunächst ein bißchen Geschichte. Francis Benoits Falcon-Chip war in der Lage, mit 32-Bit- und 64-Bit-Software zu laufen. Statt dessen installierte Omega Windows-Software mit 16 Bit und vergeudete ihn auf diese Weise. Als der 686er an der Reihe war, wollte Francis nicht, daß das noch einmal passierte. Der 686er ist nicht nur geeignet für 64-Bit-Software, er ist dafür *optimiert.* Er ist technisch gesehen ein Meisterwerk. Aber er hat einen Haken: Wenn man versucht, 16-Bit-Software auf ihm laufen zu lassen, wird er *langsamer.*«
»Der 686er ist langsamer als der Falcon?« Es fiel Nell anscheinend schwer, das zu glauben.
»Nur bei alter Software«, stellte Hank klar.
»Wie zum Beispiel sämtliche Windows-Anwendungen.«
»Richtig.«
Ihr Interesse war geweckt. »Okay, machen Sie weiter.«

»Das hat natürlich Konsequenzen. Ein Chip muß für Windows geeignet sein, um ein Massenartikel zu werden. Wenn er kein Massenartikel ist, kann Omega niemals die Stückzahlen herausholen, um den Preis für den Normalverbraucher attraktiv zu machen. Das bedeutet, daß der 686er trotz seiner technischen Überlegenheit nie ein Chip für einen Desktop-PC sein wird.«
Sie stieg darauf ein. »Dann müssen Omegas Pläne, die Zukunft ihres Unternehmens auf dem Chip aufzubauen, neu überdacht werden.«
»Genau.«
»Es ist kein Chip für den Normalverbraucher«, wiederholte sie, um sicherzugehen, daß sie richtig verstanden hatte.
»Es ist mehr ein Chip für eine Workstation«, erklärte Hank.
»Hat Omega das gerade erst herausgefunden?«
»Nein, sie wußten es die ganze Zeit. Francis hat nie ein Geheimnis daraus gemacht. Sie wollten sich nur nie mit den Konsequenzen auseinandersetzen. Sie ließen die Dinge einfach laufen. Lloyd sah alles kommen. Er wußte, sie brauchten eine neue Strategie. Letzten Freitag ging er in den Aufsichtsrat und stellte ihnen ein Ultimatum. Er forcierte die Angelegenheit.«
Hank bemerkte, daß soweit alles bei ihr angekommen war. Sie nickte bedächtig. Dann sah sie ihn an und sagte: »Okay, ich hole nur mein Tonbandgerät und gebe meinem Chefredakteur Bescheid. Bleiben Sie hier. Ich brauche alle Einzelheiten.«

Am späten Nachmittag hatte Andy Tiny endlich dazu überre- det, das Büro zu verlassen und einen Spaziergang zu machen. Sie gingen in Richtung der von Bäumen gesäumten Wohnstraßen in Menlo Park.
»Wo ist Salman heute?« fragte Tiny. Salman war überhaupt noch nicht aufgetaucht.

»Er stellt Nachforschungen für mich an.«
»Was, juristischer Kram?«
»Es hat eigentlich überhaupt keinen Sinn, darüber zu reden, außer er entdeckt eine Möglichkeit«, erklärte Andy.
Andy und Tiny trugen ihre karierten Golfhosen. Tinys Körper gab alle möglichen Geräusche von sich. Seine Schenkel rieben aneinander und erzeugten bei jedem Schritt ein »Vrap«. Seine Turnschuhe schlurften über das Pflaster. Wenn seine Arme an den Hüften vorbeischwangen, blieb seine Armbanduhr mit einem Klicken an irgendeinem Material hängen. Dazu ging sein Atem leicht gepreßt und schwer.
»Du bist wie eine Ein-Mann-Band«, kommentierte Andy.
»Hm?«
»Du machst eine Menge Lärm.«
»Ich gehe einfach nur.«
»Hast du als Kind zu viele Jerry-Lewis-Filme gesehen? Schau dir mal deinen Gang an, deine Bewegungen.«
Tiny sah an sich hinab. »Ich gehe immer so.«
»Tiny, was ist Klang?«
»Klang? Eine sehr lange Wellenlänge.«
»Klang ist *Energie.* Hör dir zu, da wird Energie freigesetzt, die in deine Fortbewegung fließen könnte.«
»Was mache ich falsch?«
»Du schleifst mit den Zehen über den Boden. Bleib mal kurz stehen. Stop.«
Sie hielten an.
Andy bückte sich und zeigte auf Tinys Turnschuhe. Unter der großen Zehe war die Sohle fast durchgescheuert. »Zieh deine Schuhe aus«, schlug Andy vor.
»Wieso?«
»Wenn du mehr Konditionstraining machen willst, mußt du leichter auftreten, sonst brauchst du jede Woche ein neues Paar Schuhe.«

Tiny zog die Schuhe aus.
»Die Socken auch«, ermunterte ihn Andy. Dann fischte er ein Schweizer Armeemesser aus der Tasche. Er schnitt die ersten beiden Zentimeter der Gummisohle aus Tinys Turnschuhen. »Okay, zieh sie wieder an, aber ohne die Socken.«
»Aber dann schauen ja meine Zehen heraus!«
Genau das war der Punkt. Als sie weitergingen, paßte Tiny auf, daß seine Zehen nicht auf dem Boden schlurften. Das Geräusch seiner Füße verschwand.
Nach einer Weile sagte Tiny: »Du bist ein guter Freund, Andy.«
»Danke.«
»Hast du heute morgen die Zeitung gelesen?«
»Wie sollte ich nicht.«
»Hast du diese Geschichte aus Rumänien gesehen?«
»Was? Nein – ich habe nur über Everyware gelesen. Tut sich dort politisch etwas?«
»Hm? Nein, von dem Baumbären, den sie entdeckt haben.«
»Sie haben einen Bären entdeckt, der in Bäumen lebt?«
»Ja. Dann weißt du auch, was das bedeutet?«
Andy dachte laut nach. »Na ja, ein Bär, der auf Bäume klettert, hat wahrscheinlich lange Zehen statt Tatzen wie andere Bären.«
»Das kommt der Sache schon nahe.«
»Und er muß wahrscheinlich nach oben langen können, also muß seine Wirbelsäule anders gebaut sein.«
»Weiter.«
»Und die Spuren, die er mit seinen Zehen hinterläßt, sind wahrscheinlich sehr merkwürdig, eher wie von einem sehr großen Menschenaffen. Ah! Ist es etwa eine Erklärung für Bigfoot?«
»Bingo! Siehst du, Andy, du brauchst die Zeitung nicht einmal zu lesen. Du liest nur die Schlagzeilen, und den Rest kannst du dir zusammenreimen, wenn nötig. Spart Gehirnzellen.«
»Es ist jedenfalls schön zu hören, daß du auch noch etwas anderes liest als ›Die Kanonen von Navarone‹.«

»Mach das Buch nicht runter!«

»Ich mach es nicht runter«, sagte Andy. »Ich freue mich nur, daß du teilnimmst an dem, was in der Welt vor sich geht.«

»Dafür werden wir nun ja eine Menge Zeit haben. Hast du schon mit irgendwelchen Anwälten gesprochen?«

»Mit ein paar. Hört sich an, als würden sie uns dreihundert Dollar die Stunde kosten, und keiner von ihnen scheint zu glauben, daß unser Fall leicht wird.«

Als sie zum Büro zurückkamen, stand Francis Benoit an sein schickes Auto gelehnt auf dem Parkplatz und wartete.

Andy und Tiny blieben stehen.

»Was tun Sie hier?« fragte Andy.

»Ich wollte mit euch beiden reden.«

»Aber wir wollen nicht reden. Also gehen Sie, hauen Sie ab.«

»Lassen Sie mich zuerst etwas sagen.«

»Ich habe gesagt, Sie sollen hier verschwinden.«

»Hören wir uns doch an, was er zu sagen hat. Wieso nicht?« beschwichtigte Tiny.

»Ich möchte, daß Sie für mich arbeiten. Ihr ganzes Team.«

»Sie lügen«, erboste sich Andy. »Das ist nur ein neuer Trick.«

»Ich lüge nicht. Wieso halten Sie mich für so schlecht? In zehn Jahren von heute an, oder in fünf, wenn Sie gesehen haben, wie sich diese Branche ein paarmal völlig neu formiert hat, werden Sie vielleicht begreifen, daß ich gar nicht soviel anders bin als Sie.«

»Ich möchte, daß Sie jetzt gehen, *sofort.*«

»Ich kann gute Leute gebrauchen. Ihr Jungs habt euch bewährt. Ihr würdet Optionen auf Aktien bekommen. Ihr könntet mehr Geld verdienen, als ihr je verdient hättet, wenn das noch eure Firma wäre. Geld bedeutet Freiheit.«

»Tut mir leid, ich werde nicht mein Leben lang so tun, als hätten *Sie* die PowerStation erfunden. Und ich werde auch nicht zulassen, daß Sie so tun.«

»Darum habe ich nicht gebeten. Ich spiele mit offenen Karten. Die Jobs wären gut, unbeschränkte Möglichkeiten. Und Ihr Team könnte zusammenbleiben.«

»Ich werde niemals einen Job von Ihnen annehmen.«

»Doch, das werden Sie wohl. Das werden Sie, weil Sie an das glauben, was Sie geschaffen haben, und nicht zusehen wollen, wie es in schlechten Händen verkommt. Sie wollen Ihr Projekt nicht scheitern sehen. Ich habe Ihnen vielleicht die Eigentümerschaft genommen, aber nicht den Stolz auf Ihre Arbeit. Sie sind nicht der Mensch, der im Stich läßt, was er einmal begonnen hat – wenn Sie der wären, wäre dieses Projekt längst gestorben. Vielleicht hassen Sie sich inzwischen dafür, daß Sie so verdammt engagiert sind, aber auch Ihr eigener Selbsthaß wird Sie nicht aufhalten. Hier ist meine Privatnummer. Ich nehme jeden einzelnen von euch oder alle zusammen; das Gehalt legt ihr selbst fest. Es gibt viel Arbeit, und ich kenne euch und weiß, daß ihr im Augenblick nichts lieber tun würdet, als wieder an die Arbeit zu gehen.« Francis gab Tiny einen Zettel, auf dem mit Kugelschreiber eine Nummer geschrieben stand. »Ich gehe jetzt, aber ich bin heute den restlichen Tag und morgen ganztägig unter dieser Nummer erreichbar, und wenn ihr mich nicht anruft, rufe ich euch an.«

»Ich werde dafür sorgen, daß der Anrufbeantworter an ist«, knurrte Andy.

»Er hat gesagt, wir können unser Gehalt *selbst* bestimmen.« Tiny war beeindruckt.

»Vergiß es. Es gibt Dinge, die tut man einfach nicht.«

Francis öffnete die Tür seines Wagens. »Ihr habt keinen Grund, nicht für mich zu arbeiten. Ich hatte nie etwas gegen euch, ich habe nur mein eigenes Spiel gespielt, meine eigene Haut gerettet.

Ihr mögt mich vielleicht nicht, aber ihr habt alle meine Tricks gesehen, ihr kennt meine Winkelzüge – ich werde euch nie mehr überraschen können. Und glaubt mir, es gibt noch viel Schlimmere. Sprecht das mal durch.«
»Da gibt es nichts zu besprechen«, blockte Andy ab. »Aber wenn Sie und Lloyd etwas zu besprechen haben wollen, dann sollten Sie einmal im World Wide Web nach Everyware suchen und schauen, was sich so tut.«
»Wir haben noch keine WebSite«, antwortete Francis.
»Ich weiß.«
»Was wird hier gespielt, Andy?« wollte Tiny wissen.
»Laß es ihn selbst herausfinden.«

Oben bei La Honda erhielt David Kim ein E-Mail von Hank Menzinger. David Kim hatte die letzten neun Monate beim 686er Team zugebracht, und er vermutete, Hanks Nachricht sei eine Art allgemeines Dankeschön für die viele Arbeit, die er investiert hatte. David klickte Hanks Nachricht an. Irgend etwas war merkwürdig an der äußeren Form – und dann erkannte David, daß es kein hausinternes E-Mail war. Der Absender war Hank Menzinger @ Modnet.com – wahrscheinlich von Hanks Heimcomputer.

David,
Nell Kirkham kommt heute um 12.30 Uhr vorbei, um eine Fotokopie des Handbuchs für den 686er abzuholen – egal, wie weit das Handbuch ist. Bitte legen Sie ALLE technischen Beschreibungen, Entwicklungsnotizen etc. bei. Können Sie eine Kopie machen und sie in ihr Eingangsfach in der Poststelle legen? Danke!
Hank

Ein bißchen seltsam fand David das schon. Nell Kirkham hatte sich schließlich bisher nie so recht für technische Beschreibungen interessiert. Aber er hatte nicht vor, Hank Menzinger in Zweifel zu ziehen, auf gar keinen Fall. Im letzten August hatte David einen Fehler begangen und versucht, das Fehlerkorrekturverfahren des 686ers anders zu entwerfen, als von Francis empfohlen. Das wäre schon in Ordnung gewesen, wenn Davids Idee funktioniert hätte, aber dem war nicht so. Francis hatte eines Tages beim Mittagessen eine kleine komödiantische Rede gehalten, in der er David für sein selbstbewußtes Vorgehen lobte und ihn als Belohnung für seine »Verdienste« mit der Zusammenstellung des Handbuchs für den 686er beauftragte. Das Handbuch sollte der Entwicklungsabteilung von Omega helfen, Programme zu schreiben, die speziellen Nutzen aus den Vorzügen des 686ers zogen.

Um 12.20 Uhr fuhr Salman auf den Parkplatz von La Honda. Er wartete im Wagen, während einige andere Ironmen aus dem Nordgebäude kamen und über das Quadrat gingen. Die Cafeteria befand sich im Südgebäude. Das Mittagessen wurde nur von zwölf Uhr bis dreizehn Uhr serviert; Salman hoffte, daß das Nordgebäude aus diesem Grund spärlicher besetzt sein würde.

Er stieg aus dem Wagen und betrat den Trakt. Die Poststelle war im Flur hinten rechts. Er streckte den Kopf hinein, sah einen Mann und zog sich zum Trinkbrunnen zurück, über dem auf einem handgemalten Schild stand: »Kein Geschirr im Brunnen waschen.« Der Mann verließ die Poststelle. Jeder bei La Honda hatte sein Fach. Salman brauchte eine Weile, bis er das von Nell Kirkham ausfindig gemacht hatte; ein zwei Zentimeter hoher Stapel Papier ragte heraus. Salman konnte kaum fassen, wie leicht das ging – einfach einen neuen User mit Hanks Namen als Pseudonym erfinden. Auf gar keinen Fall würde David ein Ansinnen von Hank in Zweifel ziehen.

Francis Benoit jagte seinen Fiat in die Hügel hinauf, vorbei an Buschland, Rotholz und Weiden. Unterwegs rief er Lloyd an, bekam aber nur die Auskunft von Lloyds Handynetzbetreiber, daß sein Telefon nicht eingeschaltet sei. Also wählte Francis Lloyds Pager an und tippte seine Privatnummer ein.

Francis ließ den Wagen in der Einfahrt stehen, ohne sich lange mit der Garage aufzuhalten. Er lief in sein Arbeitszimmer und bootete seinen Computer. Wie lange das dauerte! Er bootete die Software für den Web Browser. Wartete und wartete. Francis war unfähig, sich zu setzen. Endlich tauchte sein Bild auf. Er klickte eine Suchmaschine an, eine, die zuverlässig auf dem aktuellen Stand war, und tippte »Everyware« als Suchwort ein.

In den letzten vierundzwanzig Stunden waren so viele Artikel über Everyware geschrieben worden, daß das Suchprogramm Dutzende von Einträgen fand. Zusätzlich führte es alle Newsgroup-Gespräche über Everyware in den Diskussionsforen des Internet auf, und davon gab es etwa hundert. Es schien, als hätte Everyware über Nacht einen Sturm der Begeisterung entfacht; unternehmerisch gesinnte Programmierer waren aus dem Häuschen über die Nachricht, daß es vielleicht eine Möglichkeit gab, Microsofts unangreifbare Marktstellung bei Betriebssystemen zu unterwandern – und wenn es eine gab, wollten sie dabeisein.

Die Suchmaschine ordnete ihre Ergebnisse; eines der Kriterien für die Reihenfolge war, ob das Wort »Everyware« in der ersten Zeile einer Web-Seite vorkam. Es gab nur eine Seite, die dieses Kriterium erfüllte, und somit stand diese Seite in Francis' Auflistung auch ganz oben. Sie würde ganz oben bei jeder Suche erscheinen, die jene unternehmerisch gesinnten Programmierer anstellten, um mehr über diese tolle neue Software zu erfahren, von der sie gehört hatten.

Francis klickte die Verbindung zu dieser Seite an.

Als die Seite lud, tauchte die erste Zeile auf. »Demo des Vorläufers von Everyware.«

Und dann die zweite Zeile: *»Der Hypnotizer von Universe Corp.«* Diese Seite mußte Andy Caspar hergestellt haben. Sie offerierte kostenloses Laden des Hypnotizers und verschiedener Softwareanwendungen, die das Team geschrieben hatte. Ein Absatz erklärte die offenkundigen Vorteile für Programmierer, wenn sie Internetprogramme schrieben, die ohne Rücksicht auf das Betriebssystem laufen konnten. Und dann gab es noch ein Zählwerk, das den jeweils aktuellen Stand von Usern aufführte, die das Programm in den letzten vierundzwanzig Stunden geladen hatten: eintausendvierhundert Leute.
Vierzehnhundert Leute war zwar keine riesige Zahl, aber sie ließ Francis dennoch außer sich geraten. Denn solche Dinge entwikkelten sich häufig lawinenartig, und jeder dieser vierzehnhundert erzählte vielleicht zwei oder drei anderen Leuten davon. Und warum auch nicht? Wenn sie sich schon die Mühe gemacht hatten, nach Everyware zu suchen und das System zu laden, würden sie es sicherlich auch gegenüber ein paar Freunden erwähnen. Und morgen wären es dreitausend. Und übermorgen sechstausend. Die Zahl würde exponentiell anwachsen. Und diese Leute wären nicht nur gelegentliche Nutzer, sondern der harte Kern. Jeder Programmierer, den irgendein Firmenmanager schon einmal stinkwütend gemacht hatte, jeder Programmierer, der sich durch die Bürokratie eines Unternehmens eingeengt fühlte, jeder Programmierer, den man beschwatzt hatte, Kompromisse zu schließen – sie alle würden darüber in Verzückung geraten, daß sie in Zukunft vielleicht nur noch für sich selbst arbeiteten und nicht für jemand anderen. Sie konnten einfach Programme schreiben, die auf dem Hypnotizer liefen, und sie über das Internet vertreiben – Disketten, Handbücher, Gewinnspannen im Einzelhandel und all die *Mittelsmänner* wären sie auf einen Schlag los – wow! Sie könnten Programme schreiben, *wie* sie wollten und für *wen* sie wollten, und niemand konnte ihnen dreinreden. Das war genau das Szenario, das Francis für Everyware vorgese-

hen hatte, aber kein Mensch würde auf Everyware warten, wenn der Hypnotizer bereits zu haben war – und noch dazu gratis! Andy schenkte ihn her!

»Scheiße!« brüllte Francis durch sein leeres Haus.

Das Telefon läutete.

»Lloyd!«

»Ich sollte dich anrufen. Was gibt's?«

»Andy Caspar hat eine WebSite angefertigt. Tausende von Leuten laden sich das Universe-System kostenlos auf ihren Computer.«

Schon während er das sagte, sah Francis, wie die Zahl der Ladevorgänge anstieg.

Eine Pause entstand. »Das ist kriminell. Er schenkt *unser* Eigentum her. *Wir* besitzen Universe. Ich werde den Jungen auf jeden Penny verklagen, den er je in seinem Leben verdient. Ich setze die Anwälte auf ihn an. Kannst du feststellen, wo die WebSite herkommt?«

Francis brauchte nur eine Minute, um durch ein paar verknüpfte Seiten zu blättern. »Sie scheint auf einem Server zu sein, den eine Spielegesellschaft droben in Seattle betreibt. Ach du Scheiße!«

»Was?«

»Ich habe von diesen Typen gehört. Sie haben so um die zwanzigtausend regelmäßige User. Wenn *die* es alle schon haben, und das war noch vorgestern, ist die Sache vielleicht schon weiter verbreitet, als ich dachte.«

»Also gut. Wir treffen uns gleich morgen früh bei mir zu Hause mit den Anwälten. Sie werden einen Richter für eine einstweilige Verfügung organisieren. Mach dich schlau und bring alles mit, was du findest.«

Lloyd Acheson hatte vor kurzem eine Baufirma dafür bezahlt, daß sie einen Wasserlauf durch sein Grundstück legte. Jetzt schlängelte sich der Bach, in dem sich viele einheimische Fische tummelten, nicht nur die Einfahrt entlang und teilte die Terrasse, er ging sogar auf einer Seite ins Haus hinein und kam auf der anderen wieder heraus. Drinnen plätscherte er durch die Eingangshalle und das Wohnzimmer. Eine der bedauerlichen Folgen war, daß die Fenster jeden Morgen vor Kondenswasser trieften und Lloyds Eine-Million-Dollar-Blick auf die Bucht ständig vernebelt war.

Francis war in Lloyds Arbeitszimmer und fuhr fort, die Dateien zu prüfen, die Andy ins Internet gespielt hatte. Lloyd saß mit drei Rechtsanwälten in seinem Wohnzimmer zusammen. Es war halb acht in der Früh, und alle Anwälte waren frisch rasiert. Lloyd hatte eine kurze Turnhose und ein T-Shirt an, aber am Handgelenk trug er eine Rolex.

Lloyd wandte sich an einen der Männer und fragte: »Haben Sie einen Richter?«

»Ich weiß, zu wem ich gehen muß. Eine Verfügung wegen Verletzung des Copyrights ist nicht schwer zu bekommen. Aber gerade weil es so leicht ist, halten sie Kläger von einem Mißbrauch ab, indem sie hohe Geldstrafen verhängen, wenn sich später herausstellt, daß gar keine Copyrightverletzung vorlag.«

»Was kümmern mich Geldstrafen«, bellte Lloyd. »Das machen wir. Wann kommt der Richter zur Arbeit?«

»Da wäre noch eine Sache. Der Richter wird uns die einstweilige Verfügung nicht geben, bevor wir nicht diese Spielefirma in Seattle aufgefordert haben, das Material freiwillig vom Markt zu nehmen.«

Lloyd schüttelte den Kopf. »Das dauert mir zu lang. Wir rufen sie um neun an, und was machen die dann? Sie rufen nur ihre Anwälte an, die in irgendeiner Besprechung sind. Vor dem Mittagessen bekommen wir keinen Rückruf, und dann werden bis zum Abend keine Entscheidungen getroffen, vielleicht sogar erst morgen.«

»Trotzdem wird der Richter verlangen, daß wir die Sache selbst zu klären versuchen, bevor wir die Gerichte bemühen.«

»Also gut. Wir rufen um neun an. Aber wir sollten ein bißchen Munition haben, damit sich die Sache nicht in die Länge zieht.«

Lloyd wandte sich an einen anderen Anwalt. »Wir wissen, daß Andy Caspar nicht viel Vermögen zu verlieren hat. Wie steht es mit dieser Spielefirma? Können wir sie belangen, wenn das Ganze auf ihrem Server ist?«

»Nur wenn wir beweisen können, daß sie die ganze Zeit wußte, daß Andy Caspar das Material nicht anbieten durfte.«

»Und wie beweisen wir das?«

»Die Regelungen sind ganz unterschiedlich. In manchen Distrikten muß man eine angemessene Prüfung des Materials vornehmen, um eine Haftung auszuschließen. In anderen Distrikten trifft genau das Gegenteil zu. Dort ist man voll haftbar, wenn man überhaupt irgendeine Prüfung vornimmt, weshalb es alle tunlichst vermeiden, irgend etwas zu prüfen, das angeboten wird.«

»Das ist so verwirrend, daß es jeden schreckt, und genau das brauchen wir hier. Und sie haben Vermögen, oder?«

Einer der Anwälte hatte in der Nacht Kreditauskünfte durchgeackert. »Na ja. Nicht viel Geld. Der Betriebsgewinn stammt aus einem Vertrag, und alles, was sie vorweisen können, ist eine schmale Computerausrüstung. Keine Verbindlichkeiten. Und da der Wert nicht gehandelt wird, ist er auch nicht geschätzt. Sie haben nicht viel mehr, auf das wir sie verklagen könnten, als Andy Caspar.«

Einer der Anwälte räusperte sich. »Das ist jetzt keine Empfehlung, ich stelle nur eine Frage. Ist es klug, wenn Everywares erster Geschäftsgegenstand ein Prozeß gegen ein paar Ingenieure ist? Unter einem PR-Gesichtspunkt, meine ich.«

»Ich bezahle Ihnen nicht dreihundert die Stunde, damit Sie mir

PR-Ratschläge erteilen«, schnauzte ihn Lloyd an. »Eines müssen Sie begreifen: Diese *Programme*, die geladen werden, sind *klein*. Sie passen alle zusammen auf eine einzige Diskette. Man kann sie leicht kopieren und weitergeben. Das wollten *wir* tun. Aber wenn alle schon so ein Programm haben, wird sich niemand mehr die Mühe machen, für unsere zu bezahlen – es sei denn, unsere sind *wesentlich* besser. Das setzt die Meßlatte aber höher, was zu einer Verzögerung beim Start unseres Produkts führen könnte. Ein verzögerter Start untergräbt jedoch das Vertrauen der Anleger in die Aktie. Verstehen Sie, was ich sagen will? Ich werde dafür bezahlt, mir über diese Möglichkeiten den Kopf zu zerbrechen. Je schneller wir diese Sache vor Gericht bringen, desto geringer die Wahrscheinlichkeit, daß das, was ich eben beschrieben habe, eintritt. Ich möchte in der kommenden Nacht ruhiger schlafen als in der letzten.«

»Damit rechne lieber nicht.« Es war Francis. Er stand in der Tür zu Lloyds Wohnzimmer.

»Warum?« fragte Lloyd.

»Ich habe mir einmal den Code selbst angesehen.«

»Und?«

»Er ist anders. Es ist nicht genau der Code, den Universe uns verkauft hat.«

»Anders?«

Francis nickte. »Es scheint sich um eine andere Version zu handeln.«

»Eine frühere Version?«

»Kann sein. Der ursprüngliche Hypnotizer, den ich gesehen habe, hatte ungefähr zehntausend Zeilen. Der Code von der Web-Seite hat elftausend, im Gegensatz zu den zuletzt achttausendfünfhundert. Meine Vermutung ist, daß sie eine Weile auf die alte Version gebaut haben, dann haben sie noch mal ganz von vorn angefangen und eine effizientere geschrieben. Auf der Web-Seite ist das, was sie hatten, bevor sie alles neu gemacht haben.«

Lloyd wandte sich an einen der Anwälte. »Das spielt doch keine Rolle, oder? Als wir Universe gekauft haben, ging ihr gesamtes geistiges Eigentum auf uns über, nicht nur die jüngste Version, hab ich recht?«

Der Anwalt bestätigte es. »Absolut.«

Francis schien dennoch nicht ermutigt. Er rieb sich mit einer Hand nachdenklich das Kinn. Die andere Hand hatte er auf dem Rücken. Er zog sie hervor und hielt Lloyd ein Blatt Papier hin. »Diese Nachricht ist im Code von jedem Programm verankert. Ich habe sie ausgedruckt. Er hat sich vor rund einem Monat abgesichert.«

Am Beginn jeder Zeile befand sich ein spezielles Symbol, welches das Programm die Zeile ignorieren ließ. Auf das Symbol folgte der restliche Text. Er lautete:

Copyright für dieses Programm bei Universe Corporation, 2. Februar 1996, eingetragen unter #917702449-03, Library of Congress. Am 3. Februar 1996 wurde das Copyright durch Gesellschaftsbeschluß dem öffentlichen Verfügungsrecht überstellt. Eine beglaubigte Kopie des Beschlusses ist ebenfalls in der Library of Congress hinterlegt.

Lloyd zeigte den Ausdruck den Anwälten. »Darf er das? Was heißt das, wenn der Hypnotizer zur öffentlichen Verfügung steht – daß ihn jeder x-beliebige verwenden darf?« fragte er ungläubig.

»Das ist nicht ungewöhnlich«, meinte Francis. »Universitäten machen das oft so, sie überlassen ihr geistiges Eigentum der Allgemeinheit, zum Wohle der Wissenschaft.«

Als die Anwälte nichts sagten, begann Lloyd sie mit Fragen zu bombardieren. »Wie verschieden muß der Code sein? Er unterscheidet sich um zweitausendfünfhundert Zeilen, richtig? Wenn also achttausendfünfhundert Zeilen *gleich* sind, verletzt er dann nicht trotzdem unser Copyright?«

»Das ist bei Software eine verzwickte Angelegenheit«, erklärte einer der Anwälte. »Wenn achttausendfünfhundert Zeilen exakt gleich wären, sicher, das wäre eine Verletzung. Aber wenn sich die Zeilen unterscheiden, wenn sie auf eine effizientere Weise an denselben Punkt gelangen – es hängt einfach ganz wesentlich davon ab, wieviel neu geschrieben wurde und wieviel nicht.«

»Aber selbst wenn nur eine Folge von hundert Zeilen gleich ist, verletzt nicht das bereits unser Copyright?« erkundigte sich Lloyd.

»Nicht unbedingt. Es ist eine Grauzone. Wenn es nur einen logischen Weg gibt, um von A nach B zu kommen, kann man diesen Teil nicht urheberrechtlich schützen lassen. Zum Beispiel kann man kein Copyright auf ein Rezept erwerben, wie man Spaghetti kocht. Es handelt sich um ein funktionales Ziel, kein künstlerisches. Funktionale Ziele sind nicht urheberrechtlich schützbar.«

Lloyd wurde lebhaft. »Grauzonen sind ausgezeichnet! Grauzonen sind das, was den Leuten angst macht, wenn wir sie auf hohe Summen verklagen!«

»Denken Sie an die Geldstrafen, die können ziemlich happig sein.«

»Wie happig?« fragte Lloyd.

»Sie haben strafenden Charakter, sollen uns also empfindlich treffen. Und es wird um so schlimmer, wenn der Richter bemerkt, daß wir eine einstweilige Verfügung verlangt haben, ohne vorher unsere Hausaufgaben zu dem Code gemacht zu haben. Mehrere Millionen Dollar sind durchaus denkbar.«

»Dann sollten wir unsere Hausaufgaben wohl lieber machen. Francis?«

Francis sah Lloyd in die Augen. »Gib mir eine Stunde.« Er drehte sich um und ging wieder in Lloyds Arbeitszimmer.

Francis holte sich die beiden Versionen des Codes nebeneinander auf den Bildschirm. Computercode war meistens »kompiliert«, das hieß, er war aus dem kryptischen Englisch, in dem er geschrieben wurde, zum Beispiel C++, in die Sprache des Befehlsvorrats des Chips übersetzt, eine Maschinensprache, die gänzlich unlesbar ist. Aber der Hypnotizer war anders; da er so klein war, ließ er sich im Handumdrehen übersetzen, ohne vorher kompiliert werden zu müssen. Er wurde erst kompiliert, wenn er lief. Aus diesem Grund war der Code noch in der kryptischen Programmiersprache, für Francis so leicht zu lesen wie ein Kriminalroman.

Zehntausend Zeilen nahmen zwar etwa dreihundert Seiten ein, aber der Code war in Funktionen oder Komponenten zerlegt. Francis brauchte den Code nicht einmal zu lesen. Er konnte zwischen den ähnlichen Funktionen jeder Version hin und her springen, um ein Gefühl dafür zu entwickeln, ob der Code genau gleich, ein bißchen anders oder völlig umgeschrieben war. Er hatte erwartet, daß manche Funktionen identisch, manche leicht überarbeitet und einige ganz gestrichen sein würden. Aber genau das war nicht der Fall.

Jedes Modul war anders. Es war, als vergleiche man die Seitenansichten von zwei Romanen, einer mit vielen Dialogen, einer mit dichter Beschreibung. Jede Funktion wirkte kürzer, die Logik straffer.

Jemand hatte den Hypnotizer im Laufe des letzten Monats völlig neu geschrieben. Francis lief ein Schauder über den Rücken. Der ursprüngliche Hypnotizer war bereits eine brillante Kodierleistung gewesen. Genug, um sich zur Ruhe zu setzen. Von seiner Erfindung im Oktober bis Anfang Februar war er so ziemlich unverändert geblieben, nur um tausend Zeilen umfangreicher geworden. Dann, ohne ersichtlichen Grund, hatte ihn irgendwer für nicht mehr gut genug befunden. Tiny? Das ergab keinen Sinn. Ingenieure schrieben ihren eigenen Code nur um, wenn ein Fehler auftrat, und Tinys ursprünglicher Hypnotizer war nahezu fehlerfrei.

Andy schaute auf seine Armbanduhr. Er mußte in dreißig Mi-nuten dort sein. Falls nicht ungewöhnlich wenig Verkehr auf der 101 war, würde er mindestens diese Zeit brauchen, um hinzufahren. Er schaute Salman über die Schulter. »Na?« sagte er.

Salman starrte in das Handbuch des 686ers. »Ich hatte einfach nicht genug Zeit, Andy. Ein Tag reicht nicht. Ich brauche mindestens eine Woche dafür.«

»Meine Besprechung ist *jetzt.*«

Seine Augenlider waren schwer. Sein Atem roch fürchterlich. »Ich will dich nicht irreführen, Andy. Stell mir eine Frage, die ich ehrlich mit Ja beantworten kann.«

»Funktioniert er für unsere Zwecke?«

»Natürlich funktioniert er. So ziemlich jeder Chip würde funktionieren. Die Frage ist nur, wie *gut.*«

»Ich weiß. Ich habe dir eine Frage gestellt, auf die du mit Ja antworten konntest, oder?«

»Stell mir noch eine.«

»Kannst du einen speziellen Nutzen aus seinen Eigenschaften ziehen?«

»Das kann ich nicht beantworten. Wer weiß, welche Fehler vielleicht auftreten.«

»Okay, wie wär's damit? Hast du ein paar gute Ideen, wie du speziellen Nutzen aus seinen Eigenschaften ziehen kannst?«

»Ja.«

»Ja?«

»Aber sicher.«

Für Gordon Papa Lewis war es ein verdammt konfuses, verrücktes und anstrengendes Wochenende gewesen, und er hatte seit Jahren nicht mehr soviel Spaß gehabt. Jetzt, da sich die Firma in der Krise befand, mußte er nicht erst umständlich die Meinung der anderen einholen, bevor er eine Entscheidung traf. Er mußte nicht schöntun, er mußte niemanden auf seine Seite ziehen, er mußte nicht die Marketingabteilung beschwichtigen und sie mit der Produktionsabteilung verkuppeln. Er konnte einfach seine Entscheidungen fällen und alle Vorsicht in den Wind schreiben, denn das Wichtigste in Krisenzeiten war, daß man entschlossen wirkte, daß man den Eindruck vermittelte, als sei eine erfahrene Hand am Ruder. Das wollen die Anleger sehen. Selbstvertrauen. Und Papa Lewis hatte so viel Selbstvertrauen, daß es ihm zu den Ohren herauskam.

Er war in Texas gewesen, um mit seinem Teilefabrikanten zu sprechen, er war in Boston gewesen, um ein Vorstellungsgespräch mit einem Kandidaten für den Posten des Vorstandsvorsitzenden zu führen, er war in New York gewesen, um ein Übernahmeangebot abzulehnen, er war in Chicago gewesen, um einen großen Kunden zu beruhigen, und er war in Utah gewesen, um ein Fusionsangebot zurückzuweisen. Sitzungen, Sitzungen, Sitzungen. Heute hatte er noch zwei.

Analysten mehrerer Investmentbanken und -fonds hatten sich im Konferenzraum versammelt. Papa hatte das Konferenzzimmer des Vorstands dem Presseraum im Erdgeschoß vorgezogen, weil es gemeinschaftlicher, weniger feindlich wirkte. Zusammen mit Papa saßen die Männer nun um den Tisch und redeten offen miteinander.

Papa schilderte kurz, was er in der letzten Woche getan hatte. Er ließ Sympathiebezeugungen von Omegas zwanzig größten Käufern herumgehen und versicherte, daß die Tests für den 686er Ende des Monats in Singapur beginnen würden. Er gab eine vorläufige Einschätzung der Gewinne im dritten Quartal ab. Kurz, kein Grund zur Besorgnis. Lloyd Acheson war zwar zurückgetreten, aber es gab noch sechzehnhundert andere wertvolle Mitarbeiter bei Omega, die nicht gegangen waren. Lloyd ersetzen zu müssen war kein Notfall. Papa hatte nicht vor, sich in eine überstürzte Entscheidung über Lloyds Nachfolger treiben zu lassen, nur um dem Aktienkurs Auftrieb zu geben, wenn sich an der Ausgangsbasis nichts geändert hatte.

Die Männer stellten trotzdem viele Fragen. Papa hatte nichts dagegen, er liebte Frage-und-Antwort-Spiele, konnte er doch stets jeden, der etwas wissen wollte, dumm dastehen lassen.

»Haben Sie Nell Kirkhams letzten Bericht über den 686er gelesen?« lautete die gängige Frage. Ihr Artikel war an diesem Morgen der Aufmacher im Wirtschaftsteil gewesen mit der Schlagzeile: »Ein Chip ohne Anlaß?«

»Natürlich habe ich ihn gelesen«, antwortete Papa. »Na und? Der 686er hat soviel Leistung und ist so schnell, daß Microsoft nicht weiß, was sie damit anfangen sollen. Mehr steht da nicht drin. Warum fragen Sie also mich? Warum fragen Sie nicht Bill Gates? Er kann doch nicht mithalten! Warum lassen Sie es an meinen Aktien aus? Alle anderen Chiphersteller haben das gleiche Problem. Warum lassen Sie es nicht an Microsoft aus?«

»Lassen Sie mich direkter fragen«, sagte einer der Analysten. »Wollen Sie den 686er in die Desktop-Computer einbauen, die Sie ausliefern? Und wenn ja, welche Software wird dann präinstalliert?«

Papa verzog keine Miene. »Ich installiere, was die Verbraucher installiert haben wollen. Ich kann mit so ziemlich jedem ein Geschäft abschließen. Wenn die Nutzer Windows haben wollen, dann kriegen sie es. Wenn sie 32-Bit Windows NT wollen, auch gut. Wollen sie Unix, kein Problem. Ihr seht alle Gespenster. Das Problem, von dem Sie reden, existiert gar nicht. Omegas Kunden werden jede verfügbare Softwareoption bekommen. Was können sie mehr verlangen?«

»Wenn es kein Problem gibt, wieso ist Lloyd Acheson dann zurückgetreten?«
Papa schaute spöttisch. »Seien Sie nicht so naiv. Lloyd hat während seiner Zeit bei Omega viel Geld verdient, aber er steht kurz davor, bei Everyware ein Bombengeschäft zu machen. Sie wissen, niemand in Silicon Valley gibt gerne zu, daß er für Geld alles tut; paßt nicht zum Selbstverständnis als moralischer Mensch. Also kocht Lloyd irgendeinen Mischmasch auf, der nach Krise klingt, und macht sich dann aus dem Staub.«
»Was ist an dem Gerücht dran, daß Lloyd vor seinem Rücktritt Omega die Möglichkeit angeboten hat, Everywares Technologie zu kaufen?«
»Absolut nichts. Warum sollte er das tun, wenn er für sehr viel mehr Geld damit an die Öffentlichkeit gehen kann?«
»Trotzdem, da Lloyd Acheson und Francis Benoit die führenden Köpfe hinter Everyware sind, gewinnt man den Eindruck, Sie müßten im letzten halben Jahr viele Gelegenheiten gehabt haben, dieses Projekt unter Ihre Fittiche zu nehmen.«
»Tatsächlich? Wann, zum Beispiel? Nennen Sie mir eine der Gelegenheiten.«
Darauf war der Analyst nicht gefaßt. »Theoretisch, meine ich. Da die beiden schon eine Weile an der Sache herumbasteln, nimmt man natürlich an, daß es sich um ein Omega-Projekt gehandelt haben könnte.«
»Ich hätte es begrüßt, wenn Lloyd uns den Everyware-Code gezeigt hätte, aber das hat er nicht. Ich hätte auch erwartet, daß Francis Benoit uns den Everyware-Code anbieten würde, den er geschrieben hat, aber das hat er nicht. Bis heute morgen, als wir eine Vorläuferversion von irgendeiner Web-Seite zogen, habe ich ihre Software nicht einmal gesehen.«
Daran war nichts unwahr. Papa achtete auf Feinheiten, denn diese Art von Behauptungen konnte auf ihn zurückschlagen. Sicher, Lloyd hatte die Gründung einer neuen Abteilung vorgeschlagen,

um kleine Web-Computer zu bauen, aber Everyware hatte er nie erwähnt. Woher hätte Papa also wissen sollen, wie weit Lloyd mit der Entwicklung war? Jetzt würde Papa als »der Mann, der Everyware gehen ließ« in die Geschichte eingehen. Er würde so unrühmlich dastehen wie die Chefs von IBM, die Bill Gates die Rechte an DOS ließen, um Computer zu klonen.
Papa sah seine Sekretärin an der Glastür zum Konferenzraum stehen. Sie hielt einen gelben Zettel in die Höhe. Papa hatte ein Zeichensystem mit ihr vereinbart, damit sie ihn wissen lassen konnte, wie er im Zeitplan lag. Das gelbe Papier bedeutete, daß sein nächster Gesprächspartner unten angekommen und auf dem Weg nach oben war. Rot bedeutete, daß er bereits in seinem Büro wartete. Papa wollte die Geduld dieses Mannes nicht zu sehr strapazieren. »Okay«, sagte Papa also zu den Analysten. »Ich habe nur noch Zeit für eine letzte Frage.«

Andy Caspars Kleidung war für Papas Geschmack zu sehr karobetont. Papa betrachtete ihn. »Sie spielen Golf?« fragte er. Ohne eine Antwort abzuwarten, fügte er hinzu: »Wissen Sie, wer gut Golf spielt? Leute, die ihre Emotionen im Griff haben. Ich gehöre nicht zu ihnen. Was ist Ihr Handikap?«
»Ich habe noch nicht häufig genug gespielt, um eins zu haben.«
»Gute Antwort. Golf ist ein Sport für Verkäufer, für Schwätzer. Sie sind kein Verkäufer, oder?«
»Ich habe früher hier als einer gearbeitet.«
»Wirklich? Wie kommt es, daß das dann nicht in meinen Unterlagen steht? Nun gut. Wann?«
»91/92.«
Papa pfiff durch die Zähne. »Wachstumsjahre. Viel Arbeit, wenig Brot. Hören Sie. Sie merken schon, daß ich nicht zu der Sorte gehöre, die gerne palavert. Ich will offen mit Ihnen reden. Sie

haben früher hier gearbeitet, Sie wissen, wer wir sind, was wir tun. Ich spiele nicht mit gezinkten Karten, können Sie mir folgen?«

»Bis jetzt, ja.«

»Unsere Ingenieure haben einen Blick auf die Software geworfen, die ihr gratis hergebt. Wir sind daran interessiert, in diese Richtung zu gehen, eine Abteilung dafür aufzubauen – zunächst klein, dann größer, wenn es sich rechnet. Egal, wie Lloyd Acheson damit sein Geld verdienen will, wir ziehen mit. Ich weiß, wie Lloyd Acheson denkt. Sie wissen, wie Francis Benoit denkt. Sie sind ihm auf dem Markt bereits zuvorgekommen, Sie liegen vorn. Sechstausend Kopien sind nur ein Vorsprung von ein paar Tagen, aber doch ein Vorsprung. Wenn es uns gelingt, diesen Vorsprung zu halten, könnte er eine Menge Geld wert sein.«

»Die beiden haben den besseren Code.«

»Woher wissen Sie das?«

»Weil ich ihn geschrieben habe.«

»So.« Das war's dann mit dem Vorsprung. »Können Sie noch einen schreiben?«

Andy Caspar kaute auf der Unterlippe. Er kniff die Augen zusammen. »Vielleicht, wenn ich sehe, was dabei herauskommen soll, er mir nicht wieder gestohlen wird. Sie sind nicht die einzige Firma, die mit mir Kontakt aufgenommen hat. Ich bin sehr daran interessiert, daß die Strategie auch richtig paßt; wie wir uns in das Gesamtkonzept von Omega einfügen könnten.«

Papa schnalzte mit der Zunge. »Gesamtkonzept? Ich will Sie nicht belügen, Andy. Mein Konzept ist einfach: In alles investieren, was im Kommen ist, und Profit aus allem schlagen, was herangereift ist.«

»Wollen Sie die PowerStation bauen?«

»Ich baue, was wir verkaufen können. Wir lassen die PowerStation mal anlaufen. Marketing und Verkauf rühren die Werbetrommel und sagen uns dann, was die Verbraucher wirklich wollen. X für fünfhundert Dollar? Y für siebenhundert? Wenn der Bedarf da ist, steigen wir ein. Sie wissen schon, was ich meine.«

»Nur zu gut.«

»Dafür stellen wir diese Idioten ja an. Sie müssen was zu tun haben, nicht wahr? Sehen Sie, für uns klappt die Sache so oder so. Wenn die Software ein Renner wird, aber der Kasten selbst nicht, schön. Wenn der Kasten ein Renner wird, aber der Markt zur Software von Everyware umschlägt, auch gut.«

»Das ist keine sehr visionäre Einstellung.«

»Aber eine realistische. Ich will in dieser Sache nicht gegen den Markt anrennen. Wollen Sie wissen, wogegen wir uns wenden? Microsoft dominiert den Markt bei Betriebssystemen für Desktop-Computer, und sie holen beim Wettlauf um die Kontrolle der leistungsstarken Computer auf. Sie sind der Türsteher, und es ist fast unmöglich, an ihnen vorbeizukommen. Vielleicht kann man ihrem Würgegriff aber entkommen, indem man ein neues Gerät erfindet, ein Gerät, das das Betriebssystem irrelevant macht. Zu diesem Zweck brauche ich Ihre Technologie. Es ist mir egal, zu welchem Preis sich der Kasten verkaufen läßt. Das ist nicht *wichtig*. Wir verhökern ihn zu dem Preis, den die Kunden zu zahlen bereit sind. Was zählt, ist, daß der Kasten – egal zu welchem Preis – Microsoft nicht in den Arsch kriecht. Sie wollen eine Vision? Hier ist sie: Ich will aufhören, Microsoft in den Arsch zu kriechen, ich will wieder Chancengleichheit in dieser Branche herstellen, ich will den Türsteher aus dem Weg schaffen. Wie gefällt Ihnen das als *Vision*? Hm? Was wollen Sie haben, Andy? Reden wir Klartext. Was wollen Sie haben?«

»Wissen Sie, noch vor zehn Tagen konnte ich kaum jemanden für unsere Arbeit interessieren. Jetzt sitze ich mit dem Aufsichtsratsvorsitzenden von Omega zusammen.«

»Das war, bevor Lloyd Acheson und Francis Benoit die ganze öffentliche Aufmerksamkeit auf Ihre Art Arbeit gelenkt haben.«

»Ist es wirklich so einfach?«
»Seien Sie nicht zynisch, Andy. Wenn euer Code nichts getaugt hätte, wenn Ihre Idee nicht gut wäre, dann würden Sie jetzt nicht hier sitzen. Also, was meinen Sie?«
Er zögerte keine Sekunde. »Ich will eine feste Zusage, daß die PowerStation gebaut und für dreihundert Dollar verkauft wird.«
Papa schüttelte den Kopf. »Ich kann Ihnen nichts versprechen. Und selbst wenn ich es könnte, wäre es nicht besonders klug. Zu diesem Preis springt nicht genügend Profit heraus. Ohne Profit geht aber nichts. Sie sind so nahe dran, seien Sie in diesem Punkt nicht stur.«
»Was wollen Sie mit dem 686er machen?«
»Welche Rolle spielt das?«
»Ich frage ja nur.«
»Wir gehen aus dem Desktop-Markt raus und in den Markt für Workstations rein, ob es uns nun paßt oder nicht.«
»Die Kundschaft, die Workstations braucht, ist nicht die gleiche, die Desktops braucht«, erwiderte Andy. »Sie werden Ihre Verkaufstruppe neu organisieren, einen neuen Kundenstamm aufbauen müssen.«
»Da erzählen Sie mir nichts Neues«, meinte Papa.
»Also gut. Wie wär's damit: Wir können den 686er in Ihrem bestehenden Verkaufsnetz verwenden.«
»Stimmt das?«
»Der 686er hat ein paar besondere Eigenschaften, die ihn zu einem idealen Server für die PowerStation machen. Innerhalb einer Firma kann ein einziger 686er als Server bis zu sechzehn PowerStations gleichzeitig als Muttercomputer bedienen. Vielleicht ist bei der PowerStation keine große Gewinnspanne drin, aber sie wird Ihnen helfen, den 686er abzusetzen, der mit Sicherheit eine hohe Marge hat. Und Sie haben bereits das Verkaufspersonal.«
»Wow.« Papa stand auf und lief hinter dem Schreibtisch auf und

ab. Dann sagte er noch einmal: »Wow.« Er wandte sich Andy zu. »Welche besonderen Eigenschaften?«
»Nicht so schnell. Sie bekommen keine weiteren Einzelheiten, bevor wir nicht eine schriftliche Vereinbarung haben.«
»Woher weiß ich, daß Sie die Wahrheit sagen? Unsere Ingenieure müssen das überprüfen.«
Andy überlegte. »Versprechen Sie, daß Sie die PowerStation bauen, wenn sich das, was ich sage, als richtig erweist?«
»Nur wenn es wirklich stimmt.«
»Ich will ein Versprechen. Von dem Versprechen hängt die Richtigkeit nämlich ab.«
Papa Lewis wand sich. Wenn das, was Andy sagte, stimmte, dann würde er eine Million PowerStations bauen – weil es Sinn machte, nicht weil er ein Versprechen einlösen mußte. Er haßte es, Versprechen zu machen. Er liebte günstige Gelegenheiten, aber wenn man einmal etwas versprochen hatte, wurde die günstige Gelegenheit zur Verpflichtung. »Okay«, brummte Papa schließlich. Andy hatte ihn in der Tasche. »Ich verspreche es.«
»Ich will darüber eine schriftliche Vereinbarung.«
»Und sicherlich mit Blut unterschrieben.«
»Solange man es nicht löschen kann.«

Andy wollte Alisa die Neuigkeiten erzählen, bevor er mit sonst jemandem darüber sprach.
Sie war nicht in ihrem Zimmer. Andy streckte den Kopf hinein und sah sich nach Indizien um. Ihre Umhängetasche stand auf dem Bett. Vielleicht war sie ja joggen gegangen; aber dann sah er einen ihrer Laufschuhe unter dem Bett hervorschauen.
Andy spazierte zum Campus hinunter.
Die Scheunentore des Designstudios waren unverschlossen.
Er fand Alisa an einem der Computerterminals. Sie hatte Kopf-

hörer auf und hörte bei der Arbeit Musik. Er stand eine Weile da, bis sie ihn bemerkte.

»Woher hast du gewußt, daß ich hier bin?« fragte sie.

»Gut geraten.«

»Du kennst mich besser als ich dich. Das ist nicht fair.«

»Nur weil du dich selbst besser kennst als ich mich.«

»Gute Antwort.« Sie lächelte schüchtern. »Aber wozu sich selbst kennenlernen, wenn man statt dessen reich werden kann, stimmt's?«

»Wovon redest du?«

»Ich habe mit Tiny gesprochen. Du hattest heute eine Besprechung bei Omega, richtig?«

»Ja.«

»Freut mich für dich. Gratuliere. Du wirst zwar keine Zeit haben, dein Geld zu genießen, aber zumindest wissen, daß es da ist, in deinem Aktiendepot, und wenn du nachts heimkommst, kannst du dich in deine Bankauszüge kuscheln.«

»Nein, danke.«

»Du hast den Handel perfekt gemacht, stimmt's?«

»Ich habe eine Vereinbarung unterschrieben.«

»Kommt aufs gleiche raus. Bei Kopf gewinnst du, bei Zahl verliere ich.«

Andy strich Alisa die Haare aus dem Gesicht. Er blickte ihr sehr ernst in die Augen. »Alisa –«

»Was?« Ihre Augen waren feucht.

»Wovor hast du Angst?«

»Wovor ich Angst habe? Du wirst anfangen, Sakkos und Krawatten zur Arbeit zu tragen; du wirst dir ein hübsches Haus in den Bergen von Los Altos anschaffen, wo du dich allerdings nur selten aufhalten wirst, weil du ständig in Tokio oder Austin bist und Geschäfte machst; du wirst anfangen, Dinge zu sagen wie: ›Ein Mercedes ist schon ein sehr praktisches Auto‹, und du wirst anfangen, am Wochenende mit deinem Broker Golf zu spielen.«

»Jetzt geht aber deine Phantasie mit dir durch!«

»Andy, es gibt gewisse Frauen, die sind ganz locker, wenn sie im schwarzen Kleid an einem leinengedeckten Tisch in einem Restaurant sitzen, in dem es nichts unter dreißig Dollar gibt, aber *ich* gehöre nicht zu ihnen.«

»Wer sagt, daß dergleichen mit mir passieren wird?«

»Du darfst den Druck deines Umfelds nicht unterschätzen. Du wirst eine neue Abteilung in einem sehr, sehr, *sehr* großen Unternehmen leiten.«

»Was! Wer hat dir das erzählt?«

»Tiny.«

»Wie kommt er denn darauf?«

»Er sagte, daß du – ich glaube, er – wie, hat er das falsch verstanden?«

»Ich habe Tiny nicht gesagt, worüber ich verhandeln würde, weil ich keine Ahnung hatte, was dabei herauskommen würde. Ich habe Tiny nicht einmal gesagt, was ich will.«

»Und was wolltest du?«

»Ich wollte eine neue Firma gründen. Omega sollte uns ein paar Millionen Dollar Kapital für dreißig Prozent der Aktien geben. Im Gegenzug hätten sie eine Exklusivlizenz auf unsere Arbeit erhalten und uns Lizenzgebühren bezahlt.«

»Und was hast du bekommen?«

»Ich habe bekommen, was ich wollte.«

»Andy, das ist ja wunderbar!«

»Wir gehen zurück in unser Büro an der El Camino«, strahlte Andy. »Kann sein, daß wir dort bald aus allen Nähten platzen, aber nach Los Altos ziehe ich bestimmt nicht sofort.«

»Ich habe eigentlich nichts gegen Los Altos, außer daß mich jedesmal der Neid packt, wenn ich durchfahre.«

»Tja, und da wäre noch etwas, worüber wir beide reden müssen.«

»Nicht jetzt, Andy, ich bin gerade so gut gelaunt. Wir wollen nicht streiten, oder?«

Andy lächelte. »Es geht nicht um *uns*. Nein, es geht um dein Design und den Namen. Wir müssen dich dafür bezahlen.«
»Das war ein Geschenk.«
Andy schüttelte den Kopf. »Nein, das geht nicht. Du hast uns den Entwurf gegeben, damit wir bei den Verhandlungen mit den Risikoinvestoren über die Runden kommen.«
»Nein, ehrlich, er war als Geschenk gedacht.«
»Alisa!«
»Was?«
»Ich will dir doch helfen. Jetzt setz deinen Verhandlungshut auf und versuch gefälligst, ein bißchen Geld zu machen.«
»Ich habe keinen Verhandlungshut.«
»Das ist eine *Metapher.*«
»Das weiß ich. Warte mal. Ich habe ein Verhandlungstuch.« Sie zog ihr orangekariertes Kopftuch aus ihrer Umhängetasche und band es sich um die Stirn. Die nichtverknotete Ecke stand wie eine Krone nach oben. Alisa verschränkte die Arme und schürzte die Lippen. »Okay, ich bin fertig.«
Andy zog sich einen Stuhl heran und setzte sich vor sie hin. Ihre Beine waren ineinander verschlungen.
»Okay«, sagte er. »Was willst du haben?«
»Mach mir ein Angebot.«
Andy überlegte. »Wie wär's, wenn wir zum Essen ausgingen?«
»Ein bißchen Wein wäre nicht schlecht.«
»Alisa, gib nicht so leicht nach!«
»Was habe ich getan?« fragte sie.
»Du hast einem Essen zugestimmt. Ein Essen schafft eine Verpflichtung. Es bedeutet, daß du nicht aufstehen und gehen kannst, wenn dir die Konditionen nicht gut genug erscheinen.«
»Hey, du hast mich ausgetrickst!« Sie schob seine Hand von ihrem Bein.
»Deshalb mußt du den ersten Zug machen. Dieses ›Mach-mir-ein-Angebot‹ ist was für Anfänger. Damit gibst du zu verstehen,

daß du deinen eigenen Preis nicht kennst. Es brandmarkt dich als einen Gegner, der leicht zu besiegen ist.«
»Darf ich dich mitnehmen, wenn ich meine Entwürfe vorstelle?«
»Das kannst du auch allein. Wenn dir deine Arbeit wirklich etwas bedeutet, lernst du das; um sie zu beschützen.«
Alisa verzog den Mund, während sie nachdachte. »Okay. Eine Million.«
»Eine Million Dollar! Jetzt stehe ich auf und gehe!«
»Eine Million Küsse«, korrigierte sie rasch.
»Nett pariert.«
»Du kannst sie langsam abarbeiten. Tausend im Monat. Wir werden genau auf deinen Terminplan achten müssen und schauen, was du wann einschieben kannst.«
»Das sind immer noch tausend Monate! Noch mehr als achtzig Jahre!«
»Ich verhandle eben knallhart.«
»Ich hoffe, du machst das nicht mit all deinen Kunden so«, brummte Andy.
»Ich versuche es, aber es funktioniert selten.«
»Aber im Ernst jetzt. Ich möchte dir zehntausend für den Entwurf zahlen, und wahrscheinlich müssen wir uns noch weiter überlegen, was alles du zu deinem normalen Stundensatz in Rechnung stellen kannst. Für den Namen ›PowerStation‹ zahle ich tausend Dollar auf die Option für den Titelschutz; falls wir den Namen dann tatsächlich verwenden, gebe ich dir noch mal fünftausend.«
Alisa setzte ein Pokerface auf. Dann zog sie einen Flunsch. »Ist das ein gutes Angebot?«
»Ich weiß es ehrlich gesagt nicht«, gestand Andy. »Das ist für mich auch Neuland.«
»Es kam dir wie einem Profi über die Lippen. Mir gefällt die Sache mit der Option. Sehr zuvorkommend.«
»Also, was meinst du?«

»Ich würde dir gern ein bißchen Wein einflößen und schauen, ob in diesem Angebot noch Spielraum ist.«
»Geht er auf deine Rechnung?«
Sie zog sich das Tuch vom Kopf. »Sicher. Ich muß Geld ausgeben, um Geld zu verdienen, oder?«

Nur zwei Blocks von der Zentrale von Omega Logic entfernt hatte Lloyd Acheson zweitausend Quadratmeter Bürofläche gemietet. Allerdings ohne Blick auf die Marsch – nur mit Verkehrslärm vom Freeway. Wie es bei Büroräumen im Silicon Valley so ist, war die Ausstattung nicht der Rede wert: gerippter Industrieteppich, Neonbeleuchtung, die großen offenen Räume nicht einmal unterteilt. Der Mangel an Charme beleidigte Francis Benoit nicht, Lloyds Idiotie jedoch sehr wohl: Die Gesellschaft würde bald zweihundert Millionen Dollar Kapital aufnehmen, aber Lloyd Acheson hatte den ganzen Vormittag damit verbracht, dreißig Dollar Arbeitslohn zu sparen, indem er ihren Konferenztisch selbst zusammenbaute. Noch dazu hatte Lloyd zwei linke Hände beim Montieren. Er behauptete zuerst hartnäckig, daß von einer bestimmten Sorte Schrauben nicht genügend da waren, dann, daß irgendwelche Unterlegscheiben fehlten, und schließlich nahm er das ganze Ding wieder auseinander, als ihm klar wurde, daß er es von der Tischplatte abwärts und nicht von den Beinen aufwärts zusammenbauen mußte. Die Sitzung, die Francis einberufen hatte, verzögerte sich um eine Stunde, dann um noch eine, und schließlich überredete Francis Lloyd dazu, die Besprechung ohne den gottverdammten Konferenztisch abzuhalten.
Sie saßen auf Stühlen herum. Es gab ein paar neue Gesichter, darunter eine Dame von einer PR-Agentur, die Lloyd engagiert hatte. Aber es waren auch ein paar altbekannte Gesichter da, einige Leute, die Lloyd von Omega mitgebracht hatte.

Lloyd eröffnete das Meeting. »Also, wir müssen entscheiden, ob wir jetzt mit der Software rausgehen, die wir bereits haben, oder ob wir bei unserem alten Zeitplan bleiben. Francis?«

»In acht Wochen habe ich eine vollständig verbesserte Version fertig. Die ist das Abwarten wert; dann ist der Hypnotizer aus dem Rennen: Eingebaute Sicherheitschiffrierung. Zwei zu eins Echtzeitkompression. Filter innerhalb und außerhalb aller markanten Textverarbeitungsanwendungen.«

Lloyd nickte bestimmt. Dann fragte er: »Können wir acht Wochen warten?«

Ein Marketingtyp ergriff das Wort – der Mann war erst *gestern* eingestellt worden. »Nur damit ich richtig verstehe: Ist das System, das uns jetzt zur Verfügung steht, besser als das Hypnotizerpaket?«

Lloyd bejahte. »Es ist besser.«

»Aber nicht um so viel besser wie eine vollständig aufgerüstete Version«, fügte Francis hinzu. »Der Code ist besser, aber das System selbst bietet keine wesentlich anderen Eigenschaften.«

»Na und?« sagte der Marketingtyp. »Solange es nicht schlechter ist, sollten wir es rausbringen. Nach dem Marktanteil greifen. In zwölf Wochen aufrüsten.«

Francis seufzte gequält. »Auf den ersten Eindruck kommt es an. Die Leute werden sich unser Ding ansehen und sagen: ›Das ist auch nichts anderes als der Hypnotizer. Warum dafür bezahlen, wenn es auch gratis geht?‹«

Francis' neue Marketinggröße schüttelte den Kopf. »Nein, das sagen sie bestimmt nicht. Wir sind eine Markenfirma. Die Nutzer werden unserer Glaubwürdigkeit wegen zu unserem Produkt strömen. Der Hypnotizer hat ein bißchen Mundpropaganda, aber das ist kein Vergleich zu einem wohlplazierten Artikel in *Business Week*.«

Francis konnte es nicht fassen. Er diskutierte hier mit einem Kerl, den man erst gestern eingestellt hatte! Der bis letzte Woche noch nicht einmal vom Hypnotizer *gehört* hatte! Dessen einzige Erfahrung mit der Software eine zehnminütige Demo vor zwei Tagen war!

Die Dame von der PR-Agentur, die Lloyd engagiert hatte, ergriff das Wort. »Ich habe einige Anrufe erhalten«, sagte sie.

»Von der Presse?« fragte Lloyd.

Sie nickte. »Sie wollen wissen, was wir von dieser Konkurrenz durch die Hypnotizercrew halten.«

»Das ist keine Konkurrenz!« Francis seufzte. »In drei Monaten weiß kein Mensch mehr, wer sie sind. Allein das Wort ›Konkurrenz‹ klingt, als seien wir in der Defensive.«

Sie schien nicht auf ihn zu achten. »Wie soll ich es also beschreiben? Als Rückschlag?«

Lloyd schüttelte den Kopf.

Der Marketingtyp meinte: »Rückschlag ist zu kraß. Wie wär's denn mit ›Problem‹?«

»Ein ›Schwachpunkt‹«, erklärte Lloyd. »Sagen wir einfach, wir haben noch nicht alle Schwachpunkte beseitigt. Charakterisieren Sie den Hypnotizer als einen ›Schwachpunkt‹, mit dem wir noch fertig werden müssen. Sie kennen ja den Dreh.«

Francis stützte den Kopf in die Hände. »Es ist doch nicht zu fassen, daß wir hier darüber diskutieren, ob irgend etwas ein ›Problem‹ oder ein ›Schwachpunkt‹ ist.« Er stand auf. »Dafür braucht ihr mich nicht. Macht mal ruhig allein weiter. Und tut mir einen Gefallen, ja? Wenn ihr das nächste Mal nicht auf das hören wollt, was ich zu sagen habe, wenn der Sinn einer Besprechung darin besteht, daß ich mir ein bißchen Luft machen und eine Meinung äußern darf, die ihr von vornherein nicht berücksichtigt, dann verschwendet nicht meine Zeit.« Die Tür fiel mit einem Knall ins Schloß.

Andy hörte auf zu arbeiten, richtete sich auf und holte tief Luft. Einen Augenblick lang zerbrach er sich einmal nicht den Kopf über das nächste Manöver, in das ihn dieses Geschäft stürzen würde, und in dieser Ruhepause war er zum Bersten voll von einer Zuversicht, die ihn vor Begeisterung mit den Füßen trommeln ließ. Er hatte etwas erreicht, das zu erreichen er sich nie hätte träumen lassen. Er war nicht erschöpft und brauchte auch nicht dringend Urlaub. Er war hier und tat, was er gerne tat.

»Hey, Andy! Andy!« Es war Salman. Sie waren wieder in ihrem Büro, saßen an ihren Kupferrohrschreibtischen und arbeiteten hart.

»Was gibt's?«

»Welchen Titel habe ich?«

»Was?«

»Mein Titel. Die Bezeichnung für meine Position. Wie heißt sie?«

Andy verdrehte die Augen. »Ganz wie du willst.«

Die Begeisterung wich aus Salmans Gesicht. Er ging zu Andys Schreibtisch hinüber.

»Was ist los?« fragte Andy.

»Ein Titel bedeutet nichts, wenn man ihn nicht verdient. Ich will, daß mir mein Boß den Titel *verleiht.*«

»Also gut.« Andy dachte nach. »Okay, Salman, dein Titel lautet ab jetzt: Technischer Leiter Netzwerk. Und du verdienst jedes einzelne Wort. Bist du jetzt glücklich?«

»Kommt drauf an.«

Andy stöhnte. »Kommt worauf an?«

»Welchen Titel hat *Tiny*?«

»Welche Rolle spielt denn das?!«

Salman erklärte es Andy in aller Ruhe. »Es ist ja vielleicht gar nicht so toll, der Technische Leiter Netzwerk zu sein, wenn Tiny Erster Vorstand der gesamten Produktionsabteilung ist.«

Andy konnte ein Lachen nicht unterdrücken. »Tiny ist ebenfalls Technischer Leiter.«
»Bereich Netzwerk?«
»Nein, Hardware.«
»Cool.«
Salman ging wieder an seinen Schreibtisch. Er saß eine Weile dort, klopfte mit seinem Kugelschreiber und starrte aus dem Fenster. Andy zählte bis fünf. Bei vier stand Salman wieder neben ihm.
»Hey, Andy?«
»Ja?«
»Welchen Titel hast *du* denn?«
»Ich weiß nicht. Ich kann mir meinen Titel schlecht selbst verleihen, oder?«
Daran hatte Salman offensichtlich nicht gedacht. »Stimmt.«
»Warum verleihst *du* ihn mir nicht?«
»Ich? Also gut.« Er runzelte die Stirn, während er nachdachte. Er kaute auf der Unterlippe. »Was würdest du denn gerne sein?«
Andy half ihm nicht aus der Klemme. »Was du willst.«
Salman lief rot an vor Qual. »Okay, vielleicht solltest *du* der Erste Vorstand der gesamten Produktionsabteilung sein.«
»Meinst du wirklich?« Andy lächelte.
Salman lächelte mit ihm. »Irgendwer muß es ja sein. Und ich glaube einfach nicht, daß Tiny diese Verantwortung schon übernehmen kann.«
Salman ging wieder an seinen Schreibtisch. Andy wartete, bis sich Salmans Kopf wieder dem Bildschirm zuwandte. Er zählte bis fünf, und Salman rührte sich nicht. Damit schien die Sache zu Ende zu sein. Vorläufig.

Inhalt